C. M. SPOERRI

DIE GREIFEN SAGA

BAND 1
DIE RATTEN VON CHAKAS

STERNENSAND VERLAG

Lass Dich von Altra verzaubern …

www.cmspoerri.ch
info@cmspoerri.ch

Zu den lieferbaren Titeln von C. M. Spoerri siehe Seite 378.

1. Auflage, Juli 2015

Umschlaggestaltung: Tara | fantasiafrogdesigns.wordpress.com
Landkarten: C. M. Spoerri 2015
Lektorat / Korrektorat: Wolma Krefting | bueropia.de
Satz: Sternensand Verlag GmbH
Druck und Bindung: Siehe Eindruck auf der letzten Seite.

ISBN-13: 978-3-00-049715-5
ISBN-10: 3-00-049715-3

Manchmal sind die Wege der Götter unergründlich
und manchmal scheint es, als sei es Bestimmung.

C.

Altra
LÔRMIR
CHAKAS
ARGANTA
FAYL
MERITA
OSHEMA
Eisgipfel-Gebirge
Eiswälder
Wälder von Zakatas
Weidenwald
Gohar-Wüste
Talmeren
Wälder von Robrero
Molarwald
Meritawald
Heystedt
Gelor
Lormir
Zakatas
Boreas
Hored
End
Amoen
Fayl
Rott
Zwillings-See
Valven
Rahen
Vel
Winsor
Ilnau
Westend
Kart
Talem
Kempt
Wels
See von Arida
Arida
Felv
Mal-See
Jost
Irena
Arganta
Drogir
Orta
Belar
Melv
Bairout
Bris
Hort
Vulna
Scopet
Gerun
Oshema
Elis
Chaka-See
Oda
Chakas
Collis
Geruna
Ora
Margen
Ren
Bela
Mel
Lapot
Kanter
Inâ
Os
Molar
Cauta
Port
Portez
Merato
Mons
Caps
Darton
Baltros
Merita
N
W
E
S

Landkarte von Chakas

CHAKAS
16
A
3
15
2
1
B
4
13
14
C
5
7
11
12
8
6
10
E
D
9
N
W
E
S
ORTE:
A. Zirkelhügel
B: Gildenplatz
C: Marktplatz
D: Felder
E: Kleiner Markt
QUARTIERE:
1) Hohenau
2) Gildenquartier
3) Palmenhaine
4) Gelehrtenviertel
5) Rosenau
6) Sonneck
7) Arkaden
8) Wohlgelegen
9) Farmergrund
10) Lagerhallen
11) Altstadt
12) Neustadt
13) Fischmarkt
14) Schwertwall
15) Armenviertel
16) Hintergrund

Vorwort

Diese Geschichte spielt in einer Welt, die längst vergessen ist. Als noch Drachen, Zwerge und Elfen unsere Erde bevölkerten und Magie das Land beherrschte.

Wir schreiben das Jahr 11 251 der ersten Epoche. Es ist eine Zeit voller Umbrüche, denn es gibt eine neue Herrscherin, neue Strukturen und neue Gefahren.

Doch das ist für den Verlauf dieser Saga vorerst unerheblich. Die Geschichte, die ich Euch erzählen möchte, spielt in Chakas, einer unwirtlichen Region inmitten von Altra, die von Hitze und Sand geprägt wird. Genauer, in deren Hauptstadt, die auf einer westlichen Landzunge am Meer liegt und auch die ›Stadt der Sonne‹ genannt wird.

Ich wünsche Euch viel Vergnügen auf Eurer Reise.

Eure Corinne

Kapitel 1 - Mica

Es gab in dem Tunnelsystem mehr Löcher als in einem Kaninchenbau und dennoch fand sich die kleine Gestalt mit erstaunlicher Sicherheit darin zurecht, während sie in der Dunkelheit von einem Gang in den nächsten hetzte. Der dünne Junge hielt sich nicht damit auf, zu lauschen, ob seine Verfolger ihm noch auf den Fersen waren, sondern rannte, als sei der Totengott persönlich hinter ihm her.

Erst als er sich durch ein weiteres Loch in einer Wand gequetscht hatte, durch das kein erwachsener Mann hindurchpassen konnte, hielt er an, ließ sich keuchend auf den harten Steinboden fallen und versuchte, wieder zu Atem zu kommen. Ein starker Hustenanfall war die Folge, von dem er sich erst nach ein paar Minuten erholte.

Mit zitternden Fingern suchte er nach dem Gegenstand in seiner Hosentasche und spürte erleichtert das kühle Metall, das sich vom ersten Moment an so richtig in seiner Hand angefühlt hatte. So sehr, dass er die Kostbarkeit unbedingt haben musste und nicht mehr hatte hergeben wollen. Vorsichtig holte er seine Beute heraus und fuhr zusammen, als plötzlich vor ihm eine Fackel aufflammte.

»Da bist du ja endlich wieder!«, erklang die Stimme eines Mädchens, dessen schmutziges Gesicht im Schein des Feuers auftauchte. Sie hatte schwarze, kurze Locken, die ihr knapp über die Augen fielen, welche von langen Wimpern umrahmt waren. Ihre Gesichtszüge waren schmal, genau wie ihr Körper, der dort, wo keine sandfarbenen Lumpen ihn verdeckten, von der Sonne gebräunt war. Ein vorübergehender Passant hätte sie vielleicht auf fünfzehn Jahre geschätzt, wenn er in ihre klugen Augen sah, womöglich etwas älter, aber durch ihr geringes Gewicht war es schwer, ihr Alter auszumachen.

Der schmächtige Junge beeilte sich, die Beute hinter seinem Rücken zu verbergen, als das Mädchen auf ihn zukam.

»Was versteckst du da, Faím?«, fragte sie argwöhnisch und hielt die Fackel etwas höher.

»Nichts«, erwiderte der Junge, immer noch heftig atmend. Auch er hatte, wie nun im flackernden Licht zu erkennen war, dunkle Locken, schwarze Augen und überall an seinem mageren Körper traten die Knochen unter seiner Haut hervor. Sein Gesicht war blass und er wirkte kränklich. Die dünnen Arme verschränkte er hinter dem Rücken und bemühte sich, einen weiteren Hustenanfall zu unterdrücken.

»Gib das her«, befahl das Mädchen und streckte die freie Hand aus.

Faím schüttelte den Kopf mit Nachdruck, aber seine Augen sahen sie ängstlich an. Sie war zwar nur zwei Jahre älter als er, überragte ihn jedoch um mehr als einen Kopf. Und er wusste, wie gut sie mit dem Messer umzugehen verstand, das an ihrem Gürtel befestigt war und nach dem sie nun griff.

»Du weißt, dass wir uns alles teilen?« Das Mädchen klang jetzt energischer. »Unsere Beute, unser Leben, unser Schicksal. Schon vergessen?« Mit der Hand machte sie ein Zeichen, das sie und Faím sich zusammen ausgedacht hatten. Dabei formte sie die Handfläche wie eine Schale und führte sie dann zu ihrem Herzen.

»Wir sind Kanalratten. Wir müssen uns nicht an das Kredo der Diebe halten.« Die Stimme des Jungen wurde mit jedem Wort leiser.

»Wir sind zwar keine Mitglieder einer Gilde, trotzdem müssen auch wir uns an Gesetze halten«, antwortete das Mädchen in festem Tonfall. »Und jetzt gib her!« Sie war mit einem raschen Schritt bei ihm und packte ihn am Oberarm, sodass er leise aufschrie.

»Au, du tust mir weh, Mica!«

»Nager wird dir noch viel mehr wehtun, wenn er herausfindet, dass du etwas gestohlen hast, das du nicht mit uns anderen teilen willst!« Das Mädchen hielt ihn erbarmungslos fest und drehte den Arm nach vorne, sodass Faím seine Hand zeigen musste. »Bei den Göttern ...« Ihre Augen weiteten sich und sie senkte die Fackel. »Woher hast du das?!« Sie ließ ihn los und starrte entgeistert auf den Gegenstand in Faíms dünnen Fingern.

Der Junge trat von einem Fuß auf den anderen und umfasste sein Handgelenk mit der anderen Hand, als wolle er es davor bewahren, unter dem Gewicht der Beute abzufallen. »Ich ...«, begann er und senkte den Blick.

»Ja?« Mica nahm ihm den Gegenstand aus der Hand und betrachtete ihn im Licht des Feuers. Er war etwa so groß wie eine Faust, glich rein äußerlich einem Ei und schien aus purem Gold gefertigt zu sein. Zumindest war er schwer genug dafür. Mehrere wertvoll anmutende Steine waren seitlich eingelassen und glänzten verführerisch. In der Mitte schien ein Mechanismus das Ei zusammenzuhalten. Als Mica daran herumdrückte, ließ es sich jedoch nicht öffnen.

»Ich ...« Faím biss sich auf die Unterlippe, bevor er fortfuhr: »... ich habe ihn aus dem Tempel des Wassergottes.«

»Du hast die Götter bestohlen?!« Mica nahm den Blick von dem goldenen Ei und sah stattdessen fassungslos den Jungen an.

»Nun ja …«

»Du weißt, dass das Unglück bringt?! Wie bei allen …« Mica senkte ihre Stimme zu einem Raunen, »wie konntest du so etwas nur tun?!«

»Ich … ich konnte nicht anders.« Faím hob den Blick und sah sie gequält an, sodass sie fast Mitleid mit ihm bekam.

»Du bringst das zurück. Sofort!« Das Mädchen legte das goldene Ei mit Nachdruck in seine Handfläche. »Wir sind zwar Kanalratten, aber nicht einmal wir beklauen die Götter. Halte dich endlich an unser Kredo! Du kannst von Glück sagen, dass Nager das nicht mitbekommen hat.«

»Nager weiß nichts über wahre Beute«, murmelte Faím trotzig, dem sein zurückerlangtes Diebesgut neues Selbstbewusstsein zu geben schien. »Wenn wir in der Diebesgilde wären …«

»Sind wir aber nicht!«, unterbrach ihn Mica schroff. »Wir sind gildenlos und das ist auch gut so. Wir brauchen keine Gilden. Weder die der Elemente noch die der Diebe!«

»Sari sagt aber …«

»Sari sagt viel, aber sie ist auch eine dumme Gans. Wir führen doch ein gutes Leben hier in den Kanälen. Was willst du noch mehr?«

»Etwas zu essen vielleicht? Und ein warmes Bett? Sari sagt, dass man das in der Diebesgilde bekommt.«

»Dann geh doch! Geh in die Diebesgilde!«, fuhr Mica den Jungen an, sodass dieser zusammenzuckte. »Die werden dich aufknüpfen, noch ehe du deinen Namen nennen konntest. Sie halten nichts von Kanalratten – wir sind für die nicht mal den Dreck unter ihren Schuhen wert! Aber wenn du es unbedingt ausprobieren willst, bitte, ich steh dir nicht im Weg! Sei dir aber im Klaren darüber, dass Nager dich jagen wird und du froh sein kannst, wenn du von den Dieben und nicht von ihm getötet wirst!«

Faím sah das Mädchen mit großen Augen an, erwiderte jedoch nichts mehr. Er wusste, dass er ohne sie keine Chance hatte, hier in den Tunneln unter Chakas zu überleben. Er war immer schon kränklich und schwach gewesen. Mica hatte ihn von Anfang an beschützt, ihn großgezogen und vor den anderen Kanalratten verteidigt. Er war zu schmächtig, um dies selbst zu tun und sie war gleichzeitig Schwester, Freundin und Mutter für ihn. Aber irgendwann, so hatte er sich einmal geschworen, würde er ein Meisterdieb werden. Eine Meisterratte, wie sie hier in Chakas noch keiner gesehen hatte. Und dann würde er *sie* beschützen.

»Tut … tut mir leid«, murmelte Mica und sah den blassen Jungen entschuldigend an. »Ich will dich nicht loswerden, ganz bestimmt nicht. Du bist das Einzige, was mir von unserer Familie noch geblieben ist. Bitte verzeih, dass ich dich so angefahren habe …«

»Schon gut«, nickte Faím und verbarg seine Beute wieder in der Hosentasche. »Ich weiß ja, dass du alles dafür tust, dass es uns gut geht.«

Mica seufzte und sah ihren kleinen Bruder traurig an. »Manchmal denke ich auch, es wäre das Beste, wenn wir einfach zu der Diebesgilde gehen und sie bitten würden, uns aufzunehmen und vor Nager zu beschützen. Aber du weißt doch, was sie von uns halten. Wir tragen keine Ringe, wurden nicht in eine Elementgilde aufgenommen, obwohl wir die Elemente in uns tragen. Du das Wasser, ich das Feuer. Wie Mutter und Vater …« Ihre Stimme versagte und sie fuhr sich mit der Hand über die Augen.

Nein, sie würde nicht weinen. Sie hatte das letzte Mal geweint, als sie den schwärzesten Tag ihres Lebens erlebte und danach hatte sie sich geschworen, nie wieder zu weinen. Nie mehr. Wegen niemandem. Doch jedes Mal, wenn sie an den Tag zurückdachte, an dem ihre Eltern gestorben waren, vermischten sich Traurigkeit und Wut gleichermaßen in ihrer Brust.

Sie waren mitten in der Nacht von einer Bande Schläger überfallen worden, die auf Beutezug durch die Stadt zogen. Nur Mica und ihr kleiner Bruder hatten sich vor ihnen in Sicherheit bringen können, indem sie in die Kanalisation geflohen waren. Ihre Eltern hatten versucht, ihr Zuhause zu verteidigen.

Als sie am nächsten Morgen zurückgekehrt waren, hatten ihre Mutter und ihr Vater blutüberströmt und mit gebrochenen Augen in der heruntergekommenen Holzbaracke gelegen, in der Nähe des Hafens, wo sie zu viert gelebt hatten. Ihr ganzes Hab und Gut, das ohnehin schon kläglich gewesen war, war gestohlen worden, sodass Mica und Faím nichts anderes übrig blieb, als betteln zu gehen.

Das war nun zehn Jahre her und Mica war damals gerade mal sechs Jahre alt, ihr Bruder knapp vier. Sie hatten noch eine Weile in der Baracke gewohnt, bis sie von anderen Bettlern vertrieben worden waren. Danach waren sie in die Gänge unterhalb der Stadt gezogen, die normalerweise von den Dieben bewohnt wurden. Jedoch hatten sie rasch gemerkt, dass sie dort ebenfalls nicht willkommen waren.

Nur Nager, einem hochgewachsenen Jungen, hatten sie es damals zu verdanken, dass sie nicht ohne ein Dach über dem Kopf schlafen mussten. Er hatte sie in seine Bande aufgenommen, die mehrheitlich aus Waisen bestand. Als Voraussetzung dafür, dass sie bleiben durften, mussten sie sich seinem Kredo anschließen, das ihnen unter anderem auch verbot, mit dreizehn Jahren in die Elementgilden einzutreten. Wahrscheinlich hatte Nager das verlangt, weil er selbst nicht in eine Gilde aufgenommen worden war. Er trug zumindest keinen Gildenring am Finger. Mica hatte sich nie getraut, nach dem Grund dafür zu fragen.

Darauf zu verzichten, in eine Elementgilde aufgenommen zu werden, war eine harte Entscheidung gewesen. Vor allem, als Faím vor einem Jahr ebenfalls das dreizehnte Lebensjahr erreichte. Mica und er hatten von Weitem aus einem Versteck in der Nähe des Gildenplatzes zugesehen, wie die anderen Dreizehnjährigen in der alljährlichen Gildenzeremonie ihre Elementringe erhalten hatten und damit zu vollwertigen Erwachsenen wurden.

Als Gildenlose waren sie vollkommen von Nager, der eigentlich Renschir hieß, abhängig. Doch sich dem Kredo von Nagers Bande zu unterwerfen, war damals die einzige Möglichkeit gewesen, die ihnen geblieben war. Nager hatte das gewusst und ausgenutzt. Immerhin bot er Essen und den Schutz seiner Bande, ohne die sie wohl kaum drei Tage in den Elendsvierteln der Stadt überlebt hätten.

Außerdem, so hatte Mica immer gehofft, würden sie irgendwann aus der Bande aussteigen und doch noch einen richtigen Beruf erlernen, ein besseres Leben führen können. Dann könnte sie ihrem Bruder Medikamente kaufen und ihn vielleicht sogar zu den Heilern in den Magierzirkel schicken, damit diese seine Krankheit heilen konnten.

Diese Hoffnung hatte sich leider als unsinnige Tagträumerei herausgestellt, wie sie in den letzten Jahren mit trauriger Gewissheit hatte feststellen müssen. Nager ließ sie nicht mehr gehen, denn er sah in Mica eine seiner besten Kämpferinnen, und seit sie zusätzlich zum Feuerelement auch noch Magie in sich entwickelte, ließ er sie kaum mehr aus den Augen. So wie jetzt, als er mit einem Mal hinter ihr auftauchte.

»Was lungert ihr hier herum?«, erklang seine finstere Stimme.

Mica fuhr zusammen und wandte sich ihm zu. Er war in den letzten Jahren noch muskulöser geworden und zu einem stattlichen Mann herangereift. Im Gegensatz zu seinen Bandenmitgliedern war er nicht dünn und schmächtig, sondern breitschultrig und wirkte gut genährt. Kein Wunder, er bekam ja auch von all seinen ›Untertanen‹ das Essen auf dem Silbertablett serviert, wie Mica wieder einmal bissig feststellte.

Ein Gedanke, den sie jedoch niemals laut und schon gar nicht vor Nager ausgesprochen hätte. Zu groß war ihre Angst vor ihm, obwohl sie, im Gegensatz zu ihrem Anführer, Magie wirken konnte. Da ihr jedoch niemand die Beherrschung ihrer Kräfte beibrachte, waren die Zauber eher zufällig und hielten sich auf das Entzünden einer Fackel oder eines kleinen Feuers beschränkt. Sie hatte Jahre gebraucht, um alleine dieses Kunststück zu lernen und obwohl sie versuchte, besser darin zu werden, hatte sie nur mäßigen Erfolg und zitterte jedes Mal vor Kälte, wenn sie einen Zauber wirkte.

Wäre sie Mitglied in der Feuerelementgilde gewesen, hätte ihr dort ein Magier all das beibringen können – oder vielleicht hätte sie sogar genug Magie gehabt, um in den magischen Zirkel von Chakas zu gehen, um dort die wirklich wirkungsvollen Zauber zu erlernen. So aber blieb ihr nur, neidisch den vorbeigehenden Jungmagiern in ihren schwarzen Umhängen hinterherzusehen, wenn sie sie in der Stadt erblickte.

Sie konnte die Nächte nicht mehr zählen, in denen sie wachgelegen und Pläne geschmiedet hatte, wie sie Nager entkommen konnten. Doch immer wieder musste sie sich eingestehen, dass sie keine Chance hatten. Nager kannte die Stadt besser als seine Hosentaschen und würde sie beide töten, noch ehe sie die Stadtmauern oder ein Schiff im Hafen erreicht hätten. Sie alleine hätte es vielleicht geschafft, aber ihr kleiner Bruder war einfach zu schwach, um vor Nager zu fliehen. Vielleicht, in ein paar Jahren, würde sich das ändern. Aber bis dahin blieb ihr nur, sich möglichst unauffällig zu verhalten und Nagers Zorn nicht auf sich oder ihren Bruder zu lenken.

Nun stand ihr Anführer hinter ihnen und verschränkte die Arme vor der breiten Brust. Seine hellblauen Augen waren misstrauisch auf die zwei erbärmlichen Gestalten vor ihm gerichtet und das schmutzbraune Haar fiel ihm lang und ungepflegt bis über die Schultern. Seit einiger Zeit ließ er sich einen stoppeligen Bart wachsen, was ihm ein noch wilderes Aussehen verlieh. Wie immer trug er seine grauen Leinenhosen und das schwarze Lederwams, darunter ein verschwitztes Hemd. An seinem Hüftgürtel hatte er links und rechts je einen Dolch befestigt, mit denen er meisterhaft umzugehen verstand.

Mica spürte, wie immer bei seinem Anblick, eine Gänsehaut an ihrem ganzen Körper. Sie hatte Angst vor diesem finsteren Kerl, der schlimmere Grausamkeiten auf Lager hatte, als sie sich vorstellen konnte, und mit nichts und niemandem Erbarmen oder gar Mitleid kannte. Mehr als einmal war er kurz davor gewesen, seine Wut und seinen Zorn, die manchmal so plötzlich ausbrachen, dass es zu spät war, vor ihm zu fliehen, an ihrem kleinen Bruder auszulassen.

Und jedes Mal hatte sie ihn nur beruhigen können, indem sie ihm Dinge versprochen hatte, für die sie sich im Nachhinein zutiefst schämte. Dinge, die eine Frau nur einem Mann, der sie aufrichtig liebte, gewähren sollte. Dinge, die … sie fröstelte bei dem Gedanken daran, wie seine schwieligen Hände sich auf ihrer Haut anfühlten und Ekel stieg ihr die Kehle hoch.

Doch sowohl die Abscheu als auch die Angst würde sie nie vor ihm zeigen, da sie wusste, dass das ihm nur noch mehr Macht über sie verlieh.

»Nun?« Nager hob eine seiner dunklen Augenbrauen und musterte sie abschätzig.

»Tut uns leid. Faím hat nur versucht, etwas zu essen zu klauen und musste vor einer Bande Bäckergesellen fliehen«, antwortete Mica rasch und trat vor ihren Bruder, sodass dieser vor dem Blick ihres Anführers geschützt war.

Nager ließ ein Knurren hören und kam einen Schritt auf Mica zu. Sie nahm seinen fauligen Atem und den abgestandenen Schweißgeruch seines Körpers wahr und musste sich zusammenreißen, um sich vor Abscheu nicht zu schütteln.

»Vergiss nicht, dass ich das Luftelement in mir trage und genau weiß, wenn du mich belügst, kleine Ratte«, sagte Nager gefährlich leise.

Mica sah ihm fest in die Augen und hielt seinem Blick stand. »Du kannst mir glauben«, versicherte sie ihm und war selbst erstaunt, wie einfach ihr diese Lüge über die Lippen kam – wie jedes Mal, wenn sie ihren Bruder vor ihm verteidigte.

Nager sah sie forschend an und nickte dann kaum merklich. »Hat er wenigstens etwas mitgebracht?« Seine Stimme klang noch dunkler als die Nacht.

Mica schüttelte leicht den Kopf. »Leider nicht, er wurde überrascht, ehe er etwas mitgehen lassen konnte. Sie hätten ihn fast erwischt.«

»Wäre nicht schade um ihn, er taugt ohnehin zu nichts anderem, als einen Köder zu spielen.« Nager zuckte mit den Schultern und Mica fühlte kalten Zorn in sich hochsteigen, den sie jedoch mit aller Kraft unterdrückte. »Wenn ihr hier nichts mehr zu tun habt, kommt mit in die Halle. Beli hat eine neue Beute entdeckt, die wir uns ansehen sollten.« Der junge Mann wandte sich zum Gehen, ohne sich zu vergewissern, ob die zwei ihm folgten.

Mica tauschte einen raschen Blick mit Faím und hielt den Finger kurz an die Lippen. ›Kein Wort‹, hieß das und ihr Bruder verstand sofort, dass sie damit das goldene Ei meinte, welches er geklaut hatte. Er nickte und machte das Zeichen, das er und seine Schwester sich ausgedacht hatten. Sie erwiderte die Geste mit der nach oben offenen Hand, die zum Herzen geführt wurde, ehe sie Nager zum Versteck der Kanalratten folgten. Ihrem Zuhause.

Kapitel 2 - Mica

Der Unterschlupf der Kanalratten bestand aus einer kleinen, verlassenen Lagerhalle und lag am Rande des Hafens von Chakas, von wo aus man direkt in die unterirdischen Gänge der Stadt gelangen konnte. Ein ehemaliger Brunnen, der sich im hinteren Bereich der Halle befand, war einer der vielen geheimen Zugänge zu dem Tunnelsystem, das in jeden Winkel der Stadt führen konnte. Vorausgesetzt, man kannte sich so gut darin aus wie die Diebe oder eben die Kanalratten.

›Kanalratten‹ war ein Begriff, der sich für all jene eingebürgert hatte, die auf den Straßen und in den Kanälen von Chakas lebten. Dies, weil sie entweder keiner Gilde angehörten oder keinen Beruf hatten und daher auf das Betteln und Stehlen angewiesen waren. Kanalratten unterschieden sich grundlegend von den Dieben, den eigentlichen Ratten der Stadt, welche allesamt einer der vier Elementgilden für Feuer, Wasser, Luft oder Erde angehörten und damit auch die Elementringe an ihren rechten Ringfingern trugen.

Die Diebe wurden von den Einwohnern ›Ratten‹ genannt, weil sie geschickt und flink waren und ebenso wie die kleinen Nagetiere nicht aus der Stadt vertrieben werden konnten. Sie hatten vor Menschengedenken eine eigene Gilde gegründet, in die jedoch nur auserwählte Mitglieder aufgenommen wurden. Voraussetzung war, neben der Mitgliedschaft in einer Elementgilde, Geschick im Umgang mit Waffen, Schleichen und Gedankenlesen, die Verwendung von Pfeil und Bogen oder andere Fähigkeiten, die einem die Elemente verleihen konnten und die in der Gilde gezielt gefördert wurden.

Ein Dieb, oder eben eine ›echte‹ Ratte zu sein, war nicht das Schlechteste, was einem in Chakas passieren konnte. Da gab es weit Schlimmeres, zum Beispiel, das Leben als Kanalratte zu fristen, die nicht wussten, ob sie den nächsten Tag noch erleben würden, da sie der Stadt und ihren Bewohnern schlichtweg gleichgültig waren und meist Schlägern oder Raubmördern zum Opfer fielen.

Daher hatte es für Mica und Faím fast an ein Wunder gegrenzt, als sie damals auf Nager gestoßen waren und er ihnen den Schutz seiner Bande angeboten hatte.

Nun hatten sie sich gemeinsam mit den anderen Bandenmitgliedern in der kleinen Lagerhalle versammelt. Es roch wie immer nach faulem Fisch und Urin, dessen beißender Gestank aus der Gerberei herüberzog, die sich ein paar hundert Schritt weiter weg befand. Da die Dämmerung bereits die Nacht ankündigte, hatten einige der Mitglieder Laternen dabei, um nicht in vollkommener Dunkelheit dazustehen.

Insgesamt zählte Nagers Bande siebzehn Kanalratten, die ungefähr im Alter von Mica und Faím waren. Eine Handvoll war so alt wie Nager selbst und hatte damit das zwanzigste Lebensjahr bereits hinter sich – ein stolzes Alter für eine Kanalratte. Neben Mica waren noch fünf weitere junge Frauen dabei, zwei davon hatten kleine Kinder, die sie in den Armen wiegten. Etwas, das Mica bisher zum Glück erspart geblieben war. Sie konnte sich nicht vorstellen, auch noch auf einen

Säugling aufzupassen, da ihr Bruder bereits all ihre Aufmerksamkeit beanspruchte.

»Damit sind wir vollzählig.« Nager sah aufmerksam in die Runde und fixierte jeden Einzelnen seiner Gefolgschaft. Er stand auf einer Kiste, obwohl er auch ohne sie alle überragt hätte. »Beli, erzähl ihnen, was du mir erzählt hast.«

Ein mittelgroßer, junger Mann trat vor und drehte sich zu den anderen um. Er hatte einen drahtigen Körperbau, den er seinen täglichen Schwertübungen verdankte. Im Gegensatz zu den anderen trug er eine kaum löchrige Lederrüstung und ein rostfreies Schwert. Beides hatte er vor einigen Monaten einem seiner Opfer abgenommen.

Neben Mica war Beli einer der besten Kämpfer und für die Bande unverzichtbar. Wie die meisten Einwohner von Chakas hatte auch er schwarzes Haar und eine bronzefarbene Haut, die durch die Sonne, die hier jeden Tag schien, einen noch dunkleren Ton erhalten hatte. Seine grünen Augen blickten stets wachsam und unruhig, so, als vermute er hinter jeder Ecke einen Hinterhalt.

Mica mochte den Kämpfer zwar gerne, vertraute ihm jedoch ebenso wenig wie den anderen Kanalratten. Sie hatte gelernt, dass allein auf sich selbst Verlass war, denn wenn es hart auf hart kam, dachte jede Kanalratte nur an das eigene Wohl, das hatte sie mehr als einmal erleben müssen. Ein weiterer Grund, warum Nager wahrscheinlich so sehr darauf pochte, dass alle seine Bandenmitglieder das Kredo der Diebe einhielten.

»Ich war vor einigen Stunden in der Innenstadt, in der Nähe des Gildenplatzes, und habe zufällig ein paar Ratten belauscht, die sich über eine Beute von großem Wert unterhielten.« Belis Stimme klang wie ein Scharnier, das lange nicht mehr geölt worden war.

»Was für eine Beute?«, wollte einer der jüngeren Kanalratten wissen.

»Einen Dolch, der der Herrscherin von Altra gehört haben soll. Ein Geschenk ihres Gemahls, das jedoch lange Zeit verschollen war. Die Klinge wurde von den Zwergen geschmiedet und die Legende besagt, dass sie pures Eis versprüht, wenn man sie einsetzt. Der Dolch wurde bei einem toten Gorka in der Nähe des Westendwaldes entdeckt und ist derzeit im Besitz eines Händlers namens Terkan, der in den Palmenhainen lebt.«

Mica schnappte leise nach Luft. ›Die Palmenhaine‹ wurde eine Gegend in Chakas genannt, die am Rande der Stadt lag und wo nur die Reichen lebten. Überall gab es weitläufige Parkanlagen mit schattenspendenden Palmen, die dem Bezirk den Namen verliehen, und die prachtvollen Villen, die dazwischen standen, galten als äußerst streng bewacht. Niemand wagte, dorthin zu gehen, um etwas zu stehlen, denn die vermögenden Bewohner bezahlten unter anderem sogar Kampfmagier als Bewacher ihres Hab und Guts.

»Was sollten wir mit einem solchen Dolch anfangen? Fleisch schneiden, das wir nicht haben?«, warf einer der älteren Kanalratten ein, was leises Gelächter zur Folge hatte.

»Still!«, brüllte Nager und sofort kehrte Ruhe ein. »Ich kenne jemanden, der Verwendung für solche Waffen hat, und kann sie ihm für einen hohen Preis verkaufen. Damit hätten wir für den Rest des Jahres ausgesorgt und könnten außerdem unser Versteck ausbessern sowie Waffen kaufen.«

»Aber in die Palmenhaine zu gehen, ist glatter Selbstmord!«, rief Dal, ein jüngerer Kämpfer.

»Der Dolch soll morgen Abend den Besitzer wechseln. Die Übergabe findet nicht in den Palmenhainen, sondern in der Nähe des Marktplatzes, in der Schenke ›Zum satten Kelmen‹ statt«, antwortete Beli ruhig.

»Die Ratten werden ebenfalls dort sein«, ergänzte Nager. »Das heißt, wir werden den Dolch vor ihnen klauen müssen.«

»Aber … das ist unmöglich. Die Diebesgilde hat viel besser ausgebildete Leute als wir«, warf Mica ein und biss sich sofort auf die Zunge.

Es war unklug, Nager zu widersprechen und die Strafe dafür kam sofort, denn der Anführer verließ seine Position auf der Kiste und war mit drei Schritten bei ihr, um mit schmalen Augen auf sie hinabzustarren. »Du findest also, ich bilde meine Leute zu schlecht aus?«, fragte er mit drohendem Unterton.

»Ich … nein, natürlich nicht«, ruderte Mica zurück und versuchte, dem bohrenden Blick von Nager standzuhalten.

»Gut, dann wirst du auch nicht widersprechen, wenn ich dich zusammen mit Beli, Dal und drei weiteren Kämpfern losschicke. Wenn du mir den Dolch nicht bringst, werde ich ihn«, er deutete mit dem Finger auf Faím, ohne den Blick von Mica zu nehmen, »persönlich töten. Hast du verstanden?«

In Mica brodelte es und am liebsten hätte sie Nager hier und jetzt ihr Messer ins Gesicht gerammt, doch sie wusste, dass sie es dann auch mit den anderen Kämpfern der Bande aufnehmen musste, die ihrem Anführer treu ergeben waren und ihn bewunderten. Und dafür war sie nicht stark genug.

Nur mit größter Anstrengung gelang es ihr, nicht nach der Klinge an ihrer Hüfte zu greifen und mit noch viel größerer Anstrengung brachte sie ein knappes Nicken zustande.

»Gut.« Auf Nagers wildem Gesicht erschien ein triumphierendes Lächeln. »Dann werdet ihr morgen Abend losgehen und mir den Dolch bringen.«

Mica wälzte sich in der Nacht unruhig hin und her. Sie konnte nicht schlafen und das lag nicht an dem harten Steinboden der Lagerhalle, dem Gestank oder den Hafengeräuschen. Nein, es lag daran, dass sie Angst hatte. Eine Regung, die sie sich nur selten eingestand und nur, wenn sie alleine war. So wie jetzt.

Die meisten Kanalratten schliefen schon lange, nur zwei waren zur Wache abkommandiert worden. Neben sich hörte sie Faím leise im Schlaf husten und ihr Herz wurde schwer. Sie wusste, dass Nager seine Drohung, Faím umzubringen, wahrmachen würde, sollten sie und die anderen diesen verfluchten Dolch nicht vor den Dieben klauen. Doch diese Aufgabe war kaum zu bewältigen.

Wie auch? Die Diebe hatten teilweise sogar magische Kräfte und waren jahrelang ausgebildet worden. Sie verfügten über die raffiniertesten Waffen und kannten allerlei Tricks, welche sie Mica und den anderen Kanalratten haushoch überlegen machten. Wie sie es bewerkstelligen sollten, den Dolch an sich zu bringen, war ihr ein Rätsel und sie verfluchte Nager für seine Arroganz und Grausamkeit. Aber ihr würde keine andere Wahl bleiben, als mitzuspielen und es zumindest zu versuchen.

Immer stärker wurde ihre Befürchtung, dass ihr Bruder mit dem Stehlen dieses goldenen Eis den Zorn der Götter auf sie beide gelenkt hatte. Sie war zwar nicht abergläubisch, doch sie glaubte fest an die Götter, die den Menschen vor langer Zeit die vier Elemente und die Magie geschenkt hatten. Allein diese Begabungen waren Grund genug, nicht an ihrer Existenz zu zweifeln und sie zu verehren. Früher, als ihre Mutter noch gelebt hatte, war sie einmal im Monat mit ihr in die Tempel mitgegangen, um den Göttern Opfer darzubringen und sie milde zu stimmen.

Jedes Mal wurde Mica von Ehrfurcht ergriffen, wenn sie vor dem Altar gekniet hatte. Sie spürte, dass eine höhere Macht in den Tempeln anwesend war und ihre Nackenhaare sträubten sich, wenn sie die heiligen Hallen wieder verließ. Außerdem war hier der einzige Ort, an dem alle Menschen gleich waren – sobald man die Stufen der Tempel wieder hinunterging, nahm man seinen Platz innerhalb der Bevölkerung wieder ein. Ein weiterer Grund, warum Mica die Tempel mochte.

Doch in den letzten Jahren war sie nicht mehr dort gewesen, sie hatte sich zu sehr geschämt, in ihren zerrissenen Kleidern und mit den abgetretenen Schuhen den heiligen Boden zu berühren. Etwas, was sie nun bedauerte, während sie wach lag und ein stilles Gebet zu den Göttern schickte, mit der Bitte, dass sie das Leben ihres Bruders verschonen sollten.

Als der Morgen anbrach, hatte Mica immer noch kein Auge zugetan. Alles in ihr sträubte sich, den kommenden Tag zu begrüßen und trotzdem blieb ihr nichts anderes übrig, als zusammen mit Faím sowie den anderen Kanalratten und unter strenger Aufsicht von Nager zum Marktplatz aufzubrechen, um dort zu betteln und den einen oder anderen Apfel zu stehlen.

Die Sonne brannte wie immer heiß auf sie herab und trieb ihnen den Schweiß aus den Poren. Hunderte von Menschen drängten sich zwischen den Marktständen und machten es Mica und den anderen Kanalratten leicht, ungesehen etwas Essbares und sogar die eine oder andere Kupfermünze zu stehlen.

Es war stickig und laut, aber Mica war es gewohnt, die Geräusche zu ignorieren und sich nur auf das Wesentliche zu konzentrieren: die Soldaten, die patrouillierten und die unachtsamen Verkäufer, die ihre Ware nicht immer im Blick hatten. Micas Augen glitten über die Stände, zu den Menschen, die etwas kaufen wollten und ihre Geldbeutel lockerten, zu den Händlern, die die Kassen schlossen und zu dem vielen Essen, das nur darauf wartete, gestohlen zu werden. Mica studierte jede einzelne Person, wie sie es immer tat, um die beste Gelegenheit zu finden, etwas zu klauen.

Der Marktplatz lag in der Nähe des Magierzirkels, der auf einem Hügel über der Stadt thronte. Ein sandiger Pfad führte hinauf zu den massiven, weißen Mauern, die den Zirkel umschlossen. Es ging das Gerücht, dass diese Mauern in den nächsten Jahren eingerissen werden sollten, da die neue Herrscherin dies befohlen habe.

Seit sich die Menschen erinnern konnten, waren die Magier von den nichtmagiebegabten Menschen getrennt gewesen. Dies wollte die Herrscherin, die seit ein paar Jahren an der Macht war, nun ändern. Aber um eine solche tief greifende Veränderung durchzuführen, brauchte es vor allem eines: Zeit.

Doch das waren Dinge, die Mica nur am Rande mitbekommen hatte und sie noch weniger interessierten. Sie war zeit ihres Lebens noch nie außerhalb der Stadt gewesen und hatte genug Sorgen in ihrem kleinen, armseligen Alltag, als sich auch noch um irgendwelche Dinge den Kopf zu zerbrechen, die sie ohnehin nicht beeinflussen konnte.

Der Tag strich vorüber und je näher der Abend kam, desto nervöser wurde Mica. Sie hatte mit den anderen auserwählten Kämpfern die Gegend um die Schenke, in der die Übergabe des Dolches stattfinden sollte, ausgekundschaftet. Dabei hatten sie natürlich auch nach den Dieben Ausschau gehalten, jedoch glücklicherweise keinen von ihnen entdeckt.

Vielleicht, so hoffte Mica inständig, hatte Beli sich verhört und die Diebe wollten dieses Artefakt gar nicht klauen. Doch ein winziger Teil in ihr wusste, dass sich die Ratten eine solche Beute niemals entgehen lassen würden.

Beli hatte in Erfahrung gebracht, wie der Händler namens Terkan aussah, den sie suchten. Er und Dal wollten sich in der Nähe des Zugangs zu der Schenke aufhalten, während Mica dazu bestimmt wurde, den Dolch zu stehlen, da sie die schnellste Läuferin war und außerdem klein genug, um rasch in der Menge unterzutauchen. Wie genau sie das tun sollte, war ihr schleierhaft, aber sie würde sich etwas einfallen lassen. Die anderen drei Kämpfer sollten nach den Dieben Ausschau halten und die Kanalratten rechtzeitig warnen, wenn sie auftauchten.

Soweit der Plan. Dass die Umsetzung gelang, konnten sie alle nur hoffen.

Als die Dämmerung hereinbrach, war jede Faser von Micas Körper zum Bersten angespannt. Nager war mit den anderen Bandenmitgliedern und Faím wieder zurück in den Unterschlupf gegangen, wo er auf sie warten wollte. Zu viele Kanalratten, die sich am Abend auf dem Marktplatz herumtrieben, würden nur unnötige Aufmerksamkeit erregen und die Soldaten anlocken.

Nager hatte Mica zum Abschied nochmals eingebläut, dass er – sollte sie nach Einbruch der Nacht nicht mit dem Artefakt zurück sein – ihren Bruder auf qualvolle Weise töten würde. Sie hatte ihn nur wütend angestarrt und auf den Boden gespuckt, was er mit einem fiesen Grinsen quittierte.

Ihr Bruder hatte den ganzen Tag keine Gelegenheit gehabt, unauffällig zu verschwinden, um das goldene Ei zurück in den Tempel zu bringen, da Nager ihn nicht aus den Augen ließ. Aber Mica wusste, dass Faím es bei sich trug. Die beklemmende Angst, den Zorn der Götter damit auf sich gezogen zu haben, verringerte Micas Nervosität kein bisschen, als sie auf den Händler wartete, der diesen ach so wertvollen Dolch an jemanden verkaufen wollte.

Beli und Dal hatten sich etwas entfernt von der Schenke in Stellung gebracht. Sie verbargen sich hinter mannshohen Fässern am Rande der sandigen Straße, die der Händler passieren musste, wenn er in die Schenke gehen wollte. Mica hatte sich vor der Taverne auf eine der Treppenstufen gesetzt und versuchte, so unauffällig wie möglich zu wirken.

Wie immer war hier gegen Abend viel los. Betrunkene, die die Mischung aus der heißen Sonne und dem Alkohol nicht vertragen hatten, lagen schnarchend oder lallend auf dem staubigen Boden, Kartenspieler hatten Stühle und Tische nach draußen gebracht, da drinnen kein Platz mehr war, und mehrere Gruppen von Menschen unterhielten sich angeregt. Ein Barde versuchte, mit seiner angenehm klingenden Stimme, den Lärm der Schankgäste zu übertönen, um ein paar Kupfer- oder Silberlinge zu verdienen.

Mica lauschte dem Lied, das eine Mischung aus Wehmut und Trauer war und von einer verlorenen Liebe handelte. Sie konnte den Barden nicht genau erkennen, er stand etwas weiter entfernt bei einer lachenden Männergruppe, aber die Stimme schlich sich in ihr Herz und rührte mit brennendem Finger in der Sorge um ihren Bruder. So lange, bis sie sich die Ohren zuhalten wollte, um den traurigen Gesang nicht mehr hören zu müssen.

Gerade als sie überlegte, ob sie nicht einen Platz etwas weiter entfernt von dem Sänger suchen sollte, sah sie, dass Beli ihr ein Zeichen gab. Sie stand unauffällig auf und ging langsam in Richtung der Gasse, die Beli und Dal bewachten. Mehrere Menschengruppen drängten sich an ihr vorbei und sie hatte Mühe, die anderen Kanalratten im Blick zu behalten. Mica versuchte, so auszusehen, als würde sie sich auf den

Heimweg machen und schlenderte betont gelassen zu einem der Fässer, hinter dem Beli stand.

»Wo ist er?«, raunte sie so leise, dass nur er sie hören konnte.

»Noch etwa zehn Schritt entfernt, dort drüben«, erklang die rostige Stimme des Kämpfers. »Dal und ich werden ihn hinter das Fass ziehen und du nimmst den Dolch und rennst los, verstanden?«

Mica nickte und spürte, wie ihr Herz schneller zu schlagen begann. Sie versuchte, in der Menschenmenge den Händler auszumachen, hatte aber keine Chance. Erst, als sie Dal hinter dem Fass hervorhuschen sah, erkannte sie ihn.

Der Beschreibung nach musste es eindeutig Terkan sein. Er hatte langes, schwarzes Haar, das bereits von grauen Strähnen durchzogen war, und trug einen schlichten, braunen Umhang. Mica vermutete, dass er diesen absichtlich gegen seine ansonsten sicherlich prunkvollen Kleider getauscht hatte, um nicht sofort erkannt zu werden. Darunter war ein Rucksack verborgen, in dem er wahrscheinlich den Dolch aufbewahrte. Zudem hatte er eine auffällige Hakennase und wurde von zwei Männern begleitet, die in ihren schwarzen Umhängen wie Kampfmagier aussahen.

Mica holte tief Luft, als sie sah, wie Dal einen der Magier anrempelte, sodass dieser stolperte, während Beli dasselbe mit dem zweiten tat. Die Magier bildeten sofort Schutzschilde, welche ihnen die beiden Kanalratten vom Leib hielten. Terkan schien einen Moment überrascht zu sein und blieb stehen.

Jetzt galt es, keine Zeit zu verlieren. Mica preschte vor und rammte dem Händler ihren Ellbogen in den Magen, was diesen laut aufstöhnen ließ. Gleichzeitig entriss sie ihm den Rucksack, indem sie geschickt die beiden Bänder durchschnitt. Er war schwerer, als sie erwartet hatte, aber das hinderte sie nicht daran, ihn sich über die Schultern zu werfen und so schnell sie konnte die Gasse entlangzurennen.

Hinter sich hörte sie die Magier und den Händler fluchen und spürte, wie ihre Zauber haarscharf an ihr vorbeizischten, die die Nacht um sie erhellten. Doch sie schlug Haken wie ein Hase und wurde ein ums andere Mal von den magischen Geschossen verfehlt.

Sie legte alle Kraft in ihre Beine, bog in eine Seitengasse, kletterte flink über eine Mauer und rannte, bis jeder ihrer Muskeln schmerzte. Ihr Ziel war einer der geheimen Eingänge des Tunnelsystems. Wenn sie ihn erreichte, wäre sie vor ihren Verfolgern sicher.

Als sie keine Geräusche mehr hinter sich vernahm, wagte sie es, anzuhalten und zurückzublicken. Sie befand sich in einer verlassenen Sackgasse, in der Nähe eines der Eingänge, der in Form einer Holztür in einer Mauer nur für eingeweihte Augen zu erkennen war, gut verborgen hinter Blätterranken. Mica trennten bloß ein paar Schritte davon.

Heftig atmend ließ sie den Rucksack von ihren Schultern gleiten und öffnete ihn mit fahrigen Fingern. In den unterirdischen Gängen war es zu dunkel, daher musste sie sich hier draußen vergewissern, dass sie den Dolch hatte. Ihr ganzer Körper pulsierte und ihre Lungen brannten. Doch sie musste wissen, ob sich der Dolch in dem Sack befand. Denn falls nicht, hätte sie soeben ihren Bruder getötet.

Vor Angst und Nervosität wurde ihr fast schwarz vor Augen und sie musste sich hinknien, damit sie nicht taumelte. Hektisch durchwühlte sie den Inhalt der Beute, bis sie auf eine hölzerne Schatulle stieß, die etwa die Länge eines Unterarmes hatte. Sie holte sie heraus und betrachtete sie im Sternenlicht, zögerte jedoch, sie zu öffnen. Wenn sich darin nicht der Dolch befand, würde Nager ihren Bruder töten, das wusste sie.

Mit einem Mal war die Luft um sie herum mit Nebelschwaden verhangen und sie hustete, als sie keine Luft mehr bekam. Jemand riss ihr die Schatulle aus den Händen, ehe sie es verhindern konnte, da der grauweiße Nebel ihr die Sicht nahm. Aber sie hörte, wie dieser jemand verschwinden wollte, und sprang auf.

Nein, sie konnte nicht zulassen, dass der Dolch entwendet wurde! Das Leben von Faím hing davon ab!

Kapitel 3 - Mica

Ohne etwas Genaues zu erkennen, hechtete Mica in die Richtung, aus der sie die Schritte gehört hatte – und prallte gegen etwas Hartes. Ein Keuchen war zu hören, als sie mit der Person, die ihr die Schatulle entrissen hatte, zusammen zu Boden fiel. Augenblicklich fuhren ihre Finger an die Hüfte zu ihrem Messer, wurden jedoch von zwei starken Händen daran gehindert. Zugleich wurde sie durch das Gewicht einer Gestalt, die plötzlich auf ihr lag, zu Boden gedrückt.

»Du kleine Rotznase!«, fluchte eine männliche Stimme und Mica hielt einen Moment inne. Diese Stimme kannte sie von irgendwoher … doch ehe ihr einfiel, warum sie ihr bekannt vorkam, spürte sie eine Klinge an ihrer Kehle. »Ich hätte dein erbärmliches Leben nicht verschonen sollen!«

»Nein, tu das nicht, bitte!«, entfuhr es Mica und sie hörte selbst, wie erbärmlich sie klang. Aber sie hatte nichts mehr zu verlieren, außer dem Leben ihres Bruders. Und das bedeutete im Moment die Welt für sie.

Der Nebel, der ihr die Sicht genommen hatte, lichtete sich und sie erkannte nach und nach die Umrisse des Fremden über ihr. Er hatte langes, schwarzes Haar, das ihm in glatten Strähnen ins Gesicht fiel, und trug eng anliegende, schwarze Lederkleider, die von einem weiten, dunkelgrauen Umhang größtenteils verhüllt wurden. Ein dunkles Tuch war um seinen Hals geschlungen – wozu bei den Göttern brauchte jemand hier, in der heißesten Region von Altra, ein Halstuch?

Ebenso befremdlich war, dass seine linke Hand, mit der er ihre Schulter auf den Boden presste, von einem schwarzen Handschuh verborgen wurde. Sein Körperbau war muskulös, er hatte eine schmale Taille und breite Schultern – wie Nager.

Mica stellte mit Erleichterung fest, dass es sich um keinen Magier handelte. Denn diese trugen schwarze Gildenringe an ihrer rechten Hand, ihr Gegner über ihr, der mit seiner unbehandschuhten Hand den Dolch an ihre Kehle hielt, jedoch einen goldenen, wie ihn alle Nichtmagier bei der Aufnahmezeremonie erhielten. Außerdem konnte sie eine grüne Luftrune in seinem Ring leuchten sehen. Er trug also das Luftelement in sich – wie Nager.

Mit jeder Sekunde wurde er ihr unsympathischer.

Die Kapuze seines Umhanges war etwas nach hinten gerutscht, sodass das Licht des inzwischen aufgegangenen Mondes seine Gesichtszüge erahnen ließ. Er mochte ein paar Jahre älter sein als sie, vielleicht Anfang zwanzig und hatte einen stoppeligen Dreitagebart, der jedoch nicht über seine kantigen Züge und die Narbe an seiner Oberlippe hinwegtäuschen konnte.

Ihr Blick blieb an seinen Augen hängen, die nicht schwarz, sondern von einer hellen Farbe zu sein schienen. Die Art, wie er sie musterte, verwirrte sie. In seinem Blick lagen sowohl Erstaunen als auch eine versteckte Wärme. Außer manchmal bei Faím hatte sie solch einen Blick noch nie bei einem anderen Menschen gesehen – und schon gar nicht einen, der ihr galt.

Die Kanalratten duldeten sich zwar, mochten sich im Grunde aber nicht leiden und beäugten einander stets mit Misstrauen – was auch angebracht war. Und wenn Mica anderen Menschen auf der Straße begegnete, so hatten diese bestenfalls mitleidige, wenn nicht eher angeekelte Blicke für sie übrig.

»Du bist ja ein Mädchen!«, entfuhr es dem Fremden, der damit ihre Gedanken unterbrach.

Er lockerte seinen Griff etwas und Mica versuchte augenblicklich, sich unter ihm zu winden, um ihn von sich herunterzubekommen. Doch er war zu stark für sie. Außerdem saß er mit seinem ganzen Gewicht auf ihrem schmächtigen Körper und sie hatte keine Möglichkeit, an ihr Messer zu gelangen, da seine Knie ihre Unterarme festhielten. So blieb ihr nur, ihn trotzig anzustarren.

»Warum wolltest du den Dolch stehlen?«, fragte der Fremde sie energisch, ohne die Klinge von ihrer Kehle zu nehmen.

Mica presste die Lippen aufeinander und weigerte sich, ihm zu antworten.

»Du solltest dir gut überlegen, ob du wirklich nichts sagen willst. Ich könnte auch versuchen, deine Gedanken zu lesen.« Ein strenger Zug erschien um seinen Mund.

Mica wusste, dass jeder, der das Luftelement in sich trug, die Gedanken und Gefühle der anderen besser erahnen konnte als Menschen, die eine andere Elementbegabung hatten. Magier, die luftbegabt waren, konnten sogar richtig Gedanken lesen und noch weit größere Zauber wirken, wie beispielsweise Luftpfeile zu schießen, dem Wind Befehle zu geben oder sogar Luftelementare zu beschwören. Wahrscheinlich hatte der Nebel, den der Fremde gewirkt hatte, ebenfalls etwas mit seiner Luftbegabung zu tun.

»Na? Was überlegst du so fieberhaft?« Die Stimme des Fremden wurde etwas weicher.

Jetzt wusste Mica mit einem Mal, woher sie diese Stimme kannte. Es war die des Barden in der Schenke. Aber ... was machte der hier, in einem weit entlegenen Winkel der Stadt? Warum war er ihr gefolgt?

»Nun gut, du willst mir nichts sagen.« Der Fremde zog die schwarzen Augenbrauen zusammen. »Aber ich erkenne deine Fragen auch so in deinen Augen und werde sie dir gerne beantworten: Ich bin kein Barde, sondern ein Dieb und ich will das Artefakt. Und nun zu dir: Du bist eine Kanalratte, oder wohl eher ein Kanalmäuschen, wenn man dich so ansieht.« Sein Blick glitt über ihren dünnen Körper. »Was will ein Mäuschen wie du mit einem Artefakt wie diesem?« Er nickte zu der Schatulle hinüber, die ein paar Fuß entfernt auf dem schmutzigen Boden lag.

»Lass mich aufstehen, dann sage ich es dir«, zischte Mica.

»Oh nein, auf solch einen Trick falle ich bestimmt nicht rein, Mäuschen.« Auf dem Gesicht des Fremden erschien ein Lächeln und Mica musste widerwillig feststellen, dass es aus ihm einen gut aussehenden, jungen Mann machte. »Du sagst mir entweder hier und jetzt, warum du den Dolch wolltest, oder ich werde dich mit meiner Klinge bekannt machen.« Er umfasste den Griff seines Dolches wieder fester.

Auch wenn das Lächeln um den Mund des Fremden blieb, so sah Mica doch in seinen hellen Augen, dass jedes Wort ernst gemeint war. Aber wenn er sie töten sollte, würde auch ihr Bruder sterben, so viel war gewiss.

Zähneknirschend gestand sie sich ein, dass sie keine andere Wahl hatte, als auf die Frage des Diebes zu antworten. »Ich brauche sie für meine Bande«, sagte sie gepresst.

»Du hast eine eigene Bande?« Das Lächeln des Fremden wich einem ungläubigen Ausdruck, was Mica fast schon bedauerte. Etwas in ihr wollte ihn abermals lächeln sehen, und sie schalt sich auf der Stelle für diesen kindischen Gedanken. »Ich dachte, ihr Kanalratten seid Einzelkämpfer?«

»Nicht alle«, erwiderte Mica kurz angebunden.

»Und wozu braucht ihr den Dolch? Um Karotten zu köpfen?«

In jeder anderen Situation hätte Mica vielleicht über den Scherz geschmunzelt, aber nun, da das Leben ihres Bruders in Nagers Händen lag, fühlte sie mit einem Mal eine brodelnde Wut in sich, die immer stärker wurde.

Sie brauchte diesen verdammten Dolch, um Faíms Leben zu retten! Warum konnte dieser arrogante Dieb nicht einfach von dannen ziehen und ihn ihr überlassen? Warum musste er sie auch noch mit solch dummen Sprüchen aufziehen und sich über sie lustig machen?!

Ehe sie es sich versah, schoss eine Feuerkugel aus ihrer Handfläche und verfehlte nur haarscharf den Rücken des Fremden, der augenblicklich aufsprang und seinen Dolch auf sie richtete, als sei er ein Schild, der sie ihm vom Leibe hielt.

»Du bist eine Magierin!«, rief er überrascht. In seinen Augen war für die Dauer eines Herzschlags Entsetzen zu erkennen, das jedoch sofort wieder erlosch.

»Nein, bin ich nicht!«, knurrte Mica, die die Gelegenheit ergriff, und sich aufrappelte. Sie spürte Kälte in sich, wie immer, wenn sie Magie gewirkt hatte. Dieses Mal war die Kälte allerdings noch stärker als sonst und sie zitterte unwillkürlich, versuchte aber, sich nichts anmerken zu lassen. »Ich bin eine Kanalratte, wie du schon richtig festgestellt hast. Und jetzt hau ab und überlass mir den Dolch! Sonst werde ich dich verbrennen!« Sie hatte zwar keine Ahnung, wie ihr das Kunststück mit der Feuerkugel geglückt war, da sie so etwas bisher noch nie zustande gebracht hatte, aber das musste der Dieb ja nicht wissen.

Leider schien er um einiges besser im Gedankenlesen zu sein als Nager, denn er nahm eine entspanntere Körperhaltung ein und sah lächelnd auf sie hinunter, da er sie um fast einen Kopf überragte. »Du willst mir also weismachen, dass du als Gildenlose deine Magie genügend im Griff hast, um mir ernsthaft gefährlich zu werden?« Sein Lächeln wurde breiter. Offenbar hatte er bemerkt, dass sie keinen Gildenring trug. »Nun, wenn dem so ist, dann wiederhole doch deinen Trick mit dem Feuerball und ich überlasse dir gerne den Dolch.«

Auch wenn Mica nichts lieber getan hätte, als ihm eine weitere Feuerkugel mitten ins Gesicht zu schleudern, so brachte sie keine mehr zustande, das wusste sie – und er leider auch, wie sie seinem amüsierten Blick entnehmen konnte.

Da sie nicht wusste, was sie sonst tun sollte, schnaubte sie wütend durch die Nase und griff nach ihrem Messer.

»Mäuschen, lass die Klinge stecken. Ich will dich nicht töten müssen«, meinte der Dieb mit hochgezogenen Augenbrauen.

»Nenn mich nicht Mäuschen! Ich heiße Mica!«, fuhr sie ihn an, während ihre Hand am Messergriff verharrte.

»Hübscher Name.« Der Dieb verlagerte sein Gewicht und bückte sich, um die Holzschatulle aufzuheben. Dabei hielt er mit der anderen Hand seinen Dolch weiterhin auf Mica gerichtet. »Sehr erfreut, ich bin Cassiel, Freunde nennen mich auch Cass.«

»Gib mir die Schatulle!«, verlangte Mica abermals.

Cassiel sah sie abschätzend an, während er die Holzschachtel in seiner Hand wog. »Dir scheint ja wirklich viel an dem Artefakt zu liegen. Wenn du mir sagst, warum, werde ich es mir überlegen. Ich kann es ja jederzeit wieder von dir stehlen.« Sein Mund verzog sich zu einem verschlagenen Grinsen.

»Hör verdammt noch mal auf, Witze darüber zu machen! Es geht um Leben und Tod!« Mica spürte langsam wieder diese verzweifelte Wut in sich kochen und bemühte sich, ihre Gefühle niederzuringen. Einen weiteren Feuerball würde sie wohl kaum überstehen, ohne vor Unterkühlung ohnmächtig zu werden.

»So ernst ist es also?« Cassiel begann, die Schatulle zu öffnen.

Anscheinend war sie durch einen Mechanismus verschlossen, der seine gesamte Aufmerksamkeit erforderte. Mica nutzte die Gelegenheit und sprang vor, um ihm das Artefakt aus den Händen zu reißen. Leider hatte Cassiel damit gerechnet, denn er wich zur Seite und Mica prallte gegen die gegenüberliegende Hauswand. Mit einem raschen Schritt war er bei ihr, schlug ihr das Messer aus der Hand, das sie gezogen hatte, und drückte seinen Unterarm quer über ihren Brustkorb, sodass ihr die Luft aus den Lungen getrieben wurde. Keuchend versuchte sie, zu atmen und gleichzeitig mit beiden Händen seinen Unterarm loszuwerden, mit dem er sie an der Hauswand festgenagelt hatte. Jedoch erfolglos.

»Mach sowas nicht noch einmal.« Die Stimme von Cassiel war leise, aber nicht minder drohend. »Das nächste Mal werde ich dich töten müssen. Wäre schade um ein Mäuschen wie dich.«

Mica warf ihm einen glühenden Blick zu, nickte dann aber kaum merklich.

Cassiel lockerte seinen Griff, sodass sie wieder atmen konnte. »Gut, und jetzt hör endlich auf mit der Geheimniskrämerei und erklär dich!«, befahl der Dieb.

»Ich …« Mica hustete und stützte sich an der Wand hinter sich ab.

Mit einem Mal wich alle Kraft aus ihrem Körper und sie fühlte nur noch die brennende Sorge um ihren Bruder in ihrem Herzen. Ihre Stimme versagte, als sie weitersprechen wollte und sie rutschte an der Hauswand herunter.

Sie war schon viel zu lange weg, die Nacht war längst hereingebrochen und vielleicht hatte Nager Faím bereits umgebracht, da er glaubte, sie sei mit dem Artefakt geflohen. Bei dem Gedanken daran, dass sie womöglich gerade ihren Bruder verloren hatte, wurde ihr übel.

»Ist das eine neue Masche, um Mitleid zu erhalten?«, fragte Cassiel ungerührt, der immer noch die Schatulle in der Hand hielt und sie nun endlich geöffnet hatte.

Mica wich seinem forschenden Blick aus und schüttelte schwach den Kopf. »Es ist wahrscheinlich ohnehin schon zu spät«, murmelte sie.

»Warum?« Cassiel holte einen länglichen Gegenstand aus der Kiste, der in Seide gehüllt war. Vorsichtig wickelte er ihn aus dem edlen Stoff und betrachtete die freigelegte Klinge, die wie flüssiges Eis glühte, im Sternenlicht. »Nicht schlecht«, meinte er und pfiff anerkennend durch die Zähne. »Sowas hätte ich auch gerne.«

Mica hob den Blick und sah den Eisdolch ohne großes Interesse an. Cassiel schien dies aufzufallen, denn er ging vor ihr in die Hocke, während er die Klinge wieder in den Stoff wickelte. »Dir geht es nicht um den Dolch, oder?«, fragte er. Seine Stimme hatte wieder diesen warmen Klang, der sich schon bei der Taverne in Micas Herz geschlichen hatte.

Sie wandte den Kopf ab und fuhr sich mit der Hand über die Augen. »Es ist … mein Bruder. Ich sollte den Dolch für den Anführer meiner Bande besorgen, um meinem Bruder das Leben zu retten. Aber ich habe kläglich versagt«, flüsterte sie. »Jetzt ist er wahrscheinlich tot, denn ich bin schon viel zu lange weg.«

Cassiel hielt inne in seinen Bewegungen und warf ihr einen forschenden Blick zu. »Du lügst nicht, das erkenne ich«, sagte er dann langsam. »Warum meinst du, dass es zu spät ist, deinen Bruder zu retten?«

»Weil …« Mica sah ihm in die Augen und erkannte Mitleid darin.

Eine Regung, die sie bei allen Menschen hasste, führte es ihr doch nur jedes Mal wieder vor Augen, wie erbärmlich ihr Leben war. Doch bei Cassiel war es irgendwie anders. Es war nicht nur Mitleid, sondern auch … sie konnte es nicht genau benennen. Es war eher so, als könne er sich *wirklich* in sie hineinfühlen und sehe nicht bloß von einem hohen Thron auf sie herunter. So, als betrachte er sie auf Augenhöhe.

Sie seufzte und atmete tief durch. »Nager, der Anführer, ist ein grausamer Mann. Er hat schon lange damit gedroht, meinen Bruder umzubringen und wird keine Sekunde zögern, es zu tun, da er ihm ein Dorn im Auge ist. Mein Bruder ist schwach und kränklich – und Nager hat mir immer wieder vorgeworfen, dass er uns die ohnehin karge Nahrung wegisst.« Sie brach ab und spürte, wie sich ein Kloß in ihrer Kehle bildete.

Nein, sie würde nicht weinen, das hatte sie sich geschworen. Trotzdem … sie hatte noch nie so offen mit jemandem über Nager oder ihren Bruder gesprochen. Und dann ausgerechnet noch mit einem Dieb … aber sie konnte den Redefluss nicht stoppen, auch wenn sie gewollt hätte. Es war, als wollten diese Worte endlich aus ihr raus, als suchten sie sich einen eigenen Weg in die Freiheit.

»Ich halte es nicht mehr aus dort«, fuhr sie leise fort. »Aber mein Bruder und ich, wir können nicht fliehen – er ist einfach zu schwach und Nager würde uns beide töten.«

»Das klingt nach einem harten Schicksal«, meinte Cassiel nach einer Pause. »Gut, du hast mich überzeugt. Ich werde dir den Dolch leihen.

Aber nur, damit du deinen Bruder retten kannst – falls es nicht schon zu spät ist. Danach will ich ihn wiederhaben. Wir brauchen das Artefakt in der Gilde.«

Mica sah den Dieb argwöhnisch an. Machte er sich etwa wieder lustig über sie? Keiner tat so etwas, ohne selbst einen Nutzen davonzutragen. Und vor allem nicht ein Dieb.

Aber die Augen von Cassiel wirkten aufrichtig und sein Blick strahlte Wärme aus. Diese Wärme … sie verbrannte ihre Seele und ihr Herz gleichermaßen und Mica hielt es kaum aus, seinem Blick standzuhalten. Noch nie hatte jemand ihr etwas Gutes getan und dann kam es ausgerechnet von einem Dieb.

»Du vertraust mir nicht, das würde ich an deiner Stelle auch nicht tun«, meinte Cassiel schulterzuckend. »Aber hier, nimm.« Er streckte ihr die Holzkiste mit dem Dolch entgegen. »Ich leihe ihn dir. Wenn du ihn mir nicht mehr zurückgibst, muss ich ihn selbst holen kommen. Nur …« er grinste schief, »dann kann ich nicht dafür garantieren, dass dieser Nager das Zusammentreffen mit mir überleben wird.«

Mica zögerte einen Moment, ehe sie die Schatulle ergriff. »Danke«, hauchte sie.

»Keine Ursache. Dann werde ich dich mal in dein Versteck zurückkehren lassen – sei jedoch gewarnt, ich werde dich verfolgen, damit ich weiß, wohin du den Dolch bringst.«

»Und wie soll ich ihn dir wiedergeben?«, fragte Mica, die sich vom Boden erhob.

Cassiel stand ebenfalls auf und legte den Kopf schief. »Sagen wir, du bringst ihn mir morgen Abend zur schwarzen Kreuzung. Du weißt, wo das ist?«

Mica nickte. So wurde eine bestimmte Kreuzung im Tunnelsystem genannt, welche sich direkt unterhalb des magischen Zirkels von Chakas befand.

»Und bring deinen Bruder mit«, fuhr Cassiel fort. Als Mica ihn erstaunt ansah, lächelte er. »Du und dein Bruder werden wohl kaum bei den Kanalratten bleiben können, wenn ihr diesen Nager bestohlen habt. Sieh es als Einladung, euch mal bei uns in der Diebesgilde umzusehen.« Er zwinkerte ihr zu. »Du bist mutig, flink und mit deinen magischen Kräften könntest du uns nützlich werden. Auch wenn wir an deinen Kampfeskünsten noch etwas arbeiten müssen … und du solltest dringend regelmäßigere Mahlzeiten bekommen, so abgemagert, wie du bist. Aber ich glaube, es wird mir gelingen, die anderen davon zu überzeugen, dass wir euch bei uns aufnehmen, obwohl ihr gildenlos seid.«

Mica starrte ihn ein paar Sekunden lang sprachlos an, ehe sie in die Richtung davonrannte, wo sie die Holztür unter den Blätterranken in die vertrauten Gänge führte.

Kapitel 4 - Mica

Den ganzen Rückweg durch das Tunnelsystem hatte Mica das Gefühl, verfolgt zu werden. Auch wenn sie wusste, dass ihr Verfolger der Dieb war, der ihr so unverhofft helfen wollte, so fühlte sie sich doch unwohl dabei, ihn zum Versteck der Kanalrattenbande zu führen. Und dennoch war da auch ein klein wenig die Genugtuung, dass sie das ach so wichtige Kredo von Nager verletzte.

Schon beim Gedanken daran, dass sie vielleicht bald in der Diebesgilde sein könnte, schlug ihr Herz schneller. Sie hatte es sich zwar nie eingestanden und schon gar nicht ihrem Bruder erlaubt, davon zu sprechen, aber in einer richtigen Gilde zu sein, hatte sie sich immer schon gewünscht. Vielleicht, so hoffte sie, würde ihr dort jemand tatsächlich den Umgang mit ihren magischen Kräften zeigen und sie könnte schon bald, ohne groß nachzudenken, Feuerbälle werfen. Bei diesem Gedanken wurde ihr leicht ums Herz und ihr Schritt beschleunigte sich von alleine.

Mit jeder Sekunde gelangte sie näher zu der verlassenen Lagerhalle und spürte, wie sich in die freudigen Gefühle wieder die Angst um ihren Bruder schlich. Sie wusste nicht, was sie tun würde, wenn er bereits tot wäre. Dann konnte sie nicht garantieren, dass sie Nager nicht ebenso umbringen würde – selbst wenn das ihren eigenen Tod bedeutete. Sie hasste den Anführer der Kanalratten aus tiefstem Herzen und wünschte ihm alle Krankheiten an den Hals, die sie kannte – was eine Menge war.

Als sie den Brunnenschacht hochkletterte, hatte sie schweißnasse Hände. Die zerschnittenen Riemen des Rucksackes hatte sie, bevor sie ihn sich über die Schulter warf, notdürftig wieder zusammengeknotet, damit sie die Hände zum Klettern freihatte. Bei jedem Schritt, den sie näher zur Oberfläche gelangte, befürchtete sie, ihren Bruder plötzlich schreien zu hören.

Als sie sich endlich das letzte Stück nach oben stemmte und über den Brunnenrand spähte, stockte ihr Atem. Die Kanalratten waren allesamt auf den Beinen, einige rannten kopflos umher und suchten nach irgendetwas, andere standen um einen Körper, der auf dem staubigen Boden lag. Über das Stimmengewirr war Nager zu hören, der zur Ruhe mahnte – jedoch waren die Kanalratten zu aufgeregt, um auf ihn zu hören. Faím war nirgendwo zu sehen und Micas Herz schlug schneller.

Sie schwang sich über den Brunnenrand und ging auf die Gruppe zu, die um den leblosen Körper herumstand. Als sie das Gesicht desjenigen erblickte, der am Boden lag, erkannte sie mit Grauen Beli – oder zumindest das, was von dem Kämpfer noch übrig geblieben war. Seine Haut wies überall hässliche Brandwunden auf, die Lederrüstung war versengt und zerrissen. Er atmete kaum noch und wenn, war es von einem schmerzvollen Stöhnen begleitet.

»Hat ihn schwer erwischt«, murmelte Pete, ein Junge von gerade mal vierzehn Jahren, der neben dem Kämpfer kniete und ihn untersuchte, als Mica näher hinzutrat.

»Wie …« Micas Stimme war belegt und sie räusperte sich. »Wie geht's den anderen?«

»Nur Beli hat den Zusammenstoß mit den Magiern überlebt«, antwortete Pete und hob den Blick. »Er ist vor wenigen Minuten hier angekommen, mehr tot als lebendig, aber wir wissen nicht, wie wir ihm helfen sollen. Er ist zu stark verwundet …«

»Da bist du ja!«, erklang eine schroffe Stimme hinter Mica und sie musste sich nicht umdrehen, um den Sprecher zu identifizieren. Es war eindeutig Nager. »Hättet ihr verdammt noch mal nicht besser aufeinander aufpassen können? Vier Tote und ein Schwerverletzter! Ihr Versager seid es nicht einmal wert, Kanalratten zu heißen!«

Mica drehte sich nun doch um und sah den hochgewachsenen Mann ausdruckslos an. »Bist du fertig?«, fragte sie kühl.

Einen Moment lang sah Nager so aus, als wolle er ihr seinen Dolch ins Herz rammen, dann verzog er sein Gesicht zu einer noch wütenderen Fratze und spuckte vor ihr auf den Boden. »Wie sprichst du mit mir?!«, fauchte er.

»So wie man mit einem Anführer spricht, der seine Lakaien im Stich gelassen hat. Wenn du dich selbst um den Dolch gekümmert hättest, hätten die anderen vielleicht nicht sterben müssen.« Mica wusste selbst nicht, wo ihr plötzliches Selbstvertrauen herkam, das schon fast an Todesmut grenzte, aber sie hatte die Nase einfach voll davon, sich von Nager herumkommandieren zu lassen.

Einen Moment lang starrte der Anführer sie sprachlos an, dann hob er die Hand und gab ihr eine schallende Ohrfeige. Micas Kopf flog herum und sie konnte nur noch ein Pfeifen auf ihrem linken Ohr hören. Ihre Wange brannte wie Feuer und sie stolperte, konnte sich jedoch im letzten Moment noch fangen und Nager nicht die Genugtuung geben, vor ihm im Staub zu landen.

»Gib den Dolch her!«, verlangte er mit einer Stimme, die härter als Stahl war.

Er riss ihr den Rucksack von den Schultern und Mica durchzuckte ein heftiger Schmerz, als er ihren linken Arm dabei auskugelte. Einen Moment war alles schwarz um sie und sie unterdrückte einen Schrei, während sie taumelte und nun doch in die Knie sank. Sie stöhnte laut auf, als sie die Schulter abtastete und versuchte, den Arm wieder einzurenken.

Nager kümmerte sich nicht um sie, sondern durchwühlte den Rucksack, um die hölzerne Schatulle hervorzuholen. Er brauchte um einiges länger als Cassiel, bis er sie geöffnet hatte, doch es gelang ihm schließlich und er zerriss die kostbare Seide mit seinen schmutzigen Händen, um die Klinge zu begutachten. Ein triumphierendes Lächeln erschien auf seinem Gesicht und seine Augen blitzten vor Gier.

»Wo … ist … mein Bruder?« Micas Stimme krächzte und der Schmerz in ihrer Schulter drohte, ihr das Bewusstsein zu nehmen. Doch sie musste wissen, wo Faím war. Hier in der Halle war er nicht, sonst hätte er sie längst begrüßt. Sie schüttelte den Kopf, um das lästige Pfeifen in ihrem linken Ohr loszuwerden, aber es wurde nur noch stärker und ging in ein nervtötendes Pochen über.

»Ich habe ihn fortgejagt.« Nager nahm seinen Blick nicht von der Klinge, die er probeweise durch die Luft schwang. Sie versprühte tatsächlich Eis und ein leises Summen ertönte, das Mica jedoch nur auf ihrem rechten Ohr wahrnehmen konnte. Das linke war taub.

»Du hast … was?« Sie vergaß einen Moment lang ihren Schmerz und starrte Nager ungläubig an, während sie versuchte, sich wieder zu erheben, was ihr jedoch nicht richtig gelingen wollte. »Wo ist er?«

»Keine Ahnung und es ist mir auch egal. Er wird es nicht mehr wagen, hierher zurückzukehren und die Nacht mit großer Sicherheit nicht überleben, so schwach, wie er ist.«

»Du bist das widerwärtigste, ekelhafteste …« Ein erneuter Schmerz durchzuckte Micas Schulter, als sie sich aufrichten wollte. Sie stöhnte auf und ließ sich wieder zu Boden sinken.

»Mach ruhig weiter.« Nager wandte sich mit einem gehässigen Grinsen zu ihr, bückte sich und richtete den Dolch auf ihre Brust. »Ich brauche ein erstes Opfer für diese wundervolle Klinge und du gehst mir allmählich auf den Sack. Los, was wolltest du sagen?«

Mica biss sich auf die Unterlippe, bis sie Blut schmeckte, tat ihm jedoch nicht den Gefallen, ihm einen Grund zu liefern, sie zu töten.

Sie musste Faím finden. Er konnte noch nicht weit weg sein, hatte sich vielleicht bloß versteckt. Wenn er die ganze Nacht draußen war, war die Möglichkeit, dass er getötet wurde, groß. Das wusste er – und Nager ebenfalls. Doch auch im Tunnelsystem wäre er nicht sicher.

Ihre Gedanken rasten. Sie musste ihn finden, aber zuerst musste sie zusehen, dass Nager sie nicht umbrachte.

»Hast du dich an deiner Zunge verschluckt?«, fragte Nager spöttisch und fuhr mit der eisigen Klinge über ihre Brust, hinauf zu ihrem Hals. Sie hinterließ eine brennende Spur, als sie den Stoff des viel zu weiten Hemdes durchtrennte und Mica unterdrückte ein Stöhnen. Sie musste jetzt stark sein, durfte keine Schwäche zeigen. Sonst wäre sie schneller tot, als sie ›Dolch‹ sagen konnte. Glücklicherweise verletzte der Anführer sie nur geringfügig. Trotzdem würde eine Narbe bleiben, wenn die Schnittwunde verheilt wäre. Nager schien darauf zu warten, dass sie sich wehrte, um dann zuzustoßen.

»Nager, lass sie«, versuchte Sari, eine jüngere Frau, den Anführer zu beruhigen. Sie war hinter Mica getreten und legte eine Hand auf deren gesunde Schulter. »Wir brauchen sie, sie ist die beste Kämpferin in der Bande. Beli ist soeben von uns gegangen …«

Nager hob den Blick, in dem eine Wildheit lag, die sogar Mica erschütterte. »Du Schlampe hast mir nicht zu sagen, was ich tun soll!«, knurrte er, nahm den Dolch von Micas Hals, sprang einen Schritt nach vorne und stieß zu.

Sari konnte nicht einmal schreien, so schnell war alles vorbei und sie sank mit ungläubigem Blick in die Knie. In ihrer Brust klaffte eine vor Kälte dampfende Wunde, aus der das Blut hervorschoss. Es spritzte in Micas Gesicht, die sich rasch umdrehte und trotz ihrer quälenden Schmerzen in der Schulter aufsprang.

»Haben dich alle guten Geister verlassen?!«, rief sie und stürzte zu Sari, die leblos und mit gebrochenen Augen im Staub lag. Unter ihrem Körper bildete sich rasend schnell eine Blutlache. »Du hast sie getötet!«

»Na und?« Nagers Stimme war kalt vor Zorn. »Du wirst ihr gleich folgen!«

Noch ehe er jedoch einen Schritt auf Mica zugehen konnte, erschien eine dunkle Gestalt hinter ihm. Bevor sich Nager zu wehren vermochte, hatte die Gestalt einen Dolch an dessen Kehle gelegt und schlitze sie mit einer einzigen Bewegung auf.

Der Anführer der Kanalratten weitete vor Ungläubigkeit die Augen, wollte etwas sagen, doch Blut sprudelte ihm schäumend aus dem Mund. Die eisige Klinge glitt ihm aus der Hand und wurde von der schwarzen Gestalt hinter ihm aufgefangen, ehe sie zusammen mit Nagers leblosem Körper zu Boden fallen konnte.

Mica keuchte, als sie erkannte, wer ihr gerade das Leben gerettet hatte. »Cassiel?«, fragte sie benommen.

»Nenn mich Cass.« Der Dieb beugte sich zu ihr herunter und sah sie besorgt an. Sie konnte im Licht der Fackeln erkennen, dass seine Augen eine höchst seltene Farbe aufwiesen. Der äußere Rand war von einem Grün, das sie an eine Wiese erinnerte, der Ring um die Pupille allerdings von einem gelblichen Braun, das der Iris einen goldenen Stich verlieh. »Mäuschen, du siehst noch schlimmer aus als bei unserer ersten Begegnung – und du blutest aus dem Ohr … alles in Ordnung mit dir?«

Mica nickte reflexartig und nahm seine Hand, um sich auf die Beine helfen zu lassen. Dann wischte sie sich mit dem Hemdärmel die Blutspritzer aus dem Gesicht, die von Saris Wunde stammten.

»Lief wohl nicht so, wie wir geplant hatten.« Cassiel grinste schief, verbarg die eisige Klinge in einem schmutzigen Tuch, das er von irgendwo unter seinem Umhang hervorholte, und ließ seinen Blick durch die Halle schweifen. »Das ist es also? Euer Versteck? Nun ja, gar nicht mal so übel. Wo ist dein Bruder?« Er sah sich suchend um.

Die restlichen acht Kanalratten standen da wie vom Donner gerührt und wagten nicht, sich zu bewegen. Die beiden Kleinkinder begannen zu weinen und wurden von ihren Müttern so gut es ging getröstet.

»Er … Nager hat ihn fortgejagt.« Mica sah den Dieb immer noch verwirrt an.

Sie konnte nicht glauben, dass er soeben Nager getötet hatte – dass dieser grausame Mann nie mehr über ihr Leben bestimmen würde. Aber ein Blick auf den zusammengesunkenen Körper, aus dessen Hals immer noch Blut quoll und sich mit dem von Sari vermischte, gab ihr die Bestätigung. Nager war tot.

Mica fühlte nichts. Weder Erleichterung noch Abscheu, als sie auf den ehemaligen Anführer hinuntersah.

»Hm, es wird schwer für deinen Bruder, die Nacht zu überstehen«, meinte Cassiel und zog die schwarzen Augenbrauen zusammen. »Aber ehe wir besprechen, wie wir ihn finden wollen, lass uns von hier verschwinden. Ich mag keine Zuschauer.« Er schaute kurz zu den anderen Kanalratten, die sie mit großen Augen anstarrten.

Mica nickte und folgte ihm zum Brunnen.

»Kannst du klettern?«, fragte Cassiel mit einem Blick auf ihre Schulter.

»Ich glaube nicht.« Mica sah zweifelnd in den Brunnenschacht, der mehrere Dutzend Schritt tief war.

»Lass mich das kurz ansehen.« Der Dieb wartete nicht auf ihr Einverständnis, sondern tastete Micas linken Arm ab. Sie konnte ein schmerzvolles Aufstöhnen nicht unterdrücken, als er sie berührte. »Scheint ausgekugelt zu sein.« Cassiel legte die Stirn in Falten. »Ich kann sowas wieder einrenken, aber du musst dich dafür hinlegen. Was denkst du? Werden sie uns angreifen?« Er warf einen Blick zu der kleinen Gruppe, die sie stumm beobachtete.

»Ich denke nicht, ich bin jedem von ihnen überlegen – und sie sind Feiglinge.«

Cassiels Mund verzog sich zu einem Schmunzeln. »Dann ist es ja gut, dass ich dich von hier weghole. Also, leg dich hin und verschränke deine Finger mit meinen. Es wird wehtun, aber geht im Grunde schnell.«

Mica tat wie geheißen und spürte abermals kaum auszuhaltende Schmerzen, als Cassiel seinen Fuß in ihre linke Achselhöhle stemmte, während er ihre Hand fest umschloss und einen stetigen Zug auf die Schulter ausübte. Tränen traten ihr in die Augen und verschleierten ihre Sicht, aber sie biss die Zähne zusammen.

Nach einigen Sekunden, die ihr fast das Bewusstsein raubten, spürte Mica, wie das Schultergelenk wieder einrastete.

»So, das wäre geschafft«, meinte Cassiel zufrieden. »Du solltest beim Klettern aufpassen, dass du den Arm nicht belastest. Er wird einige

Zeit brauchen, um zu verheilen, aber wir haben in der Diebesgilde einen Heiler, der dir helfen kann. Er hat mich schon einige Male zusammengeflickt.« Erneut erschien ein schiefes Grinsen auf seinem Gesicht.

»Danke«, murmelte Mica, während sie ihre Schulter abtastete, die bereits besorgniserregend anschwoll.

»Nichts zu danken. Los, komm. Ich hab genug von eurem Versteck.« Er half ihr aufzustehen und ging zum Brunnen, um hinunterzusteigen.

Mica folgte ihm, immer noch benommen, und warf keinen Blick zurück, als sie hinter Cassiel den Schacht hinunterkletterte, denn dieses Leben wollte sie ein für alle Mal hinter sich lassen.

Kapitel 5 - Faím

Als Faím erwachte, wusste er im ersten Moment nicht, wo er sich befand. Verwirrt versuchte er sich in der Dunkelheit zu orientieren. Warum bloß schwankte alles? Und warum war es so finster? Dann kam ihm wieder in den Sinn, dass er in der vergangenen Nacht ziellos durch das Hafenquartier gestreift war, nachdem Nager ihn mit Prügeln aus dem Versteck der Kanalratten vertrieben hatte.

Er hatte nicht gewusst, wohin er gehen sollte, bis er schließlich auf eine Bande betrunkener Männer gestoßen war, die sich einen Spaß daraus gemacht hatten, ihn abwechselnd zu Boden zu schubsen. Einer von denen hatte sogar einen Dolch hervorgeholt und Faím damit bedroht. Aus Panik war er davongerannt, verfolgt von den grölenden Männern, die ihm den Bauch hatten aufschlitzen wollen.

Irgendwann war er in der Nähe eines Piers zu einem Stapel Holzkisten gelangt, die von zwei Matrosen bewacht wurden, hatte sich herangepirscht und in einer davon vor seinen Verfolgern verborgen. Die Kiste enthielt kostbare Stoffe, die sich weich und warm anfühlten. Draußen hatte er die Männer fluchen und rufen gehört, aber sie hatten ihn nicht gefunden und waren schließlich von den Wachen vertrieben worden.

Anscheinend musste er in seinem Versteck eingeschlafen sein, denn jeder Muskel seines Körpers schmerzte. Obwohl er klein und schmächtig war, hatte er sich in der Kiste zusammenkauern müssen, um Platz zu finden.

Nun hob er vorsichtig den hölzernen Deckel an und spähte durch den schmalen Spalt.

Was er sah, verstörte ihn noch mehr. Alles war dunkel, obwohl er sicher war, dass es bereits früher Morgen sein musste. Und dieses Schwanken ...

Mit einem Mal war er hellwach und sein Herz setzte einen Schlag aus.

Nein ... das konnte nicht sein ... oder?

Ohne sich um den Lärm zu kümmern, den er damit verursachte, stieß er den Holzdeckel von sich, welcher mit lautem Krachen zu Boden fiel, und sprang aus der Kiste. Einen Moment lang musste er sich an deren Rand festhalten, denn das Schwanken wurde stärker und drohte, ihn von den Füßen zu reißen. Er konnte eindeutig das Tosen von Wellen und das Trampeln von Füßen auf Holzplanken hören.

Nackte Panik ergriff ihn. Oh nein, es konnte doch nicht sein, dass er tatsächlich auf einem Schiff gelandet war? Wie bei den Göttern sollte er jemals wieder nach Chakas und zu Mica finden?

Dann fiel ihm das goldene Ei wieder ein, das er seit zwei Tagen in seiner Hosentasche mit sich herumtrug. Eilig vergewisserte er sich, dass es noch da war und spürte mit Erleichterung das kühle Metall an seinen Fingern. Vielleicht konnte er den Kapitän, oder wer auch immer das Schiff befehligte, mit dem Schmuckstück überreden, umzukehren und ihn wieder im Hafen von Chakas abzusetzen. Oder vielleicht konnte er sich damit im nächsten Hafen eine Fahrt zurück erkaufen.

Abermals neigte sich das Schiff mit einem Knarren zur Seite und Faím torkelte. Sein Magen rebellierte, doch er konnte die aufkommende Übelkeit gerade noch unterdrücken.

Vorsichtig schlängelte er sich im Dunkeln zwischen den Kistenstapeln hindurch, die glücklicherweise mit Seilen befestigt waren. Er hatte keine Ahnung, wo sich der Ausgang befand, aber irgendwo musste dieser Raum ja eine Tür haben, sonst hätten die Kisten nicht hier hereingebracht werden können.

Schließlich gelangte er zu einer der Rumpfwände und tastete so lange daran entlang, bis er tatsächlich eine Art Klinke in der Hand spürte. Zögernd drückte er sie herunter und öffnete die Tür. Vor ihm erstreckte sich ein schmaler Gang, der von zwei Laternen, die in Wandhalterungen befestigt waren, spärlich erleuchtet wurde. Links und rechts waren Türen zu erkennen, die wahrscheinlich zu Kabinen oder weiteren Lagerräumen führten.

So leise wie möglich schlich Faím den Flur entlang und stützte sich an den Seitenwänden ab, wenn das Schiff von einer weiteren Welle erfasst wurde und sich durch die Gewalt des Wassers zur Seite neigte.

Über sich hörte er Männer rufen und herumrennen. Er konnte sie nicht verstehen, aber das lag nicht nur daran, dass ihre Stimmen hier unten gedämpft ankamen, sondern vor allem, weil sie sich einer andere Sprache bedienten. Die Einwohner von Chakas sprachen Temer. Faím wusste, dass in anderen Gebieten von Altra Sprachen wie Lormisch oder Praedisch verwendet wurden, aber es gelang ihm nicht, zuzuordnen, welche davon er soeben über sich hörte.

Als er am Ende des Ganges angekommen war, bemerkte er eine Leiter zu seiner Rechten. Vorsichtig stieg er die Sprossen hoch, darauf bedacht, sich den schlingernden Schiffsbewegungen anzupassen. Die Luke über ihm war mit einer Klappe verschlossen, die er mühelos öffnen konnte. Abermals fand er sich in einem Zwischendeck wieder, von dem Türen und Flure abgingen. Jetzt waren die Stimmen lauter und er vermeinte, eine zu erkennen, die noch durchdringender als die anderen war und Befehle brüllte. Zudem konnte er nun auch hören, dass draußen ein gewaltiger Sturm tobte.

Faím schwankte den Gang entlang, doch noch ehe er bei der zweiten Leiter, die zum Oberdeck führte, angekommen war, wurde rechts von ihm eine Kabinentür aufgerissen und er stieß mit dem Mann zusammen, der daraus hervortrat. Faím entwich ein schmerzvoller Laut, als der Fremde ihn am Oberarm packte und wie ein Schraubstock festhielt.

»Was tust du hier unten, Bursche?«, sagte der hochgewachsene Mann auf Temer. »Du solltest zusehen, dass du deinen Arsch an Deck kriegst und den anderen hilfst! Wir sind in einen Sturm geraten, der seinesgleichen sucht!«

Faím hob den Blick und sah den Mann an, der ihn seinerseits finster musterte. Sein Haar war dunkelblond, schulterlang und wurde von einem breitkrempigen Hut fast gänzlich verborgen. Er mochte ungefähr dreißig Jahre alt sein. Seine Augen glänzten wie schwarze Perlen und um den Mund trug er einen gepflegten, dunklen Kinnbart. Die lederne Kleidung des Fremden ließ darauf schließen, dass er ein Kämpfer war. Er trug einen Brustpanzer, der mit Metallstückchen versehen war, außerdem konnte Faím ein langes Schwert an seiner Hüfte erkennen.

»Los, rauf mit dir!«, donnerte der Mann und scheuchte Faím vor sich den Gang entlang.

Der Junge stolperte und sah gerade noch, wie der Fremde die Tür hinter sich verschloss. Eilig rannte er zu der Leiter, die an Deck führte. Als er die Luke über sich öffnete, trafen ihn Regentropfen hart wie

Kieselsteine im Gesicht und durchnässten ihn augenblicklich bis auf die Haut. Er hatte Mühe, die Luke offen zu halten, bis er hindurchgeklettert war, denn der Wind blies mit solcher Kraft, dass sich Faím mit beiden Händen gegen das Holz stemmen musste.

Der Lärm des Sturms war hier oben ohrenbetäubend. Es klang, als würde ein Berg einstürzen. Mannshohe Wellen stürzten donnernd über die Reling, das Schiff erzitterte unter jedem Schlag wie ein getroffenes Tier und war einem gnadenlosen, wilden Tanz mit den Mächten der See ausgeliefert. Der Himmel war schwarz wie die Nacht und Donner und Blitz wechselten sich so rasch ab, dass Faím kaum blinzeln konnte, ohne geblendet zu werden. Hinzu kam eine eisige Kälte, die dem Jungen, der nur löchrige Lumpen trug, bis in die Knochen schlich.

Der Fremde kletterte ebenfalls an Deck und sah sich suchend um. Er schien auf den Planken geboren zu sein, so sicher, wie er sich auf den Beinen hielt und in eine Richtung davoneilte. Faím überlegte einen Moment, ob er ihm nachgehen sollte, entschied sich dann jedoch dafür, besser den Kapitän des Schiffes zu suchen, um ihn über die Tatsache, dass er als unfreiwilliger Passagier an Bord war, zu unterrichten.

Es gelang ihm, ein Seil zu fassen zu bekommen, an das er sich klammern konnte, um nicht von den Windböen über Deck geschleift zu werden, die an seinen durchnässten Kleidern rissen. Langsam arbeitete er sich an der Reling entlang zum Heck des Schiffes vor, von wo die Befehle erklangen, da er dort das Ruder und damit wahrscheinlich auch den Kapitän vermutete.

Als er nur noch ein paar Schritt weit weg war, und bereits die schemenhaften Umrisse der Gestalten durch die dichten Schleier des Regens erahnen konnte, die sich auf einem erhöhten Deck befanden, das er als Puppdeck erkannte, packte ihn abermals jemand am Arm und riss ihn herum.

»Verflucht noch mal, ich habe dir doch gesagt, du sollst dich nützlich machen!«, erklang die finstere Stimme des Mannes, der ihn bereits auf dem Unterdeck festgehalten hatte. »Auf dem Achterdeck hast du nichts verloren! Los, rauf mit dir in die Wanten! Hilf, die Segel zu reffen, ehe sie uns um die Ohren fliegen!«

»Reffen?« Faím sah ihn verwirrt an.

»Was hast du denn bisher gelernt?!«, knurrte der Fremde. »Zusammenraffen, einholen ...! Das weiß jeder Matrose an Bord!«

»Ich bin aber kein Matrose«, schrie Faím gegen den Sturm und versuchte, sich aus dem Griff des Fremden zu befreien.

»Mir ist verflucht egal, ob du ein Schiffsjunge oder Matrose bist! Rauf mit dir, sonst werfe ich dich über Bord!«, knurrte der dunkelblonde Mann. In seinen schwarzen Augen konnte Faím erkennen, dass es ihm mehr als ernst mit seiner Drohung war.

Da der dünne Junge nie schwimmen gelernt hatte, nickte er widerwillig und begann, unter dem strengen Blick des Fremden, die Seile der Takelage hinaufzuklettern. Je höher er kam, desto stärker riss der Wind an seinem Körper, um ihn den Wellen zum Fraß vorzuwerfen. Mehr als einmal wäre es dem Sturm auch beinahe geglückt und nur dem Zufall war es zu verdanken, dass Faím sich gegen ihn zu behaupten vermochte.

Er hatte keine Ahnung, wie man Segel reffte, daher versuchte er einfach, sich trotz der heftigen Sturmböen so gut wie möglich festzukrallen, um oben zu bleiben, während der Regen ihm schmerzhaft ins Gesicht peitschte. Er schloss die Augen und klammerte sich mit aller Kraft an die Seile. Um ihn herum tobten die Elemente und unter sich konnte er die Befehle hören, die vom Achterdeck her gebrüllt wurden.

Das Wasser und die See hatten immer schon eine besondere Anziehungskraft auf Faím ausgeübt, was er dem Wasserelement, das er in sich trug, zuschrieb. In der Zeit, in der er sich im Hafen aufgehalten hatte und stundenlang die eleganten Schiffe und ihre Mannschaften bewunderte, hatte er so einige Begriffe und Regeln über das Leben an Bord gelernt. Mica hatte ihn immer für seine Vernarrtheit in Schiffe und die Seefahrt ausgelacht, aber nun kam ihm sein Wissen zugute. Vielleicht, so überlegte er, war der dunkelblonde Mann der Quartiermeister, der, außer bei Sturm und im Kampf, nach dem Kapitän das Sagen an Bord hatte. Das würde erklären, warum er sich vorhin in den Kabinen rumgetrieben hatte und nicht an Deck. Ihm blieb allerdings keine Zeit, sich weiter darüber Gedanken zu machen, denn er hatte alle Hände voll damit zu tun, nicht herunterzufallen.

Wie lange er im Takelwerk hing, wusste er nicht, nur, dass er irgendwann kein Gefühl mehr in den Fingern hatte und am ganzen Leib zitterte. Es mochten Stunden vergangen sein, oder auch nur Minuten, als der Wind sich langsam legte und er unter sich eine Stimme rufen hörte.

»He, Bursche, kommst du da auch wieder mal runter?«

Faím sah zwischen den Seilen hindurch nach unten und erkannte den dunkelblonden Mann, der seine Augen mit einer Hand gegen den Regen abschirmte und zu ihm nach oben blinzelte.

»Du kannst meinetwegen auch dort übernachten, aber in der Mannschaftsmesse gibt es jetzt etwas zu essen!« Damit drehte er sich um und ging, ohne sich zu vergewissern, ob Faím seiner Aufforderung folgte, Richtung Vordeck davon.

Faím versuchte, seine eiskalten Finger von den Seilen zu lösen. Sie waren so verkrampft, dass er schmerzhaft aufschrie und ihm Tränen in die Augen schossen. Mühsam hangelte er sich Zoll für Zoll hinunter und konnte das Wunder kaum fassen, als er heil auf den Planken ankam. Immerhin schwankte das Schiff nun nicht mehr so stark, obwohl der Wellengang immer noch hoch war. Trotzdem hatte Faím Mühe, sich auf dem nassen Holz auf den Beinen zu halten.

Als er endlich bei der Tür ankam, hinter der der Fremde verschwunden war, spürte er, wie die Kräfte ihn zu verlassen drohten und sein Körper den Preis für die Strapazen einforderte. Noch ehe er die Klinke herunterdrücken konnte, sank er auf die Planken und es wurde schwarz um ihn.

Ein heftiger Hustenanfall, der seinen ganzen Körper schüttelte, holte ihn in die Realität zurück und er stemmte sich auf, um nicht zu ersticken.

»Ach, sieh an, unser blinder Passagier weilt wieder unter uns. Gut gemacht, Seb!«, erklang neben ihm die ihm bereits bekannte, dunkle Stimme und er sah zwischen den Tränen, die ihm der Husten in die Augen getrieben hatte, die Umrisse des dunkelblonden Mannes, der ihn in dic Wanten geschickt hatte. Seine muskulösen Arme waren vor der Brust verschränkt und er stand neben der Pritsche, auf der Faím lag.

Als dieser sich umsah, bemerkte er, dass noch zwei weitere Männer in dem kleinen Raum standen, in den man ihn gebracht hatte. Jemand hatte ihm die zerrissenen Kleider ausgezogen und durch ein grauweißes Hemd sowie eine Kniehose ersetzt.

»Ich bin gespannt, welche Geschichte du auf Lager hast«, fuhr der Mann fort und hob eine seiner dunklen Augenbrauen. »Und wie du uns erklärst, wie ein gildenloser Bengel wie du an eine Kostbarkeit wie die hier kommt.« Er holte das goldene Ei aus seiner Jackentasche hervor. »Na?« Er sah Faím wachsam an.

Der Junge schluckte und unterdrückte einen weiteren Hustenanfall. Er wusste, dass er keine Wahl hatte und die Wahrheit sagen musste, wollte er je wieder nach Chakas zurückkehren.

Einer der Männer neben dem Fremden, der fast schwarzes Haar hatte, das ihm in einem langen Zopf über den Rücken fiel, fixierte ihn mit schmalen Augen. Er hatte ebenfalls die Arme verschränkt, löste sie nun aber und schlug bedrohlich mit der rechten Faust in seine linke Handfläche. »Wenn das Bürschchen nicht reden will, kann ich es aus ihm herausprügeln, Käpt'n«, sagte er ebenfalls auf Temer, jedoch mit einem fremdländischen Akzent.

Faím bemerkte, dass der Sprecher breit gebaut war und unter seinen Kleidern die Muskeln spielten. Außerdem trug er einen Gildenring mit einer Wasserrune an seinem rechten Ringfinger.

»Ruhig Blut, Lenco«, meinte der dunkelblonde Mann, den der andere mit Kapitän angesprochen hatte. »Er wird es uns schon freiwillig verraten, oder?« Er warf dem Jungen auf der Pritsche einen messerscharfen Blick zu.

Faím nickte eilig. »Es … es tut mir leid, dass ich auf Euer Schiff gekommen bin«, stotterte er. »Das war nicht geplant, ich wollte bloß vor ein paar betrunkenen Männern fliehen.«

»Denen du dieses goldene Ei abgenommen hast?« Die schwarzen Augen des Kapitäns wurden schmal und er drehte das Schmuckstück in den Händen.

Dabei fiel Faím auf, dass er eine Feuerrune in seinem Ring hatte. Hatte er also recht gehabt: Dieser Mann trug das Feuer in sich und war damit ein begabter Kämpfer. Kein Mann, mit dem man sich anlegen wollte.

»Äh … nein. Sie wollten mich verprügeln oder töten – ohne Grund. Das Ei habe ich … ich habe es aus dem Wassertempel von Chakas geklaut.« Seine Stimme war zerknirscht.

Über das Gesicht des Kapitäns glitt ein schiefes Lächeln. »Du bist gildenlos und bestiehlst die Götter«, stellte er amüsiert fest. »Na, dann wissen wir ja, wem wir diesen verdammten Sturm zu verdanken haben.«

»Es tut … tut mir leid«, entschuldigte sich Faím rasch. »Wenn ich gewusst hätte, dass ich die Götter damit verärgere, hätte ich es nicht getan.«

Jetzt erklang schallendes Gelächter, das an das Donnern des vergangenen Gewitters erinnerte, und der Kapitän schlug sich vor Erheiterung auf das Knie. »Du bist wirklich ein komischer, kleiner Kerl«, meinte er, immer noch lachend. »Aber keine Sorge, wir sind keine von denen, die es so genau mit den Göttern oder anderen … Obrigkeiten nehmen. Wir sind einfach nur, sagen wir mal, Händler, die sich gerne mit Gelegenheiten ein paar Münzen dazuverdienen.« Er zwinkerte Faím zu.

Dieser war für einen Augenblick verwirrt von der Reaktion des Kapitäns, ergriff dann aber die Chance, um sein Anliegen vorzubringen. »Ihr dürft das Gold behalten, wenn Ihr mich zurück nach Chakas bringt.« Er versuchte, dem Kapitän in die Augen zu sehen, was ihm jedoch nur halb gelang. Der bohrend schwarze Blick des Mannes jagte ihm eine Gänsehaut über den Rücken.

»Du stellst tatsächlich Bedingungen?« Das Gesicht des Kapitäns wurde schlagartig ernst, er kam einen Schritt näher und beugte sich zu Faím herunter. »Du scheinst ein mutiges Kerlchen zu sein – oder einfach nur dumm wie ein Haufen Kot. Ich nehme an, du weißt nicht, wen du vor dir hast, sonst hättest du dir diese Frechheit nicht erlaubt.«

Faím starrte den Kapitän mit weit aufgerissenen Augen an und zählte die letzten Sekunden seines Lebens, das wahrscheinlich hier und jetzt enden würde. Aber zumindest wollte er den Namen desjenigen erfahren, der ihn töten wollte. »Und wer …«, er schluckte hart, »wer seid Ihr?«

Der Kapitän schenkte ihm ein verschlagenes Grinsen und richtete sich wieder auf. »Man kennt mich unter dem Namen Schwarzauge – ein unglaublich einfallsreicher Name, ich weiß, aber die Leute können ihn sich merken. Mein richtiger Name ist Sarton. Und das hier sind Lenco, einer meiner besten Krieger und gleichzeitig mein Quartiermeister, sowie Seb, mein Schiffsarzt, der dich vorhin behandelt hat.« Er deutete auf den dritten Mann, der neben der Pritsche stand und mit ernsten Augen auf Faím herunterschaute.

Seb hatte, ebenso wie der Kapitän, schulterlanges Haar, das jedoch blond wie reifer Weizen war, und mochte ungefähr vierzig Jahre alt sein, denn an den Schläfen ergrauten bereits einige Strähnen. Sein Rücken war leicht gekrümmt. Im Gegensatz zu den anderen beiden trug er leichte Leinenkleider und einen braunen Umhang, wie ihn Faím von den Heilern aus Chakas kannte.

Die Stimme des Kapitäns wurde noch dunkler. »Und nun zu dir: Dass du ein kleiner Dieb bist, haben wir schon erfahren. Wie heißt du und wie alt bist du?«

»Faím, ich bin vierzehn«, antwortete der Junge rasch. »Aber ich bin kein Dieb, sondern eine Kanalratte.« Gleichzeitig biss er sich auf die Zunge, denn es war ihm peinlich, dies vor den drei Männern so offen zuzugeben.

»Soso, eine Kanalratte hat sich auf unser Schiff verirrt. Nun, was machen wir mit dir?« Der Kapitän betrachtete den dünnen Körper des

Jungen. »An dir ist nicht viel dran, zum Kämpfen bist du wohl kaum geeignet. Welches Element trägst du?«

»Das Wasser.«

»Na, immerhin etwas, dann solltest du genug Begabung haben, um auf einem Schiff zu arbeiten, sodass wir dich nicht sofort über Bord werfen müssen. Du wirst dieselbe Arbeit wie die anderen Schiffsjungen erledigen. Zu tun gibt es genug.«

Faím sah Sarton verwirrt an. »Ich soll an Bord bleiben? Aber das geht doch nicht! Meine Schwester sucht bestimmt schon nach mir. Ich muss zurück nach Chakas, ich wollte nie auf dieses Schiff!« Er machte Anstalten, aufzustehen, wurde aber vom Kapitän wieder auf die Pritsche gedrückt.

»Jetzt bist du aber hier und nicht in der Position, Bedingungen oder gar Forderungen zu stellen«, meinte Sarton energisch. »Entweder du fügst dich in dein Schicksal, oder du wirst in wenigen Sekunden den Rumpf meines Schiffes von unten bewundern können – vom Meeresgrund aus! Es ist deine Entscheidung.«

»Ich …« Faím sah den hochgewachsenen Mann mit weit aufgerissenen Augen an.

»Ja?«

»Mir bleibt wohl nichts anderes übrig.« Faím sackte in sich zusammen. »Kann ich im nächsten Hafen wenigstens eine Nachricht an meine Schwester verschicken?«

»Kannst du, nur denke ich nicht, dass du genug Geld dafür hast.«

»Aber … das Ei …«

»Das werde ich vorerst behalten. Es ist zu wertvoll für einen Schiffsjungen wie dich.« Die Stimme des Kapitäns war zwar freundlich, aber bestimmt. »Seb, sieh zu, dass du ihn auf die Beine bekommst. Der Sturm hat dafür gesorgt, dass wir eine Menge Arbeit für unser neues

Mannschaftsmitglied haben.« Er nickte Faím nochmals zu und verließ dann mit Lenco zusammen die kleine Kabine.

Der Junge starrte dem Kapitän sprachlos hinterher.

»Keine Sorge, Kleiner«, meinte Seb, der sich daran machte, eine Truhe zu durchwühlen, die neben dem Bett stand. Er holte eine gläserne Viole hervor, die mit einer hellblauen Flüssigkeit gefüllt war. »An Bord der ›Smaragdwind‹ ist es gar nicht mal so übel und der Kapitän mag zwar hart wirken, aber er hat ein gutes Herz. Du wirst sehen, in einigen Wochen wirst du dich hier wie zu Hause fühlen.«

»Einige Wochen?!« Faím starrte den Schiffsarzt verstört an. »Wohin fahren wir denn?«

»In den Süden«, antwortete dieser lächelnd. »Aber nicht nach Merita, sondern zur Insel Baltros, die etwa zwei Wochen Schifffahrt südlich von Altra liegt.«

»Warum?«

»Das wirst du noch früh genug erfahren.« Sebs Lächeln verschwand und er hielt Faím die Glasviole hin. »Hier. Trink. Wenn du davon täglich zwei Schlucke nimmst, wird dein Husten bald weg sein.«

Faím griff nach der Viole und hustete abermals, nachdem er die bittere Flüssigkeit probiert hatte. Doch in Gedanken war er bei Mica, die sich bestimmt schon die größten Sorgen um ihn machte.

Kapitel 6 - Mica

»Wir suchen jetzt schon fast die ganze Nacht nach meinem Bruder, aber keine Spur von ihm.« Mica lehnte sich erschöpft gegen eine der Wände im Tunnelsystem und sah Cassiel verzweifelt an, der neben ihr stand und eine Fackel in der Hand hielt.

»Ich denke, wenn er tot wäre, hätten wir seine Leiche bereits gefunden.« Der Dieb holte einen Apfel aus seiner Hosentasche und reichte ihn dem dünnen Mädchen. »Hier, iss. Du kannst ein bisschen was auf deinen Rippen vertragen.«

Mica nahm die Frucht wortlos entgegen, aber sie verspürte keinen Hunger und biss nur halbherzig hinein. Ihre Gedanken kreisten um Faím und sie fühlte glühenden Hass in sich aufbrodeln, wenn sie daran dachte, dass Nager – der nun glücklicherweise tot war – ihn kaltherzig aus ihrem Versteck in die gefährliche Nacht hinausgejagt hatte.

Wo mochte Faím jetzt nur sein? Hatte er Angst? War ihm kalt? Oder war er vielleicht schon tot? Die Sonne würde gleich aufgehen und sie hatten ihn immer noch nicht gefunden.

Die Sorge um ihren Bruder hatte sich wie eine kalte Schlange um ihr Herz gelegt und presste es mit jeder Sekunde stärker zusammen. Sie wagte gar nicht, daran zu denken, was ihm alles zugestoßen sein mochte.

»Es tut mir leid.« Wieder sah Cassiel sie mit dieser kaum auszuhaltenden Wärme an. »Aber ich denke, wir gehen nun besser zur Diebesgilde. Die Dämmerung ist bereits hereingebrochen, und auch wenn die wissen, dass ich auf mich aufpassen kann, so werden sie sich langsam fragen, wo ich bleibe.«

»Geh, ich suche weiter«, erwiderte Mica schwach und stemmte sich von der Wand ab.

»Mäuschen, das kommt nicht infrage.« Cassiels Blick wurde härter und er hielt sie an ihrem gesunden Arm fest. »Ich habe viel riskiert, um dir zu helfen. Jetzt wirst du mit mir zur Gilde kommen. Wenn dein Bruder noch lebt, wird er dich irgendwann finden – oder du ihn. Aber im Moment ist es wichtig, dass du dich erst mal ausruhen kannst und deine Verletzungen geheilt werden. Dein Ohr gefällt mir nicht, es scheint taub zu sein. Vielleicht kann dir unser Heiler helfen. Wenn du hier in Chakas rumrennst, bis du vor Erschöpfung tot umfällst, hilfst du deinem Bruder damit auch nicht. Außerdem – sollte er zu den Kanalratten zurückkehren, so wird er immerhin den Tag über in Sicherheit sein, da euer Anführer nicht mehr unter ihnen weilt.«

»Dafür bin ich dir mehr als dankbar«, nickte Mica mit einem kraftlosen Lächeln. »Du weißt nicht, wie viele Nächte ich wachgelegen und mir vorgestellt habe, wie mein Leben ohne ihn wäre. Wie ich ihn töten würde, damit mein Bruder und ich ihm endlich entkommen können. Und nun wird er für immer in den Hallen der Toten wandeln und über seine Sünden nachdenken müssen.«

»Gern geschehen.« Cassiel grinste, ließ ihren Arm los und wischte sich eine seiner schwarzen Strähnen aus dem Gesicht. »So, und nun komm. Ich werde schauen, dass du in der Gilde ein Plätzchen findest.« Er legte eine Hand auf ihre rechte Schulter.

Sie sah ihn verzweifelt an. »Versprich mir, dass ich nach meinem Bruder suchen darf, wenn ich mich ausgeruht habe. Ich muss wissen, wo er ist – er ist alles, was mir von meiner Familie noch geblieben ist.« Sie wollte den Namen ihres Bruders nicht vor ihm aussprechen aus Angst, dass sie damit den Totengott auf ihn aufmerksam machen könnte. In dieser Hinsicht war sie abergläubisch, da konnte sie nichts dagegen tun.

Seine Augen blitzten. »Keine Sorge, Mäuschen, ich werde dich nicht in der Gilde gefangen halten.«

Auch wenn Mica ihm glauben mochte, so vertraute sie ihm nicht. Doch ihr blieb keine andere Wahl, als zumindest zu versuchen, sich auf sein Wort zu verlassen, falls sie nicht zurück zu den Kanalratten gehen wollte – und das stand für sie außer Frage, wenn sie die Möglichkeit hatte, in eine Gilde aufgenommen zu werden. Nein, sie wollte nie wieder eine Kanalratte sein.

Außerdem spürte sie die lähmende Erschöpfung, die sich mit jedem Lidschlag stärker in ihr ausbreitete und ihr Denken verlangsamte. Cassiel hatte recht, sie musste sich erst mal ausruhen, ehe sie weitersuchen konnte.

Also folgte sie ihm stumm durch die dunklen Gänge, die sie mit jedem Schritt ihrem neuen Leben näher bringen sollten. Einem Leben, vielleicht ohne ihren kleinen Bruder. Bei dem Gedanken spürte sie Tränen, die sich in ihre Augenwinkel schlichen, und wischte sie unwirsch weg. Sie hatte sich einmal geschworen, nie wieder zu weinen und diesen Schwur würde sie auch jetzt nicht brechen.

Sie musste stark bleiben, für das, was auf sie zukommen mochte.

Nach ungefähr einer Stunde, die sie durch das Tunnelsystem gegangen waren, passierten sie einen Gang, von dem rechts und links zwei Metalltüren wegführten. Mica fiel auf, dass der Boden hier nicht aus unbearbeitetem, sandbedecktem Stein bestand, sondern aus Steinplatten. Offenbar hatte sich jemand Mühe gegeben, diese Kreuzung schöner als den Rest des Tunnelsystems zu gestalten.

»Ab hier werde ich dir die Augen verbinden.« Cassiel drehte sich zu Mica um.

Er drückte ihr die Fackel in die Hand und strich seine Kapuze, die er die ganze Zeit über tief ins Gesicht gezogen hatte, zurück. Ein paar schwarze Haarsträhnen fielen ihm über die Augen, während er sich leicht nach vorne beugte, um sein Halstuch loszubinden. Als er den Knoten gelöst hatte, fiel Micas Blick auf seinen Hals und sie schnappte leise nach Luft.

Bisher hatte das Halstuch seine Haut verdeckt, aber nun war im flackernden Licht des Feuers deutlich zu erkennen, dass sein Hals vom Kinn an abwärts Brandnarben aufwies. Die Haut sah aus, als sei sie mit brutalen Händen zerknittert worden und habe sich nicht wieder auseinanderfalten können.

Cassiel bemerkte Micas Entsetzen und hob einen Mundwinkel an, was seiner Miene einen sarkastischen Ausdruck verlieh. »Jeder von uns trägt seine Narben mit sich herum – manche kann man sehen, andere befinden sich tiefer unter der Oberfläche.«

»Cass … was ist … wie ist das passiert?« Mica konnte ihren Blick nicht von seinem verunstalteten Hals nehmen. Ihr Herz zog sich zusammen und sie fühlte eigenartigerweise eine unbändige Wut in sich gegen denjenigen, der ihm das angetan, ihm solche Schmerzen zugefügt hatte. Sie verspürte den brennenden Wunsch, demjenigen die Kehle aufzuschlitzen.

»Das erzähle ich dir vielleicht irgendwann, wenn wir uns besser kennen«, wich Cassiel aus, trat hinter sie, legte das schwarze Tuch über ihre Augen und verknotete es an ihrem Hinterkopf.

»Das ist wirklich nicht nötig«, protestierte Mica widerwillig. »Wem soll ich schon verraten, wo euer Versteck ist?«

»Niemandem, aber sie würden dich töten, wenn du ohne verbundene Augen dort auftauchst. Wir Diebe haben unsere ganz besonderen Eigenheiten und mögen es nun mal, wenn unsere Geheimnisse geheim bleiben.«

Mica verdrehte unter dem Tuch die Augen, was Cassiel jedoch nicht sehen konnte.

»Gib mir deine Hand, dann führe ich dich«, forderte der Dieb sie auf.

Mica streckte die Hand aus und fühlte seinen ledernen Handschuh nach ihr greifen. Einen Moment lang überlegte sie, ob die Haut an seiner linken Hand wohl auch verbrannt war, aber etwas hielt sie zurück, ihn direkt danach zu fragen.

Sie hörte, wie ein Schlüssel sich drehte, dann erklang ein Quietschen und Cassiel führte sie weiter, durch die linke Tür, welche er hinter ihnen wieder verschloss.

Ungefähr eine weitere halbe Stunde lang ging der Dieb kreuz und quer durch Gänge, bis er endlich anhielt.

»Du hast mich ein paar Mal im Kreis geführt, aber eigentlich hätten wir einfach dreihundert Schritt geradeaus und dann etwa zweihundert nach rechts gehen können«, meinte Mica, als er ihre Hand losließ.

»Sieh an, ich habe mich nicht in dir getäuscht.« In seiner Stimme schwang ein Schmunzeln mit, während er den Knoten der Augenbinde öffnete. »Du hast eindeutig das Zeug, eine hervorragende Diebin zu werden – wenn du noch etwas Fleisch auf den Rippen hast und lernst, wie man richtig mit einem Dolch umgeht, wirst du eine ernst zu nehmende Gegnerin sein.«

»Ich weiß jetzt schon, wie ich mit einem Dolch umzugehen habe«, erwiderte Mica patzig. Immerhin hatte sie in Nagers Bande zu den besten Kämpferinnen gehört.

»Ich werde das jetzt mal so stehen lassen.« Cassiel trat vor sie, legte sich sein Halstuch wieder um und lächelte. »Willkommen in der Diebesgilde.«

Mica sah sich neugierig um und musste erst ein paar Mal blinzeln, da das Fackellicht der Umgebung sie blendete. Sie befand sich in einem quadratischen Raum, von dem eine Tür mit einem Guckloch wegführte. Cassiel ging nun darauf zu und klopfte sieben Mal in einem bestimmten Rhythmus dagegen. Ein Auge erschien hinter dem runden Loch, dann hörte Mica, wie ein Riegel weggeschoben wurde.

»Cass, da bist du ja endlich!«, erklang eine weibliche Stimme und zwei schlanke Frauenhände schlangen sich um den Nacken des Diebes, der die Umarmung lachend erwiderte.

Mica fühlte eine ungewohnte Regung in ihrer Brust, als sie die Vertrautheit sah, mit der der Dieb das Mädchen umarmte, das sich nun an ihn schmiegte.

Sie mochte etwa ein oder zwei Jahre älter sein als Mica und hatte wunderschönes, schwarzes Haar, welches ihr offen bis fast zu den Hüften fiel. Ihre Augen funkelten wie dunkle Diamanten und ihr Gesicht hatte anmutige Züge. Ihre weitgeschnittene, weiße Bluse konnte nicht über ihre weiblichen Rundungen hinwegtäuschen. Enge, braune Lederhosen betonten zudem ihren wohlgeformten Hintern, über den Cassiel seine Hände wandern ließ, während er sie an sich zog.

»Na, so lange war ich auch wieder nicht weg«, meinte er breit lächelnd und küsste das Mädchen zur Begrüßung auf den Mund. »Und ich habe das Artefakt. War nicht ganz einfach, ranzukommen.«

»Ich habe dir ja gesagt, dass es besser wäre, wenn du nicht alleine gehst – aber nein, du musstest ja wieder mal deinen sturen Kopf durchsetzen.« Das Mädchen stieß ihn mit gespielt beleidigter Miene von sich, was Cassiel abermals leise auflachen ließ. Mica mochte sein Lachen und es versetzte ihr einen Stich ins Herz, dass nicht sie diejenige war, die es ihm entlockt hatte. Gleichzeitig schalt sie sich für diese unangebrachten Regungen und unterdrückte sie augenblicklich wieder.

»Nun komm schon, sei nicht sauer. Ich habe sogar jemanden mitgebracht. Ich bin mir sicher, du wirst dich gut mit ihr verstehen.« Cassiel trat einen Schritt zur Seite, sodass das Mädchen Mica nun sehen konnte. »Das ist Mica, eine Kanalratte. Mica, darf ich vorstellen: meine Frau Samja.«

Mica war einen Moment lang so überrascht, zu erfahren, dass der Dieb vermählt war, dass sie ihren Mund nur mit Mühe dazu bringen konnte, nicht aufzuklappen.

Sie hatte Cassiel auf Anfang zwanzig geschätzt. Zwar war es in Altra üblich, dass mit Eintritt in eine Gilde, also mit dreizehn Jahren, die Kinder zu Erwachsenen wurden, und die meisten vermählten sich im Alter von sechzehn bis achtzehn Jahren und bekamen Nachwuchs, aber etwas an dieser Neuigkeit passte ihr nicht. Sie konnte nicht genau benennen, was es war, doch es versetzte ihr einen erneuten Stich.

Unter Aufbringung all ihrer Selbstbeherrschung trat sie einen Schritt vor und reichte dem Mädchen, das so vertraut ihren Arm um Cassiels Taille gelegt hatte, die Hand. »Ich bin sehr erfreut, Euch kennenzulernen«, sagte Mica unbeholfen.

Das Mädchen lachte hell auf und ergriff ihre Hand. Dabei fiel Micas Blick auf ihren goldenen Gildenring mit der Erdrune. Sie trug also die Erde in sich. »Für eine Kanalratte hast du aber ganz anständige Manieren. Sag bitte du zu mir, Mica.«

Widerwillig stellte Mica fest, dass sie Samja nicht würde hassen können. Ihre dunklen Augen sahen sie ebenso freundlich an wie die von Cassiel und ihr Lächeln war viel zu liebenswert.

»Ich werde bei Furin und Aren beantragen, dass sie in die Gilde aufgenommen wird«, unterbrach Cassiel Micas Gedanken.

»Ist das eine gute Idee?« Samja sah ihren Mann zweifelnd an. »Du weißt, was unsere Mentoren von Kanalratten halten – und dann noch eine Gildenlose …« Offenbar war ihr Micas ringlose Hand aufgefallen.

Reflexartig versteckte diese sie hinter dem Rücken.

»Ich habe gesehen, wie schnell sie rennen kann und wie flink sie ist. Sie hätte mich fast abgehängt. Außerdem kann sie ansatzweise mit dem Messer umgehen und beherrscht Feuermagie. Aren wird sich die Hände reiben, wenn er von ihr hört.«

»Aren findet alles gut, was mit Magie zu tun hat«, lächelte Samja. »Aber gut, ich vertraue auf deine Einschätzung. Komm, Mica, wir gehen zuerst zu Furin, um dich vorzustellen. Danach sollst du etwas Richtiges zum Anziehen und ein Bad bekommen. Diese Blutflecken auf deiner Kleidung machen sich nicht gerade gut.« Mica sah an sich herunter und bemerkte erst jetzt, dass sie Saris Blut noch auf ihrem Hemd hatte. Samja lächelte sie an. »Ich kann dir ein paar Kleider von mir leihen, auch wenn sie dir wahrscheinlich zu groß sind. Doch wenn du erst mal regelmäßig isst, wirst du bestimmt reinwachsen.«

In Samjas Blick war nichts Bösartiges oder gar Spöttisches zu erkennen, und trotzdem wäre Mica am liebsten vor Scham im Boden versunken. Sie fühlte sich Cassiels Frau hilflos unterlegen, einmal mehr auf ihre erbärmliche Herkunft reduziert, und das machte sie wütend.

Mit Müh und Not brachte sie ein Nicken zustande und folgte Samja in den Gang, der sich hinter der Tür erstreckte. Cassiel schloss sich den beiden Frauen an.

»Wir werden dich in unserem Quartier unterbringen – vorerst«, sagte Samja. »Solltest du in die Gilde aufgenommen werden, wirst du dir ein eigenes Quartier erkämpfen dürfen.«

»Erkämpfen?« Mica sah die junge Frau stirnrunzelnd an.

»Ja, so ist es mit allen Dingen in der Gilde – ohne Aufwand wird dir nichts geschenkt. Du musst das, was du erntest, erst säen.« Samja sah sie bedeutungsvoll an. »Aber wenn Cass meint, dass du in die Gilde passt, dann wird das dir nicht schwerfallen, keine Sorge.«

Mica nickte stumm und folgte ihr durch ein Gewirr von Gängen, bis sie bei einer weiteren Tür ankamen, die Samja mit einem Schlüssel öffnete.

»So, da wären wir, hinter der Tür verbirgt sich das Zentrum der Diebesgilde«, sagte sie. »Cass, verbinde ihr doch nochmals die Augen, sonst wird Furin womöglich sauer.«

Cassiel nahm abermals sein Halstuch ab und legte es Mica um den Kopf. Ihr entging nicht, dass er dabei leicht die Augen verdrehte und ihr zuzwinkerte. Offenbar hielt er die ganze Geheimniskrämerei der Diebe für übertrieben. Etwas, worin sie ihm aus vollstem Herzen zustimmte.

Als sie nichts mehr sehen konnte, ergriff Samja ihre Hand – es musste sie sein, denn die Finger waren feingliedrig und zart – und Mica hörte, dass die Tür geöffnet wurde.

»So. Gehen wir zu Furin und sehen zu, dass wir dieses Artefakt loswerden«, erklang Cassiels Stimme hinter ihr.

Kapitel 7 - Mica

Als Mica durch die Tür trat, hörte sie mit ihrem gesunden Ohr Stimmengewirr, während sie auf dem linken immer noch ein dumpfes Pochen spürte, das sich mit dem hohen Pfeifen abwechselte. Sie musste sich in einem weitläufigen Raum befinden, denn die Stimmen hallten ungewöhnlich stark. Wahrscheinlich war es eine Art unterirdische Höhle, vielleicht sogar eine kleine Stadt unter der Stadt.

Sie konnte sowohl Männer- als auch Frauenstimmen ausmachen und hörte sogar einige Kinder, die kicherten. Es roch nach Feuer und Kohle sowie nach Essen und Gewürzen, was Mica das Wasser im Mund zusammenlaufen ließ. Auch den Geruch von Tieren, wahrscheinlich Schafen oder Ziegen, konnte sie wahrnehmen. Von irgendwoher vernahm sie das Hämmern einer Schmiede und hörte Stahl, der klirrend aufeinandertraf. Womöglich fand in der Nähe eine Art Waffentraining statt.

Zu gerne hätte Mica die Augenbinde abgenommen und sich im Zentrum der Diebesgilde umgesehen, aber sie riss sich zusammen und folgte Samja, die sie erst nach links und dann einige Dutzend Schritt geradeaus führte, bevor sie rechts abbog. Die Geräusche und Stimmen wurden zunehmend gedämpfter.

Schließlich hielt sie an und Mica wartete gespannt.

»Was wollt ihr?«, fragte eine männliche Stimme. Sie klang forschend, aber freundlich.

»Wir möchten Furin sprechen«, antwortete Samja. »Es geht um das Artefakt, das Cass holen sollte. Außerdem haben wir eine Anwärterin für die Diebesgilde hier.«

Nach einer kurzen Pause, in der der Mann Mica vermutlich gemustert hatte, sprach er weiter: »Furin ist gerade frei. Geht rein und versucht euer Glück.«

»Danke, Mel.« Samja griff abermals nach Micas Hand und zog sie weiter, während eine Tür geöffnet wurde.

In dem Raum, in den sie geführt wurde, herrschte der angenehme Duft von Räucherkerzen. Mica hörte, wie die abgetretenen Absätze ihrer Schuhe über marmornen Boden klackerten – es war dasselbe hallende Geräusch, das sie vernommen hatte, wenn sie früher über den Boden der Tempel gegangen war.

»Da seid ihr ja endlich«, erklang eine Stimme, die einer Frau um die dreißig oder vierzig Jahre gehören mochte.

Mica war für einen Moment überrascht, denn sie hatte angenommen, dass Furin ein Mann wäre.

»Wir bringen dir das Artefakt – und eine neue Anwärterin«, erklang hinter ihr Cassiels Stimme.

Er trat einen Schritt vor, wie Mica an dem Luftzug erkennen konnte, der rechts an ihr vorbeistrich. Sie hörte, wie das leise Surren erklang, als Cassiel den Dolch aus dem Tuch wickelte. Samja holte geräuschvoll Luft.

»Der Dolch der Herrscherin.« In Furins Stimme schwang Ehrfurcht mit. Mica merkte, wie diese einige Schritte auf sie zukam. »Er ist wundervoll. Unser Kunde wird sich freuen.«

»Außerdem bringen wir eine Kanalratte mit. Sie hat mir den Dolch fast vor der Nase weggeschnappt und ich denke, Aren könnte sich für ihre Fähigkeiten interessieren. Sie trägt sowohl Feuer als auch Magie in sich.«

»Du bringst sie einfach so her, ohne dies vorher mit mir abzusprechen?« Furins Stimme nahm einen schneidenden Klang an.

»Es blieb keine Zeit, es mit dir abzusprechen«, antwortete Cassiel gelassen. Anscheinend ließ er sich von Furin nicht einschüchtern. »Und ich denke, sie passt hervorragend in unsere Gilde. Sie ist mutig und schnell.«

»Das wird sie erst beweisen müssen.« Mica hörte, wie Furin näher zu ihr trat, und streckte die Schultern durch. »Wie alt bist du, Mädchen?«

»Sechzehn«, antwortete Mica, da die Frage an sie gerichtet sein musste.

»Sechzehn? Du siehst eher aus wie zwölf … und du beherrschst also Feuermagie?«

Mica trat unruhig von einem Fuß auf den anderen. Es war komisch, mit verbundenen Augen von einer fremden Person ausgefragt zu werden. »Ich … nein, ich beherrsche sie noch nicht. Ich bin eine Gildenlose und bei den Kanalratten hat mir niemand beigebracht, wie ich Magie wirken kann.«

»Warum weiß Cassiel dann von deinen Kräften?«

»Sie hat es mir eindrücklich demonstriert und mir fast den Hintern verkohlt«, antwortete Cassiel an Micas Stelle. »Glaub mir, sie kann es – auch wenn sie ihre Kräfte noch nicht beherrscht.«

Eine Pause entstand, in der Mica am liebsten das Tuch über ihren Augen weggerissen hätte, um ihr Gegenüber einschätzen zu können. Stattdessen verschränkte sie die Hände hinter ihrem Rücken und wartete.

»Nun gut«, erklang endlich Furins Stimme. »Ihr werdet sie erst Aren vorstellen. Er soll entscheiden, ob sie für die Gilde nützlich sein kann. Aber bevor ihr sie zu ihm bringt, sorgt dafür, dass sie nicht mehr so kläglich aussieht. Ist das ihr Blut?«

»Nein, das von einer ihrer ehemaligen Gefährtinnen«, antwortete Cassiel.

Furin schnaubte. »Lasst sie sich waschen und gebt ihr richtige Kleider. Dieser jämmerliche Anblick ist ja kaum zu ertragen ...«

Mica spürte, wie ihre Wangen rot wurden, und verkniff sich eine schnippische Bemerkung.

»Keine Sorge, wir werden das Mäuschen zu einer Ratte machen«, meinte Cassiel und legte eine Hand auf Micas linke Schulter, was sie schmerzvoll aufstöhnen ließ. »Entschuldige, du hast ja immer noch deine Verletzung. Zum Heiler müssen wir also auch noch ...«

»Was hat sie denn?«, wollte Samja wissen.

»Ihre Schulter war ausgekugelt und ihr linkes Ohr ist taub«, antwortete Cassiel.

»Tolle Voraussetzungen für die Aufnahmeprüfung ...«, meinte Samja gedehnt.

»Bis dahin wird sie wieder bei Kräften sein.« Cassiels Stimme klang zuversichtlich.

»Was für ein Aufnahmeprüfung?« Mica schüttelte verwirrt den Kopf.

»Erklären wir dir später, Mäuschen. Komm jetzt, wir haben Furins Zeit schon lange genug beansprucht.«

Mica ließ sich von Cassiel aus dem Raum schieben und hörte, wie die Tür hinter ihnen ins Schloss fiel.

Cassiel und Samja führten sie abermals durch die mit lautem Stimmengewirr und Geräuschen erfüllte Halle, ehe sie anhielten und Mica hörte, wie ein Schlüssel umgedreht wurde.

Als sie durch die Tür getreten waren, fiel diese hinter ihnen zu und die Geräusche verstummten. Außerdem stieg Mica wieder der vertraute Geruch nach feuchter Erde in die Nase, der sie bereits ihr Leben lang in den Tunnelsystemen unter Chakas begleitete.

»Wir bringen dich nun zu den Quartieren, die sich in einem Bereich außerhalb des Zentrums befinden«, hörte sie Cassiels Stimme.

»Kann ich dieses dämliche Tuch endlich ablegen?« In Mica überwogen langsam Ungeduld und Ärger über die Geheimniskrämerei der Diebe.

»Also gut«, antwortete Cassiel nach einer kurzen Pause, in der er wahrscheinlich einen Blick mit Samja gewechselt hatte, und Mica spürte, wie er den Knoten an ihrem Hinterkopf löste.

Erleichtert blinzelte sie, als sie wieder etwas sehen konnte. Es genügte schon, dass sie nur noch auf einem Ohr hörte, wenn ihr auch noch die Sicht genommen wurde, fühlte sie sich noch hilfloser – und das hasste sie.

Neugierig sah sie sich um. Sie befand sich in einem anderen Tunnel als jenem, von dem sie hergekommen waren. Rechts und links führten Gänge ab. Der Boden war mit Platten belegt, die erstaunlich sauber wirkten, und mehrere in Wandhalterungen steckende Fackeln tauchten die Umgebung in flackerndes Licht.

»Gehen wir erst zum Heiler«, meinte Cassiel, der soeben dabei war, sich sein Tuch wieder um den Hals zu legen. »Danach kannst du dich in unserem Quartier ausruhen, bis wir dich Aren vorstellen.«

»Wer ist dieser Aren?«, wollte Mica wissen.

»Er schätzt ein, wer für die Gilde nützlich ist und wer nicht. Außerdem ist er für alles magische Zeugs zuständig«, antwortete Cassiel, während sie den rechten Tunnel entlanggingen. »Und für die Ausbildung derjenigen, die Magie in sich tragen – so wie du.«

»Ist er selbst ein Magier?«

»Ja, er wurde im Zirkel ausgebildet und ist unser Verbindungsmann zum König der Ratten.«

»König der Ratten?« Mica warf ihm einen fragenden Blick zu.

»So nennen wir unseren Anführer«, erklärte Samja. »Keiner weiß, wer er ist, außer Aren. Doch der König der Ratten deckt uns und sorgt dafür, dass unser Versteck geheim bleibt. Im Gegenzug geben wir ihm einen Teil unsrer Beute ab und erledigen den einen oder anderen Auftrag für ihn.«

»Aber wenn ihr nicht wisst, wer er ist, wie könnt ihr ihm dann die Beute abgeben und Aufträge erhalten?« Mica blieb stehen.

»Das erledigt Aren für uns.« Cassiel schob sie weiter. »Mehr brauchen wir nicht zu wissen. Es ist manchmal auch besser, wenn wir nicht jede Kleinigkeit infrage stellen.« Er sah sie vielsagend an.

»Ich weiß nun mal gerne, worauf ich mich einlasse«, antwortete Mica schärfer, als sie eigentlich wollte.

»Dann kannst du Aren gerne mit deinen Fragen löchern.« Cassiel schien ihr den Tonfall nicht übel zu nehmen. »So, da sind wir.« Er deutete auf eine Tür, die Mica erst jetzt auffiel.

Samja klopfte dreimal dagegen, ehe sie eintraten.

»Habe ich euch reingebeten?«, erklang eine schroffe Stimme.

Vor ihnen lag ein quadratischer Raum, der etwa fünfzehn Schritt Durchmesser haben mochte. Er war mit Regalen vollgestellt, in denen zahlreiche Bücher, Gerätschaften und Gläser mit eingelegten Füßen,

Händen und anderen abscheulichen Dingen standen, die Mica nicht identifizieren konnte.

In der Mitte des Raumes befand sich ein langer Tisch, über den sich ein älterer Mann beugte und mit Messern an etwas herumhantierte. Mit Entsetzen erkannte Mica eine Leiche, die schon halb verwest war und einen ekelerregend süßlichen Gestank im Raum verbreitete.

»Malec, auch schön, dich zu treffen.« Cassiel ging auf den Mann zu. Seine Bewegungen glichen dabei denen einer Raubkatze, die Gelassenheit vortäuschte, aber jederzeit zum Sprung bereit war.

»Ihr stört mich bei meinen Experimenten«, knurrte der Alte, ohne den Blick zu heben.

Er hatte graues, schütteres Haar, das er kurz geschnitten trug und sein Rücken war leicht gekrümmt. Sein schlichtes Gewand sah zwar sauber aus, war aber an vielen Stellen ausgebessert und von einer braunen Farbe, die darauf hindeutete, dass es sich um einen Heiler handeln musste.

»Tut uns leid, dass wir eure Zweisamkeit stören, aber wir haben hier jemanden, der deine Hilfe gebrauchen könnte – und sie stinkt nur halb so stark wie dein Patient hier, bei dem deine Künste wohl versagt haben.« Cassiel schürzte angewidert die Oberlippe, sodass seine Narbe weißlich hervortrat.

Malec hob nun doch den Blick und musterte Mica mit zusammengekniffenen, dunkelbraunen Augen. »Wer ist das?«, fragte er kurz angebunden.

»Ein Kanalmäuschen, aus dem eine Ratte werden soll«, antwortete Cassiel und machte eine Handbewegung. »Komm, Mica, er beißt nicht, auch wenn man es kaum glauben mag.«

»Was hat sie?« Malec ließ seinen Blick über Micas Körper wandern, während das Mädchen näher trat.

»*Du* bist doch hier der Heiler, oder?« Cassiel verschränkte die Arme vor der muskulösen Brust und grinste den Alten herausfordernd an.

»Für sowas hab ich keine Zeit«, murrte dieser und wandte sich wieder der Leiche zu.

»Sie ist wirklich verletzt«, ergriff Samja das Wort und warf Cassiel einen strafenden Blick zu. »Sie hat sich anscheinend die Schulter ausgerenkt und ihr linkes Ohr ist taub.«

»Damit kann ich schon mehr anfangen.« Malec legte das Messer weg und strich die Hände an seiner Kleidung ab. »Komm mal her, Mädchen, und lass mich das ansehen.«

Mica ging zögernd zu ihm und ließ Malec ihre Schulter und das Ohr untersuchen. Seine Hände waren erstaunlich sanft und ihr entwich nur ein paar Mal ein Stöhnen, als er ihren Arm bewegte.

»Hm, die Schulter kann ich heilen, das Ohr jedoch nicht«, brummte der Mann. »Das Trommelfell ist gerissen. Da müsste schon ein Magier ans Werk.«

Erst jetzt fiel Mica auf, dass Malec einen goldenen anstatt eines schwarzen Ringes trug. Er war also ein einfacher Heiler, der nur das Erdelement in sich trug, aber keine Magie.

»Hier, binde dir die Schlinge um die Schulter, um den Arm ruhig zu stellen und reib das hier«, er reichte ihr eine Dose mit einer fettigen Salbe, »dreimal täglich ein. Dann wird deine Schulter bald wieder wie neu sein.«

Mica nahm das Stoffband und die Salbe entgegen. »Ich danke Euch. Werde ich für immer taub bleiben auf dem linken Ohr?«

»Wenn du nicht einen Heiler mit magischen Kräften findest und bezahlen kannst, dann ja«, nickte Malec. »Aber mach dir nichts draus, ich höre auch kaum noch was auf dem einen Ohr. Ist manchmal gar nicht so schlecht, wenn man nicht alles mitbekommt. Vor allem, bei solchen

Dummschwätzern wie dem Bürschchen hier.« Er deutete mit dem Kopf in Cassiels Richtung und entblößte seine spärlichen Zähne in einem Grinsen.

»Weil du alt und gebrechlich bist, werde ich dir diese Beleidigung noch mal durchgehen lassen.« Cassiel zog beide Augenbrauen hoch, sah aber nicht wirklich gekränkt oder wütend aus.

»Als ob du eine Wahl hättest«, wandte sich ihm Malec brummig zu. »Wer außer mir flickt dich denn sonst schon zusammen?«

»Komm, Mica, lassen wir die zwei Männer herumflachsen.« Samja trat hinter sie und berührte ihren rechten Arm. »Ich zeige dir unser Quartier und werde dir etwas zu essen geben.«

»Ihr lasst mich doch nicht mit dem verwesenden Ding da alleine?« Cassiel folgte ihnen zur Tür. »Und nein, ich meinte nicht die Leiche …« Er warf einen Blick zurück zu Malec, der diese Bemerkung großzügig ignorierte und sich wieder seiner Arbeit zuwandte.

»Magst du ihn etwa nicht?«, fragte Mica den Dieb, als sie die Tür hinter sich zugezogen hatten. »Du hattest doch gesagt, dass er dich schon ein paar Mal geheilt hat.«

Cassiel lächelte. »Ja, aber das eine hat mit dem anderen nichts zu tun. Du verwechselst Dankbarkeit mit Zuneigung.« Er zwinkerte ihr zu, was Mica einen Moment lang ein komisches Gefühl bescherte, das sie sofort wieder verdrängte. »Aber ich gebe meiner Frau recht, wir sollten dich nun erst mal in anständige Kleider stecken. Diese hier fallen ja schon fast von selbst auseinander.« Er deutete auf Micas Brust und sie sah mit Entsetzen, dass dort, wo Nager sie mit dem eisigen Dolch berührt hatte, ihr Hemd etwas zu weit aufklaffte. Darunter war eine lange Wunde zu sehen, die jedoch glücklicherweise nur oberflächlich war und kaum geblutet hatte.

Rasch raffte sie den Stoff mit der freien Hand zusammen und versuchte, so gleichgültig wie möglich dabei auszusehen. Verflucht, warum war ihr das erst jetzt aufgefallen?

»Keine Angst, ich guck dir nichts weg«, meinte Cassiel lächelnd, der den zwei Frauen nun voranging.

»Er ist manchmal wirklich unmöglich, oder?«, flüsterte Samja Mica zu. Doch in ihren Augen lag ein verliebter Glanz und Mica konnte sich nur mit Mühe zusammenreißen, um keine gehässige Bemerkung darüber fallen zu lassen.

Schließlich wollten diese zwei Menschen ihr helfen. Etwas, das sie immer noch nicht ganz begreifen konnte, auch wenn die Hilfe der Diebe im Grunde nicht ganz uneigennützig war.

Kapitel 8 - Faím

Als Erstes wirst du die Planken schrubben. Wasser und Bürste findest du dort drüben. Und danach alles mit dem Bimsstein bearbeiten«, wies Quartiermeister Lenco Faím an, als dieser von der Kabine des Schiffsarztes ans Oberdeck kam. Seine Stimme wurde durch seinen fremdländischen Akzent fast zu einem Knurren. »Währenddessen wird Kart dich mit deinen Pflichten und den Regeln an Deck vertraut machen.« Er deutete auf einen Jungen, der neben ihm stand und Faím mit schief gelegtem Kopf musterte. »Davon gibt es einige hier an Bord und du wirst dir jede Einzelne hinter die Ohren schreiben. Der Kapitän wird dich heute Abend abfragen. Wenn du auch nur eine Regel nicht mehr weißt, wirst du über Bord geworfen und musst eine halbe Stunde hinter dem Schiff herschwimmen. Wenn du dann noch lebst, bekommst du eine zweite Chance.«

»Aber … ich kann nicht schwimmen«, murmelte Faím.

»Dann bete zu den Göttern, dass sie dir genug Grips gegeben haben, damit du dir etwas merken kannst.« Der Quartiermeister warf ihm einen ungerührten Blick zu.

Faím nickte stumm. Er mochte den dunkelhaarigen Lenco nicht – schon von dem Moment an nicht, als er ihn in der Kabine des

Schiffarztes hatte verprügeln wollen. Doch es brachte nichts, ihm dies an den Kopf zu schleudern, denn dann wäre er womöglich hier und jetzt ins Wasser geworfen worden – und hätte seine Schwester nie wiedergesehen. Also tat er, wie Kapitän Sarton ihm geraten hatte und fügte sich in sein Schicksal.

Die Sonne brannte so heiß auf die Smaragdwind herunter, als wäre der Sturm, der kurz zuvor noch gewütet hatte, nur ein böser Albtraum gewesen. Auch die See hatte sich wieder beruhigt und das Schiff pflügte durch die sanften Wellen. So weit das Auge blicken konnte, war Wasser und Faím überkam ein beklemmendes Gefühl. Noch nie war er auf See gewesen, hatte das Meer nur immer vom Ufer aus gesehen. Und nun war er gefangen auf einem Schiff und hatte keine Möglichkeit, von hier wieder wegzukommen.

Lenco sah eine Weile zu, wie Faím sich an Deck mit den nassen Planken abmühte und ging dann mit einem zufriedenen Gesichtsausdruck weiter, um dafür zu sorgen, dass bei keinem Mannschaftsmitglied Langeweile aufkam.

Faím blickte zu Kart hoch, der sich nun neben ihn hockte, und musterte ihn. Er war etwa in seinem Alter, trug leichte Leinenhosen, die er bis zu den Knien hochgekrempelt hatte, ein beigefarbenes Hemd und er war barfuß. Sein halblanges Haar war hellblond und seine Augen von einem tiefen Blau – ebenso wie die Wasserrune an seinem goldenen Ring. An seiner Hüfte konnte Faím ein Messer erkennen, das auch schon bessere Tage gesehen hatte. Offenbar handelte es sich bei Kart um einen weiteren Schiffsjungen, denn kämpfen konnte er mit diesem rostigen Stahl wohl kaum.

»Du bist also gestern an Bord gekommen?« Die Stimme des Schiffsjungen war etwas zu hoch und krächzig, da er sich gerade im Stimmbruch befand. Er sprach einwandfrei Temer, was Faím vermuten ließ, dass er ebenfalls aus der Nähe von Chakas stammte.

Faím nickte und schrubbte das Holz der Planken weiter. Ihm taten bereits nach wenigen Minuten die Knie weh und er versuchte, eine angenehmere Position zu finden.

»Zieh dein Hemd aus und knie dich drauf«, schlug Kart vor, dem dies anscheinend nicht entgangen war.

»Danke.« Faím folgte seinem Rat und spürte sofort die heiße Sonne auf seinem nackten Rücken.

»Dann wollen wir mal loslegen.« Kart setzte sich mit untergeschlagenen Beinen hin und holte tief Luft. »Also, zuerst zu deinen Pflichten als Schiffsjunge. Du musst regelmäßig das Deck schrubben – das heißt, jeden Tag, am besten am frühen Morgen, ehe die Sonne zu heiß wird. Am Mittag und Abend müssen wir am Tisch des Kapitäns servieren. Zudem die Kleider des Kapitäns waschen und dafür sorgen, dass sein Schwert immer einsatzbereit ist – es muss so scharf sein, dass es eine Feder in der Luft zerschneiden kann.«

»Ich habe noch nie ein Schwert geschliffen.« Faím hielt inne in seiner Arbeit und sah Kart verzweifelt an.

»Ist nicht so schwer, das zeig ich dir.« Karts blaue Augen musterten ihn beruhigend. »Weiter müssen wir im Gefecht die Kanonen mit Pulver füllen, die sich unter Deck befinden. Um die oberen kümmern sich die Kämpfer selbst.« Er deutete zur Reling, wo auf beiden Seiten des Schiffs je fünf Kanonen bereitstanden.

»Ich dachte, es sei ein Handelsschiff? Wozu brauchen sie Kanonen?«, fragte Faím verdutzt.

»Nun ja, es ist kein wirkliches Handelsschiff. Der Kapitän treibt zwar Handel mit verschiedenen Regionen und Ländern, aber er lässt sich auch gerne kaufen, um das eine oder andere Schiff anzugreifen – und zu versenken.« Karts Gesicht war ausdruckslos. »Hoffen wir, dass wir nicht wieder auf solch einem Kurs sind. Ich hasse Schlachten.«

»Ich mag Kämpfe auch nicht ...« Faím konzentrierte sich wieder auf das Schrubben und verfluchte innerlich Nager dafür, dass er ihn aus dem Versteck vertrieben hatte.

»Lass uns fortfahren«, meinte Kart. »Eine weitere Aufgabe von uns Schiffsjungen ist, die Tiere an Bord zu betreuen. Es gibt unter Deck in einem der Lagerräume ein paar Ziegen, die gefüttert und gemolken werden sollen. Außerdem Hühner, deren Eier wir einsammeln müssen sowie vier Schweine, die demnächst geschlachtet werden. Wir sorgen dafür, dass sie genug zu fressen haben.«

»Das klingt nach einer Menge Arbeit.« Faím hob den Blick und sah Kart zweifelnd an. »Wie viele Schiffsjungen gibt es an Bord?«

»Im Moment neun – mit dir. Wir teilen uns die Aufgaben meist auf, dann geht es schneller. Wichtig ist auch, dass du das Schiff besser kennenlernst als deine eigene Hosentasche. Du musst jeden einzelnen Teil des Schiffes benennen und außerdem die gängigsten Knoten schlagen können. Sonst wirst du nie aufsteigen.«

»Man kann aufsteigen?« In Faíms Stimme regte sich Hoffnung.

»Ja, aber erst nach einigen Monaten, wenn nicht gar Jahren. Und auch nur, wenn es in den oberen Rängen Platz gibt – du weißt schon ... wenn jemand stirbt.« Kart sah ihn vielsagend an. »Manchmal passiert das im Kampf, manchmal ... auch einfach so.«

»Das heißt ...«

»Schhh.« Kart sah sich rasch um. »Keiner spricht darüber, aber manchmal ...«, er senkte seine Stimme, »... manchmal passieren auf der Smaragdwind Unglücke, die keiner zu erklären weiß.«

Faím hob erstaunt die Augenbrauen, erwiderte aber nichts.

»Du willst bestimmt wissen, wie es mit der Bezahlung aussieht«, fuhr Kart rasch fort.

»Wir werden bezahlt?«

»Natürlich – wir leisten schließlich auch Arbeit. Aber der Lohn ist so gering, dass wir weder das Schiff verlassen noch uns etwas Anständiges zu essen kaufen können. Wenn du zu einem Vollmatrosen aufsteigst, und einen zweiten Namen bekommst, sieht das anders aus.«

Abermals keimte Hoffnung auf in Faím. Wenn er aufsteigen könnte, würde er vielleicht sogar genug verdienen, um Mica eine Nachricht zukommen zu lassen – oder vielleicht sogar so viel, um die Smaragdwind zu verlassen und nach Chakas zurückzukehren.

»Aber bis dahin wirst du die niedrigen Arbeiten erledigen müssen«, meinte Kart, als hätte er Faíms Gedanken gelesen. »Unser Arbeitstag wird durch die Schiffsglocke bestimmt, die jede halbe Stunde läutet. Man nennt das ›Glasen‹. Die Wachen sind so eingeteilt, dass man acht Glasen abwarten muss.«

»Warum heißt es Glasen?«, fragte Faím verwirrt.

»Weil damit das Umdrehen des Stundenglases gemeint ist. Derjenige, der Wache hält, muss es jede halbe Stunde umdrehen und mit einem Schlag an der Glocke die Zeit bekanntgeben. Jede volle Stunde ist ein Doppelschlag, jede halbe Stunde ein einfacher. Wenn du also am Nachmittag drei Doppelschläge hörst, dann ist drei Uhr – am Abend um sieben Uhr, wenn das Nachtessen serviert wird, erklingen ebenfalls wieder drei Doppelschläge, da eine Wache höchstens vier Doppelschläge hat und damit beispielsweise die letzte Tagwache um acht Uhr zu Ende ist.«

»Oje, das klingt reichlich kompliziert …«, Faím stöhnte.

»Man gewöhnt sich sehr schnell daran. Das Prinzip ist ziemlich einfach.«

»Und … was sind die Regeln, die Lenco erwähnte?«, fragte Faím, während er weiter die Planken schrubbte.

»Es gibt zehn Regeln, an die sich jeder halten muss, egal ob Schiffsjunge oder Kapitän.« Kart lehnte sich mit dem Rücken an eine Kiste, die hinter ihm auf dem Deck stand. »Erstens: Jeder an Bord hat eine Stimme, mit der er über wichtige Angelegenheiten abstimmen kann, und Anrecht auf zwei Portionen Essen pro Tag. Zweitens: Wenn du etwas stehlen solltest, wirst du über Bord geworfen oder auf einer Insel ausgesetzt. Drittens: Karten- und Würfelspiele sind verboten. Viertens: Wenn die letzte Tagwache zu Ende ist, werden alle Lichter an Bord gelöscht und die Mannschaftsmesse wird geschlossen. Fünftens: Waffen müssen jederzeit zum Kampf bereit sein. Sechstens: Wir nehmen keine Kinder oder Frauen an Bord auf. Es sei denn, es handelt sich um Gefangene. Siebtens: Die Strafen an Bord sind für jeden gleich. Dabei wird meistens mit Peitschenhieben bestraft, außer der Kapitän oder Quartiermeister lässt sich etwas … Spezielleres einfallen. Achtens: Es ist verboten, sich mit anderen zu prügeln. Streitereien werden an Land ausgetragen. Neuntens: Wenn jemand ein Körperglied in einem Kampf verliert, wird der Beuteanteil erhöht. Und schließlich: Die Aufteilung der Beute ist streng geregelt. Wie genau, das erspar ich dir jetzt.«

»Oh, das sind aber wirklich viele Regeln«, murmelte Faím, der seine Arbeit unterbrochen hatte und Kart mit großen Augen ansah. »Und die soll ich mir alle merken?«

»Du hast den Quartiermeister gehört: Bis heute Abend musst du sie kennen. Also, wie war noch mal die erste Regel?«

Faím seufzte und begann, die Regeln zu wiederholen, soweit er sich an sie noch erinnern konnte.

Als die Sonne den Horizont berührte und den Himmel in atemberaubende Farben tauchte, hatte Faím schmerzhafte Blasen an den Händen und seine Knie waren wund gescheuert. Hinzu kam, dass sein Rücken förmlich glühte und jede Bewegung wehtat.

Abermals verfluchte er Nager für seine Gemeinheit und versuchte, sich von den Planken zu erheben, die er bis eben noch mit dem Bimsstein bearbeitet hatte, damit keine Holzsplitter die nackten Füße der Mannschaftsmitglieder verletzten. Er torkelte, als es ihm endlich gelang aufzustehen, denn seine Beine waren eingeschlafen und er musste sich an der Reling abstützen. Kart hatte ihn irgendwann alleine gelassen, da er die Tiere in den Lagerräumen füttern musste.

Abermals rief sich Faím die Regeln in Erinnerung, die der Schiffsjunge ihn gelehrt hatte. Noch nie hatte er etwas auswendig lernen müssen, und wenn er daran dachte, dass der Kapitän ihn bald ausfragen würde, wurde ihm übel vor Angst.

Seine Gedanken wurden von drei Doppelschlägen der Schiffsglocke unterbrochen. Was hatte Kart ihm gesagt? Am Abend bedeutete dies, dass das Essen serviert wurde. Er streifte, dem schmerzenden Rücken zum Trotz, sein Hemd über und ging zur Mannschaftsmesse, wo sich nun auch die anderen Seeleute einfanden. Sein Magen knurrte vernehmlich, er hatte seit einem Tag nichts mehr zwischen den Zähnen gehabt. Jedoch war er dies von den Kanalratten her gewohnt, wo es meist nur eine Mahlzeit pro Tag gegeben hatte.

Als er die Messe betrat, war er im ersten Moment erstaunt über die Sauberkeit und Ordnung, die hier herrschte. Er hatte eine Art Taverne erwartet, die nach Bier und Ruß stank, aber hier drin wurde alles hell von Laternen erleuchtet und die Mannschaftsmitglieder saßen auf Bänken an sauberen, langen Tischen, die im Decksboden verankert worden waren, damit sie bei Sturm nicht verrutschen konnten.

»Na, wie hat dir dein erster Tag an Bord gefallen?« Kart war neben ihn getreten und klopfte ihm auf die Schulter, was Faím mit einem schmerzvollen Stöhnen beantwortete. »Oh, tut mir leid. Du hast dir wohl einen Sonnenbrand zugezogen. Nun ja, nichts Außergewöhnliches für Neulinge. Geh zu Seb, unserem Schiffsarzt, und lass dir von ihm eine Salbe geben, die du einreiben kannst. Dann wird es morgen schon besser sein.«

»Danke, das werde ich machen«, nickte Faím. »Wo bekommt man das Essen?« Er sah sich suchend um und sein Magen knurrte unüberhörbar.

»Setz dich hin, das Essen wird vom Koch und einem Schiffsjungen gebracht.« Kart nickte in Richtung eines der Tische, an denen noch ein freier Platz war.

Nachdem Faím seiner Aufforderung gefolgt war, sah er sich neugierig die anderen Matrosen an. Diese sahen zum Teil abenteuerlich aus, trugen allesamt Waffen an ihren Hüften und manche schienen es zu bevorzugen, keine Obergewänder anzuziehen, die ihre muskulösen Körper verborgen hätten. Die meisten hatten Tätowierungen, die alle möglichen Fabelwesen oder einfach nur Muster darstellten. Die Männer lachten und scherzten miteinander und schienen den neuen Schiffsjungen nicht zu beachten.

Faím fiel auf, dass tatsächlich keine Frauen an Bord waren. Die Schiffsjungen waren alle in seinem Alter oder älter.

Ob es wohl auch andere Gildenlose in der Mannschaft gab?

Verstohlen sah er den Männern auf ihre rechten Hände, aber alle trugen sie goldene Ringe mit Wasser- oder Feuerrunen. Also waren sie allesamt entweder für das Segeln eines Schiffes oder fürs Kämpfen begabt.

»Der Kapitän wird dich heute nach dem Essen der Mannschaft an Deck vorstellen und die Bordregeln abfragen«, raunte Kart, der sich neben Faím gesetzt hatte. »Wenn du sie aufzählen kannst, wird die Seemannstaufe folgen. Das machen wir mit allen neuen Mannschaftsmitgliedern so. Dabei wirst du dich für die Smaragdwind verpflichten müssen.«

»Was bedeutet die Seemannstaufe? Und wie muss ich mich verpflichten?«, flüsterte Faím zurück.

»Die Einzelheiten zur Seemannstaufe darf ich dir nicht verraten. Aber du wirst einen Eid leisten, der dich an die Mannschaft bindet. Solltest du ihn brechen, wirst du im besten Falle ausgesetzt, im schlimmsten Fall direkt getötet.«

»Aber … ich habe dem Kapitän schon gesagt, dass ich nicht an Bord der Smaragdwind bleiben kann. Ich muss zurück nach Chakas!« In Faím stieg Panik hoch.

»Das wird ihn wohl kaum interessieren.« Kart sah ihn bedauernd an. »Doch du wirst dich an das Leben hier gewöhnen, glaub mir. Es ist, wie in einer großen Familie zu sein.«

Faím schüttelte leicht den Kopf und starrte auf die leere Tischplatte hinunter. Wie bei den Göttern sollte er jemals von hier wieder wegkommen?

Kapitel 9 - Faím

Das Essen wurde auf einem Stück Brot serviert, welches gleichzeitig als Teller und Mahlzeit diente. Faím verschlang die undefinierbare Pampe, die darauf geklatscht wurde und nach Fisch roch, mit großem Appetit, während Kart die Nase rümpfte.

»Erst einen Tag auf See und schon gibt's wieder diesen Fraß«, murmelte der Schiffsjunge. »Aber besser, als Leder zu essen, ist es allemal.«

»Leder?« Faím schluckte den letzten Happen Brot herunter und leckte sich die Finger ab.

»Ja, wir haben einmal, als wir nichts Essbares mehr an Bord hatten, Lederstücke in Wasser zu einer Suppe gekocht. Das war grausam, sag ich dir. Aber es war besser, als zu verhungern.«

Faím zog die Augenbrauen hoch. »Warum bleibst du an Bord?«

Kart wandte sich ihm zu und seine blauen Augen blickten ihn nachdenklich an. »Ich schätze, weil ich nicht weiß, wohin ich sonst gehen sollte«, antwortete er schließlich schulterzuckend. »Die Smaragdwind ist alles, was ich noch habe – meine Familie ist längst tot und hatte kein Geld, das sie mir hätten vererben können. Wie ist es mit dir? Du hast erwähnt, dass du eine Schwester hast. Wo ist sie?«

Über Faíms Gesicht glitt ein Schatten. »Sie ist in Chakas. Wir sind dort zusammen aufgewachsen – bei den Kanalratten. Meine Eltern sind beide gestorben, als ich noch sehr klein war. Ich kann mich kaum an sie erinnern.«

»Na, dann geht's dir wie mir«, meinte Kart, während er ebenfalls sein Brot aufaß.

»Ich muss zu meiner Schwester zurück.« Faím senkte seine Stimme, sodass die anderen ihn nicht hören konnten. »Sie wird glauben, dass ich tot bin, wenn ich mich nicht melde.«

»Sie wird es überwinden.« Kart sah ihn stirnrunzelnd an. »Ebenso wie du. Je eher du akzeptierst, dass das hier«, er machte eine umfassende Handbewegung, »dein neues Leben ist, desto einfacher wird es für dich.«

»Aber … ich kann doch nicht einfach aufgeben.« Faím starrte den Schiffsjungen entrüstet an. Wie konnte er nur verlangen, dass er seine Schwester vergaß?

»Manchmal ist es besser, wenn man sich den Tatsachen stellt«, erwiderte Kart. »Und dein Schicksal geht hier auf der Smaragdwind weiter – und vielleicht zu Ende, wer weiß das schon.«

»Wenn es einen Weg gibt, dass ich zurück zu meiner Schwester gelangen kann, dann werde ich ihn finden«, sagte Faím bestimmt. »Ich kann sie nicht mit Nager alleine bei den Kanalratten lassen. Du hast keine Ahnung, wie grausam er sein kann.«

»Bisher hat sie es offenbar auch gut überstanden«, antwortete Kart ruhig, während er die letzten Brotkrümel auf der Tischplatte zusammensuchte.

»Bisher ja, aber …«

Ein jähes Verstummen der Gespräche im Raum ließ auch Faím mitten im Satz innehalten. Er drehte sich um zum Ausgang, wo alle hinsahen und entdeckte den Kapitän, der in der Tür zur Mannschaftsmesse stand. Sarton hatte seinen Blick auf Faím geheftet.

»Da ist er ja, unser angehender Schiffsjunge«, meinte er nun mit einem leichten Lächeln. »Kommt raus, ihr faulen Hunde und lasst uns unser neues Mannschaftsmitglied gebührend empfangen!« Er drehte sich um und verließ den Raum.

Augenblicklich erhoben sich alle Männer von den Bänken und drängten zum Ausgang.

»Viel Spaß«, rief Kart ihm zu, ehe auch er sich den anderen anschloss.

Faíms Herz schlug mit einem Mal so wild, dass er befürchtete, es wolle ihm aus der Brust springen. Er spürte, wie seine Hände feucht vor Schweiß wurden, und musste alle Überwindung aufbringen, um den Mannschaftsmitgliedern nach draußen zu folgen.

Der Mond war bereits aufgegangen und sein kühles Licht erhellte das Deck, sodass man auch ohne Laternen etwas sehen konnte. Trotzdem wurden nun auf dem Puppdeck mehrere Lichter entzündet und Faím konnte die Umrisse des Kapitäns dort oben ausmachen, die sich schwarz gegen die Flammen abhoben. Sartons Gesichtszüge waren vom Hauptdeck aus nicht zu erkennen, aber Faím nahm an, dass sein bohrend schwarzer Blick auf ihn gerichtet war.

Die Männer stellten sich in einem Halbkreis um ihn herum auf dem Hauptdeck auf, sodass sie ebenfalls zum Puppdeck hochsehen konnten. Der Junge kam sich mit einem Mal noch kleiner vor, als er die Mannschaft, die aus mehreren Dutzend Männern bestand, in seinem Rücken wusste. Zu seiner Rechten konnte er aus dem Augenwinkel Lenco erkennen, der ihn abschätzend musterte.

»Unser Gott Aquor hat in der vergangenen Nacht ein neues Mannschaftsmitglied zu uns geführt, das wir auf der Smaragdwind willkommen heißen sollen«, erklang die Stimme des Kapitäns vom Puppdeck.

Faím konnte hinter sich zustimmendes Murmeln hören und fröstelte unwillkürlich.

»Bevor wir mit der Seemannstaufe beginnen, zählst du die zehn Regeln auf, die auf meinem Schiff herrschen«, fuhr Sarton fort. »Pro Fehler, den du machst, wirst du einen Becher Meerwasser trinken. Wenn du auch nur eine Regel nicht mehr weißt, wirst du über Bord geworfen und musst für eine halbe Stunde an einem Seil befestigt hinter dem Schiff herschwimmen, damit Aquor deinem Gedächtnis auf die Sprünge helfen kann. Überlebst du das, darfst du weitermachen.«

Faím schluckte und rief sich nochmals die zehn Regeln in Erinnerung, die Kart ihm am Nachmittag vorgesagt hatte. Seine Beine zitterten und einen Moment lang glaubte er, er würde wieder ohnmächtig.

Doch dann begann er langsam und mit leiser Stimme, eine Regel nach der anderen aufzuzählen. Dabei wurde ihm mehr als deutlich die plötzliche Stille an Bord der Smaragdwind bewusst, denn nur das leise Plätschern der Wellen und die Geräusche des Windes, der über ihnen die Segel aufblähte, drangen an seine Ohren.

Insgesamt musste Faím dreimal Meerwasser trinken – und hätte sich dabei jedes Mal fast übergeben. Doch glücklicherweise gelang es ihm, sein Essen bei sich zu behalten.

Als er bei Nummer zehn angekommen war, und die Mannschaft johlend applaudierte, spürte er Erleichterung in sich hochsteigen wie die wärmenden Strahlen eines Sonnenaufgangs.

»Sehr gut, du bist also nicht auf den Kopf gefallen«, meinte der Kapitän, nachdem der Applaus sich legte, und nickte ihm zu. »Komm nun hoch zu mir. Es wird das einzige Mal sein, dass dir erlaubt ist, das Puppdeck zu betreten. Danach wird dein Platz dort unten sein – vielleicht für den Rest deines Lebens, vielleicht auch nur für die Zeit, bis du dich bewährt hast und in meiner Mannschaft aufgestiegen bist.«

Faím begann, die Stufen zum erhöhten Deck hinaufzusteigen, wo der Kapitän ihn mit verschränkten Armen erwartete. Als er oben ankam, sah er, dass neben dem Steuerrad ein großer Eimer stand, aus dem es bestialisch stank. Faím musste ein Würgen unterdrücken.

»Verfaulte Fischabfälle, tote Ratten und ein paar vergorene Früchte«, meinte Sarton mit einem knappen Nicken. »Du wirst den Eimer über deinen Kopf halten und dich nach allen vier Himmelsrichtungen drehen, während du den Eid ablegst, der dich zu einem vollwertigen Mitglied der Smaragdwind macht.«

»Ich möchte aber nicht …«

»So wie ich das sehe, hast du keine andere Wahl«, unterbrach ihn Sarton scharf. »Es sei denn, du ziehst es vor, hier und jetzt über Bord zu springen.«

Faím sah den Kapitän eingeschüchtert an. Einen Moment lag überlegte er sich allen Ernstes, ob er nicht größere Chancen hätte, im Wasser zu überleben als an Bord dieses verfluchten Schiffes. Doch dann dachte er wieder an Mica und daran, dass er vielleicht eines Tages zurück nach Chakas fahren konnte.

»Gut«, murmelte er und ergriff den Eimer mit beiden Händen, um ihn über seinen Kopf zu halten.

»So ist brav.« Der Mund des Kapitäns verzog sich zu einem kaum merklichen Schmunzeln. »Und jetzt sprich mir nach: Ich gelobe, ein guter Seemann zu sein. Aquor sei mein Zeuge, dass ich der Smaragdwind und ihrem Kapitän treu ergeben sein werde, bis mein Dienst im Tode endet«, sprach Sarton feierlich. »Sag es so laut, dass man dich auf dem ganzen Deck hören kann. Und wenn du es getan hast, kippst du dir den Eimer über deinen Kopf.«

Faím sah den Kapitän entsetzt an, erkannte jedoch in seiner Miene, dass es keinen Sinn hatte, dieses Ritual zu hinterfragen oder sich gar zu weigern. Also tat er wie geheißen und schrie die Worte in alle Himmelsrichtungen, bevor er schließlich den stinkenden Inhalt des Eimers über seinem Kopf entleerte.

Augenblicklich musste er würgen, konnte sich aber gerade noch zusammenreißen, um sich nicht zu übergeben.

»Willkommen auf der Smaragdwind, Schiffsjunge Faím!«, rief Sarton. »Und jetzt geh und lass dich von deinen neuen Kameraden waschen und zu einem echten Seemann machen!«

Damit gab er ihm einen leichten Schubs, sodass Faím zur Treppe torkelte, die hinunter auf das Hauptdeck führte. Noch ehe er unten ankam, scharte sich die Mannschaft um ihn. Kräftige Hände griffen ihm unter die Arme und schleiften ihn zur Reling. So sehr sich Faím auch wehren mochte, er hatte keine Chance, gegen die starken Männer anzukommen. Sie grölten und lachten, als sie ihm zwei Taue um die Achseln legten und ihn daran hinunter ins Meer gleiten ließen.

Faím ruderte wild mit den Armen und spürte, wie die Seile an seinem von der Sonne verbrannter Rücken scheuerten. Der Schmerz trieb ihm Tränen in die Augen und er schloss unwillkürlich den Mund, als die eiskalten Fluten ihn empfingen und über seinem Kopf zusammen schlugen.

Keuchend und nach Luft ringend kam er wieder an die Oberfläche und schlug panisch um sich. Doch ehe er ertrinken konnte, hatten ihn die Männer wieder hochgezogen und seine Füße berührten die sicheren Planken.

»Gut gemacht«, hörte Faím Karts Stimme neben sich, als er ihm aus den Seilen half.

»Ist es … vorbei?« Faím hustete und würgte, während er sich auf seine Knie abstützte.

»Ja, es ist überstanden«, antwortete Kart, während die anderen Seeleute wieder in die Mannschaftsmesse zurückkehrten, um auf den neuen Schiffsjungen anzustoßen. »Du bist nun ein richtiger Seemann und darfst auf der Smaragdwind bleiben.«

Faím ließ sich auf die Planken fallen und wehrte sich nicht mehr gegen den Hustenanfall, der ihm fast die Lungen zerriss.

»Ich hab dir doch gesagt, Junge, du sollst deine Medizin trinken«, erklang die besorgte Stimme des Schiffsarztes neben ihm. Keine zwei Sekunden später hielt ihm Seb eine Viole an die Lippen und in Faíms Mund ergoss sich die bittere Flüssigkeit, die ihm abermals die Tränen in die Augen trieb. »So, und nun ab ins Bett mir dir, morgen beginnt dein Dienst auf der Smaragdwind!«

»Habt Ihr …«, begann Faím.

»Wir sind jetzt Brüder, sag du zu mir, Kleiner«, unterbrach ihn der Schiffsarzt mit einem Lächeln.

»Hast du …«, wieder hustete er, »etwas gegen meine verbrannte Haut? Ich habe mir am Nachmittag einen Sonnenbrand auf dem Rücken zugezogen.«

»Merke dir, dass du nie zwischen der zweiten und vierten Tagwache ohne Obergewand an Bord herumrennst«, meinte Seb kopfschüttelnd. »Und ja, ich habe eine Salbe, die dir Linderung verschaffen wird. Ich werde sie dir in die Mannschaftsquartiere bringen. Geh jetzt, Kart wird dir zeigen, wo du schlafen kannst.« Damit stand der Schiffsarzt auf, warf dem Jungen noch mal einen kurzen Blick zu und verschwand durch die Luke, die in das Schiffsdeck eingelassen war.

»Komm, ich zeige dir, welche Hängematte du benutzen kannst.« Kart half Faím auf die Beine und begleitete ihn unter Deck, wo sie den Gang entlangliefen.

»Ich glaube nicht, dass ich das hier überleben werde«, sagte Faím und erneut musste er husten.

»Keine Angst, das Leben an Bord haben schon ganz andere überstanden.« Kart sah ihn von der Seite an. »Du wirst mit jedem Tag kräftiger werden – und irgendwann wirst du genug kräftig sein, um herausfordernde Aufgaben zu meistern. Vielleicht darfst du sogar mitkämpfen. Aber erst mal wirst du dich von deiner Seemannstaufe erholen.«

Faím nickte schwach und folgte dem Jungen in einen stickigen, dunklen Raum, in dem überall Hängematten aufgespannt waren. Der Gestank nach Mottenkugeln war schier unerträglich und er fragte sich, wie er hier nur eine einzige Nacht lang schlafen sollte. Da waren ihm doch die vertrauten Gerüche des Hafens in Chakas lieber gewesen.

»Hier, die dort ganz hinten ist noch frei.« Kart führte ihn zu einer zerrissenen Hängematte, die in einer Ecke festgemacht war. »Sie liegt unter der Kabine des Kapitäns und wurde zuletzt von einem Kämpfer benutzt – Aquor möge ihm gnädig sein –, der in der letzten Seeschlacht gefallen ist.«

»Seeschlacht?« Faím gähnte und versuchte, sich in die Hängematte zu setzen, landete jedoch schmerzhaft auf dem Boden.

»Ja.« Kart lächelte leicht. »Schau, so legt man sich hin.« Er machte ihm vor, wie man am geschicktesten in die Hängematte kletterte.

Nach zwei weiteren Versuchen gelang es Faím endlich, sich hinzulegen. Dabei schrie sein Rücken auf, als die Haut über die Hanfseile, aus denen die Hängematte gefertigt war, rieb. Doch er war zu müde, um sich darum zu kümmern.

Auch die vielen Fragen, die er Kart noch hatte stellen wollen, würden bis morgen warten müssen, denn seine Augenlider wurden immer schwerer. Die ungewohnte und anstrengende Arbeit hatten ihn vollkommen erschöpft. Hinzu kam die Aufregung der Seemannstaufe. Er wollte einfach nur noch schlafen.

Als er schon fast eingenickt war, rüttelte ihn jemand an der Schulter und er erkannte den Schiffsarzt, der ihm eine Salbe brachte. »Dreh dich um, ich reib sie dir ein«, murmelte er und begann, Faíms verbrannten Rücken mit einer kühlenden Tinktur zu behandeln. »Du hast dich heute gut geschlagen. Besser, als mancher von uns gedacht hat.« Faím bekam die Worte des Heilers im halben Dämmerschlaf mit. »Wer weiß, vielleicht hatte der Kapitän doch recht und die Götter haben dich aus einem bestimmten Grund an Bord der Smaragdwind gebracht.«

Wie das gemeint war, konnte Faím den Schiffsarzt nicht mehr fragen, denn sein Geist wurde von der Müdigkeit in die Welt der Träume fortgetragen.

Kapitel 10 - Mica

Mica erkannte sich selbst kaum wieder, als sie an sich heruntersah. Sie trug nun weiche, saubere Lederhosen, die sich wie eine zweite Haut an ihre Beine schmiegten und sich einfach wundervoll anfühlten. Außerdem hatte Samja ihr ein weites Leinenhemd gegeben, das um die Hüfte von einem Gürtel zusammengehalten wurde. Darüber trug sie eine lederne Weste mit vielen versteckten Taschen.

Neu eingekleidet und gewaschen fühlte sie sich schon fast wieder gestärkt genug, um nach ihrem Bruder zu suchen. Jedoch machte ihr Cassiel einen Strich durch die Rechnung, als er ihr befahl, dass sie sich hinlegen sollte.

Sie befanden sich im Quartier von ihm und Samja, das aus einer kleinen Höhle bestand, welche für zwei Menschen gerade genug Platz bot, für drei jedoch eng wurde. Im hinteren Bereich hatten sich die Diebe eine Matratze, die mit Schafwolle gefüllt war, als Bett auf den harten Steinboden gelegt. Ein blickdichter, grauer Vorhang, der darum herum angebracht worden war, gewährte ihnen ein wenig Privatsphäre. Des Weiteren gab es einen Tisch sowie zwei Stühle und eine Kommode, bis zum Rand mit fein säuberlich zusammengelegten Kleidern gefüllt.

Mica fühlte sich auf Anhieb wohl hier, auch wenn sie wusste, dass sie nicht lange bleiben durfte.

Als sie durch die Tunnel gegangen waren, war ihr aufgefallen, dass mehrere solcher Höhlen rechts und links davon abgingen. Um eine davon würde sie in zwei Wochen, wenn ihre Schulter verheilt wäre, kämpfen dürfen. Aber zuvor musste sie in die Diebesgilde aufgenommen werden.

»Mit etwas Glück wird Aren dir erlauben, dass du dich erst erholen darfst. Mit der Schulter wird es schwer, die Aufnahmeprüfung zu bestehen«, hatte Cassiel ihr gesagt.

Auf ihre Frage, wie die Prüfung denn aussähe, hatte er nur vielsagend gelächelt und gemeint, das würde sie dann schon sehen. Einmal mehr hatte Mica innerlich über die Geheimniskrämerei der Diebe geflucht, aber sie hatte sich zurückgehalten.

Später lag sie auf dem Bett von Cassiel und Samja und spürte, wie die Müdigkeit sie übermannte. Sie hatte seit fast zwei Tagen nicht mehr richtig geschlafen und so viel war seither passiert. Nicht zuletzt die Sorgen um ihren Bruder ließen sie trotz der Mattigkeit noch eine Weile wach liegen.

Irgendwann schlief sie doch ein und träumte von Faím, der irgendwo in einem Straßengraben lag und von Ratten angeknabbert wurde.

Ein Rütteln an ihrer gesunden Schulter weckte sie und ihre Hand schnellte augenblicklich zum Hüftgurt, an dem sie ihr Messer befestigt hatte.

»Ruhig, Mäuschen«, erklang Cassiels Stimme neben ihr und sie merkte, dass er ihre Hand festhielt. »Du hast im Schlaf geschrien, als würdest du bei lebendigem Leib aufgeschlitzt werden.«

Verwirrt sah sich Mica um und begriff nur langsam, wo sie sich befand. Sie musste einige Stunden geschlafen haben, denn sie fühlte sich ausgeruhter. Trotzdem war ihre Stirn nass vor kaltem Schweiß. »Ich ... hatte einen Albtraum.« Sie sah zu Cassiel hoch, der sich neben sie auf die Matratze gesetzt hatte und nun ihre Hand losließ, mit der sie sich über das Gesicht fuhr und den Schweiß wegwischte.

»Das dachte ich mir schon«, murmelte er.

Ihr fiel auf, dass er seinen Umhang nicht mehr trug. Die schwarzen Lederkleider betonten seine athletische Figur und etwas in ihr wünschte sich, dass er sie in seine starken Arme nähme. Sie verdrängte dieses Gefühl jedoch rasch wieder – sie hatte keine Zeit für solch alberne Gedanken. Ihr Bruder war weg!

Cassiel hob die Hand und strich ihr sacht eine ihrer kurzen, schwarzen Locken aus der Stirn. »Du hast lange geschlafen«, fuhr er fort. »Wenn du möchtest, werde ich dich nochmals ins Tunnelsystem begleiten und dir helfen, nach deinem Bruder zu suchen.«

Als Mica in seine grünen Augen blickte, war da wieder diese Mischung aus Mitgefühl und Wärme zu erkennen, die einen Kloß in ihrer Kehle verursachte. »Ich kann das gut alleine tun«, meinte sie ausweichend.

»Das weiß ich.« Sein Lächeln wurde breiter. »Aber da ich dir noch nicht vertraue, und sicher zu Recht annehme, dass du abhauen wirst, werde ich mitkommen – außerdem würdest du alleine nie wieder hierher zurückfinden.«

»Ich ...«, sie hielt inne und verzog den Mund, als sie erkannte, dass er mit seinen Annahmen mehr als recht hatte. Sie würde keine Sekunde zögern und auf der Suche nach ihrem Bruder sogar die Stadt verlassen. Jetzt, da es ihr besser ging, war die Sehnsucht danach, in einer Gilde aufgenommen zu werden, geringer als die Sehnsucht nach Faím.

Außerdem – selbst wenn sie wollte, sie würde wahrscheinlich den Weg zurück in die Diebesgilde nicht mehr finden. Sie konnte sich zwar gut in den dunklen Gängen orientieren und hatte sich den Weg ansatzweise gemerkt, aber da die Sorgen um ihren Bruder so groß gewesen waren, konnte es sein, dass sie sich an manchen Kreuzungen nicht mehr sicher war, welchen Gang sie nun einschlagen musste.

Widerwillig nickte sie und Cassiels Lächeln wurde noch ein Stück breiter. »Du bist ein dickköpfiges Ding, aber nicht dumm«, meinte er und erhob sich. »Reib dir die Salbe von Malec ein, dann gehen wir los. Wir müssen ohnehin noch zum Markt, um dort etwas fürs Abendessen zu besorgen.«

»Es wird bald Abend sein?«, fragte Mica, während sie sich ebenfalls von der Matratze erhob und durch den Vorhang hindurchging, den Cassiel zurückgeschlagen hatte.

»Ja, du hast den ganzen Tag geschlafen.«

»Wo ist Samja?« Mica sah sich suchend um, denn die Diebin war nicht in der Höhle zu entdecken.

»Sie ist bei Furin, um ihr zu helfen. Samja gehört nicht zu den Dieben, die wie ich auf Missionen geschickt werden, sondern sie kümmert sich in erster Linie um die Gilde und deren Organisation«, fuhr er erklärend fort. »Sie versorgt uns auch immer mit den neusten Gerüchten und Aufträgen, die sich lohnen.«

»Ihr Diebe scheint wirklich gut organisiert zu sein.« Mica sah mit schmalen Augen zu Cassiel hoch, während sie nach der Dose griff, die sie auf den Tisch gestellt hatte, und in der sich die heilende Salbe für ihre Schulter befand.

»Oh ja, das sind wir«, nickte Cassiel. »Soll ich dir mit der Salbe helfen?«

»Nein, das kann ich …«

»… allein, ich weiß«, unterbrach sie der Dieb grinsend. Dann wurden seine Züge ernster. »Mäuschen, wenn du hier bei uns bleiben und überleben willst, wirst du dir angewöhnen müssen, Hilfe anzunehmen.«

»So wie du, als du im Alleingang den Eisdolch besorgt hast?« Sie zog eine Augenbraue hoch.

»Erwischt«, meinte er lachend. »Also gut, vielleicht nicht immer. Aber du wirst mit uns – und mit mir – zusammenarbeiten müssen.«

»Meine Schulter kann ich gerade noch selbst einreiben.« Mica strich die fettige Salbe, die nach Mohn roch, auf ihre Haut. Irgendwie erinnerte sie der Duft an etwas Essbares und sie konnte ein Knurren ihres Magens nicht verhindern.

»Hier hast du etwas zu essen.« Cassiel reichte ihr eine Scheibe Brot und etwas Käse. »Du hast seit dem Morgen nichts gegessen, außer einem Apfel. Ich will nicht, dass du mir unterwegs zusammenbrichst und ich dich tragen muss. Obwohl du nicht viel mehr als eine Katze wiegen kannst.« Sein Blick schweifte über ihren dünnen Körper und Mica fühlte sich mit einem Mal unwohl in ihrer Haut.

Rasch ergriff sie das Essen, nachdem sie die Hände an einem Tuch, das Cassiel ihr ebenfalls hinhielt, abgewischt hatte. »Du spielst dich wohl gerne als großer Bruder auf, was?«, meinte sie zwischen zwei Bissen.

»Ratten fressen normalerweise Mäuse«, antwortete der Dieb und sein Blick wurde so schnell hart, dass sie unwillkürlich zusammenzuckte. »Daher wäre ich an deiner Stelle vorsichtig mit dem, was du sagst.«

Mica sah ihn einen Moment verdutzt an. Sie beschlich das Gefühl, dass sie soeben eine Narbe berührt hatte, die tiefer lag als seine verbrannte Haut. Doch etwas in seinem Blick hielt sie davon ab, weiter nachzuforschen.

»Wenn du fertig bist, komm nach draußen.« Cassiel wandte sich ab und verließ die Höhle, ehe ihr die passenden Worte einfallen wollten.

Was hatte der Dieb, der ansonsten ein solch selbstbewusstes Auftreten an den Tag legte, bloß erlebt? Hatte es mit seinen Brandnarben zu tun?

Gedankenversunken aß Mica das Brot und den Käse auf. Ehe sie in den Gang hinaustrat, legte sie die Schlinge, die ihr Malec gegeben hatte, um ihre Schulter, damit sie den verletzten Arm schonen konnte.

Cassiel lehnte an der Mauer zu ihrer Rechten. »Na, bist du satt?«, fragte er so unbeschwert wie immer.

Mica hatte in ihrem Leben als Kanalratte gelernt, Menschen in Sekundenschnelle einzuschätzen. Das war für sie überlebenswichtig, um im richtigen Moment die angepeilte Beute zu stehlen, abzuhauen oder unterzutauchen. Sie war ziemlich gut darin, sonst hätten sie und ihr Bruder wohl kaum eine solch lange Zeit in den Tunnelsystemen unter Chakas überstanden. Ihrer Menschenkenntnis war es zu verdanken gewesen, dass Mica in Nagers Gruppe den Status eines unentbehrlichen Mitgliedes erlangt hatte.

Jetzt konnte sie in Cassiels Augen eine Regung erkennen, die nicht zu seiner Stimme passen wollte. »Du bist wie ich«, entfuhr es ihr, ehe sie über ihre Worte nachgedacht hatte.

Cassiel musterte sie einen Moment verblüfft, dann trat er direkt vor sie und sah mit schmalen Augen auf sie herunter. »Was meinst du damit?« Seine Stimme hatte einen heiseren Klang und er befand sich jetzt so dicht vor ihr, dass sie den Geruch nach Leder wahrnehmen konnte, der von seiner Kleidung ausging.

»Ich meine, dass du deine wahren Gefühle verbirgst und stark sein willst. Doch im Inneren bist du verletzbarer als ein kleines Kind.« Sie hielt seinem Blick stand.

»So viel Weisheit von einer Kanalratte.« Ein leicht spöttischer Zug erschien um seinen Mund.

»Nein, so viel Weisheit von einem Mädchen, das bereits viel zu viel erleben musste«, antwortete Mica fest. »Du willst nur nicht wahrhaben, dass du nicht der Einzige hier bist, der Narben trägt, die er verbergen möchte.«

Cassiel musterte sie einen Moment, als wollte er in ihren Kopf sehen. Seine Augen suchten in den ihren nach der Wahrheit, das konnte sie erkennen. Dann entspannte er sich etwas und der spöttische Zug um seinen Mund wich einem herablassenden Lächeln. »Vielleicht hätte ich dich doch in der Gasse töten sollen.«

»Hast du aber nicht«, antwortete Mica ruhig. »Du hast mich sogar hierher in die Gilde geführt. Warum sonst, wenn du nicht einen Teil von dir selbst in mir wiedererkannt hast?«

»Du hast ein sehr loses Mundwerk, Mäuschen.« Seine Augen blitzten und er packte sie an der gesunden Schulter. »Aber das werde ich dir schon noch austreiben, glaub mir. Und wenn nicht ich, dann die anderen Diebe.« Er ließ sie abrupt los und wandte sich zum Gehen.

Mica sah ihm mit gemischten Gefühlen hinterher, als er eiligen Schrittes den Gang entlanglief und sich nicht mehr umdrehte.

Warum bloß versuchte er mit allen Mitteln, sein Inneres hinter dieser Mauer aus Arroganz, Selbstsicherheit und Schalk zu verbergen? Der einzige Mensch, den er damit täuschte, war er selbst.

»Kommst du?«, rief er ihr zu, ohne den Kopf zu wenden.

Sie seufzte, holte tief Luft und folgte ihm.

Als sie die Gilde verließen, verband Cassiel ihr wieder die Augen und legte ein rasches Tempo vor, als wollte er vor etwas fliehen. Doch Mica konnte trotz ihrer verletzten Schulter mithalten, während er sie an der Hand hinter sich herzog.

Sie musste sich immer noch daran gewöhnen, dass sie nun nur noch auf ihrem rechten Ohr hören konnte. Die Geräusche in den Gängen klangen mit einem Mal anders, ungewohnt, und sie hatte Mühe, sie einer Richtung zuzuordnen. Vielleicht, so hoffte sie, könnte sie irgendwann zu den Heilern in den Erdzirkel gehen, wo bestimmt auch ein Erdmagier zu finden wäre, der ihr das Gehör wiedergeben konnte. Doch als Erstes musste sie wissen, dass es ihrem Bruder gut ging.

»Warte!«, rief sie Cassiel zu, als sie merkte, dass sie nicht in den Westen zum Hafen, sondern nach Süden zum Marktplatz unterwegs waren. Der Dieb machte jedoch keine Anstalten, sein Tempo zu drosseln und Mica musste regelrecht rennen, um mitzuhalten. »Können wir nicht zuerst in den Hafen gehen, zum Versteck der Kanalratten? Vielleicht ist mein Bruder inzwischen wieder dort aufgetaucht.«

Cassiel hielt nun doch an. »Ich denke nicht, dass er dorthin zurückgekehrt ist. Aber bitte, *du* hast das Sagen«, meinte er gleichgültig, während er ihr die Augenbinde abnahm, damit sie ihn ansehen konnte. Sie waren nun weit genug von der Diebesgilde entfernt, sodass es diese Vorsichtsmaßnahme nicht mehr brauchte. »Wir müssen allerdings vor Einbruch der Nacht beim Markt sein, sonst gibt's nichts zu essen heute Abend. Du hast die letzten Reste unserer Vorräte vorhin verschlungen.«

Es lag zwar kein Vorwurf in seiner Stimme, aber trotzdem fühlte Mica sich schuldig. Sie mochte es nicht, anderen auf der Tasche zu liegen und von ihnen abhängig zu sein. Vor allem nicht, wenn es um Essen ging.

»Keine Sorge, wir werden bestimmt noch etwas zu essen stehlen können«, antwortete sie spitz, während sie sich zu orientieren versuchte. Diesen Gang kannte sie von früher, sie waren also wirklich weit weg von der Diebesgilde.

»Wer spricht denn vom Stehlen?« Auf Cassiels Gesicht erschien ein amüsiertes Lächeln. »Nur, weil wir Diebe sind, heißt das nicht, dass wir unser Essen klauen. Wir sorgen lediglich dafür, dass die vermögenden Leute nicht in ihrem Reichtum ersticken, aber den Händlern stehlen wir nichts – das tut nur ihr Kanalratten.«

»Ich bin keine Kanalratte mehr!«, erwiderte Mica erbost.

»Doch, das bist du – zumindest so lange, bis du in die Diebesgilde aufgenommen worden bist. Aber bis dahin wirst du noch eine Weile ein Mäuschen bleiben.«

»Hör auf, mich Mäuschen zu nennen!« Etwas in ihr ärgerte sich maßlos darüber, dass er sie so ansprach. »Ich habe einen Namen: Mica.«

»Solange du herumquiekst wie ein Mäuschen, werde ich dich auch so nennen«, antwortete er ruhig. »Außerdem wirst du deinen Namen ohnehin ablegen müssen, wenn du in die Gilde aufgenommen wirst. Wir alle haben das getan.«

»Dann ist Cassiel nicht dein richtiger Name?« Mica spürte, wie ihr Ärger plötzlicher Neugier wich.

Der Dieb schüttelte den Kopf. »Doch, das ist er. Nur bin ich in der Gilde auch als ›Sohn des Nebels‹ bekannt.«

»Das klingt reichlich theatralisch«, brummte Mica.

»Nun ja, ist es auch.« Cassiel schenkte ihr ein schiefes Lächeln. »Aber ich kann mich besonders gut verbergen und mit Nebel tarnen, daher der Name.«

»So wie gestern, als du mich überfallen hast?«

Cassiel nickte und grinste bei der Erinnerung daran. »Genau so. Das ist ein Trick, den nur wenige Diebe können.« Er musterte sie. »Du wirst, solltest du die Aufnahmeprüfung in die Diebesgilde machen dürfen, ebenfalls einen weiteren Namen erhalten und dein altes Leben begraben.«

»Begraben?« Sie runzelte fragend die Stirn.

»Ja, aber das werden wir dir alles noch zeigen.« Er berührte sie am Arm. »Komm jetzt, lass uns zum Hafen gehen und nachsehen, ob sich dein Bruder nochmals ins Versteck der Kanalratten getraut hat. Danach werden wir alle Verstecke absuchen, die du und er hatten. Wenn er nirgendwo zu finden ist, können wir das in den kommenden Tagen gerne wiederholen, aber ich denke nicht, dass wir ihn dann finden werden.«

»Solange ich nicht mit eigenen Augen seine Leiche gesehen habe, gebe ich nicht auf«, meinte Mica fest entschlossen.

»Du bist ein tapferes Mäuschen.« Cassiel ignorierte den flammenden Blick, mit dem sie ihn für diesen Ausdruck bestrafte. »Na los, gehen wir weiter, sonst wird sich meine Frau noch Sorgen machen. Außerdem müssen wir dich Aren vorstellen …«

Kapitel 11 - Mica

Siehst du ihn?«, fragte Cassiel, als sie dicht nebeneinander auf einem Holzbalken, nahe der Decke der Lagerhalle, kauerten.

Mica hatte fast schon den Gestank vergessen, der hier Tag und Nacht herrschte. Es war später Nachmittag, die Sonne schien mit ihren letzten wärmenden Strahlen durch die Ritzen der hölzernen Wände und tauchte das Innere der Halle in dämmeriges Licht.

Mica kniff die Augen zusammen, um ihren Blick durch die Halle wandern zu lassen. Ihre verletzte Schulter pochte schmerzhaft vom Klettern auf den Balken. Sie konnte vier der verbliebenen Kanalratten sehen – darunter die beiden Frauen mit ihren Kindern.

Dort, wo Nager und Sari gestorben waren, war immer noch ein braunroter Fleck am Boden zu erkennen. Mica rümpfte die Nase. Wäre das noch ihr Zuhause gewesen, hätte sie längst dafür gesorgt, dass die Kanalratten, statt rumzuhocken, das getrocknete Blut wegwischten. Immerhin hatten sie die Leichen entsorgt – wahrscheinlich, indem sie sie ins Hafenbecken geworfen hatten.

»Und?«, flüsterte Cassiel neben ihr.

Mica schüttelte den Kopf. »Nein, ich sehe ihn nicht …« Sie musste sich zusammenreißen, um die aufkeimende Angst um ihren Bruder zu unterdrücken und ihrer Stimme einen festen Klang zu geben. »Er scheint nicht zurückgekommen zu sein.«

»Oder er sucht seinerseits nach dir.«

Sie wandte sich ihm zu und sah ihn nachdenklich an. »Das könnte sein … nur, er weiß nicht, wo die Diebesgilde ist. Selbst wenn die Kanalratten ihm erzählt haben, dass ich mit einem Dieb abgehauen bin, wird er nicht wissen, wo er nach mir suchen muss.«

»Dann lass uns deine Freunde fragen.« Cassiel schickte sich an, vom Balken hinunterzuklettern.

»Cass, warte.« Mica hielt ihn am Arm zurück. »Es ist besser, wenn ich alleine gehe. Sie haben gesehen, wie du ihren Anführer getötet hast. Du solltest nicht ohne Vorwarnung bei ihnen auftauchen – das könnte sie vertreiben und dann erfahren wir gar nichts …«

Cassiel warf ihr einen raschen Blick zu und nickte. »Also gut, ich warte hinter der Halle auf dich. Beeil dich, die Sonne wird bald untergehen und dann sind die Händler auf dem Markt weg.«

Mica verdrehte leicht die Augen. Ihr war im Moment ohnehin nicht nach Essen zumute und außerdem war sie es gewohnt, einen Tag zu hungern. Wenn Cassiel so großen Wert darauf legte, regelmäßige Mahlzeiten einzunehmen, warum hatte er sie dann nicht einfach alleine hierhergehen lassen?

»Ich kann an deinem Blick sehen, was du gerade denkst.« Auf Cassiels Gesicht erschien eine Mischung aus Ärger und Belustigung. »Und nein, ich werde dich nicht alleine hier lassen, das kommt gar nicht infrage.«

Rasch senkte Mica den Blick und murmelte eine Verwünschung, die dem Luftgott galt, dem der Dieb seine Gabe zu verdanken hatte, ehe sie sich daran machte, vom Balken herunterzuklettern. Über sich meinte sie, Cassiels leises Lachen zu hören und verfluchte sich selbst dafür, dass sie es mochte.

Unten angekommen, rieb sie ihre verletzte Schulter, legte den linken Arm wieder in die Schlinge, die ihr der Heiler der Diebe gegeben hatte, und machte sich dann daran, langsam auf die Kistenstapel zuzugehen, wo die Kanalratten kauerten. Ein eigenartiges Gefühl überkam sie bei dem Gedanken, dass sie noch vor zwei Nächten genau an dieser Stelle mit ihrem Bruder gelegen hatte.

Die beiden Frauen sahen sie als Erste. Sie sprangen auf und packten ihre Kinder, um sie in Sicherheit zu bringen. Die anderen beiden Kanalratten waren zwei Jungen, die etwa in Faíms Alter waren. Sie griffen sofort nach ihren rostigen Messern und hielten sie wie Schilde vor sich.

»Keinen Schritt weiter«, sagte einer der Jungen. Seine Stimme klang jedoch viel zu hoch und seine Augen waren vor Angst weit aufgerissen. »Du wirst uns nicht auch noch töten!«

Mica hielt ein paar Schritte vor den beiden an und rückte ihre Armschlinge zurecht. »Erstens habe ich weder die Kämpfer noch Nager oder Sari getötet«, erwiderte sie ruhig, »und zweitens bin ich nicht hier, um euch etwas anzutun. Ich will wissen, wo mein Bruder ist. Habt ihr ihn gesehen?«

Selbst vor ihren ehemaligen Gefährten mied sie es, Faíms Namen auszusprechen aus Angst, ihn damit dem Totengott auszuliefern. Solange sie keine Gewissheit über sein Schicksal hatte, wollte sie dieses lieber nicht herausfordern.

Sie reckte das Kinn vor und sah von einem zum anderen.

»N … nein«, stotterte derjenige, den sie ›Pelz‹ nannten – eine Anspielung auf sein verfilztes Haar, das noch nie im Leben einen Kamm gesehen hatte.

»Denkt gut nach.« Mica bedachte ihn mit einem bohrenden Blick. »Habt ihr gehört, wohin er gegangen ist?«

Der andere Junge wich einen Schritt zurück, offenbar musste Micas Miene bedrohlich aussehen. »Keiner weiß, wo er ist«, stammelte er. »Ehrlich, wir haben ihn nicht gesehen. Es geht das Gerücht, dass er in den Hafen gelaufen ist, aber seither ist er nicht wiedergekommen.«

»In den Hafen?« Mica musterte ihn noch eindringlicher.

Die beiden Jungen nickten eifrig.

»Gut, dann werde ich ihn dort suchen. Falls er hierher zurückkehren sollte, werdet ihr ihm kein Haar krümmen. Ich komme in zwei Tagen wieder und er soll hier auf mich warten, verstanden?«

Abermals nickten die Jungen und schienen froh zu sein, als Mica Anstalten machte, den Unterschlupf zu verlassen. Als sie schon fast beim Ausgang war, wandte sie sich nochmals zu der kleinen Gruppe um. »Und falls meinem Bruder etwas passieren sollte, werde ich dieses erbärmliche Versteck niederbrennen, sodass ihr auf der Straße landet!«, rief sie den vier Kanalratten zu. Dann verließ sie die Lagerhalle, ohne sich noch einmal umzudrehen.

»Da hast du aber den Mund ganz schön voll genommen«, empfing sie Cassiel, als sie bei der verabredeten Stelle, seitlich des Gebäudes, ankam.

»Sie sollen ruhig etwas Angst um ihr Leben haben«, meinte Mica finster. »Sie sind allesamt Feiglinge und ich verachte sie. Hätte ich nicht mein Leben lang auf meinen Bruder aufpassen müssen, hätte ich ihnen schon längst gesagt, was ich von ihnen halte. Allen voran Nager, der jetzt glücklicherweise Fischfutter ist.«

»Ich habe ihn nur kurz gesehen, aber es reichte, um zu erkennen, was für ein Dreckskerl er war«, nickte Cassiel bestätigend. »Ich habe ihn mit Freude umgebracht.«

»Du hast ja keine Ahnung …« In Micas Blick mischte sich für einen Moment Ekel, als sie daran dachte, wie oft sie mit dem ehemaligen Anführer das Lager hatte teilen müssen, um ihren Bruder vor seinem Zorn zu beschützen.

»Hm, doch, ich denke, ich weiß, wozu ein Schwein wie er fähig ist.« Cassiels Blick ruhte warm wie die verblassenden Sonnenstrahlen auf ihrem Gesicht.

Mica konnte ihm kaum standhalten, weil sie sich für das schämte, was sie Nager alles gewährt hatte, nur, damit ihr Bruder in Sicherheit war.

Cassiel schien es in ihren Augen zu lesen, fragte aber glücklicherweise nicht weiter nach, sondern streckte die Schultern durch und schenkte ihr ein Lächeln. »Doch das ist nun vorbei. Ich hoffe nur für dich, dass wir deinen Bruder noch finden. Wer weiß, wo er sich verborgen hat. Die Stadt ist riesig und voller Verstecke für eine kleine, verschüchterte Kanalratte.«

»Ich werde ihn finden, und wenn es das Letzte ist, was ich tun werde«, sagte Mica energisch.

»Mit der Gilde im Rücken wird es dir bestimmt gelingen. Aber zunächst müssen wir schauen, dass du etwas auf die Rippen bekommst. So dünn, wie du bist, wirst du kaum Arens Wohlwollen erlangen.«

»Wann gehen wir zu ihm?« Mica sah fragend zu ihm hoch.

»Sobald wir zurück in der Gilde sind. Ich hätte dich eigentlich schon zu ihm bringen müssen, als du erwacht bist, aber da schien es mir wichtiger, dass du nach deinem Bruder suchen kannst. Nun ja, es wird nicht das letzte Mal sein, dass Aren auf mich wütend ist.« Er zwinkerte ihr verschwörerisch zu.

»Danke.« Mica ergriff unwillkürlich Cassiels linke Hand, die in dem Handschuh steckte. »Du hast mir mehr geholfen als irgendein anderer Mensch in meinem Leben. Und dabei kennst du mich erst seit einem Tag.«

»Nun ja, du hast selbst gesagt, wir sind uns ziemlich ähnlich, du und ich.« Sein Lächeln wurde etwas schiefer. »Außerdem wirst du mit deinen magischen Kräften eine Bereicherung für die Gilde sein, da bin ich mir sicher. Auch wenn ich Feuer nicht sonderlich mag, wie du dir vielleicht denken kannst.«

Micas Blick glitt unwillkürlich zu seinem Handschuh, den sie immer noch in beiden Händen hielt. »Es tut mir leid, dass ich einen Feuerball nach dir geschleudert habe«, murmelte sie.

»Schon gut.« Er legte einen Finger unter ihr Kinn, sodass sie in seine dunkelgrünen Augen blicken musste, deren gelbbrauner Ring um die Iris in der untergehenden Sonne wie Gold zu glitzern schien. »Du hast es ja nicht mit Absicht getan.«

»Aber … ich hätte es, wenn ich meine Kräfte beherrschen könnte.«

Sie fühlte einen Kloß in ihrem Hals, als sie die Sanftheit bemerkte, mit der er sie betrachtete und daran dachte, dass sie Cassiel noch vor wenigen Stunden ohne zu zögern in Brand gesteckt hätte. Und jetzt … sie fühlte sich in seiner Gegenwart geborgen, obwohl sie nicht genau benennen konnte, warum. Aber diese … Wärme in seinen Augen gab ihr das Gefühl, dass sie ihm wichtig war. Auch wenn sie sich das wahrscheinlich bloß einbildete.

Verdammt, was waren das für absurde Gedanken? Sie hatte im Moment ganz andere Sorgen!

Cassiel schaute sie aufmerksam an und öffnete leicht den Mund, als wollte er etwas sagen, schloss ihn aber wieder und entzog ihr seine Hand. »Komm jetzt.« Seine Stimme hatte einen kratzigen Klang und er musste sich räuspern. »Wir müssen zum Markt.«

Er vergewisserte sich, dass sie ihm folgte, ehe er durch die Straßen von Chakas davonrannte.

Erst am Marktplatz wurde der Dieb langsamer. Mica mochte diesen Platz nicht, hatte er doch lange Jahre für sie nur eines bedeutet: Gefahr. Denn in jeder Seitengasse gab es Wachen, die dafür sorgten, dass alles mit rechten Dingen zuging und nichts gestohlen wurde. Wie oft hatte Mica ihnen nur im letzten Augenblick entkommen können – und das nur, weil sie schneller als die meisten anderen Menschen war und gut klettern konnte.

Auch jetzt spürte sie, wie ihr Herz aus Gewohnheit schneller zu schlagen begann. Ihre Augen beobachteten alles und jeden, um keine Gelegenheit zum Stehlen zu verpassen, während sie und Cassiel sich zwischen den Menschen hindurchschlängelten, die vor Einbruch der Dunkelheit noch etwas kaufen wollten.

Der Marktplatz war so weitläufig, dass Mica den Rand nur durch die Gebäude ausmachen konnte, die das Areal einrahmten. Mindestens hundert Stände, wenn nicht mehr, drängten sich aneinander, die allerlei Esswaren, aber auch Kleidung, Gerätschaften für den täglichen Gebrauch sowie Waffen anboten. Mitten auf dem Platz befand sich ein Brunnen mit einer Statue von beachtlicher Größe, die aussah wie ein Fisch, aus dessen Maul Wasser sprudelte. Früher hatten Mica und Faím sich einen Spaß daraus gemacht, so lange in dem Brunnen herumzuspringen, bis die Soldaten oder Nager sie vertrieben hatten.

Mica seufzte leise bei der Erinnerung daran und spürte die Sorge um ihren Bruder wie einen Klumpen Blei in ihrem Herzen.

Mehrere Gaukler nutzten hier vor dem Brunnen normalerweise die Gelegenheit, um mit ihren Darbietungen ein paar Silberlinge zu verdienen. Da die Dämmerung nun aber allmählich hereinbrach, waren sie soeben dabei, ihr Hab und Gut zusammenzuräumen, um bei den zahlreichen Tavernen weiterzumachen, die am Abend immer gut besucht waren.

»Gib mir deine Hand, sonst verliere ich dich noch, Mäuschen.« Ohne auf eine Antwort zu warten, ergriff Cassiel Micas Hand und zog sie durch die Menschenmenge hinter sich her.

Mica überkam ein eigenartiges Gefühl dabei, da sie bis vor Kurzem immer nur die Hand von Faím gehalten hatte. Aber Cassiels rechte Hand, an der er keinen Handschuh trug, fühlte sich breiter und stärker an und seine Finger umschlangen die ihren mit fester Entschlossenheit. Sie konnte seinen Gildenring spüren, etwas, das sie bisher ebenfalls noch nie erfahren hatte. Das Gold war warm und hart und trotzdem schien es irgendwie durch die Rune, die in das Edelmetall eingelassen war, lebendig zu sein.

Mica wusste, dass von dem Moment an, in dem sich die Rune mit dem Element seines Trägers verband, der Ring nicht mehr abgestreift werden konnte. Es war ein befremdlicher Gedanke und doch hatte sich Mica immer gewünscht, es selbst zu erleben. Insgeheim spürte sie die Hoffnung in sich aufkeimen, dass sie mit Eintritt in die Gemeinschaft der Diebe auch in die Feuergilde aufgenommen werden könnte und nicht länger eine Gildenlose sein musste.

Sie war so in Gedanken versunken, dass sie die Menschen um sich herum nur am Rande wahrnahm. Das war ihr bisher noch nie passiert – und schon gar nicht hier. Erst als Cassiel anhielt, merkte sie, dass sie den Marktplatz überquert hatten und bei einem Stand angekommen waren, hinter dem sich ein älterer Mann gerade anschickte, seine Waren auf einen Esel zu verladen, um sein Tagesgeschäft zu beenden.

»Ningel, warte!«, rief Cassiel ihm zu und ließ Micas Hand los. »Wir wollen noch etwas zu essen kaufen.«

Der Alte drehte sich zu ihnen um. »Cass, du bist reichlich spät dran«, meinte er mit einer Stimme, die durch jahrelanges Tabakrauchen spröde geworden war. Auch jetzt hatte er eine Pfeife in seinem Mund.

»Tut mir leid, ich wurde aufgehalten.« Cassiel warf einen erklärenden Blick in Richtung Mica, die den Mund verzog.

»Eine Freundin?« Ningel musterte das Mädchen aufmerksam.

»Nun ja, so würde ich sie noch nicht bezeichnen.« Der Dieb grinste. »Aber sie könnte es werden.«

Mica sah ihn entrüstet an, erwiderte jedoch nichts.

»Na, dann wünsche ich viel Glück dabei.« Der Alte entblößte seine lückenhaften Zähne. »Was wollt ihr kaufen? Ich habe nur noch einen halben Laib Brot und etwas getrocknetes Pferdefleisch im Angebot. Ein paar Äpfel kann ich auch noch hergeben, aber das war's dann. War ein guter Tag heute und meine Frau braucht auch noch was, mit dem sie den Kindern die hungrigen Mäuler stopfen kann.«

»Gib uns alles, was du entbehren kannst.« Cassiel holte einen ledernen Beutel hervor und zählte einige Kupferlinge ab. »Reicht das?«

Der Alte streckte die Hand aus und zählte die Kupferstücke nach. »Nun ja, weil du's bist, werde ich das mal so annehmen«, meinte er nach ein paar Sekunden, in denen er stirnrunzelnd auf seine Hand gestarrt hatte.

»Danke.«

»Schon gut. Hier. Kannst du das alles tragen?« Er reichte ihm einen Stoffbeutel, in den er Brot, Fleisch und die Äpfel packte.

»Klar.« Cassiel nahm den Beutel entgegen. »Danke nochmals. Wir werden morgen etwas früher kommen.«

»Das würde ich euch auch raten.« Der Alte sah Mica erneut an. »Halt mir den Jungen das nächste Mal nicht allzu lange auf.« Er warf ihr einen vielsagenden Blick zu und Mica errötete unwillkürlich, was sie ärgerte. »Na dann, einen schönen Abend euch zwei.« Ningel ergriff die Zügel des Esels und ging davon.

»Warum haben wir bei dem eingekauft, wo es doch noch so viele andere Händler gibt?«, wollte Mica wissen, während sie dem Alten nachsah.

»Weil ich schon immer bei ihm eingekauft habe«, antwortete Cassiel, als ob das alles erklären würde, und packte den Beutel mit den Lebensmitteln fester. »Komm, Sam wird schon auf uns warten und es dauert eine Weile, bis wir zurück in der Gilde sind.«

»Ich möchte erst noch in den Hafen.« Mica blieb stehen, als Cassiel sich zum Gehen wandte. »Die Kanalratten haben gesagt, dass mein Bruder dort gesehen wurde. Ich kann ihn nicht eine weitere Nacht hier draußen herumirren lassen.«

Cassiel sah das Mädchen, das beide Arme vor ihrem Körper verschränkt hatte, nachdenklich an. »Ich weiß, dass dir im Moment nichts wichtiger erscheint, als deinen Bruder zu finden«, begann er so leise, dass sie ihn gerade noch unter den lauten Geräuschen des Marktplatzes verstehen konnte. »Aber es gibt nur eine einzige Chance, in die Gilde aufgenommen zu werden und wenn du die nicht nutzt, wirst du keine weitere Gelegenheit bekommen. Aren muss dich noch heute sehen, sonst wirst du von der Gilde gejagt, da du bereits zu viel über uns weißt, und nicht einmal ich werde dich noch beschützen können.« Sein Blick wurde eindringlicher. »Mica.« Sie stutzte, als er sie mit ihrem richtigen Namen ansprach. »Du musst dich entscheiden: Willst du der Diebesgilde beitreten oder nicht?«

Mica hielt seinem Blick stand und ihre dunklen Augen wurden schmal. »Ist das eine Drohung? Wenn ich nicht auf der Stelle mit dir mitkomme, werde ich von euch Dieben gejagt?«

Cassiel schüttelte leicht den Kopf. »Mäuschen, das ist keine Drohung, sondern eine Tatsache. Wenn Aren nicht heute seine Erlaubnis gibt, dass du bleiben darfst – was er auf jeden Fall tun wird, wenn er dich kennenlernt – wirst du getötet. So ergeht es allen, die die Gilde unerlaubt betreten haben.«

»Aber …«, Mica konnte nichts dagegen tun, dass ihre Stimme mit einem Mal piepsig klang, »… ich kann meinen Bruder doch nicht einfach seinem Schicksal überlassen!«

»Wenn er eine Nacht überlebt hat, stehen die Chancen gut, dass er auch eine Zweite überleben wird.« Cassiels Blick wurde weicher. »Ich verspreche dir, dass wir morgen nochmals nach ihm suchen werden. Aber nun müssen wir gehen, sonst kommen wir nicht rechtzeitig in die Gilde zurück. Die Tore schließen eine Stunde nach Sonnenuntergang und nur eine Handvoll Diebe, die zu Missionen aufbrechen, dürfen die Tunnel dann noch verlassen.«

Mica atmete tief durch und nickte schließlich kaum merklich. »Also gut, ich werde mit dir kommen. Aber ich erinnere dich morgen daran, was du mir versprochen hast.«

»Keine Sorge, ich vergesse nie ein Versprechen.« Mica vermeinte, auf dem Gesicht des Diebes Erleichterung zu erkennen. »Komm, lass uns von hier verschwinden.«

Kapitel 12 - Mica

»Langsam habe ich das Gefühl, Mica hat einen schlechten Einfluss auf dich.« Samja sah Cassiel mit zusammengezogenen Augenbrauen an, während dieser das Essen auf dem Tisch in ihrem Quartier auspackte. »Du weißt ganz genau, dass du keine Erlaubnis hattest, sie mitzunehmen. Sie darf die Gilde nicht verlassen, wenn sie noch nicht dazugehört, so sind die Regeln.«

»Sam, du musst mir nicht die Gildenregeln erklären. Außerdem habe ich ihr auf dem Rückweg wieder die Augen verbunden.« Cassiel hielt inne und warf ihr einen leicht verärgerten Blick zu. »Wir sind nochmals zum Versteck der Kanalratten gegangen, damit sie nach ihrem Bruder suchen kann.«

Samja atmete tief durch und ihre Stimme nahm einen sanfteren Klang an. »Cass, ich weiß, warum du das tust. Doch glaub mir, das bringt nur mehr Probleme, als es löst. Du musst endlich nach vorne schauen und die Vergangenheit ruhen lassen.«

Mica sah neugierig von Cassiel zu Samja, wagte jedoch nicht, zu fragen, was diese damit meinte, denn sie konnte in Cassiels grünen Augen erkennen, dass er nicht weiter darüber sprechen wollte.

»Lass uns essen, dann werde ich Mica zu Aren bringen.« Der Dieb setzte sich auf einen der beiden Stühle. »Hier, Mäuschen, das ist für dich.« Er schnitt mit seinem Dolch etwas getrocknetes Fleisch und Brot ab und warf es Mica zu, die auf der Matratze saß.

Sie fing das Essen auf und begann sofort, es in sich hineinzustopfen, denn nun spürte sie einen nagenden Hunger in sich.

Cassiel verzog seinen Mund zu einem leichten Lächeln, als er sie dabei beobachtete, wie sie das Brot fast unzerkaut herunterschlang. »Hattest wohl doch Hunger, wie?« Er langte selbst zu und biss genüsslich in das Pferdefleisch.

Mica warf ihm einen knappen Blick zu, antwortete aber nicht.

»Ich werde mit euch mitkommen, wenn ihr zu Aren geht.« Samja hatte den Blickwechsel stumm verfolgt und griff nun ebenfalls zu etwas Brot und Fleisch.

»Brauchst du nicht, Sam.« Cassiel nahm einen weiteren Bissen und wandte sich seiner Frau zu. »Er wird ohnehin nicht anders können, als Mica bei uns in der Gilde willkommen zu heißen und ihr zu erlauben, die Aufnahmeprüfung zu machen.«

»Was macht dich da so sicher?«, fragte Samja, die einen raschen Blick zu Mica warf. »Sie ist so … dünn.«

»Das mag wohl sein, aber sie ist auch klug, schnell und wendig. Außerdem wird sie bald zunehmen, dafür werde ich sorgen.«

Samja sah ihn zweifelnd an, nickte dann aber.

»Könnt ihr aufhören, über mich zu sprechen, als ob ich nicht da wäre?« Mica war bereits fertig mit ihrem Essen, wischte sich die Hände an ihren neuen Hosen ab und stand auf.

»Tut mir leid.« Cassiel sah sie entschuldigend an. »Nimm noch einen Apfel mit auf den Weg zu Aren.« Er deutete auf das Obst, das sie gekauft hatten, und erhob sich ebenfalls.

»Du behandelst sie wie deine …« Samja unterbrach sich abrupt, als sie Cassiels drohenden Blick sah.

»Sag's ruhig, Sam.« Er stützte sich auf der Tischplatte ab und beugte sich zu ihr, während seine Augen ihren Blick gefangen hielten. »Wie meine kleine Schwester? Ja, verdammt, das tue ich.« Seine Stimme wurde leiser und er lehnte sich noch weiter zu Samja vor. »Und ich werde auch nicht aufhören damit.«

Mica konnte in seinen Gesichtszügen außer Ärger auch einen Hauch Traurigkeit erkennen, was sie überraschte.

Samja schlug die Augen nieder. »Tut mir leid … ich wollte dich nicht verletzen.«

»Hast du nicht, das haben bereits andere vor dir getan.« Sein Blick wurde versöhnlicher. »Komm, Mica, lass uns das Treffen mit Aren nicht länger hinauszögern. Sonst wird er noch hierherkommen und das will wahrhaftig niemand von uns miterleben.« Er stand auf, ohne nochmals zu Samja zu sehen.

Mica folgte ihm aus der Höhle, mit dem Apfel in der Hand. »Was meintest du vorhin, als du sagtest, dass du mich wie deine kleine Schwester behandelst?«, fragte sie, während sie die Gänge entlangliefen und Mica herzhaft in den Apfel biss.

»Das …«, Cassiel blieb stehen und wandte sich zu Mica um, »werde ich dir ein andermal erzählen. Ist eine lange Geschichte und wir haben jetzt keine Zeit dafür.« Er ging weiter.

»Du hast eine Schwester?«

»Mica, hör auf damit.« Cassiel warf ihr einen warnenden Blick zu. »Ja, ich hatte eine Schwester. Aber ich werde dir nichts darüber erzählen – noch nicht. Ich kenne dich ja kaum …«

»Und trotzdem hilfst du mir.« Sie ergriff seinen Arm. »Cass, ich spüre, dass dich etwas bedrückt. Vielleicht kann ich dir helfen, so wie du mir hilfst.«

Der Dieb blieb abermals stehen und sah mit einem traurigen Lächeln auf sie herunter. »Mäuschen, wenn es so einfach wäre, hätte mir Sam schon lange helfen können. Ich bin ein kaputter Mann und du solltest dir nicht deinen hübschen Lockenkopf über mich zerbrechen.«

»Du scheinst mir nicht kaputt zu sein – eher etwas … mit Rost behaftet wie ein Schwert, das man lange nicht mehr gepflegt hat.«

»Und du würdest mich pflegen wollen?« Seine grünen Augen glitzerten amüsiert. »Glaub mir, wenn du wüsstest, was das für einen Aufwand bedeutet, würdest du diesen Vorschlag nicht machen. Außerdem … unter dem Rost verbirgt sich eine Klinge, an der du dich schneiden wirst.«

»Ich fürchte keine Schmerzen.« Jetzt lächelte Mica ebenfalls. »Und es ist das Mindeste, was ich für dich tun kann als Dank dafür, dass du mir hilfst.«

Cassiels Blick wurde mit einem Mal ernst. »Mäuschen, ich gehöre nicht zu der Sorte Mann, die man mit einer leidenschaftlichen Nacht kaufen kann. Ich helfe dir, weil ich es will und nicht, um deinen Körper zum Dank zu erhalten.«

Mica wich zurück, als hätte er ihr eine Ohrfeige verpasst. »Das wollte ich auch nicht vorschlagen!«, fauchte sie und spürte heiße Wut in sich aufbrodeln. Ihre Wangen glühten. »Ich wollte dir nur … helfen!«

»Dann lass es besser.« Er entzog ihr seinen Arm und ging weiter.

In Micas Brust stauten sich Zorn und Ekel gleichermaßen. Er hatte doch tatsächlich angenommen, dass sie ihm ihren Körper anbieten wollte … zum Dank, dass er ihr geholfen hatte! So wie bei Nager, nur, dass sie es damals getan hatte, um ihren Bruder zu beschützen. Sie spürte die Abscheu abermals in sich hochsteigen, als sie an den grausamen Anführer dachte und an die Nächte, die sie bei ihm gelegen hatte.

»Du bist ein Scheißkerl«, knurrte sie, als sie hinter Cassiel den Gang entlangging und die Reste des Apfels achtlos in eine ihrer Taschen steckte. Ihr war der Appetit gründlich vergangen.

»Das höre ich öfter«, erwiderte er gelassen, ohne sich zu ihr umzudrehen, jedoch beschleunigte er seinen Schritt.

»Dann solltest du den Leuten langsam Glauben schenken!« Sie konnte nichts dagegen tun, dass die Erbitterung in ihr tobte wie ein rasender Löwe in einem zu kleinen Käfig. Es hatte sie hart getroffen, dass er annahm, sie würde ihren Körper im Tausch für seine Hilfe anbieten und der Schmerz darüber verwandelte sich in glühende Wut.

»Da wären wir.« Cassiel hielt an und deutete auf eine hölzerne Tür, die ihnen den Weg versperrte. »Ich werde dir nicht wieder die Augen verbinden, da du dein neues Zuhause sehen sollst.«

Mica holte tief Luft und versuchte, ihren Zorn auf den Dieb zu bändigen, was ihr jedoch nicht gelingen wollte.

Wie konnte er jetzt bloß so tun, als ob nichts gewesen wäre? Er hatte sie verletzt!

»Du …« Sie streckte die Hand aus, um mit dem Finger auf ihn zu zeigen und ihm an den Kopf zu werfen, was sie von ihm hielt.

Statt einer Schimpftirade aus ihrem Mund schoss jedoch eine Feuerflamme aus ihrem Finger hervor, direkt auf ihn zu.

Cassiel gelang es gerade noch, zur Seite zu springen, sonst hätte das Feuer ihn mitten in die Brust getroffen. Er prallte gegen die Wand des Ganges, verlor das Gleichgewicht und fiel hart auf seine Knie.

»Verflucht noch mal!«, knurrte er, als er sich aufrappelte. »Höchste Zeit, dass du deine Kräfte beherrschen lernst!«

»Tut … tut mir leid«, stammelte Mica, die wie versteinert und mit immer noch ausgestrecktem Arm dastand und abwechselnd auf den schwarzen Fleck in der Holztür und auf Cassiel blickte. Ihr Gesicht war blass und ihre dunklen Augen vor Entsetzen weit aufgerissen. Ihr Körper fühlte sich eiskalt an, was auf das Magiewirken zurückzuführen war. Sie zitterte und schlang ihre Arme um ihren Leib, um sich aufzuwärmen.

Der Dieb klopfte sich den Staub von den Hosen und rieb seinen rechten Ellbogen. Sein Blick hatte eine Wildheit angenommen, die Mica verstörte und zum ersten Mal auch wirklich einschüchterte.

»Du bist wohl von allen guten Geistern verlassen!«, fuhr er sie zornig an.

»Das wollte ich nicht … bist du verletzt?« Sie versteckte die Hand, mit der sie den Zauber geschossen hatte, hinter ihrem Rücken, als könnte das ungeschehen machen, was gerade passiert war. Ihre Finger waren eiskalt, genauso wie der Rest ihres Körpers.

»Ernsthaft?!« Cassiels wutschnaubender Gesichtsausdruck ließ sie zusammenfahren. »Du kannst mich nicht jedes Mal, wenn du wütend bist, mit Feuerbällen bewerfen! Los, ab zu Aren, der soll sich um deine Stimmungsschwankungen kümmern – ich hab langsam genug davon!« Er holte einen Schlüssel hervor, den er an einer Kette um den Hals trug, steckte ihn ins Schloss der angebrannten Holztür und riss sie auf. »Da lang!«, knurrte er barsch.

Auch wenn Mica sich über die Art, wie er mit ihr sprach, maßlos aufregte – wer hatte hier bitte sehr Stimmungsschwankungen?! –, so sah sie ein, dass es keinen Sinn hatte, mit ihm zu diskutieren. Und sie merkte auch, dass sein Zorn nicht allein ihr galt, sondern vielmehr der Angst vor dem Feuer entsprang, die er zu unterdrücken versuchte. Sie wusste zwar nicht, was er erlebt hatte, aber wenn sein Körper verbrannt worden war, musste er mit den Flammen die schlimmsten Schmerzen verbinden.

Daher trat sie stumm in das Zentrum der Diebesgilde, in dem sie sich bei ihrem letzten Besuch lediglich auf ihr angeschlagenes Gehör hatte verlassen können. Nur langsam kehrte ihre Körperwärme wieder zurück und sie hörte auf zu zittern.

Als sie die Diebesgilde betrat, hielt sie einen Moment lang inne und sah sich staunend um, während Cassiel hinter ihr die Tür wieder verschloss. Wie sie vermutet hatte, befand sie sich in einer weitläufigen Höhle, die vom Licht zahlreicher Fackeln und Lagerfeuer erleuchtet wurde. Hölzerne Treppen und Brücken waren kreuz und quer durch den ausladenden Raum angelegt und verbanden mehrere Holzhütten, die auf erhöhten Podesten standen. Der Boden der Höhle war mit Steinplatten belegt. Am hinteren Ende konnte sie einen unterirdischen See erkennen, der in einem niederen Tunnel verschwand. Überall in den felsigen Wänden waren Türen eingelassen, die wahrscheinlich zu weiteren Quartieren oder Gängen führten.

Wie bei ihrem ersten Besuch roch es nach dem Rauch einer Schmiede, die sie nun im rechten Bereich des Unterschlupfes entdeckte. Das Stimmengewirr, das ihr entgegenschlug, stammte von den zahlreichen Menschen, die sich hier unten befanden, an Lagerfeuern zusammensaßen oder Schwertübungen machten. Außerdem gab es Kinder, Katzen und Hunde, die fröhlich miteinander spielten. Weiter entfernt konnte sie sogar eine Art Markt erkennen sowie ein Gehege, in dem Schafe und Ziegen auf Strohbüscheln herumkauten.

Es war tatsächlich eine kleine Stadt unter der Stadt. Mica fragte sich, warum sie noch nie davon gehört hatte. Offenbar hüteten die Diebe ihre Geheimnisse tatsächlich sehr gut.

Cassiel ging voraus, eine Holztreppe nach oben, die zu einer felsigen Plattform führte. Er sprach kein Wort, aber Mica konnte an seiner angespannten Haltung erkennen, dass er den Feuerangriff noch nicht gänzlich überwunden hatte. Abermals nagte das schlechte Gewissen an ihr, während sie ihm folgte.

Als sie die Plattform betraten, bemerkte sie, dass sie zu einer Tür in der Wand führte, auf die Cassiel nun zuging. Ohne sich zu vergewissern, ob sie immer noch hinter ihm war, klopfte er mit der Faust dagegen.

Von drinnen erklang eine tiefe Stimme, dann wurde die Tür schwungvoll geöffnet. Zu Micas Erstaunen stand jedoch kein Mensch im Türrahmen, der die Tür aufgemacht hätte, sondern sie war wie von Geisterhand aufgegangen.

Zögernd folgte sie Cassiel, der eintrat.

»Ah, Cassiel, ich habe dich schon früher erwartet«, erklang eine dunkle Stimme.

Micas Augen mussten sich erst an das dämmerige Licht gewöhnen. Nur eine Kerze, die auf einem mit Pergamentrollen überfluteten Tisch in der Mitte des Raumes stand, erhellte die Umgebung, und der Geruch nach Rauch und Schinken stieg ihr in die Nase. Obwohl sie bereits gegessen hatte, knurrte ihr Magen unüberhörbar.

Als sie nach und nach mehr sehen konnte, bemerkte sie, dass an den Wänden des Raumes eine Vielzahl von Bücherregalen stand. Hinter dem Tisch saß in einem gemütlichen Lehnstuhl eine breitschultrige Gestalt, deren Gesicht sie nicht richtig erkennen konnte, da es sich außerhalb des Lichtkegels der Kerze befand.

Der Boden des Raumes war mit einem weichen Teppich belegt, der ihre Schritte dämpfte. Im hinteren Bereich konnte sie eine Schlafstätte erahnen, die ähnlich aussah wie jene in Cassiels Quartier.

»Aren«, sagte der Dieb knapp und ging einen Schritt auf den Tisch zu.

Jetzt lehnte sich die Gestalt ein wenig nach vorn und Mica konnte einen Mann mit schwarzem, gestutztem Bart erkennen, dessen ebenso schwarzes, langes Haar nach hinten gekämmt war. Zwei Strähnen waren jedoch zu kurz und fielen ihm über seine grünen Augen, aus denen Intelligenz und Neugierde sprachen. Er trug einen weiten, dunklen Umhang, der seine restlichen Kleider verbarg. An seiner rechten Hand konnte Mica einen schwarzen Magierring mit einer Luftrune ausmachen.

Er mochte vielleicht vierzig Jahre alt sein. Die Haut seines Gesichtes war bis auf die feinen Fältchen um die Augen glatt, aber trotzdem konnte ein aufmerksamer Betrachter ein paar silberne Haare in seinem gepflegten Bart entdecken.

»Wen bringst du mir mit?«, fragte er mit tiefer Stimme, die einen angenehm warmen Klang hatte. Seine Augen waren unentwegt auf Mica gerichtet, die sich unter der Musterung zusehends unwohl fühlte und von einem Fuß auf den anderen trat.

»Eine Möchtegernmagierin.« Cassiel konnte den ironischen Unterton nicht aus seiner Stimme verbannen, was Aren eine Augenbraue hochziehen ließ. Sein Blick schweifte zu dem Dieb und Mica war unendlich froh darüber, nicht mehr der vollen Aufmerksamkeit von Aren ausgesetzt zu sein.

»Möchtegernmagierin?« Der rechte Mundwinkel des Magiers verzog sich und seine Augen blitzten im Kerzenlicht. »Das musst du mir genauer erklären.«

»Das soll sie selbst tun.« Der Dieb verschränkte die Arme vor seiner Brust und warf Mica einen auffordernden Blick zu.

Sie fühlte, wie sich ihr Herz bei Cassiels herablassender Miene zusammenzog, aber sie war nicht gewillt, vor ihm zuzugeben, dass er sie damit kränkte. Also trat sie einen Schritt vor und sah dem Magier fest in die Augen. »Ich trage das Feuerelement und Magie in mir«, sagte sie mit erhobenem Kinn.

»Soso ...« Arens grüne Augen ruhten forschend auf ihrem Gesicht. »Du trägst keinen Magierring. Eine wilde Magierin also ...«

»Ja, ich bin gildenlos«, unterbrach ihn Mica, ohne mit der Wimper zu zucken. »Aber Cass hat mir angeboten, in die Diebesgilde zu kommen, damit ich hier ausgebildet werde.«

»Hat er das ...«, sagte Aren gedehnt und sein Blick glitt abermals zu dem Dieb. Mica vermeinte, stummen Tadel darin zu lesen. Nun war es an Cassiel, unruhig von einem Fuß auf den anderen zu treten.

»Nicht direkt«, erwiderte der Dieb mit einem scharfen Seitenblick zu Mica. »Ich habe ihr erklärt, dass du ihr erst die Erlaubnis geben musst, die Aufnahmeprüfung machen zu dürfen.«

»Na, immerhin ...« Arens Gesicht verzog sich zu einem leichten Lächeln, das seine Augen warm erstrahlen ließ. »Erzähl doch ein bisschen was von dir, Mädchen«, fuhr er an Mica gewandt fort. »Wie kam's, dass du nicht in eine Gilde aufgenommen worden bist?«

Mica versuchte, dem forschenden Blick von Aren standzuhalten und holte tief Luft, um ihre Geschichte zu erzählen. Sie begann mit der Schilderung der schwärzesten Stunde in ihrem Leben – jene Stunde, in der ihre Eltern starben.

Kapitel 13 - Mica

Das ist wahrhaft ein hartes Schicksal«, stellte Aren fest, als Mica ihre Erzählung beendet hatte. Er lehnte sich zurück und verschränkte die Arme vor seiner breiten Brust. »Ich kann verstehen, dass Cassiel dich hergebracht hat und du dich danach sehnst, in eine Gilde aufgenommen zu werden. Aber wir Diebe nehmen nur Mitglieder der Elementgilden bei uns auf.«

»Ich würde gerne der Feuergilde beitreten«, sagte Mica rasch. »Ich durfte es bisher nicht, da Nager meinen Bruder und mich ansonsten verstoßen hätte. Aber nun, da er nicht mehr unter den Lebenden weilt, würde ich es gerne tun.«

Aren warf ihr einen nachdenklichen Blick zu. »Erst müssen wir wissen, wie viel Magie du in dir trägst. Wenn es zu viel ist, wirst du in den magischen Zirkel gehen müssen, um deine Kräfte beherrschen zu lernen.«

»Aber …« Micas Einwand wurde von Aren mit erhobener Hand unterbrochen.

»Wir haben hier in der Diebesgilde keine Gilden- oder gar Magierringe, die wir vergeben können.« Er deutete auf seine rechte Hand, an der er den schwarzen Ring mit der Luftrune trug. »Und solch einen

Ring wirst du brauchen, sollten deine Kräfte groß sein. Denn ein Gilden- oder Magierring wird dir helfen, die diffuse Kraft deines Elements zu bündeln, sodass du sie besser beherrschen kannst. Dafür wirst du die Aufnahmezeremonie zur Sommersonnenwende mitmachen.«

Mica nickte und versuchte, die Freude, die sich bei seinen Worten in ihr ausbreitete, zu unterdrücken. Auch wenn Aren es so darstellte, als sei es eine unumgehbare Pflicht, so hatte sie sich doch jahrelang nichts sehnlicher gewünscht, als bei der Zeremonie zu Beginn der Trockenzeit dabei zu sein und einen Gildenring zu erhalten. Und nun würde die Erfüllung dieses Wunsches in greifbare Nähe rücken.

Wenn sie bis dahin ihren Bruder gefunden hätte, würde er bestimmt ebenfalls zur Aufnahmezeremonie gehen dürfen. Dann könnte er neben ihr stehen, wenn sie auf dem Gildenplatz mit den anderen Anwärtern darauf warteten, in eine der Elementgilden aufgenommen zu werden.

»Sie hat bereits zweimal mit Feuer auf mich geschossen«, meldete sich Cassiel zu Wort, der bisher stumm an der rechten Wand des Raumes gelehnt hatte. Er stieß sich ab und kam ein paar Schritte auf Aren und Mica zu. »Ich glaube, sie hat genügend Kräfte in sich, um in den Magierzirkel zu gehen.«

Mica wurde jäh aus ihren Tagträumen gerissen, in denen sie sich schon in der Diebesgilde wähnte. »Ich will aber nicht in den Magierzirkel …« Sie sah Aren flehend an. Sie wusste, dass das bedeuten würde, drei Jahre lang den Zirkel nicht verlassen zu können – wie alle Magierlehrlinge, die ansonsten eine Gefahr für die Bevölkerung darstellten, da sie ihre Kräfte nicht ausreichend gut beherrschten. »Zumindest nicht, bevor ich nicht weiß, wo mein Bruder ist und dass es ihm gut geht.«

»Ich kann verstehen, dass du dich um deinen Bruder sorgst. Doch ob du in den Magierzirkel gehen musst, wird allein die Menge deiner Magie entscheiden.« Aren atmete tief durch. »Nun gut. Ich werde dir erlauben, vorerst hierzubleiben und nach deinem Bruder zu suchen. Aber zunächst wirst du uns beweisen müssen, dass du unseres Vertrauens auch würdig bist. Du darfst die Gilde nur in Begleitung verlassen, solange du kein Mitglied von uns bist. Solltest du dieser Anordnung nicht Folge leisten, wirst du zur Jagd freigegeben. Will heißen: Du wirst dann mit sofortiger Wirkung als Feind der Diebesgilde angesehen.«

Mica merkte, dass sie, während Aren sprach, den Atem angehalten hatte, und holte jetzt erleichtert Luft. »Danke«, hauchte sie.

Sie hatte nicht damit gerechnet, dass Aren ihr gestattete, in der Gilde zu bleiben – zumindest vorerst. Und natürlich würde sie das Vertrauen der Diebe nicht missbrauchen. Das hier war eine einmalige Gelegenheit, das erkannte sie. Eine Möglichkeit, endlich ihrem elenden Leben zu entfliehen und ihrem Bruder das zu bieten, was sie immer schon wollte: Sicherheit und eine bessere Zukunft.

»Du solltest besser meinem Sohn danken, er hat dich schließlich hierher gebracht und scheint von deinen Qualitäten überzeugt zu sein.« Aren warf einen schiefen Blick zu Cassiel, der nun neben ihm stand.

»Eurem … Sohn?« Mica sah verblüfft zu Cassiel. Erst jetzt fiel ihr die Ähnlichkeit zwischen den beiden auf. Sie hatten beide dieselbe Art, den Kopf schief zu legen, wenn sie über etwas nachdachten oder jemanden betrachteten, und ihre Gesichtszüge waren gleich kantig und verwegen, ihre Augen von einem ähnlichen Grün und ihre Haare schwarz. Zudem beherrschten beide das Luftelement – auch wenn Cassiel keine Magie in sich zu tragen schien. Oder zumindest zu wenig

Magie, um in den Magierzirkel aufgenommen worden zu sein, denn er trug ja keinen schwarzen, sondern einen goldenen Ring, wie alle Angehörigen der normalen Elementgilden.

»Sieht ihm ähnlich, dass er dir das nicht erzählt hat«, meinte Aren nun mit einem leichten Lächeln, in dem Mica zu ihrer Verblüffung Bedauern erkennen konnte. »Ich nehme an, du kannst vorerst bei ihm und Samja wohnen?«

Mica nickte unwillkürlich und konnte den Blick nicht von Cassiel nehmen, der diesen jedoch regungslos erwiderte.

»Falls du dich in den nächsten Tagen bewährst und deine Kräfte nicht zu groß sind, darfst du die Aufnahmeprüfung der Diebe machen, selbst wenn du noch kein Mitglied der Elementgilde bist«, fuhr Aren fort und lenkte damit Micas Aufmerksamkeit wieder auf sich. »Aber der Beitritt zur Feuergilde wäre dann ja reine Formsache. Bis dahin werde ich dich einigen Tests unterziehen, was die Magie in dir angeht. Wer weiß, vielleicht ist es tatsächlich nicht notwendig, dass du in den magischen Zirkel gehen musst. Doch das wird sich zeigen.«

Abermals nickte Mica.

Obwohl sie, seit sich die Magie in ihr regte, inständig gehofft hatte, in den magischen Zirkel gehen zu können und dort ihre Kräfte beherrschen zu lernen, überkamen sie nun Zweifel, ob das tatsächlich das Richtige für sie war. Etwas in ihr wünschte sich jetzt mit einem Mal, hier in der Diebesgilde bleiben zu dürfen. Nicht nur, weil sie dann weiter nach ihrem Bruder suchen könnte.

Sie hatte seit dem Tod ihrer Eltern kein richtiges Zuhause mehr gehabt, wo sie ohne Angst und Hunger leben konnte – und eine innere Stimme flüsterte ihr zu, dass dieses erbärmliche Schicksal hier, in der Diebesgilde, ein Ende finden könnte. Hier könnte sie Freunde finden, vielleicht irgendwann sogar eine Familie gründen.

»Danke«, sagte sie leise und die Freude in ihrem Herzen drohte, ihr abermals die Luft zu rauben.

Die nächsten Tage würde sie hierbleiben dürfen. Bei Cassiel, in der Gilde. Die Gildenzeremonie war erst in einigen Wochen und bis dann hätte sie hoffentlich ihren Bruder gefunden und sie könnten zusammen in der Diebesgilde wohnen, endlich ein richtiges Leben beginnen.

»Nun gut, der Abend ist bereits weit fortgeschritten«, unterbrach Aren ihre sich überschlagenden Gedanken. »Ich schlage vor, du kehrst mit Cassiel zu seinem Quartier zurück und erholst dich erst mal.«

»Darf ich morgen weiter nach meinem Bruder suchen?«

Aren sah sie nachdenklich an und nickte dann kaum merklich. »Ich denke, je eher du Gewissheit über sein Schicksal hast, desto rascher wirst du ein Mitglied der Ratten werden. Wir können Magierinnen wie dich gebrauchen, glaub mir. Komm morgen vor dem Mittag zurück zu mir, damit ich beginnen kann, deine Kräfte zu testen.«

Mica bedankte sich und wandte sich zur Tür.

»Cassiel«, wandte sich Aren an seinen Sohn. »Du wirst gut auf sie aufpassen. Vorerst gestatte ich niemandem außer dir, sie an die Oberfläche zu begleiten, verstanden?«

Cassiels Antwort konnte Mica nicht mehr hören, da sie bereits den Raum verlassen hatte.

Draußen atmete sie tief durch und konnte sich einen kleinen Jubellaut nicht verkneifen.

»Du scheinst ein Talent dafür zu haben, Männer um deinen Finger zu wickeln«, erklang Cassiels Stimme hinter ihr.

Mica drehte sich um und sah ihn ungerührt an. »Wenn du glaubst, ich täte das für mich, hast du dich getäuscht. Mir geht es nur darum, dass mein Bruder in einer besseren Zukunft aufwachsen kann.«

»Sehr ehrenwert für eine angehende Diebin«, stellte Cassiel spitz fest.

»Vielleicht ehrenwerter, als andere andauernd zu beleidigen, um sie nicht zu nahe an sich heranzulassen«, gab Mica im selben Tonfall zurück.

»Entschuldige, aber ich kann mich nicht erinnern, dich grundlos beleidigt zu haben.« Cassiel sah sie von oben herab an.

Mica spürte wieder diese Wut in sich aufbrodeln über so viel Uneinsichtigkeit. »Deine ach so geliebte Frau hatte mehr als recht, als sie sagte, dass du unmöglich bist!« Sie versuchte, ihren Zorn zu kontrollieren, denn so sehr Cassiel ihr auch auf die Nerven ging, sie wollte ihn nicht erneut mit Feuer angreifen.

»Wenn du es genau wissen willst: Wir sind nicht vermählt«, antwortete der Dieb ruhig.

»Warum nennst du sie dann deine Frau?« Micas dunkle Augen wurden schmal.

»Weil man das so macht, wenn man zusammenlebt.«

»Das ist unsinnig«, stieß Mica hervor. »Wenn ich mit einem Mann zusammenleben würde, sollte es auch ehrlich sein. Mit ganzem Herzen und dementsprechenden Taten – nicht nur wie eine Floskel, die man anderen erzählt, damit sie einen in Ruhe lassen.«

»Es ist keine Floskel.« Cassiels Stimme war leiser geworden, wie immer, wenn er wütend wurde. »Es fühlt sich im Herzen richtig an – es kommt nicht darauf an, ob man eine dämliche Zeremonie hinter sich bringt.«

»Wenn du meinst …« Sie sah ihn abschätzig an.

»Hör auf, mein Leben infrage zu stellen!« Er trat nun so nahe zu ihr, dass sie abermals den Ledergeruch seiner Kleidung wahrnehmen konnte. »*Du* bist diejenige, die bisher keines hatte …«

»Ich hatte sehr wohl ein Leben und ich hätte einiges daraus gemacht«, fuhr sie ihn an.

»So? Hättest du?« Er verzog seinen Mund zu einem spöttischen Lächeln. »Und wie, bitte sehr? Als Bettwärmer dieses Nagers?«

Ehe Mica es sich versah, hatte sie die Hand erhoben und ihm eine Ohrfeige verpasst. Es war zwar keine kräftige, aber es klatschte trotzdem so laut, als ob ein Teppichklopfer soeben seinen Dienst verrichtet hätte.

Cassiel trat einen Schritt zurück und seine Hand fuhr unwillkürlich zu seinem Dolch. »Tu das nie wieder!«, sagte er in eisigem Ton.

»Cass, es … es tut mir leid.« Mica erkannte, dass sie zu weit gegangen war. »Tut mir leid …«

»Du bist das ungezogenste Gör, das ich je getroffen habe!« Cassiel musste sich ganz offensichtlich bemühen, seine Stimme ruhig klingen zu lassen, denn eine Ader auf seiner Stirn trat pochend hervor und seine Augen glühten vor Zorn.

»Ich wollte dich nicht schlagen, wirklich.« Mica sah ihn entschuldigend an. »Es ist nur … wenn du Dinge ansprichst, die du nicht verstehen kannst, dann macht mich das wütend.«

»Ach ja? Also entweder wirfst du mit Feuer nach mir oder du schlägst mich?! Mica, du musst wirklich noch einiges lernen, wenn du in die Diebesgilde aufgenommen werden willst!«

»Dann hör auf, mich ständig zu provozieren!«, erwiderte sie patzig.

»Wenn du aufhörst, dich wie ein kleines Gör zu verhalten!« Seine Stimme klang ebenso schneidend.

»Ich sagte doch, es tut mir leid.«

»Das will ich auch hoffen! Schließlich habe ich dir geholfen, obwohl ich dich hätte töten können.«

Mica sah ihn schief an und hielt einige Sekunden seinem flammenden Blick stand. »Du hättest mich nicht töten können. Niemals«, sagte sie dann in ruhigerem Tonfall.

»Unterschätz mich nicht, Mäuschen.« Noch ehe Mica reagieren konnte, hatte Cassiel seinen Dolch gezogen, trat blitzschnell einen Schritt nach vorne und hielt ihn ihr an die Kehle. Der Stahl fühlte sich auf ihrer Haut so kalt an wie der Tod persönlich. »Siehst du? So einfach geht es, eine kleine Maus um einen Kopf kürzer zu machen.« Er stand jetzt so dicht vor ihr, dass sie das Gold in seinen Augen grimmig flackern sehen konnte.

»Du würdest mich nicht töten«, flüsterte sie, während sie ihn wie gebannt fixierte.

»Ach nein?« Seine Stimme hatte mit einem Mal einen heiseren Klang und seine Pupillen weiteten sich, sodass sein Blick dunkel wurde. »Du bist dir deines Lebens ziemlich sicher, Mäuschen.«

»Ja, weil ich es in deinen Augen erkennen kann. Ich weiß, dass du mich niemals töten würdest. Nicht einmal, wenn dein Leben davon abhinge.« Mit einem Mal spürte sie eine Ruhe in sich, die sie sich selbst nicht erklären konnte und die im Grunde unsinnig war, da die Klinge immer noch kühl und fest an ihrem Hals lag. Aber sie wusste unwillkürlich, dass ihre Worte der Wahrheit entsprachen. Sie konnte es an der Art sehen, wie er sie anstarrte, wie sein rechter Mundwinkel zuckte, seine Kiefer mahlten.

Nein, er würde sie nicht verletzen oder gar töten.

In seinem Blick entdeckte sie, neben seinem Zorn, auch eine Spur dieser versteckten Wärme, die sie bereits bei ihrer ersten Begegnung erkannt hatte und die sie anzog wie eine Motte das Licht. Sie wollte diese Wärme um sich haben, bei sich und in sich. Ihr Körper gierte regelrecht danach.

Noch während sie ihn musterte, nahm er langsam die Klinge von ihrem Hals. Seine Augen machten eine faszinierende Verwandlung durch, wurden noch dunkler, aber auch sanfter, und sein Blick glitt suchend über ihr Gesicht, um an ihrem Mund hängen zu bleiben. »Mäuschen …«, raunte er mit belegter Stimme.

Selbst wenn sie gewollt hätte, sie konnte nichts erwidern, als er sie auf diese Weise ansah. Ihr Körper fühlte sich gleichzeitig gelähmt und lebendig an und sie spürte, wie ihr Herz schneller zu schlagen begann.

Etwas in ihr wünschte sich, von ihm so in den Arm genommen zu werden, wie er es mit Samja tat und doch …

Einige Sekunden lang verharrte er regungslos vor ihr, ehe er sich kaum merklich zu ihr herunterbeugte.

»Cass, tu es nicht«, flüsterte sie, ohne nachzudenken. Doch sie wusste, dass es das einzig Richtige war. »Nicht heute, nicht jetzt.«

Sein Kopf fuhr bei ihren Worten ein wenig zurück und seine Miene nahm einen nüchterneren Ausdruck an. »Woher willst du wissen, was ich tun wollte?«, fragte er und räusperte sich.

»Ich habe es in deinen Gedanken gesehen«, antwortete sie kaum hörbar.

Ein Lächeln zog sich von einem Mundwinkel zum anderen und er steckte den Dolch in die Scheide zurück. »Und ich dachte, *ich* beherrsche das Luftelement …«, meinte er mit einer Leichtigkeit, als wäre nie etwas gewesen.

»Wenn dem so wäre, hättest du nicht aufgehört.« Sie sah ihn vielsagend an und wandte sich zum Gehen.

Cassiel starrte ihr hinterher, als wäre sie ein Geist.

Kapitel 14 - Néthan

»Hast du sie endlich?« Beleks Stimme klang angespannt und seine dunklen Augen blickten hektisch umher, aber vor allem nach oben.

Die Sonne glühte erbarmungslos wie ein Feuerball vom Himmel herab und war soeben dabei, den höchsten Punkt zu erreichen. So weit das Auge blicken konnte, gab es nur Gestein und Sand, von ein paar Felsbrocken und Steppengras durchbrochen – wie überall in dieser Region, die nahe bei der Gohar-Wüste lag.

Glücklicherweise war es hier unten, in der schmalen Schlucht, etwas kühler. Doch der Staub, der von einem kaum erträglichen, warmen Wind stetig in die Luft gewirbelt wurde, hatte sich in ihren Umhängen verfangen und nötigte die Männer trotz der Hitze ihre Gesichter mit einem zusätzlichen Tuch zu verhüllen, damit sie nicht die ganze Zeit husten mussten. Nur die Augen blieben frei, die sie jedoch stark zusammengekniffen hatten.

Aber so war das Leben hier nun mal: hart, wild und rau – wie die Männer, die dieses Gebiet zu ihrer Heimat erklärt hatten.

»Gleich«, erwiderte Beleks Kumpan, der auf den befremdlichen Namen ›Steinwind‹ hörte und sich etwa zehn Schritt über ihm auf einem

Felsvorsprung mit einer Spitzhacke abmühte. Die Schläge hallten laut von den Wänden der schmalen Schlucht wider.

Steinwind war ungefähr in Beleks Alter, also knapp über dreißig, und hatte eine Glatze, die jedoch unter der Kapuze seines Burnus verborgen war. Er war übermäßig breitschultrig und selbst durch den weiten, bodenlangen Umhang, den er über seinen hellen Untergewändern trug, waren seine gewaltigen Muskeln zu erahnen. Seine Hände glichen Pranken und seine Geschicklichkeit war bis weit über die Grenzen von Chakas bekannt. Die Leute tuschelten, dass er von den Riesen aus dem Talmerengebirge abstammen musste, was natürlich keiner laut und schon gar nicht vor ihm zu sagen wagte. Niemand hatte sich je getraut, ihn herauszufordern, da derjenige unweigerlich den Kürzeren gezogen hätte.

Wie Steinwind richtig hieß, hatte er bisher keinem verraten – nicht einmal seinem Anführer Néthan – und würde er wohl auch niemals tun – es sei denn, man bezahlte ihm eine Unmenge Gold dafür. Aber auch dann konnte man sich nicht sicher sein, ob man seinen tatsächlichen Namen oder bloß eine Lüge hörte. Im Lügen war Steinwind nämlich äußerst bewandert, wie die meisten Männer, die sich Sandschurken nannten.

»Sie wird bald zurückkommen«, knurrte Belek und strich sich über die Kapuze seines Burnus, die auch seinen Kopf vor der brennenden Sonne schützte. »Wenn du nicht endlich zusiehst, dass du das Nest frei bekommst, sollten wir besser verschwinden!«

»Jetzt sei nicht so ungeduldig!« Steinwind warf einen gereizten Blick auf seinen Kumpan hinunter und verstärkte seine Bemühungen, mit dem Pickel ein Loch in den harten Deckel zu schlagen, unter dem die Eier versteckt waren, für die viele Händler ein Vermögen ausgeben würden. Denn es handelte sich nicht um gewöhnliche Vogeleier, sondern um Eier eines Königsgreifen.

Néthan, der Anführer der Sandschurken, hatte von dem Greifenweibchen gehört, das hier in der Schlucht ihr Nest gebaut hatte, und Beleks Truppe hergeschickt, um es auszurauben. Der Hort des Greifen lag etwas erhöht zwischen gewaltigen Felsen, westlich des Chaka-Sees, wo die beiden Flüsse Elb und Oda zusammentrafen.

Néthans Bande hatte ihren Unterschlupf in einer Höhle, die in der Nähe lag, da dies der beste Standpunkt war, um Reisende zu überfallen, welche unterwegs in die Stadt waren. Und von denen gab es hier eine Menge: Nomaden, Händler, Abenteurer, Leute, die in der Stadt Zuflucht suchten … sie alle mussten die Fähren und Schiffe benutzen, die sie über die Flüsse oder den See ans westliche Ufer brachten, wollten sie nicht über den gefährlichen Seeweg zur Stadt gelangen.

Vom Meer her war Chakas umgeben von einem Riff, an dem schon mancher Kapitän seinen Untergang – und den seines Schiffes – erlebt hatte. Man munkelte, dass auf dem Grund zwischen den hohen Felsen, die teilweise mehrere Dutzend Schritt aus dem Wasser ragten, Schätze von unvorstellbarem Wert lagen. Allerdings hatte es noch niemand gewagt, danach zu tauchen, da die See zwischen den Klippen wild und unberechenbar war. Ohnehin passierten nur die Geübtesten unter den Seefahrern die spitzen Felsen, was dem regen Handel jedoch keinen Abbruch tat. Im Gegenteil, viele Seeleute sahen es als besondere Herausforderung an, unbeschadet in den Hafen von Chakas einzulaufen und die bewundernden Blicke der Hafendirnen, Händler und Fischer zu ernten, wenn ihnen das Kunststück gelungen war.

Aber ebenso viele fuhren lieber über einen der beiden Flüsse Elb und Oda zum westlichen Ufer des Chaka-Sees, um von dort mit einer Karawane in die Stadt zu reisen. Diese Leute waren der Grund, warum

Néthans Bande in der Nähe der Hauptstraße ihren Stützpunkt errichtet hatte.

Der Weg vom See in die Stadt betrug nur ein paar Tage, höchstens eine Woche, durch die Steppenlandschaft vor Chakas, die jeden Tag erbarmungslos von der Sonne gequält wurde. Demzufolge brachte das Land kaum Leben, geschweige denn schattenspendende Bäume hervor, sondern war mit Sand und Staub bedeckt, die nur dem struppigen Steppengras ein Dasein gewährten.

»Du könntest mir ruhig helfen«, schnaufte Steinwind von der Plattform herunter. »Statt dort unten dumm rumzustehen mit deinem Schwert, als wärst du am Pissen!«

»Pass auf, was du sagst!« Belek funkelte Steinwind verärgert an. »Wenn du nicht der Liebling von Néthan wärst, würdest du schon längst mit den Toten wandeln!«

»Bah, als ob das einen Unterschied zu der Saubande dort unten machen würde!« Steinwind deutete auf die restlichen Sandschurken, die in einiger Entfernung warteten und Ausschau nach möglichen Gefahren hielten. Voller Inbrunst rammte er abermals seinen Pickel ins Gestein. »Ha!«, rief er aus, als er endlich durch die schützende Decke des Nestes gestoßen war. »Da sind sie!«

»Los! Pack sie ein und dann nichts wie weg!«, fauchte Belek.

Steinwind begann, die Reste des steinernen Nestes mit den Händen wegzuschieben und verfluchte die Greife dabei lauthals für ihre Angewohnheit, mit ihrem Sekret ihre Eier zu schützen. Die Kreaturen sonderten eine Substanz ab, die sie aus dem Hals hervorwürgten, und die hart wie Stein wurde, sobald die Sonne darauf schien.

Rasch holte er die Tasche hervor, die er zu diesem Zweck eingesteckt hatte, und begann, die Eier fein säuberlich hineinzupacken. Es waren insgesamt vier Stück, die jeweils etwa die Größe einer Melone hatten.

»Sie ist im Anflug!«, rief Belek von unten herauf. »Mach, dass du da wegkommst!«

In dem Moment hörte Steinwind etwas fiepen und sah sich am Kopf kratzend um. Dort, hinter einem Felsen, erblickte er etwas, das aussah wie ein zu groß geratener Hund mit Flügeln. Seine dunklen Augen weiteten sich. »Was bei den …«, begann er und ging einen Schritt darauf zu.

Das Fiepen wurde schriller, ängstlicher und das Wesen wich zurück. Panisch stierte es Steinwind aus gelben Adleraugen an und flatterte wie ein Küken mit den Flügeln, die bereits eine beträchtliche Spannweite hatten.

»Belek!«, rief Steinwind herunter. »Da ist ein Jungtier!«

»Egal! Sieh zu, dass du von der Plattform runterkommst! Die Mutter ist gleich da!«

Tatsächlich erschien am Himmel über der Schlucht ein brauner Fleck, der rasch größer wurde. Selbst von Weitem konnte man sehen, dass es sich um ein gewaltiges Tier handeln musste. Die Schwingen von Königsgreifen konnten ohne Mühe eine Spannweite von acht oder gar zehn Schritt erreichen, während ihre Körper fast vier Schritt lang wurden. Eine beachtliche Größe, hinter der eine Kraft steckte, die nicht zu unterschätzen war. Und dieser Greif dort, der auf Beleks Truppe zuhielt, war im Übrigen außerordentlich wütend, wie man seinen wilden Schreien entnehmen konnte.

Belek keuchte, als er das Schwert in die Luft riss und seinen Männern, die auf Befehle warteten, zurief, sie sollten die Pfeile anlegen.

»Komm, Kleiner«, knurrte Steinwind und ging noch einen Schritt auf den jungen Greif zu, der bis zum Rand der Plattform zurückwich und panische Laute von sich gab. Seine Hinterpfoten, die Löwenpranken ähnelten, griffen ins Leere und er war dazu genötigt, stehen zu bleiben.

Er glich bereits seinen erwachsenen Artgenossen, hatte einen Körper, der aussah wie der eines jungen Löwen, aber sein Hals und der Kopf waren das Ebenbild eines Adlers. Aufgeregt peitschte er seinen Löwenschwanz hin und her und stieß einen weiteren, flehenden Ruf aus, den seine Mutter in der Luft mit einem verzweifelten Brüllen beantwortete.

»Nichts wie weg!«, rief Belek von unten herauf. »Lass das Jungtier, sonst ist die ganze Aktion umsonst gewesen!«

Steinwind überlegte einen Moment lang tatsächlich, den jungen Greif auf der Plattform zu lassen. Dann nahm jedoch die Gier nach Gold in ihm überhand. Wie viel würde ein bereits geschlüpfter Greif ihnen einbringen! Einer, der nicht erst mühsam ausgebrütet werden musste ... nein, er musste dieses kleine Tier mitnehmen, koste es, was es wolle!

Ehe der Junggreif es sich versah, hatte Steinwind ihn wie eine Katze am Nacken gepackt und warf ihn mit aller Kraft über die Plattform, direkt vor Beleks Füße, der daraufhin lauthals fluchte. Der Greif flatterte mit seinen Flügeln wie ein Huhn. Er konnte offenbar noch nicht fliegen und bemühte sich um eine möglichst sanfte Landung, die ihm auch einigermaßen gelang. Trotzdem wirbelte sein Löwenkörper Staub auf und er begann zu niesen.

»Verdammt, was soll das?! Du bist wohl von allen guten Geistern verlassen?!«, rief Belek erbost zu Steinwind hoch.

»Sieh zu, dass er nicht wegrennen kann!«, schrie dieser zurück und begann, von der Plattform herunterzuklettern, was ihm binnen Sekunden gelang. Schließlich war er der beste Kletterer ihrer Bande.

Belek tat wie geheißen und packte den Greif, der von dem Sturz in die Tiefe immer noch benommen war, im Genick. Er wehrte sich kaum.

Als Steinwind unten angekommen war, blickte er zum Himmel hinauf. Über ihnen kreiste der Königsgreif und schrie voll blindem Zorn zu ihnen herunter, wurde jedoch von den Bogenschützen in Schach gehalten. Zum Glück waren Greife von Natur aus scheue Wesen, die die Nähe von Menschen normalerweise mieden. Nun ja, außer, man machte sich über ihren Nachwuchs her.

»Weg hier!« Steinwind schlang einen Strick um den Hals des kleinen Greifen, der sich von seinem Niesanfall erholt hatte, und zerrte ihn hinter sich her. Das Jungtier schrie schrill auf, was dessen Mutter mit einem weiteren Brüllen beantwortete.

»Sie stößt auf uns herunter!« Belek konnte sich gerade noch ducken, sonst hätten ihn die Pranken des Weibchens am Kopf getroffen.

Sie stieg wieder in die Höhe, ungeachtet dessen, dass bereits zwei Pfeile in ihrem Körper steckten. Sie schien rasend zu sein vor Wut und Verzweiflung, weil diese fremden Männer ihr Junges entführen wollten.

»Tötet sie, ihr Trottel!«, rief Belek den Bandenmitgliedern zu, die ihre Bogen auf den Königsgreif richteten, anlegten und weitere Pfeile schossen, die ihr Ziel nur um Haaresbreite verfehlten. »Siro, wirk deine Magie, verdammt!«

Der einzige Magier der Gruppe trat vor und begann, Feuerbälle auf den Greif zu schießen, welcher jedoch wieder genug Abstand zwischen sich und die Schurken gebracht hatte, um nicht getroffen zu werden.

Währenddessen rannten Belek und Steinwind zu den Bogenschützen, im Schlepptau den fiependen Junggreif, der sich nach Leibeskräften wehrte. Doch Steinwind war zu stark für das Tier und es wurde gegen seinen Willen von dem Schurken hinter sich hergezogen.

»Er hat sie erwischt!« Beleks Stimme überschlug sich vor triumphaler Begeisterung, als er abermals in den Himmel blickte.

Dort, weit oben, war ein brennender Körper zu sehen, der in rasend schnellem Tempo an Höhe verlor und taumelnd in die Tiefe stürzte.

»Gut gemacht, Siro!«, rief er dem Magier zu, der mit einem breiten Grinsen einen weiteren Feuerball auf den bereits brennenden Königsgreif schleuderte.

Dieser jaulte auf vor Schmerzen, ehe er mit einem dumpfen Schlag im Sand landete und Staub nach allen Seiten flog.

»Der wird uns nicht mehr gefährlich!« Steinwind sah grimmig zu dem kleinen Krater inmitten der Schlucht, der mit Blutspritzern übersät war. »Na, komm, Kleiner, du hast jetzt ein neues Zuhause!« Er zerrte den jungen Königsgreif weiter hinter sich her, der sich vor Schmerz über den Verlust seiner Mutter die Kehle aus dem Leib schrie.

»Stopft ihm das Maul!«, brüllte Belek. »Das hält ja kein Mensch aus!«

Augenblicklich packten drei Männer den Greif und rangen ihn zu Boden. Er war so benommen vor Schmerz und Trauer, dass er sich kaum zu wehren vermochte. Sie fesselten seine Pranken, die fast so groß wie die Hand eines Mannes waren, sodass er sie nicht damit verletzen konnte, und wanden einen Strick um den scharfen Adlerschnabel. Dann hängten sie ihn mit dem Bauch nach oben an einen dicken Ast – wie ein Reh, das auf der Jagd erlegt worden war – und stemmten ihn hoch. Drei Männer waren nötig, um den jungen Greif zu tragen.

»Das wäre geschafft«, meinte Belek mit grimmiger Genugtuung, während er den Männern folgte.

»Der wird uns einen stolzen Preis einbringen, wetten?« Steinwind ging an seiner Seite und prüfte, ob noch alle erbeuteten Eier heil waren. Eigentlich unnötig, denn die Eier von Königsgreifen waren nahezu unverwüstlich. Er rieb sich die großen Hände und krempelte die Ärmel hoch, sodass seine mächtigen Muskeln zum Vorschein kamen. Der Kraftakt mit dem jungen Greif hatte ihm trotz seiner Stärke den Schweiß auf die Stirn getrieben.

»Ich muss zugeben, manchmal sind deine Pläne gar nicht so übel.« Ein anerkennendes Lächeln, das eher an das Grinsen eines Warfts erinnerte, huschte über Beleks Gesicht.

»Ein Lob aus deinem Munde ...« Steinwind ließ ein polterndes Lachen hören. »Wer hätte das gedacht. Jetzt schuldet mir Néthan zehn Fässer Bier!«

Kapitel 15 - Néthan

»He, Anführer, schau mal, was wir dir mitgebracht haben!« Steinwind ging mit einem stolzen Grinsen auf das Zelt zu, das Néthan gehörte und in welchem dieser zu schlafen geruhte.

Obwohl die Sandschurken ihren Unterschlupf in einer weitläufigen Höhle hatten, die stark verwinkelt war und allen hundert Männern reichlich Platz bot, hatte Néthan die Angewohnheit, in einem Zelt zu schlafen. Er hatte lange bei den Nomaden gelebt, ehe er zum Anführer der Bande wurde und es hatte ihn immer schon etwas ruhiger gestimmt, wenn er eine Lage Stoff zwischen sich und seiner Umgebung wusste, die ihn vor den Gefahren der Nacht schützte. Auch wenn es kaum noch Gefahren gab, die er hätte fürchten müssen. Doch manche Dinge konnte die Seele einfach nicht so schnell vergessen …

Steinwind schlug die Plane des Zeltes zurück und trat ein, ohne eine Antwort abzuwarten. Etwas, das sich wohl nur die wenigsten Sandschurken getraut hätten. »Aufwachen, Anführer!«, donnerte er mit tiefer Stimme.

Unter einer leichten Decke tauchte ein rothaariger Schopf auf. Dann ein brauner und schließlich ein dunkelbrauner, der Néthan gehörte und sich zwischen den beiden anderen befand. »Verflucht, warum hast du Hurensohn bloß keine Manieren?!«, knurrte der Anführer verärgert.

Steinwind riss breit grinsend die Decke weg und pfiff durch die Zähne, als darunter die ansehnlichen Körper von zwei nackten Frauen zum Vorschein kamen – und derjenige von Néthan.

»Na, von denen hättest du mir auch eine abgeben können«, brummte Steinwind mit Kennerblick auf die beiden Dirnen, die sich für ihre Nacktheit nicht einmal zu schämen schienen, sondern sich genüsslich neben Néthan räkelten.

»Du glaubst wohl kaum, dass eine davon sich zwischen deine breiten Schenkel trauen würde. Du würdest sie zerquetschen, noch ehe sie die Möglichkeit hatte, dir ihre Vorzüge zu zeigen.« Néthan erhob sich und strich sein dunkelbraunes Haar zurück, das er nur selten schnitt, um es zu einem Zopf zu binden, der ihm lang über den Rücken fiel.

Er war erstaunlich jung für einen Anführer, aber wer ihm aufgrund dessen Unerfahrenheit oder gar Schwäche unterstellten wollte, täuschte sich gewaltig. Néthan war einer der mächtigsten Magier, die Steinwind je zu Gesicht bekommen hatte. Nun ja, so vielen Magiern war er bisher nicht begegnet, aber mit dem Anführer der Sandschurken legte man sich besser nicht an.

Néthans Körper war gestählt und von der Sonne gebräunt. Zahlreiche Narben waren in allen Farben quer über seine Haut verteilt, als hätte ein Maler mit dem Pinsel sein ansonsten makelloses Werk zum Schluss wild fuchtelnd zerstören wollen. Die dunklen Augen wiesen feine, hellbraune Sprenkel auf, die seinem Aussehen etwas Strahlendes verliehen. Wie immer war er gepflegt, glatt rasiert und ein Hauch von Tabak umgab ihn, da er die Eigenart besaß, abends vor dem Zubettgehen eine Pfeife zu rauchen.

Er griff zu seinen hellen Leinenhosen, die er sich mit einer geschmeidigen Bewegung überstreifte und mit einem Gurt um die Taille festband. Auf ein Hemd verzichtete er, sondern legte nur den schwarzen Burnus um, der seinem Aussehen, das ohnehin schon stattlich war, etwas Erhabenes verlieh und seine breiten Schultern betonte.

»Gehen wir nach draußen und lassen den beiden ihren Schönheitsschlaf. Ich hab noch einiges mit ihnen vor.« Er zwinkerte den Dirnen zu, die seine Worte mit einem hellen Kichern belohnten. Néthan drehte sich um und nickte in Richtung Zeltausgang. »Was hast du denn mitgebracht, was du mir so dringend zeigen willst? Habt ihr die Eier?«

»Ja, aber wir haben noch etwas viel Besseres. Wirst du gleich sehen.« Steinwind warf einen bedauernden Blick auf die beiden Dirnen, die ihn lächelnd beäugten, ehe er sich ebenfalls dem Ausgang zuwandte.

Néthan folgte ihm und trat nach draußen, wo er abrupt stehen blieb. »Bei den ... Seid ihr übergeschnappt?!«, entfuhr es ihm.

»Nein, sind wir nicht.« Steinwinds Grinsen wich nicht aus seinem Gesicht, obwohl Néthan ihn wütend anfunkelte. »Das hier ist viel mehr wert als ein paar steinerne Eier. Es ist ein echter Königsgreif!«

Néthan ging einen Schritt auf den Greif zu, der seitlich auf dem Höhlenboden lag und die Augen halb geschlossen hielt. Die Männer aus Beleks Truppe hatten einen Halbkreis um das Tier gebildet, dessen Schnabel und Pranken immer noch gefesselt waren. Er fiepte leise.

Der Anführer kniete sich neben ihn und befühlte das Löwenfell, das schweißnass war und unter seiner Berührung heftig erzitterte. Das Jungtier wand sich trotz seiner Schwäche wie wild, um der Hand des Menschen zu entkommen, der es ohne Erlaubnis berührte. Ein uralter Instinkt sagte dem Greif, dass das nicht richtig war und er sich wehren musste.

Néthan runzelte die Stirn und seine Miene verfinsterte sich, als er sich wieder erhob. »Und was sollen wir jetzt mit ihm anstellen? Wir sind nicht dafür ausgerüstet, einen Greif zu halten!«, fuhr er Steinwind an.

»Wir werden ihn verkaufen. An einen Händler oder sonst wen.«

Néthan verschränkte die Arme vor der Brust und seine dunklen Augen wurden zu schmalen Schlitzen, als er den breitschultrigen Mann musterte, der ihn um fast einen Kopf überragte, obwohl Néthan selbst schon hochgewachsen war. »Ach ja? Werden wir das?« Seine Stimme glich dem brodelnden Grollen eines bevorstehenden Unwetters. »Und wie genau stellst du dir das vor, du dummer Ochse?«

Jedem anderen hätte Steinwind für diese Beleidigung eine runtergehauen, dass dessen Schädel geplatzt wäre, aber er wusste, dass Néthan auf der Stelle einen magischen Schutzschild bilden konnte, der seine Faust bloß verletzen würde. Also begnügte er sich mit einem warnenden Knurren, das tief aus seiner breiten Brust drang. »Es gibt wohl genug Leute, die für sowas bezahlen werden!« Er deutete mit der Hand auf den Greif am Boden.

»Da täuschst du dich aber gewaltig. Unser Kunde wollte nur die Eier, nicht einen Greif!« Néthans Augen verdunkelten sich noch mehr. »Hast du vergessen, dass der Sohn des ehemaligen Zirkelleiters von Chakas jeden, der einen Greif fängt oder gar ohne Erlaubnis hält, zum Tode verurteilt? Der Bastard ist besessen von den Biestern und wird alles daran setzen, dieses Tier da zu befreien, sobald er von unserem Beutezug erfährt!«

»Er muss es ja nicht erfahren ...« Steinwinds Selbstsicherheit schwand allmählich.

»Und wie, bitte sehr, willst du verhindern, dass die Leute herumerzählen, dass wir Sandschurken einen Königsgreif haben, wenn wir ihn zum Kauf anbieten?« Néthan schnaubte wütend durch die Nase. »Ihr seid wirklich eine saudumme Bande, alle miteinander!«, donnerte er und die Männer wichen augenblicklich zurück. Jeder wusste, wozu Néthan in solch einer Stimmung imstande war und keiner wollte dem Tod früher ins Auge blicken als nötig.

»Ich habe ihm gesagt, er soll ihn dort lassen«, meldete sich Belek zu Wort.

Néthan fuhr zu dem Gruppenführer herum, der unter seinem durchdringenden Blick unwillkürlich zusammenzuckte. »Und warum hast du dich nicht durchgesetzt?«, bellte er ihn an. »Vielleicht sollte ich mir für deine Truppe einen anderen Anführer suchen …!«

»Wir … es ging alles so schnell«, verteidigte sich Belek. »Der Königsgreif hat uns angegriffen … also die Mutter.«

»Habt ihr sie getötet?«

»Ja, das haben wir.« Ein Hauch von Stolz glitt über Beleks Gesicht.

»Und wo ist sie jetzt?« Néthans flammender Blick hätte Eis schmelzen können.

»Sie ist …« Belek deutete fahrig zum Ausgang der Höhle, der von hier aus nicht zu sehen war, da er sich hinter einer hölzernen Tür verbarg. »Äh … wir haben sie in der Schlucht liegen lassen.«

»Ihr hirnverbrannten Deppen!« Néthan raufte sich das dunkelbraune Haar, das er gerade erst zusammengebunden hatte. »Muss man denn alles alleine machen?! Was, glaubt ihr, wird passieren, wenn ein Reisender durch die Schlucht geht und den Greif findet? Er wird erkennen, dass er nicht eines natürlichen Todes gestorben ist und uns die Soldaten von Chakas auf den Hals hetzen! Genau dafür sind die Kopfgelder da, die der verdammte Zirkelrat für Greifenmörder ausgesetzt hat! Ich habe euch gesagt, ich will nur die Eier! Den Greif hättet ihr in Ruhe lassen sollen, verflucht noch mal!«

Er atmete tief durch, um die Männer nicht allesamt in einer Feuersäule verbrennen zu lassen. Verdient hätten sie's fraglos, doch er brauchte sie noch.

Als er seine Wut wieder im Griff hatte, fuhr Néthan mit ruhigerer Stimme fort. »Belek, du wirst ein paar der stärksten Männer mitnehmen und den Greif im Sand vergraben! Und wehe, es bleibt nur eine Pfeilspitze, eine Feder oder ein Blutstropfen zurück! Ihr verwischt alle Spuren, die ihr hinterlassen habt!« An Steinwind gewandt sagte er: »Und du wirst dafür sorgen, dass dieser junge Greif hier etwas zu essen und trinken bekommt. Er soll bei Kräften bleiben, bis ich mir überlegt habe, was wir mit ihm anstellen!«

Die Männer nickten, selbst Steinwind, und stoben in alle Richtungen davon, um den Befehlen nachzukommen.

Néthan stand noch eine Weile da und musterte den Greif, der flach atmend in seinen Fesseln lag und die Augen starr auf den Menschen über sich gerichtet hatte.

Der Magier hatte noch nie eine dieser Kreaturen leibhaftig gesehen, da diese Tiere, die mit den Drachen verwandt sein sollten, sehr zurückgezogen lebten und der Greifenorden in der Stadt erst in seinen Anfängen stand. Aber bald, so gingen die Gerüchte, sollten ganze Armeen von Greifen mit ihren Kriegern in alle Himmelsrichtungen ausgeschickt werden, um die Magierzirkel zu unterstützen. Daran arbeitete der Sohn des ehemaligen Zirkelleiters, der nun im Zirkelrat von Chakas war, geradezu fieberhaft.

Néthan rieb unwillkürlich seinen schwarzen Ring, in dem die Feuerrune glühte und der ihn daran erinnerte, wie ihm einst sein Leben gerettet worden war. Damals, vor so vielen Jahren, als er dem Tode näher war als jemals zuvor. Ja, er hatte den Magiern von Chakas einiges zu verdanken, doch das schmälerte die Tatsache nicht, dass er sie verachtete, wie alles, das mit ihnen zusammenhing, und die Stadt mied, wenn es nur ging. Vor allem, seit der neue Zirkelrat, der aus vier Magiern und einem Vertreter der Elementgilden bestand, dort das Sagen hatte.

Aber jetzt würde er sich wahrscheinlich trotzdem gezwungen sehen, mit dem Zirkel von Chakas Kontakt aufzunehmen. Es war die einzige Möglichkeit, aus dieser Sache einigermaßen heil herauszukommen … Verflucht, warum hatte er bloß solch dämliche Männer in seiner Gruppe?

Andererseits waren sie alles, was ihm geblieben war. Außer seinen inneren Dämonen, die ihn jede Nacht heimsuchten. Doch die würde er bald bezwingen, da war er sich sicher. Die Zeit schien gekommen, sich den Schatten seiner Vergangenheit zu stellen.

Kapitel 16 - Faím

Los, ihr faulen Hunde, rauf mit euch in die Wanten! Hisst die Segel! Holt alles aus der alten Dame raus!«, donnerte die Stimme des Kapitäns über das Deck.

Faím versuchte, sich so nützlich wie möglich zu machen. Als Schiffsjunge war es ihm untersagt, ohne Erlaubnis oder Aufforderung des Kapitäns in die Wanten zu klettern. Sein Platz war auf dem Vordeck, wo er jetzt stand und sich bemühte, den Vollmatrosen nicht im Weg herumzustehen, während er sich daran machte, ein Fischernetz zu flicken.

Er war nun beinah zwei Wochen an Bord der Smaragdwind und hatte sich allmählich an das harte Leben gewöhnt. Sein Husten war dank der Medizin von Seb merklich schwächer geworden und das regelmäßige Essen sorgte dafür, dass er allmählich eine gesunde Gesichtsfarbe bekam. Außerdem fühlte er sich stärker als jemals zuvor und seine Muskeln schmerzten auch nicht mehr so wie zu Beginn seines Dienstes. Seine Haut war von der Sonne gebräunt und meist mit Meersalz überzogen, das mit der Gischt über die Reling gespült wurde.

Trotzdem nahm die Sehnsucht danach, seine Schwester wiederzusehen, mit jedem Tag mehr zu, den er sich von ihr entfernte. Auch wenn er im Moment nichts daran ändern konnte … er wusste, dass es für ihn nur ein Ziel gab: zurück nach Chakas zu gelangen, um dort nach seiner Schwester zu suchen. Er hoffte, dass es ihr gelungen war, diesen Dolch zu stehlen und dass Nager sie nicht getötet hatte. Er betete jeden Tag zu den Göttern, es möge so sein, denn die Ungewissheit darüber, was wirklich geschehen war, drohte ihm den Verstand zu rauben.

Er hatte inzwischen erfahren, dass die Smaragdwind eine Gefangene an Bord hatte, welche auf der Insel Baltros verkauft werden sollte. Der Schiffsjunge Kart hatte ihm erzählt, es handle sich um die Tochter eines reichen Kaufmanns, der seine Schulden beim Kapitän mit ihrem Verkauf beglichen hatte. Wer genau sie war, wusste Faím nicht, denn er hatte sie noch nicht zu Gesicht bekommen und der Kapitän hatte nur einem einzigen Schiffsjungen erlaubt, sich um das Wohl seines ›Gastes‹ zu kümmern. Keiner sonst sollte sich ihr nähern. Faím hatte von den anderen Seeleuten gehört, dass eine Frau an Bord Unglück bedeutete, da sie den Männern Flausen in den Kopf setzen würde. Wie das gemeint war, hatte er jedoch nicht genau verstanden.

Immerhin wusste er jetzt, warum er den Kapitän damals während des Sturms unter Deck angetroffen hatte. Sarton hatte bei der Gefangenen nach dem Rechten gesehen. Doch es hatte ihn als Schiffsjungen nicht zu interessieren, wie es ihr ging. Aber ihr Wohlbefinden war ihm im Moment ohnehin mehr als gleichgültig. Er hatte genug eigene Probleme.

Bald sollten sie in Baltros ankommen, so hatte es ihm Kart, der inzwischen ein guter Freund geworden war, erklärt. Dieser war schon ein paarmal dort gewesen und berichtete ihm über den Ort, der auch als Schmugglerinsel bekannt war. Offenbar handelte es sich um eine Art Stützpunkt der berüchtigten Seefahrer, die es – wie Sarton – mit den Gesetzen nicht so genau nahmen.

Die Gewässer im Süden waren heimtückisch und die Winde vor der Insel so unberechenbar, dass nur die bewandertsten Seefahrer sich in diese Region wagten – oder jene, die den Tod nicht fürchteten und nichts mehr zu verlieren hatten.

»Wenn wir erst mal dort sind, werde ich dir die Insel zeigen«, hatte Kart eines Abends gemeint, nachdem sie das Abendessen beim Kapitän serviert hatten. »Du wirst sehen, es ist eine tolle Gegend. So ganz anders als alles, was du bisher gesehen hast.« Seine Augen hatten vor Vorfreude geglänzt.

»Das glaub ich dir sofort«, hatte Faím gemurmelt. »Denn ich war bisher ja noch nie irgendwo anders als in Chakas.«

»Ach ja, stimmt.« Kart hatte gegrinst. »Nun, ein Grund mehr, auf der Smaragdwind zu bleiben, findest du nicht? Hier kannst du Abenteuer erleben, wie du sie sonst nur in Büchern lesen kannst.«

»Ich kann nicht lesen.« Faím hatte den Blick gesenkt.

»Und noch ein Grund.« Kart hatte ihm mit der offenen Hand einen Klaps auf den Rücken gegeben.

»Kannst du es?« Faím hatte ihn fragend angesehen.

»Was? Lesen?«

Faím hatte genickt.

»Nun ja.« Kart hatte den Kopf schief gelegt. »Ich habe es damals in der Schule gelernt, aber sie nicht mehr besucht, nachdem meine Eltern gestorben sind. Und als ich dann auf die Smaragdwind kam, schien es mir vollkommen unwichtig. Was nützt dir ein Buch, wenn du einen Seemannsknoten schlagen musst? Außerdem kann der Käpt'n lesen, das reicht für die gesamte Mannschaft.« Er hatte ihm bei diesen Worten zugezwinkert.

»Der Kapitän kann es?« Faím hatte ihn mit großen Augen angesehen.

»Aber ja, er hat eine gute Ausbildung genossen, ehe er Seefahrer wurde«, hatte Kart bestätigt. »Ist in einer Stadt in der Nähe von Heystedt groß geworden, doch es hat ihn immer zum Meer gezogen.«

»Woher weißt du das alles?«

»Als Schiffsjunge bekommt man so einiges mit, wenn man in der Kapitänsmesse serviert – vor allem, wenn er Besuch hat.« Kart sah ihn vielsagend an. »Wenn du das Schiff verlassen willst, wird es dir am ehesten gelingen, wenn du so tust, als ob du dein Leben lang nichts sehnlicher wolltest, als zur See zur fahren – und möglichst rasch aufsteigst. Und das wiederum kannst du am schnellsten, wenn du dich mit dem Kapitän gut stellst. Dann bekommst du Freiheiten, die dir vielleicht ermöglichen, das Schiff zu verlassen.«

»Warum tust du das denn nicht? Aufsteigen mein ich? Wo du doch weißt, wie es ginge?«

Kart hatte gelächelt. »Hab dir ja schon erklärt, dass ich kein Freund von Schlachten bin – und es würde mir nichts anderes übrig bleiben, als zu kämpfen, wenn ich ein Vollmatrose werde. Daher bleibe ich lieber ein unauffälliger Schiffsjunge, der sich im Kampf unter Deck verkriechen und die Kanonen füttern kann.«

Jetzt schirmte Faím seine Augen gegen das Licht ab, um die Umrisse des Kapitäns auf dem Kommandodeck zu sehen. Wie immer überragte der hochgewachsene Mann alle anderen, die sich dort herumtrieben. Insgeheim musste Faím sich eingestehen, dass er Sarton bewunderte. Für das, was er in seinem Leben erreicht hatte und für das, was er war. Alle Männer an Bord hatten Respekt vor ihm – ebenso wie vor seinem Quartiermeister Lenco.

Etwas in Faím wünschte sich, dass auch er einmal mit solcher Achtung angesehen werden würde. Früher hatte er sich immer vorgestellt, ein Meisterdieb zu werden, um seine Schwester beschützen zu können. Nun hoffte er mit einem Mal, Kapitän zu werden. Denn dann hätte er die Möglichkeit, zu seiner Schwester zurückzukehren und ihr Reichtümer mitzubringen. So wie Sarton.

»Junge, was glotzt du wie ein Maulaffe?«, bellte in dem Moment der Kapitän zu ihm herüber. »Hast du nichts zu tun?!«

Rasch senkte Faím den Blick und widmete sich wieder dem Ausbessern des Netzes, mit dem sie ihr Abendessen fangen wollten.

Erst, als er sich sicher war, dass Sarton nicht mehr in seine Richtung sah, wagte er wieder, den Blick zu heben. Das Schiff hatte Fahrt aufgenommen und schoss förmlich über das Wasser, mit geblähten Segeln, die es von einem Wellental zum nächsten trugen. Die See war schon den ganzen Tag lang unruhig, was wahrscheinlich einen Wetterumschwung bedeutete, aber Faím hatte keine Probleme damit. In der Zwischenzeit hatte er sich an den wechselnden Wellengang gewöhnt und fühlte sich nicht viel anders, als wenn er an Land gewesen wäre. Er schrieb das dem Wasserelement zu, das in ihm schlummerte.

Als er fertig war mit dem Ausbessern des Netzes, erhob er sich, um zu Porton zu gehen, einem Seemann, der zu alt war, um in der Takelage herumzuklettern und dessen Aufgabe unter anderem darin bestand, Fische zu fangen. Kart hatte Faím erzählt, dass Porton in einer Fischerfamilie groß geworden und in einem Sturm mit seinem Fischkutter gekentert war. Die Smaragdwind rettete ihn vor dem Tod und Kapitän Sarton hatte ihm angeboten, an Bord zu bleiben, was der Fischer gerne angenommen hatte.

Die meisten Seeleute waren auf ähnlichen Wegen zu Mitgliedern der Mannschaft geworden. Einige waren während der Seeschlachten übergelaufen, andere wiederum durch Zufall an Bord gelangt. Jedoch hatte Sarton noch nie jemanden persönlich oder ausdrücklich für seine

Mannschaft ausgewählt. Warum, das wusste keiner, doch sie alle nahmen an, es sei einfach eine Eigenart ihres Kapitäns, den Wassergott Aquor entscheiden zu lassen, wer auf der Smaragdwind leben und ihm dienen sollte.

»Na, Kleiner, bist du fertig mit den Knoten?«, empfing ihn Porton, der wie Faím Temer sprach. Er hatte von der Sonne gebräunte Haut, die aussah wie altes Leder und mit Hunderten von Falten übersät war. Sein weißes Haar war nur noch an wenigen Stellen so dicht, dass man seine Kopfhaut nicht sehen konnte. Die meiste Zeit verbrachte er mit freiem Oberkörper an Deck.

Faím mochte ihn, da er ihm von Anfang an freundlich begegnet war und Verständnis dafür zeigte, dass ihm noch manche Dinge fremd waren und er sich manchmal ungeschickt anstellte.

»Hier ist das Netz.« Er reichte es dem älteren Mann. »Darf ich zusehen, wie du es auswirfst?«

»Natürlich. Du darfst mir sogar dabei helfen.« Porton sah ihn gutmütig an. Sein Gesicht hatte Ähnlichkeit mit dem eines Delphins, der stets so aussah, als würde er lächeln. »Komm, ich zeig dir, wie das gemacht wird. Wenn wir Glück haben, fangen wir ein paar Meeresschildkröten. Hier in der Gegend gibt es massenweise davon – aber sie sind flink wie Wiesel.«

Faím nickte. Er hatte von Kart schon gehört, dass die Seeleute manchmal, wenn sie wochenlang auf See waren und die Vorräte knapp wurden, Meeresschildkröten fingen, um sie als lebenden Proviant an Bord zu halten. Er selbst hatte noch nie eine gesehen – mal abgesehen von den Zeichnungen, die es im Wassertempel von Chakas gegeben hatte. Daher begann er nun umso gespannter, mit Porton zusammen das Netz zum Auswerfen vorzubereiten.

Der Seemann zeigte ihm, wie es über die Reling gelassen wurde und wo man es am besten befestigte, damit es hinter dem Schiff mitgeschleppt werden konnte, um allerlei Meeresgetier während der Fahrt einzufangen.

Eine Weile starrte Faím in die Wellen, auf deren Kronen sich weißer Schaum bildete, während die Smaragdwind sie durchpflügte wie ein Bauer seinen Acker. Seine Augen blieben an kleinen Kringeln hängen, die Strudel bildeten und sich in ihrem wilden Tanz hinab in die Tiefen des Ozeans drehten.

Wäre seine Sehnsucht nach seiner Schwester nicht gewesen, hätte Faím sich fast wohlfühlen können. Er mochte das Meer, den Geruch nach Salz und den steten Wind, der ihm durch die schwarzen Locken strich, wie eine Mutter, die ihn beschützen wollte.

Er hielt sich mit beiden Händen an der Reling fest, legte den Kopf in den Nacken und atmete den Meeresgeruch tief ein. Ja, so musste sich Freiheit anfühlen – wäre er nicht ein unfreiwilliger Passagier auf diesem Schiff.

In dem Moment spürte er, wie sich das Seil verschob, das sich unter seinen Händen befand und über die Reling ins Wasser reichte. Faím öffnete schlagartig die Augen und starrte ins Wasser hinunter, wo das reparierte Netz unter der Oberfläche trieb. Er kniff die Augen zusammen und vermeinte, etwas Langes, Silbernes sich dort unten bewegen zu sehen. Aber er konnte sich ebenso gut täuschen.

Als er sich eilig umsah, stellte er fest, dass Porton sich einer anderen Arbeit gewidmet und daher nichts bemerkt hatte. Faím wandte den Blick wieder zum Netz und schnappte entgeistert nach Luft. Dort unten, in den Fluten, waren ganz deutlich blonde, lange Haare zu erkennen!

»Mann über Bord!«, rief er, noch ehe er genau ausmachen konnte, wer es war. Doch es musste sich um ein Mannschaftsmitglied der Smaragdwind handeln, das über Bord gegangen war, soweit war er sich sicher.

Sofort stürzte Porton zu ihm und beugte sich ebenfalls über die Reling. »Verflucht noch eins, da treibt tatsächlich jemand im Wasser!«, murmelte er, um dann lauter nach unten zu schreien: »Halt dich am Seil fest, wir ziehen dich hoch!«

Inzwischen waren weitere Männer hinzugekommen, die sich zusammen mit Porton und Faím bemühten, ihren Kameraden wieder an Bord zu ziehen.

Nach wenigen Sekunden erschien endlich der blonde Schopf über der Reling und allen Anwesenden entfuhr ein Laut des Erstaunens. Sie ließen abrupt das Seil los, als der vermeintlich Ertrinkende auf die Planken klatschte: Denn was sie hier vor sich hatten, war keiner ihrer Kameraden, sondern ein schuppiges, blondes Etwas, das mit einer breiten Schwanzflosse wild um sich schlug, die sich im Netz verfangen hatte.

»Bei Aquor ...«, stieß Porton aus und blinzelte ungläubig, während er sich die spärlichen Haare am Kopf kratzte. »Das ist eine ... eine ...«

»Meerjungfrau«, erklang die Stimme des Kapitäns hinter ihnen.

Faím konnte den Blick nicht von dem fremdartigen Wesen abwenden, das sich wie wild gegen das Netz wehrte, in dem es sich verfangen hatte, und versuchte zu entkommen. Der nackte Oberkörper war der einer jungen Frau, während sie von den Hüften abwärts eine silbern schimmernde Fischhaut besaß, die in einer kräftigen Schwanzflosse mit fast zwei Schritt Durchmesser endete. Ihr Gesicht konnte Faím nicht erkennen, da es unter den blonden, nassen Haaren und dem Seetang, den sie darin verflochten hatte, fast gänzlich verborgen war.

Der Kapitän kniete sich neben die Meerjungfrau, die ungestüm um sich schlug. »Ihr könnt von Glück sagen, dass es keine Sirene ist, die hätte bereits innerhalb weniger Sekunden das halbe Schiff in den Untergang gesungen.« Er begann, die Flosse vom Netz zu befreien. Die Meerjungfrau schien zu begreifen, dass er ihr gerade half, und hielt einen Moment lang still.

»Eine Sirene?« Faím war die Frage entschlüpft, ehe er es sich versah.

Sarton hob den Kopf und sah ihn ruhig an. »Ja, Kleiner, Sirenen sind um einiges unfreundlicher als diese hier.« Er deutete auf die Meerjungfrau, die ein fauchendes Geräusch von sich gab. »Bin schon ein paar Mal ihren Verwandten begegnet und glaub mir, es war jedes Mal ein unschönes Erlebnis.«

Endlich hatte er die Flosse des fremden Wesens befreit, das sich sofort weiter wand und drehte und versuchte, über Bord zu springen.

»Halt, hiergeblieben!« Sarton trat auf ihre Schwanzflosse, was sie abermals auffauchen ließ. »Das Herz einer Meerjungfrau bringt Glück für die Fahrt«, er bückte sich und zog seinen Dolch.

»Halt!«, rief Faím, der danebenstand und nun zu der Kreatur stürzte. »Ihr könnt sie doch nicht einfach töten! Sie ist ein … ein Mädchen.« Er trat schützend vor sie und wusste im selben Moment, dass er gerade sein eigenes Todesurteil gesprochen hatte.

Sartons flammender Blick durchbohrte ihn wie ein brennender Pfeil. »Geh mir aus dem Weg, Kleiner!«, knurrte er.

»Nein.« Obwohl Faím innerlich vor Angst zitterte, hielt er dem Blick des Kapitäns stand. »Ich lasse nicht zu, dass Ihr sie tötet.«

»So, und wie, bitte sehr, willst du das verhindern?« Die schwarzen Augen des Kapitäns glitzerten gefährlich.

»Ich … mir fällt schon etwas ein!« Ehe er einen Schritt nach vorne oder hinten tun konnte, spürte er zwei eiskalte Hände an seinen Schläfen.

Er zuckte unwillkürlich zusammen und wollte sich befreien, doch die Hände packten umso stärker zu und die Finger verbrannten seine Haut. Er schrie laut auf, aber er konnte sich nicht aus dem Griff befreien. Hilflos sank er in die Knie und spürte, wie ihm schwarz vor Augen wurde und sein Körper nach hinten auf die Planken fiel.

Er blinzelte und sah plötzlich vor sich zwei meeresblaue Augen, die ihn aufmerksam betrachteten. Dann, ehe er es sich versah, spürte er brennende Lippen auf seinem Mund und einen glühenden Hauch, der in seinen Körper drang, die Kehle hinunter, in den Bauch, wo er sich zu einem Feuer ausbreitete.

Selbst wenn Faím hätte schreien wollen, es gelang ihm nicht. Er hatte keine andere Möglichkeit, als stillzuhalten und zu warten, bis es vorbei war und er sterben konnte.

Kapitel 17 - Faím

»Lebt er?«, hörte er eine Stimme über sich.

Faím versuchte, die Augen zu öffnen, aber etwas in ihm wehrte sich mit aller Kraft dagegen. Seine Gedanken waren benommen, träge und seine Lider so schwer, als wären sie aus Blei.

»Bei allen verfluchten Kraken«, erklang die Stimme des Kapitäns. ›*Ich hätte nicht für möglich gehalten, dass er das tatsächlich tut …*‹

»Nun ja, es konnte ja keiner wissen, dass das passieren würde.« Das war Porton.

Eine Reihe von derben Flüchen und Verwünschungen – die meisten auf Faíms Kosten – war die Antwort.

Der Junge versuchte, sich zu bewegen, aber sein Körper fühlte sich ebenso schwer an wie seine Gedanken. Außerdem pochte etwas in ihm ohne Unterlass und er wusste nicht, was es war. Es fühlte sich an, als wollte sein Bauch demnächst zerspringen – oder war es sein Herz? Vielleicht auch beides.

»War er das?«, fragte eine weitere Stimme, die er nicht zuordnen konnte.

»Was?«, fragte der Kapitän gereizt.

»Dieses Geräusch, da war ein Stöhnen.«

»Schafft ihn unter Deck!« ›*Wenn er in ein paar Stunden nicht wach wird, werde ich ihn über Bord werfen müssen.*‹

»Aber ...« Das war eindeutig Karts Stimme.

»Das war ein Befehl!«, bellte Sarton und Faím hörte wütend stampfende Schritte, als er sich über die Planken entfernte.

»Was sollen wir tun?« Kart schien inzwischen neben ihm zu knien, denn seine Stimme erklang nun näher an seinem Ohr.

»Wir tun das, was der Kapitän befohlen hat und bringen ihn erst mal zu Seb. Vielleicht kann er ihm helfen«, antwortete Porton auf seine ruhige Art.

»Er atmet noch«, murmelte Kart und Faím spürte eine Hand auf seiner Brust.

›*Ich weiß nicht, ob das gut für ihn ist oder schlecht*‹, hörte Faím die Stimme von Porton. »Komm, hilf mir, ihn nach unten zu bringen.«

Faím fühlte, wie er hochgehoben wurde. Er wollte sich bewegen, sprechen und fragen, was passiert war, aber er hatte keine Möglichkeit dazu – sein Körper wollte ihm einfach nicht mehr gehorchen.

Er merkte, wie das Tageslicht, das bis eben noch rötlich durch seine Augenlider geschienen hatte, mit einem Mal verschwand und seine Umgebung dunkler wurde. Er musste sich unter Deck befinden. Der Geruch nach Mottenkugeln und dem Petroleum der Laternen, der ihm in die Nase stieg, untermauerte seine Vermutung.

Nach einiger Zeit spürte er, wie er auf eine Pritsche gelegt wurde. Wahrscheinlich, so mutmaßte er, befand er sich jetzt in dem Quartier des Schiffsarztes.

»Was ist passiert?«, erklang zur Bestätigung die Stimme von Seb.

»Was ganz Komisches ...« Was Porton ihm daraufhin erzählte, konnte Faím nicht mehr hören, da sein Geist abermals von Dunkelheit umhüllt wurde.

Das Letzte, an das er sich erinnerte, waren zwei meerblaue Augen, die ihn wachsam ansahen und ihn dann in einen erlösenden, schwarzen Strudel entließen.

Als Faím zum zweiten Mal erwachte, war alles dunkel um ihn. Zu seiner Erleichterung merkte er, dass er seine Augen nun öffnen konnte und dass er sich nicht im Wasser befand, wie der Kapitän angedroht hatte. Er konnte also nicht lange ohnmächtig gewesen sein.

Er versuchte vorsichtig, seine Hand zu bewegen und ein Glücksgefühl überkam ihn, als ihm auch das gelang. Er war nicht mehr in dieser Starrheit gefangen.

Mühsam richtete er sich auf und betastete seinen Kopf. Alles drehte sich und er war sicher, hätte er etwas gesehen, so hätte sich auch die Umgebung mitgedreht. Seine Schläfen pochten schmerzhaft, ebenso wie seine Brust.

Was bei den Göttern war geschehen?

Er erinnerte sich daran, dass er dieser Meerjungfrau das Leben retten wollte. Wie töricht konnte man sein? Sich dem Kapitän in den Weg zu stellen! Viel dümmer wäre nur noch gewesen, selbst das Messer zu zücken und gegen Sarton zu kämpfen.

Er fuhr mit den Fingern sachte über seine Schläfen und stöhnte, als seine Haut zu brennen begann.

Was war das? Warum hämmerte sein Kopf, als hätte er tagelang gezecht?

Vorsichtig tastete er abermals über die Haut an seinem Kopf.

Da war etwas – nur was?

Es fühlte sich kalt und gleichzeitig fest an. So wie die Finger, die ihn dort gepackt hatten. Einen Augenblick lang überkam ihn eine Gänsehaut, als er vermeinte, immer noch die eiskalte Haut der Meerjungfrau an seinen Schläfen zu spüren.

Nein, das konnte nicht sein. Er war alleine – hoffte er zumindest – und schickte ein Stoßgebet zum Wassergott Aquor, dass er über ihn wachen möge.

Noch ehe er sich vollständig erheben konnte, hörte er Schritte, die rasch näher kamen. Dann wurde ein Schlüssel umgedreht und mit einem Mal fiel warmes Laternenlicht in die Kajüte. Jetzt erkannte Faím, dass er sich in der Unterkunft des Schiffarztes befand.

»Ah, du bist endlich wach«, begrüßte ihn die vertraute Stimme von Seb, dessen Gesicht nun im Lichtkegel erschien. Wie immer ging er leicht nach vorne gebeugt und hängte die Laterne an einen Haken an der Wand. Dann kam er langsam auf ihn zu. »Wie fühlst du dich?« Sein Blick glitt forschend über seinen Körper.

»Schrecklich.« Faím merkte, dass seine Stimme einen eigenartig metallischen Klang hatte. Er schluckte und räusperte sich.

»Hier, trink das.« Seb hielt ihm einen Wasserschlauch hin. »Du warst lange ohnmächtig. Hab schon gedacht, dass du es nicht schaffst. Der Kuss einer Meerjungfrau kann den stärksten Mann wie einen wurmstichigen Mast fällen.«

»Kuss einer Meerjungfrau?« Faím trank einen Schluck aus dem Schlauch, der warmes Wasser enthielt, und sah den Schiffsarzt fragend an.

Dieser nickte bestätigend. »Ja, Kleiner. Kann nicht jeder von sich behaupten, den ersten Kuss in seinem Leben ausgerechnet von einer solchen Kreatur erhalten zu haben.« Er lächelte schief. »Und es dann auch noch zu überleben.«

»Was … was bedeutet das?« Faíms Finger fuhren unwillkürlich zu seinen Schläfen, die immer noch schmerzhaft pochten.

»Vielleicht alles, vielleicht nichts«, antwortete Seb geheimnisvoll. »Der Käpt'n hat mir aufgetragen, dich zu untersuchen, sobald du wach bist.«

»Und was dann? Wird er mich über Bord werfen?«

›*Er scheint etwas zu ahnen.*‹ Der Schiffsarzt hatte den Mund kaum bewegt und zog die Augenbrauen zusammen. »Wie kommst du denn auf sowas?«

»Was ahne ich?« Faím setzte sich gerade hin und versuchte, die Kopfschmerzen zu ignorieren.

»Wie … hast du etwa gerade meine Gedanken gelesen?« Seb strich sich eine weizenblonde Strähne aus dem Gesicht und seine blauen Augen sahen ihn forschend an.

»Gedanken gelesen?« Faím war verwirrt.

»Ja, Kleiner. Versuch es nochmals.« Der Schiffsarzt stemmte die Hände in die Hüften. ›*So oder so, ich werde es dem Kapitän erzählen müssen.*‹ Er hatte seinen Mund dabei fest zusammengepresst.

»Ich …« Faím weitete die Augen, als er langsam begriff.

»Na bitte, hat die Meerjungfrau doch ihre Spuren bei dir hinterlassen.« Der Schiffsarzt sah mit einem zufriedenen Lächeln auf ihn herunter. »Du musst wissen, sie haben die Gabe, in den Gedanken von Menschen deren Sorgen, Ängste oder Befürchtungen zu erkennen. Als die Meerjungfrau dich geküsst hat, hat sie dir einen Teil ihrer Gabe geschenkt. Wahrscheinlich, weil du ihr Leben verteidigt und gerettet hast. Wer weiß, vielleicht gab sie dir noch ein wenig mehr als das, aber das wird die Zeit zeigen. Der Kapitän wird jedenfalls sehr interessiert daran sein, was für Fähigkeiten sie dir gegeben hat.«

»Ich verstehe nicht …«

»Das versteht keiner wirklich. Meerjungfrauen sind das eigensinnigste und geheimnisvollste Volk der Meere – schlimmer als Sirenen, die wenigstens keinen Hehl daraus machen, dass sie Menschen in ihr Verderben singen. Aber diese Meerjungfrauen sind kleine Biester, die ihre ganz eigenen Gründe haben, etwas zu tun. Und selten sind sie nachvollziehbar.«

»Aber … was bedeutet es, dass mir eine Meerjungfrau ihre Kräfte gegeben hat?«

Seb lachte leise auf. »Junge, sie gab dir nicht ihre Kräfte, sondern hat dir nur einen ganz kleinen Einblick in ihre Welt gewährt – den Bruchteil eines riesigen Ganzen. Das ist ihre Art, sich bei Menschen zu bedanken. Das, oder ein langsamer Tod, der ganze Schiffe vernichten kann – je nachdem, wonach der Kreatur gerade ist.«

»Wo ist sie?«

»Nicht mehr an Bord. Der Kapitän hat sie wieder ins Meer werfen lassen, ehe sie weiteren Schaden anrichten konnte. Doch sei gewiss, dass sie dich im Auge behalten wird. Meerjungfrauen sind die Töchter des Gottes Aquor und vergeben ihre Geschenke nicht einfach so. Meist wollen sie eine Gegenleistung dafür – und ich nehme nicht an, dass es reicht, dass du für sie eingestanden bist, als Sarton sie töten wollte.«

»Er wollte ihr das Herz rausschneiden!« Faím spürte wieder diese Wut, die ihn unsinnigerweise dazu gebracht hatte, sich dem Kapitän in den Weg zu stellen.

»Ein alter Seemannsbrauch: Wir nehmen lieber ihr Herz, als sie unseres nehmen zu lassen. Und glaub mir, Meerjungfrauen sind zwar weniger heimtückisch als Sirenen, aber sie können ebenso grausam sein.«

»Dann … bin ich in Gefahr, wenn sie mich verfolgt?«

»Das wirst du bestimmt herausfinden.« Seb bedachte ihn mit einem vielsagenden Blick. »Aber vorerst wirst du auf der Smaragdwind in Sicherheit sein. Was allerdings passieren wird, wenn wir in Baltros anlegen, das weiß keiner. Es gab schon Matrosen, die auf unerklärliche

Weise über Nacht verschwunden sind – sei es freiwillig, weil sie sich in eine dieser Kreaturen verliebten, oder unfreiwillig, weil sie gezwungen wurden, in die Fluten zu springen. Meerjungfrauen besitzen eine Magie und Beweggründe, die unser Wissen übersteigen.«

Faím spürte abermals, wie sich ihm die Haare an den Armen aufstellten.

»Junge, mach dir keinen Kopf.« Seb legte ihm eine Hand auf die Schulter. »Noch lebst du und wer weiß, vielleicht ist dir die Meerjungfrau auch gutgesinnt – immerhin hast du ihr Leben gerettet. Das kann solche Wesen schon ziemlich beeindrucken.«

Faím nickte, aber er war nicht sonderlich überzeugt von Sebs Worten.

»Komm, Kleiner, lass uns zum Käpt'n gehen. Er hat angeordnet, dass er dich sehen will, falls du ansprechbar bist und es dir gut geht.« Der Schiffsarzt ging zur Tür.

Erst jetzt bemerkte Faím, dass der Arzt sie beim Hereinkommen hinter sich wieder abgeschlossen hatte. Beim Gedanken daran, warum er das getan hatte, wurde ihm kalt ums Herz. Wahrscheinlich hatte Seb befürchtet, dass der Kuss der Meerjungfrau ihn verändert hatte, und hätte nicht gezögert, ihn zu töten, falls sich seine Befürchtung bewahrheiten sollte.

Vorsichtig stand er auf und schloss die Augen, um das Pochen in seinen Schläfen aushalten zu können. Langsam tat er einen Schritt vor den anderen und mit jedem weiteren wurden die Schmerzen etwas erträglicher. Als er bei der Tür angelangt war, waren sie schon fast gänzlich weg. Abermals wunderte er sich darüber, was genau ihm diese Kreatur des Meeres angetan hatte.

Stumm folgte er dem Schiffsarzt durch den Gang und stieg die Leiter an Deck, um in die Kapitänskajüte zu gehen, die sich im Bug des Schiffes befand. Es war bereits Nacht geworden und nur noch die Seeleute, die zur ersten Nachtwache eingeteilt worden waren, trieben sich auf dem Hauptdeck herum. Die Sterne, die zwischen den dunklen Wolken am Himmel hindurchschimmerten, tauchten die Smaragdwind in grauschwarzes Licht.

Als sie am Bug ankamen, durchströmte Faím eine gewisse Ehrfurcht. Er war in den zwei Wochen, die er nun an Bord war, erst einmal in der Kabine des Kapitäns gewesen, um das Abendessen zu servieren. Meist durften die älteren Schiffsjungen diese Aufgabe, die unter ihresgleichen als Ehre galt, verrichten.

Seb klopfte mit der Faust gegen die Tür, die unter dem höher gelegten Backdeck angebracht war. Von drinnen waren Schritte zu hören, dann wurde die Holztür aufgerissen. Die hochgewachsene Gestalt des Kapitäns erschien im Türrahmen.

»Ah, du bist es«, murmelte er. Sein dunkelblondes Haar fiel ihm offen über das Gesicht und sah ungewöhnlich zerzaust aus. »Wie geht es ihm.« Er deutete mit dem Kinn in Richtung Faím.

»Besser. Die Meerjungfrau hatte es tatsächlich faustdick hinter den Ohren, aber das soll er dir selbst erklären.«

»Kommt rein!« Sarton trat einen Schritt beiseite und ließ Seb und Faím in den kurzen Gang eintreten, an dessen Ende sich links und rechts eine Türe befand. Seb trat durch die Linke, wo der Aufenthaltsraum des Kapitäns lag, da sich hinter der rechten Tür die Kajüte des Kapitäns befand, die von keinem ohne Erlaubnis betreten werden durfte.

Faím bemerkte, dass Sarton wohl gerade dabei gewesen war, einige Seekarten zu studieren, die überall auf dem großen Tisch verstreut lagen, um den ein paar Stühle standen. Eine Kerze erhellte den Raum, dessen einziges Fenster gerade so groß war, dass bei Tage genügend Licht hereinfiel.

Sarton trat zu einem Schrank, der sich an der linken Seite befand, und holte zwei Kristallgläser hervor, die er auf den Tisch stellte, um sie mit blutrotem Wein zu füllen.

»Hier, trinkt.« Er hielt sie Faím und Seb hin.

Faím nahm das Kristallglas ehrfürchtig entgegen. Noch nie hatte er aus solch einem zierlichen Gefäß getrunken und er hatte Angst, dass es in seinen Händen zerbrechen könnte. Vorsichtig führte er es an seine Lippen und nippte an dem Wein.

»Setzt euch und erzählt, was ihr herausgefunden habt«, forderte der Kapitän sie auf.

»Nun.« Seb rückte einen Stuhl nach hinten, um sich darauf niederzulassen. »Die Meerjungfrau scheint Faím eine Gabe geschenkt zu haben. Die Gabe des Gedankenlesens.«

»Ist das so?« Sarton sah den Jungen fragend an.

»Ich … glaube schon«, antwortete Faím, der sich nicht getraute, sich hinzusetzen oder den Kapitän anzusehen.

»Seb, lass uns alleine«, sagte Sarton an seinen Schiffsarzt gewandt.

Dieser nickte, ohne mit der Wimper zu zucken, stand auf und verließ die Kapitänskajüte. Den Wein nahm er jedoch mit.

»So, Kleiner, setz dich endlich und erzähl mir, was mit dir passiert ist.«

Faím überwand seine Scheu und setzte sich dem Kapitän gegenüber an den Tisch. »Ich bin mir nicht sicher«, murmelte er, ohne ihn anzusehen und nippte abermals an dem Wein, um sich Zeit zu verschaffen. »Als Ihr die Meerjungfrau töten wolltet, da …«

»Ich wollte sie nicht töten.« Nun hob Faím doch erstaunt den Blick, um ihn auf Sarton zu richten, der ihn mit einem breiten Lächeln musterte. »Du glaubst doch wohl nicht, ich wäre so töricht, den Zorn von Aquor auf mich zu ziehen, indem ich eine seiner Töchter grundlos töte.« Er ließ ein kehliges Lachen hören. »Ich wollte dich testen – und das ist mir auch gelungen, wie ich sehe.« Sein Blick blieb an Faíms Schläfen haften.

Der Junge fuhr unwillkürlich mit einer Hand dorthin und wieder spürte er die Kälte, die seine Haut ausströmte.

»Willst du sehen, was sie dir angetan hat?« Sarton hob die Augenbrauen. »Dort drüben ist ein Spiegel. Geh hin und sieh dich an.«

Faím folgte der Aufforderung.

Als er sein Spiegelbild erblickte, ließ er vor Schreck fast sein Weinglas fallen, das er immer noch in der Hand hielt. Ungläubig starrte er auf das polierte Glas, aus dem ihm ein braungebrannter Junge mit weit aufgerissenen Augen entgegensah.

Es war nicht die Tatsache, dass er sein Spiegelbild in seinem bisherigen Leben nur äußerst selten gesehen hatte, sondern vielmehr das, was er auf seinem Gesicht entdeckte, was ihm einen kalten Schauer über den Rücken jagte. Dort, wo die Meerjungfrau ihn berührt hatte, befanden sich nun algenförmige, schwarzblau schimmernde Tätowierungen, die sich von der Schläfe bis über einen Teil seiner Stirn zogen. Sie konnten von seinen schwarzen Locken nur halb verdeckt werden.

Behutsam fuhr er sie mit den Fingern nach und spürte wieder das Brennen, als er sie mit seinen Fingerkuppen berührte. »Was bei den …«, hauchte er.

»Ja, sie hat dich ganz schön rangenommen, was?« Faím sah im Spiegel den Kapitän sich lächelnd zurücklehnen.

Nur mit Mühe gelang es ihm, sich von seinem Abbild zu lösen und an den Tisch zurückzukehren. »Wird das für immer so bleiben?«, fragte er verstört und nahm wieder dem Kapitän gegenüber Platz.

»Zumindest, solange du ihr nicht nachgibst.« Sarton erwiderte seinen Blick regungslos. »Aber keine Sorge, das Mal wird in einigen Tagen verblassen und kaum mehr zu sehen sein.«

Faím war verwirrt. »Ihr … nachgeben?«

»Ja, die Meerjungfrau hat dich aus einem bestimmten Grund ausgesucht. Sie will etwas von dir und wird so lange freundlich sein, bis du es ihr gegeben hast. Aber dazu gleich noch mehr. Was deine neuen Kräfte angeht: Was auch immer Seb dir gegenüber erwähnt hat, er kennt nur einen Bruchteil der Wahrheit über Meerjungfrauen und das meiste davon ist sinnloser Humbug, den sich die Matrosen in den Tavernen erzählen. Ich aber kann dir alles über diese Kreaturen sagen, denn ich kenne sie nur allzu gut. Es verhält sich so, dass wenn die Meerjungfrau ihren Geist bei dir hat, du gleichzeitig über einen Teil ihrer Kräfte verfügst. Wenn nicht, eben nicht. So einfach ist das. Ich nehme an, sie hat sich aus deinem Kopf zurückgezogen, da diese Biester keinen Alkohol mögen.« Er hob abermals die Augenbrauen und grinste. »Ein Grund, warum ich ihn dir gab – damit wir uns ungestört unterhalten können.«

Faím blinzelte. Der Kapitän hatte recht, er fühlte weder das Pochen in seinen Schläfen noch das Brennen in seiner Brust. Und auch die Gedanken von Sarton hörte er nicht.

»Woher wisst Ihr so viel über diese Geschöpfe?«, hauchte er.

»Ich war selbst mal mit einer zusammen«, antwortete Sarton frei heraus. »Nun ja, nicht so, wie du jetzt denkst, denn Meerjungfrauen sind nicht fürs Bett geeignet – wenn du weißt, was ich meine.« Abermals erklang das kehlige Lachen und Faím errötete unwillkürlich, als er begriff. Rasch senkte er den Blick und trank einen Schluck des fruchtigen Weins. »Aber sie verhalf mir zur Smaragdwind.«

»Wann hat sie Euch gehen lassen?«

»Als ich sie getötet habe.« Die schwarzen Augen des Kapitäns wurden noch dunkler.

»Ihr habt sie … getötet?«

»Und ich habe es nicht bereut, denn diese Kreaturen können sowohl Fluch als auch Segen sein. Ich wusste von dem Moment an, in dem du mit diesem goldenen Ei«, er griff in seine Jackentasche und nahm das Ei hervor, das Faím aus dem Wassertempel von Chakas gestohlen hatte, »auf meinem Schiff auftauchtest, dass du dich irgendwann auch an eine Meerjungfrau binden wirst – oder besser, sie sich an dich. Dass es so schnell passiert, habe ich allerdings nicht geahnt.«

»Was hat das Ei mit den Meerjungfrauen zu tun?«, wollte Faím wissen, der von der Redseligkeit des Kapitäns ermutigt worden war.

»Jetzt kommen wir zum eigentlichen Problem: dem Begehren der Meerjungfrau und dem Grund, warum du überhaupt noch lebst.« Sarton trank seinen Wein aus und schenkte nochmals nach. »Wie du vielleicht weißt, sind Meerjungfrauen die Töchter von Aquor – aus dessen Tempel du dieses Schmuckstück entwendet hast. Goldene Eier wie dieses wurden dazu erschaffen, die Seelen dieser Geschöpfe des Meeres einzufangen und ihrem Vater zurückzugeben. Wenn eine Meerjungfrau im Wasser geboren wird, erblickt ihre Seele zur selben Zeit an Land das Licht der Welt. Manchmal ist die Seele frei, manchmal wird sie im Körper eines männlichen Säuglings verwahrt. Die Seelen können das Wasser nicht berühren, ebenso wenig, wie die Meerjungfrauen an Land wandeln können. Sie leben beide, sind jedoch voneinander getrennt – es ist ein uralter Fluch, der auf den Töchtern von Aquor lastet. Nur ein Mann kann sie daraus befreien, so besagt die Legende. Daher sind sie darauf angewiesen, dass ein Mann sich ihrer erbarmt und ihnen ihre Seele wiedergibt oder ihnen hilft, sie zu finden. Jede Meerjungfrau hat nur einen Kuss zu ihrer Verfügung, mit dem sie sich mit einem Mann verbinden kann. Eine einzige Chance also, die es ihr ermöglicht, einen Menschen dazu zu bringen, sich barmherzig zu zeigen und das Ei für sie zu öffnen.« Er wog das Ei in den Händen und sein Blick wurde dunkel. »Ich kann dieses Ding hier nicht öffnen, da ich nicht von ihr auserwählt worden bin. Du könntest es seit dem Kuss, aber ich würde dir keinesfalls dazu raten, es zu tun. Seelen der Meerjungfrauen sind zu allem fähig, da sie zu ihren rechtmäßigen Besitzerinnen wollen – sie morden, vernichten ganze Dörfer oder ergreifen Besitz von dir. Daher gehören sie in den Tempel. Aber wenn eine Seele besonders mächtig ist, gelingt es ihr, von dort wieder zu entfliehen. Wie diese hier, die dich dazu gebracht hat, sie zu stehlen, damit sie in ihren Körper gelangen kann.« Er hob das goldene Ei auf Augenhöhe und drehte es im Kerzenlicht, sodass die Edelsteine darauf funkelten.

»Dann gehört die Seele der Meerjungfrau, die an Bord kam?«

»Gut kombiniert.« Sartons schwarze Augen glitzerten fast genauso wie die Edelsteine. »Mit großer Sicherheit wurde die Kreatur von dem Ei angezogen wie eine Ratte von einem saftigen Stück Speck. Und sie wird nicht ruhen, bis sie es hat.«

»Warum geben wir ihr denn nicht einfach ihre Seele zurück?«, wollte Faím wissen, der einen weiteren Schluck von seinem Wein nahm. Das Getränk stieg ihm langsam zu Kopf und er fühlte sich zusehends wohler in der Gegenwart des Kapitäns.

»Kleiner, du musst noch einiges lernen: Eine Meerjungfrau, die ihre Seele wiedererhält, tötet alle, die jemals damit Kontakt hatten – sie wird zu einer bösartigen Bestie, die keinerlei Gnade kennt. Das ist einer der Gründe, warum die Seelen dieser Biester durch den Fluch von ihrem Körper getrennt worden sind. Denn Meerjungfrauen sind im Grunde noch böser als Sirenen. Aber ohne ihre Seele gleichen sie braven Lämmlein – jedenfalls meistens.« Er grinste breit.

»Aber … warum holt sie das Ei nicht einfach?«

»Weil sie es nicht kann. Sie kann es weder berühren noch öffnen. Nur der Mann, den sie auserwählt hat, kann das. Und nur er kann auch ihre Seele töten, wenn sie wieder mit ihrem Körper vereint ist. Na, begreifst du langsam, warum sie dich geküsst hat? Dich, einen Jungen, der sich vermeidlich leicht beeinflussen und noch viel leichter töten lässt?« Er sah Faím mit vielsagendem Blick an.

»Deswegen habt Ihr die Meerjungfrau getötet, die sich damals an Euch gebunden hat? Weil sie …«

»… ansonsten mich getötet hätte, als sie ihre Seele wieder erlangte, genau. Irgendwann wirst auch du deiner Meerjungfrau nachgeben und das Ei für sie öffnen, das ist so sicher wie die Tatsache, dass jedes Schiff irgendwann in einen Sturm geraten wird. Hoffen wir, dass du an jenem Tag stark genug sein wirst, sie zu töten, ehe sie Unheil anrichtet.«

Faím vermeinte, eine tiefe Erschöpfung in Sartons Augen zu erkennen, die aber gleich wieder von einem schiefen Grinsen vertrieben wurde.

»Aber bis dahin werden wir uns ihre Kräfte zunutze machen. Es wäre schade, sie einfach zu töten und ihre Seele in ihrem Ei verrotten zu lassen. Und solange du in meiner Nähe bist, wird sie das Ei auch nicht bekommen, dafür werde ich Sorge tragen. Trink noch einen Schluck, Kleiner. Je weniger dein Körper dieser Kreatur zur Verfügung steht, desto besser.« Mit diesen Worten füllte er Faíms Kristallkelch bis zum Rand auf.

Kapitel 18 - Mica

»Mäuschen, lass uns in die Gilde zurückkehren, er ist immer noch nicht hier.« Cassiel griff nach Micas Arm.

Sie fuhr zu ihm herum und funkelte ihn an. »Wenn du gehen willst, bitte, ich halte dich nicht auf! Aber ich werde nicht aufgeben! Die Kanalratten haben gesagt, mein Bruder sei im Hafen gesehen worden und seither ist er nicht wieder im Versteck der alten Lagerhalle aufgetaucht. Also muss er hier irgendwo sein ...« Sie ließ ihren Blick abermals suchend über das Hafenbecken und die Schiffe schweifen, die vor Anker lagen.

Sie waren nun zwei Wochen lang jeden Tag hierhergekommen und hatten nach Faím gesucht. Jedoch vergebens. Der Junge war wie vom Boden verschluckt und keiner wusste, wo er war, niemand hatte ihn gesehen. In Mica wurde die Befürchtung immer stärker, dass er tot war. Dass seine Leiche irgendwo in einem Graben lag oder im Hafenbecken trieb. Aber wenigstens die wollte sie finden. Sie musste Gewissheit haben, was mit ihm geschehen war.

Wie immer war frühmorgens viel zu viel los im Hafen von Chakas. Es herrschte ein regelrechtes Gedränge um die Piers, Fischer boten ihre Ware feil, Hafenarbeiter nahmen ihre Arbeit auf und be- oder entluden

Schiffe mit irgendwelchen Gütern. Doch es war die beste Zeit, um nach Faím zu suchen, da die Hitze des Tages noch erträglich war. Sobald die Sonne höher am Himmel stand, tat man hier in Chakas gut daran, sich in die Häuser zu verziehen – oder im Fall der Ratten ins Tunnelsystem, wo es stets angenehm kühl war.

»Die Kanalratten haben aber ihr Versteck verloren, sie werden uns nicht mehr helfen. Und dein Bruder wird dorthin nicht mehr zurückkehren können«, erwiderte Cassiel ruhig und sprach damit aus, was Mica im Herzen erschütterte.

Als sie eine Woche zuvor nochmals in der alten Lagerhalle gewesen waren, hatten sie diese vollkommen zerstört vorgefunden. Von den Kanalratten, mit denen Mica die letzten Jahre ihres Lebens verbracht hatte, war keine Spur mehr zu sehen gewesen. Wahrscheinlich waren sie von Straßenräubern überfallen und vertrieben oder gar getötet worden.

Mica war nahe daran gewesen, in Tränen auszubrechen, als sie die Zerstörung des Verstecks gesehen hatte. Nur unter Aufbringung all ihrer Beherrschung hatte sie es geschafft, nicht vor Cassiel zu weinen. Das hätte gerade noch gefehlt!

Dass sie hier Faím nicht mehr finden würden, war ihr von da an klar und sie setzte daher all ihre Hoffnung – so albern und aussichtslos die auch sein mochte – auf den Hafen. Cassiel war immerhin so zurückhaltend gewesen, das Offensichtliche nicht auszusprechen: nämlich, dass die Chancen für ihren Bruder, alleine hier in der Stadt zu überleben, mit dem Verlust des Lagers gegen null gesunken waren.

»Also gut, wir bleiben noch eine Stunde«, seufzte Cassiel, als er Micas herausfordernde Miene sah. »Aber dann müssen wir zur Gilde zurück. Aren will dich und deine magischen Kräfte weiter untersuchen.« Er warf ihr einen mahnenden Blick zu.

Mica nickte. Aren hatte festgestellt, dass sie zwar Magie beherrschte, jedoch wahrscheinlich nicht genug, um in die Magiergilde aufgenommen zu werden. Eine Tatsache, die Mica mit Erleichterung erfüllt hatte. So war immerhin die Möglichkeit gegeben, dass sie bei den Dieben bleiben konnte. Aber um sich ganz sicher zu sein, führte Aren mit ihr jeden Tag Übungen durch, um ihr Potenzial zu bestimmen und auch, um herauszufinden, für welche Art der Arbeit sie in der Diebesgilde geeignet sein könnte.

Wie Mica erfahren hatte, gab es unterschiedliche Aufgaben für die Mitglieder der Gilde: Einerseits gab es diejenigen Diebe, die wie Cassiel auf Missionen geschickt wurden und sich ›Gesandte‹ nannten. Daneben gab es jene, die die Organisation der Gilde unter sich hatten – wie beispielsweise Furin oder Cassiels Frau Samja –, die sogenannten ›Planer‹. Zudem gab es diejenigen, die dafür Sorge trugen, dass das Zentrum der Gilde geschützt wurde: die Verteidiger. Und es gab jene, die für das Wohl der Diebe zuständig waren und Läden oder Stände führten: die Ernährer.

Je nachdem wurde die Aufnahmeprüfung angepasst – um zu testen, ob die für das Mitglied der Diebesgilde bestimmten Aufgaben auch wirklich von ihm erfüllt werden konnten. Da Mica magische Kräfte besaß, war Aren schon bald zu dem Entschluss gelangt, dass sie die Aufnahmeprüfung für die ›Gesandten‹ probieren sollte. Damit wäre sie ebenfalls für Missionen zuständig wie Cassiel. Etwas, das Samja nicht mit Wohlwollen aufgenommen hatte.

Cassiel hatte Mica einmal erzählt, dass seine Gefährtin ihm fast schon täglich Vorwürfe machte, weil er sich ihrer Meinung nach zu sehr um die ehemalige Kanalratte kümmern würde.

Mica hatte nichts dazu gesagt. Sie hatte Samja an ihrem ersten Tag als freundliche Frau erlebt. Seither jedoch distanzierte sich Cassiels

Partnerin zusehends von ihr, war kühl und manchmal sogar fast abweisend geworden. Der Grund war für Mica offensichtlich: Cassiel verbrachte viel Zeit damit, Mica zum Hafen zu begleiten. Zeit, die vorher Samja gehört hatte. Nun ja, sollte sie doch eifersüchtig sein. Das war Mica einerlei. Sie mochte es, mit Cassiel zusammen zu sein und würde sich nicht von Samja ein schlechtes Gewissen machen lassen.

Nun stand Mica neben dem schwarzhaarigen Dieb und betrachtete seine rechte Hand, an der er keinen Handschuh trug, wodurch sein goldener Gildenring mit der Luftrune sichtbar war.

»Du trägst zwar keinen Magierring, aber du scheinst auch ein wenig Magie zu beherrschen. Wie viel?«, fragte sie, während sie den Blick wieder über den Hafen schweifen ließ.

Cassiel sah sie skeptisch an. »Warum willst du das wissen?«

»Weil Aren mir erzählt hat, dass in vielen Familien die Elemente vererbt werden. Dein Vater ist Luftmagier und auch du trägst das Luftelement in dir. Es wäre also naheliegend, wenn du ebenfalls Magie wirken kannst. Bei mir und meinen Eltern war es nicht so. Ich bin die Einzige in der Familie, die Magie wirken kann. Aren nannte das einen … äh … ›Ausreißer‹ oder so ähnlich.«

Cassiel lehnte sich gegen eine der Kisten, die hier im Hafen stapelweise herumstanden, und verschränkte die Arme vor der Brust, wie immer, wenn es ihm unangenehm war, über etwas zu sprechen. »Ich wüsste nicht, was dich das angeht«, meinte er ausweichend.

»Nun, wenn ich die Aufnahmeprüfung als Gesandte bestehe und wir später zusammen auf Missionen geschickt werden, wäre es ganz hilfreich zu wissen, auf welche Unterstützung ich in schwierigen Situationen zählen kann.« Mica lehnte sich ebenfalls gegen die Kiste.

Der Dieb verlagerte sein Gewicht und stieß einen leisen Fluch aus. Mica vermeinte zu hören, dass er sich bei seinem Luftgott Aurel darüber beschwerte, dass Aren ihm auferlegt hatte, dieses störrische Mädchen bei der Suche nach ihrem Bruder zu unterstützen.

»Du sprichst wohl nicht gern über dich oder deine Vergangenheit, wie?« Sie sah ihn von der Seite an.

»Ich mag es schlicht und ergreifend nicht, ausgefragt zu werden und ich spreche nur über das, was ich will«, antwortete er mürrisch, während sich seine schwarzen Augenbrauen in der Mitte der Stirn zusammenschoben.

»Dann erzähl mal ein bisschen. Nicht jeder kann Gedanken lesen, weißt du?«

Er schnaubte und warf ihr einen vernichtenden Blick zu. »Gut, wenn du es unbedingt wissen willst: Ich beherrsche nur ganz wenig Magie.«

»Kein Grund, mich anzufahren.« Mica sah ihn mit ruhiger Miene an. »Was ist denn schon dabei? Nur wenigen Menschen wurde das Geschenk der Magie zusätzlich zu den Elementen gegeben. Du wurdest offenbar auserwählt, einer davon zu sein. Das ist doch nichts, worüber man böse sein sollte, im Gegenteil.«

»Du hast gut reden, du trägst ja auch offensichtlich mehr Magie in dir«, knurrte er.

»Nun ja, manchmal wünschte ich, es wäre nicht so.« Ihr Blick glitt bedauernd zu Boden.

Er wandte ihr den Kopf zu und beobachtete sie misstrauisch. »Ach ja?«

Mica nickte und sah ihn wieder an. Seine grünen Augen waren vor Skepsis zusammengekniffen. »Ja. Zum Beispiel habe ich keine Ahnung, ob ich meine Kräfte je beherrschen kann. Was, wenn es mir nicht gelingt? Werde ich dann womöglich jemanden unbeabsichtigt verletzen? Vielleicht jemanden töten? Ich habe bereits zweimal unfreiwillig auf dich geschossen, was mir immer noch sehr leidtut.« Sie atmete tief durch. »Außerdem hoffe ich, dass dein Vater nicht doch noch plötzlich ein größeres Potenzial in mir feststellt. Ich will nicht in den Magierzirkel gehen, ich möchte bei euch Dieben bleiben. Allein schon, um nach meinem Bruder zu suchen, auch wenn das mit jedem Tag aussichtsloser erscheint. Und selbst wenn ich ihn finde – ich will ihn nicht alleine lassen. Er hat bisher keine Anzeichen gezeigt, dass er Magie in sich trägt. Wenn ich in den Magierzirkel gehen müsste, würde das bedeuten, dass ich ihn drei Jahre lang nicht sehen kann. Das ist zu lange …« Sie brach ab, da ihre Stimme zu versagen drohte.

Bei den Göttern, sie sprach, als hätte sie Faím bereits gefunden. Dabei war sein Schicksal ungewiss, vielleicht lebte er nicht einmal mehr. Sie seufzte leise und starrte auf ihre neuen Stiefel.

»Hm, vielleicht hast du recht«, sagte Cassiel gedehnt und legte den Kopf in den Nacken. »Von der Seite habe ich es noch gar nicht betrachtet.«

»Du kannst froh sein, dass du weißt, wo du hingehörst. Du hast eine Familie, Freunde, ein Zuhause. Das ist mehr, als ich in den letzten Jahren hatte.«

»Von meiner Familie …«, sein Blick fuhr rastlos über das Hafenbecken, »da lebt nur noch Aren. Und der vergräbt sich in Arbeit, die ihm die Gilde bietet. Ich bin ihm scheißegal. Ist also nicht gerade ein Vorzeigevater, wenn du mich fragst.«

Mica musterte ihn verblüfft. Ihr war zwar aufgefallen, dass Cassiel Aren noch nie ›Vater‹ genannt hatte und dass augenscheinlich ein angespanntes Verhältnis zwischen den beiden herrschte, aber sie hatte sich noch nie gefragt, warum Cassiel ihr seine Familie noch nicht gänzlich vorgestellt hatte.

Sie war einfach zu sehr mit ihren Sorgen um Faím beschäftigt gewesen. Etwas, das ihr nun leidtat. Sie kam sich selbstsüchtig vor.

»Deine Mutter und deine … Schwester leben nicht mehr?«, fragte sie leise.

Cassiel wich abermals ihrem Blick aus und nickte knapp. »Lass uns weiter nach deinem Bruder suchen«, sagte er dann und räusperte sich. »Wenn er hier irgendwo im Hafen ist, wird er Essen stehlen müssen. Wir können nochmals bei den Fischern nachfragen, ob ihnen ein kleiner Junge aufgefallen ist.«

Obwohl Mica gerne noch etwas mehr über Cassiel erfahren hätte, so war der Wunsch, ihren Bruder endlich zu finden, doch stärker. Also folgte sie ihm durch das Gedränge der Menschen zu den Ständen, wo die Stimmen der Fischer schon von Weitem zu hören waren.

Doch wo sie auch fragten, keiner konnte sich an Faím erinnern. Es wäre auch zu schön gewesen, dachte Mica entmutigt, als sie in das Tunnelsystem unter Chakas zurückkehrten.

Kapitel 19 - Mica

Als sie wieder zurück in der Gilde waren, begab sich Mica direkt zu Aren, wie sie es in den letzten Tagen immer getan hatte. Dieser wartete bereits in seinem Quartier auf sie.

»Da bist du ja.« Er kam um den Tisch herum auf sie zu. Aren war noch größer als Cassiel und seine stattliche Gestalt imponierte Mica jedes Mal aufs Neue. »Hattet ihr immer noch kein Glück?«

Mica schüttelte zur Antwort den Kopf. »Nein«, murmelte sie.

»Du solltest dich langsam damit abfinden, dass du ihn wahrscheinlich nicht mehr wiedersehen wirst.« Arens Stimme war warm und in seinen grünen Augen lag Mitgefühl.

»Ich … kann nicht.« Mica versuchte, seinem Blick standzuhalten. Auch in seinen Augen war diese versteckte Wärme zu finden, die sie von Cassiel kannte, und an die sie sich nur ganz langsam gewöhnen konnte.

»Ich weiß, wie du dich fühlen musst, auch ich verlor einst geliebte Menschen.« Aren legte beide Hände auf ihre Schultern.

Mica runzelte die Stirn. Am Morgen hatte sie ja von Cassiel bereits erfahren, dass seine Mutter tot war. Was mit Arens Tochter passiert war, wusste sie nicht, nur, dass Cassiel nicht über sie sprechen wollte. »Ist … sind sie gestorben?«, fragte sie.

Aren verstand offenbar, wen sie meinte, denn er nickte und seine Augen wurden für einen Moment dunkler, während Trauer darin aufflackerte. »Ja, sie sind tot. Es war eine der schlimmsten Stunden in meinem Leben. Ein Vater sollte seine Kinder nicht zu Grabe tragen müssen.« Er seufzte und zwang sich zu einem Lächeln. »Doch ihre Zeit war gekommen und Aurel hat mir gleich zwei Töchter dafür geschickt – dich und Samja.«

Mica senkte den Blick. »Ihr seht mich als … Tochter?«, hauchte sie mit ungewohnter Scheu und spürte, wie es ihr die Kehle zuschnürte.

»Du bist meiner Tochter ähnlicher als jeder andere Mensch, dem ich bisher begegnet bin.« Aren sah sie bedeutungsvoll an. »Sie war ebenso klug und mutig wie du – und sie scherte sich ebenso wenig um Gepflogenheiten. Außerdem war sie fast genauso dickköpfig.« Sein Lächeln wurde wärmer. »Du trägst viel von ihr in dir, deswegen hält mein Sohn auch so große Stücke auf dich. Du hast zwar deine Familie verloren, aber wenn du möchtest, kannst du zu meiner gehören.«

»Ich … ich weiß nicht, was ich sagen soll.« Mica trat von einem Fuß auf den anderen.

»Vorerst gar nichts – du musst ohnehin erst deine Aufnahmeprüfung bestehen. Aber ich bin mir sicher, dass du sie meistern wirst.« Er trat einen Schritt von ihr zurück.

»Was wisst Ihr über Samja?« Aus der Diebin selbst hatte Mica bisher nur wenige Informationen herauskitzeln können. Samja war ihr gegenüber einfach zu verschlossen – fast noch schlimmer als Cassiel. Da Aren bereits so redselig war, wollte sie die Gelegenheit nutzen, ein bisschen mehr über Cassiels Frau zu erfahren.

»Was möchtest du denn wissen?« Aren runzelte die Stirn, als sei es ihm nicht recht, dass Mica ihn über die Gefährtin seines Sohnes ausfragte.

»Wie lange ist sie mit Cass schon zusammen? Und warum seht Ihr in ihr eine Tochter?«

»Nun, die erste Frage kann ich dir rasch beantworten: Sie ist seit einem Jahr an Cassiels Seite. Sie sind beide in der Gilde großgeworden und irgendwann scheinen sie die Liebe zueinander entdeckt zu haben.«

Mica spürte wieder diesen vertrauten Stich in ihrer Brust, wie jedes Mal, wenn die Rede von Cassiel und Samja war. Trotzdem hielt sie Arens Blick stand, während er weitersprach.

»Samja hat ihre Eltern früh verloren und wurde unter Furins Fittiche genommen. Samja sieht in der Gildenältesten wohl eine Art Ersatzmutter.« Er lächelte. »Und seit sie mit meinem Sohn zusammen ist, bin ich anscheinend der männliche Elternteil, der ihr bisher gefehlt hat.«

»Ihr mögt sie sehr, oder?«

»Ich vertraue ihr und weiß, dass sie niemals der Gilde schaden würde«, antwortete Aren schlicht.

»Habt Ihr ihre Gedanken gelesen?« Mica erinnerte sich daran, als Aren dies bei ihr zum ersten Mal vor zwei Wochen getan hatte. Er hatte sie fast eine Stunde lang dazu überreden müssen, denn die Vorstellung, dass sich jemand in ihrem Kopf herumtrieb, behagte ihr ganz und gar nicht. Immerhin hatte er ihre Vergangenheit und die verstörenden Bilder des Todes ihrer Eltern nie angerührt, sondern sich wirklich nur auf ihre magischen Kräfte, deren erstes Auftreten und die Zauber, die sie seither unbeabsichtigt gewirkt hatte, konzentriert. Sie hatte sich nur langsam daran gewöhnen können, eine fremde Präsenz in ihren Gedanken zu spüren.

»Das ist schon länger her, aber ja.« Er nickte. Dann atmete er tief durch. »Deine Schulter ist schon fast gänzlich genesen, hat mir unser Heiler Malec erzählt. Furin und ich haben beschlossen, dass du übermorgen zur Prüfung antreten wirst – dann wirst du endlich ein vollwertiges Mitglied der Diebesgilde.«

Mica schnappte nach Luft und vergaß die weiteren Fragen, die sie zu Samja noch hatte stellen wollen.

Dass die Aufnahmeprüfung in die Diebesgilde noch vor der Elementgildenzeremonie sein würde, die zur Sonnenwende auf dem Gildenplatz von Chakas stattfinden sollte, hatte Aren ihr ja bereits erklärt. Aber so bald … jetzt kroch doch Angst ihr hoch wie eine Schlange, die sich an ihre Beute heranschlich.

Was, wenn sie die Prüfung der ›Gesandten‹ nicht meistern würde? Bekäme sie eine weitere Chance? Oder würde sie aus der Gilde verstoßen werden, wo sie doch bereits gehofft hatte, endlich ein richtiges Zuhause gefunden zu haben?

Rasch verdrängte sie die Zweifel und die Furcht. Das war jetzt mehr als unpassend. Stattdessen musterte sie Aren skeptisch, um in seinen Gesichtszügen die Wahrheit zu lesen. Trotz oder gerade wegen seiner Freundlichkeit vertraute sie ihm noch nicht. Noch nie war jemand aus purer Selbstlosigkeit freundlich zu ihr gewesen – selbstlose Menschen gab es nicht, da war sie sich sicher.

»Ihr seid so großzügig zu mir. Was muss ich im Gegenzug dazu leisten, damit ich aufgenommen werde?«

»Solltest du die Prüfung bestehen, wovon ich ausgehe, darfst du nie vergessen, wo du hingehörst: zu uns.« Arens Blick wurde eindringlich.

»Und was, wenn ich meinen Bruder doch noch finde?«

»Dann wirst du dich entscheiden müssen, sollte er nicht würdig genug sein, die Prüfung der Diebe machen zu dürfen.«

»Ihr verlangt viel von mir …«

»Ja, aber nur so kann die Gilde weiter bestehen.«

»Wie sieht die Prüfung der ›Gesandten‹ denn aus?« Mica legte den Kopf schief.

»Das wirst du erst ein paar Minuten vor Beginn erfahren. Du sollst dich ebenso auf deine eigenen Kräfte verlassen, wie alle anderen es vor dir tun mussten. Und komm gar nicht erst auf die Idee, die anderen Diebe ausfragen zu wollen. Sie werden dir nichts darüber preisgeben.« Er hob mahnend den Zeigefinger, dann wurde sein Blick wieder etwas sanfter. »So, und nun zu deinen magischen Kräften. Wir werden nochmals üben, wie du das Feuer besser kontrollieren kannst.«

Mica nickte und ging mit ihm zusammen nach draußen auf die Plattform, wo das Magiewirken weniger gefährlich war als in einem geschlossenen Raum.

Sie mochte es, mit Aren zusammen zu sein und ihre Kräfte beherrschen zu lernen. Obwohl sie sich immer noch gegen die zutraulichen Gefühle wehrte, verkörperte er für sie sowohl Lehrer als auch Vater und Freund. Etwas, das sie nie zuvor gekannt hatte – und das ihr gerade deswegen noch reichlich ungewohnt und ebenso gefährlich vorkam.

Daher traute sie diesen Gefühlen auch nicht, obwohl sie es sehr gerne getan hätte. Doch eine innere Stimme warnte sie jedes Mal, wenn sie dabei war, ihr Herz für die Diebe weiter zu öffnen.

Und trotzdem fand Aren einen Weg, ihre Skepsis ein ums andere Mal zu überwinden. Er war so ganz anders als Cassiel, viel beherrschter, ruhiger und verständnisvoller. So, wie sie ihren eigenen Vater in Erinnerung hatte. Nun ja, vielleicht hatten sich diese Erinnerungen über die Jahre auch verzerrt. Doch sie wünschte sich, ihr Vater wäre damals genauso stark gewesen wie Aren. Dann hätte er diese verfluchten Straßenräuber ohne mit der Wimper zu zucken getötet, statt sich selbst von ihnen niederstechen zu lassen.

Außerdem hegte sie insgeheim Bewunderung für den Meisterdieb, wie Aren in der Gilde genannt wurde. Sie hatte von seinen ruhmreichen Taten durch andere Diebe erfahren, die sich seine abenteuerlichen Geschichten am Lagerfeuer im Gildenzentrum erzählten und denen sie gebannt gelauscht hatte. Viele Legenden rankten sich um den Luftmagier, der als einziger Dieb den König der Ratten kannte. Manche munkelten, er sei dessen Sohn, andere wiederum behaupteten, er habe dem König einst das Leben gerettet. Wie auch immer, keiner konnte genau sagen, in welcher Beziehung Aren zu dem obersten Dieb stand, von dem keiner wusste, wer er war. Aber sie alle wussten, dass er immer das Beste für die Gilde gewollt und getan hatte und das reichte ihnen offenbar.

»Als Erstes werden wir nochmals üben, wie du eine Kerze entzündest, ohne zu viel Wärme deines Körpers dafür zu verwenden.« Aren stellte sich neben sie und reichte ihr eine Kerze. »Natürlich wird das Ganze etwas einfacher, sobald du einen Gildenring trägst, denn die Feuerrune wird sich mit deinem Element verbinden und dir helfen.«

Mica nahm die Kerze entgegen und hielt sie mit beiden Händen vor sich. Sie hatte, als sie damals noch in Nagers Bande war, diesen Zauber bereits von allein entdeckt. Doch wie sie nun von Aren lernte, hatte sie immer viel zu viel ihrer Körperwärme dafür verbraucht und sich gewundert, warum sie danach vor Kälte zitterte.

Aren hatte ihr erklärt, dass alle Magie durch die Wärme des eigenen Körpers gewirkt wird. Wenn sie zu viel von ihrer Energie verbrauchte, konnte es passieren, dass die Temperatur ihres Körpers drastisch sank und sie im schlimmsten Fall sogar wegen ihres eigenen Zaubers erfror.

»Suche nach der Quelle der Magie in dir«, murmelte Aren neben ihr.

Mica tat wie ihr geheißen. Sie hatte ewig gebraucht, um diese komische Quelle zu finden. Bisher hatte sie immer aus einem Gefühl heraus Magie gewirkt und sich nicht gefragt, woher ihre Kräfte stammten. Erst Aren hatte ihr gezeigt, dass sie eine Quelle der Macht in sich besaß wie alle Magiebegabten. Auf diese Macht konnte sie zugreifen und sie in Zauber umwandeln. Jedoch waren ihre Kräfte begrenzt, sodass sie nur einen winzigen Teil verwenden durfte. Die Kunst bestand darin, das richtige Maß zu finden, damit der Zauber gelang, ihr dadurch jedoch nicht kalt wurde.

Inzwischen glückte es ihr ein wenig rascher, sich die Quelle zunutze zu machen, aber es dauerte immer noch fast fünf Minuten, bis sie sie vollkommen in sich fühlte. Sie nickte, als es ihr gelungen war und Aren fuhr fort: »Und jetzt versetz dich in das Element des Feuers, versuche es zu fühlen, es selbst zu sein.«

Sie kannte diese Anweisungen zwar bereits, aber es half ihr, sie erneut zu hören, während sie sich darauf konzentrierte, das Feuerelement in sich heraufzubeschwören. Als sie glaubte, dass es ihr gelungen war, nickte sie abermals.

»Nun sende einen Teil deiner Wärme auf die Kerze«, befahl ihr Aren leise.

Mica nahm eine Hand von der Kerze und deutete mit dem Finger auf den Docht. Es passierte allerdings nichts, also wiederholte sie den Zauber mit etwas mehr Wärme. Leider war es zu viel, denn die Flamme, die sie erschuf, köpfte die Kerze samt Docht und verglühte in der Luft.

Fluchend ließ Mica den Kerzenstummel fallen und hielt sich die Hand, die vom Magiewirken eine Rußspur aufwies und mit Kerzenwachs bedeckt war.

»Nun ja, das konntest du auch schon etwas besser«, lächelte Aren.

»Verflucht sei die Magie«, knurrte Mica und musste sich zusammenreißen, um nicht wütend mit dem Fuß aufzustampfen. »Ich werde das nie lernen!«

»Doch, das wirst du. Allerdings wird es viel Zeit und vor allem Übung brauchen.« Aren hob den Kerzenstummel auf. »Aber ich denke, heute ist vielleicht nicht der richtige Zeitpunkt, um weiterzuüben, da du erfahren hast, dass übermorgen die Prüfung ansteht. Du solltest dich heute und morgen darauf vorbereiten, indem du dich ausruhst und versuchst, die Meditationsübungen durchzuführen, die ich dir gezeigt habe. Sie werden dir helfen, deine Kräfte besser zu kontrollieren.«

Mica nickte, verabschiedete sich rasch und wandte sich mit geröteten Wangen ab, um das Felsenplateau zu verlassen. Es war ihr peinlich, dass ihr dieser Zauber einfach nicht richtig gelingen wollte. Andererseits war es auch ein Beleg dafür, dass sie nicht zu einer großen Magierin geboren war, was sie wiederum etwas erleichterte – so würde ihr der magische Zirkel hoffentlich erspart bleiben.

Vor dem Eingang zu Cassiels Quartier traf sie auf Samja, die soeben dabei war, aufzubrechen. Mica nickte ihr freundlich zu, während die Frau von Cassiel sie mit schmalen Augen prüfend ansah.

»Was ist?«, fragte Mica verwundert. Samja hatte sie noch nie so angeschaut.

»Hast du eine Minute?« Samja ging nicht auf ihre Frage ein.

»Natürlich. Kann ich dir irgendwie helfen?«

»So könnte man es auch nennen.« Samja ging zurück ins Quartier und bedeutete Mica, sich auf einen der Stühle zu setzen.

Sie nahm Platz und sah Samja neugierig an, die sich vor ihr aufbaute.

»Hör zu, Kanalratte.« Der Ton, mit dem Cassiels Frau sie ansprach, verhieß nichts Gutes. »Ich habe dich in den letzten zwei Wochen beobachtet und es passt mir nicht, dass du und Cass ständig miteinander rumhängen. Du hältst dich gefälligst von meinem Mann fern, ist das klar?«

Mica runzelte die Stirn und sah Samja plötzlich mit anderen Augen. Bisher hatte sie sie als einen Menschen erlebt, der stets zuvorkommend war. Aber das war meist dann der Fall gewesen, wenn Cassiel sich in der Nähe aufhielt. Nun aber war alle Freundlichkeit aus ihrem Blick gewichen und hatte purer Eifersucht Platz gemacht.

Mica begriff langsam, dass Samja ziemlich gut darin war, jemandem etwas vorzuspielen. Kein Wunder, sie war ja auch eine Diebin ... Dass sie Cassiel täuschen konnte, war für sie ein Leichtes. Der Dieb sah nur das, was er sehen wollte – und sie nutzte es gekonnt aus.

»Ich weiß nicht recht, was du meinst?« Mica hob eine Augenbraue.

»Stell dich nicht dumm, ich weiß, was du vorhast.« Samjas dunkle Augen sprühten Funken. Mica hätte nicht geglaubt, dass die junge Frau noch schöner werden könnte, als sie es ohnehin war, aber wenn sie wütend wurde, glich sie einer Göttin. Nun ja, wohl eher einer Rachegöttin, aber immerhin ... »Und es wird nicht funktionieren!«, fuhr Samja in eisigem Ton fort. »Cass und ich, wir sind glücklich miteinander, daran wirst auch du nichts ändern!«

»Das hatte ich auch nicht vor.« Mica erhob sich und verschränkte die Arme vor der Brust. Sie war zwar etwas kleiner als Samja, aber nicht minder verärgert.

»Dann wirst du ab sofort darauf verzichten, mit ihm in die Stadt zu gehen.« Samja trat dicht vor sie.

Micas Augen wurden schmal, während sie den Unmut in sich hochkochen spürte. »Oder was?«

»Oder ich sorge dafür, dass du nicht mehr lange in der Gilde bleibst.« Samja stand nun so nahe vor ihr, dass Mica den Duft nach Nelken wahrnehmen konnte, der sie immer umgab.

Übelkeit stieg in ihr hoch und sie schnaubte durch die Nase, um den Geruch loszuwerden. »Ich werde nicht aufhören, nach meinem Bruder zu suchen«, sagte sie leise.

»Siehst du nicht, wie töricht du dich verhältst?!« Samjas Augen wurden groß vor Ungläubigkeit und ihre Stimme überschlug sich beinahe. »Du wirst deinen Bruder nicht finden, denn er ist tot! Wie es jeder wäre, der so lange alleine in den Tunneln verbracht hat!«

Die schallende Ohrfeige hallte laut durch den Raum. Mica spürte, wie ihre Hand brannte, noch ehe sie begriffen hatte, dass sie Samja gerade geschlagen hatte.

Diese sah sie zunächst fassungslos an und wurde dann bleich vor Zorn. »Das war die falsche Entscheidung!«, spie sie Mica ins Gesicht, drehte sich auf dem Absatz um und verließ erhobenen Hauptes das Quartier.

Mica starrte ihr hinterher, ehe sie sich zurück auf den Stuhl sinken ließ. Das hatte ihr gerade noch gefehlt: ein Streit mit Cassiels Frau.

Kapitel 20 - Mica

»Übermorgen also.« Cassiel trank einen Schluck Bier aus seinem Metallbecher und sah sie über den Rand hinweg an.

Mica nickte und schlang das Brot und die Wurst herunter, die sie sich bestellt hatte. Sie hatte sich noch nicht gänzlich daran gewöhnt, dass es hier, in der Schenke der Diebesgilde, allerlei zu essen gab – sofern man ein paar Kupferlinge hatte, um dafür zu bezahlen. Was dank Cassiel nun der Fall war, da er vor einem Tag von einer erfolgreichen Mission zurückgekehrt war.

Sie hatten sich hier mit Samja zum Abendessen verabredet, um gemeinsam Cassiels Erfolg zu feiern, doch seine Frau hatte ihnen nur kurz Gesellschaft geleistet, ehe sie zu einer dringenden Besprechung mit Furin, der Gildenältesten, gerufen worden war. Mica war es mehr als recht, denn seit ihrem Streit hatte sie keine Ahnung, wie sie mit ihr umgehen sollte. Samja war zwar freundlich wie immer gewesen, aber in ihren Augen hatte Mica puren Zorn aufblitzen sehen, sobald Cassiel den Kopf abwandte. Als sie zu Furin aufbrach, hatte Mica innerlich aufgeatmet.

Seit sie in der Gilde war, hatte Mica Furin nur einmal von Weitem gesehen – abgesehen von der ersten Begegnung vor zwei Wochen, als

Cassiel und Samja sie ihr vorgestellt hatten. Aber da waren Micas Augen ja verbunden gewesen.

Furin war eine Frau, die bereits jahrzehntelang die Gilde leitete, deren Aussehen vom Alter jedoch kaum angetastet worden war. Sie war überaus groß und von drahtiger Gestalt. Ihr Gesicht hatte Ähnlichkeit mit dem eines Wiesels, ebenso wie ihre grauen Augen, die unablässig um sich blickten, als suchten sie etwas. Das braune Haar trug sie so kurz, dass es gerade noch zu erahnen war unter der Kapuze, unter der sie ihr Gesicht stets verbarg. Die Bewegungen ihres schlanken Körpers waren geschmeidig wie die einer Raubkatze und ihr goldener Gildenring trug die Rune des Feuers. Obwohl das eine Gemeinsamkeit von ihr und Mica war, war sie Mica unheimlich. Sie war froh, dass sie bis anhin nicht viel mit ihr zu tun gehabt hatte.

Nun saßen Cassiel und Mica zu zweit in der Schenke, die in einer Nebenhöhle des Diebeszentrums eingerichtet worden war. Mehrere lange Tische und Bänke standen auf den geschliffenen Holzdielen und der Raum war mit Fackeln warm erhellt. Außer ihnen befanden sich hier noch mehrere andere Diebe und ließen den Tag ausklingen – oder stärkten sich für die Nacht, je nachdem, was ihre Aufgabe war.

Mica und Cassiel saßen abseits von den anderen, um sich ungestörter unterhalten zu können.

Im hinteren Bereich der Schenke befand sich ein Tresen, der eine Art Küche abschirmte, wo ein korpulenter Mann die verschiedensten Speisen zubereitete. Alle nannten ihn den ›dicken Wil‹, obwohl sein Name eigentlich Wilor war. Er war Angehöriger der Erdgilde, etwa fünfzig Jahre alt und sein Kopf war kahl geschoren. Seine dunklen Augen schienen alles und jeden zu bemerken, was sich darin äußerte, dass man nie lange auf sein Essen warten musste und die Krüge auf dem

Tisch stets gefüllt waren. Außerdem hatte er immer einen lustigen Spruch auf den Lippen.

Mica mochte ihn und fühlte sich sehr wohl in der Diebesschenke, obwohl sie erst zweimal hier essen durfte. Wenn sie erst Angehörige der Diebesgilde wäre, würde sie hier jeden Abend essen, hatte sie sich vorgenommen, denn der dicke Wil kochte außerordentlich gut.

»Kannscht du …«, Mica schluckte einen Bissen Brot herunter, ohne ihn richtig zu kauen, »… kannst du mir erklären, was es mit der Aufnahmeprüfung der Gesandten auf sich hat?«

Cassiel sah sie mit schmalen Augen an. »Aren wird dir bestimmt erzählt haben, dass ich dir nichts verraten werde.« Ein schiefes Lächeln erschien auf seinem Gesicht, das sich zu seinen Augen vorarbeitete und sie aufblitzen ließ. »Aber es passt zu dir, dass du trotzdem fragst.«

»Nun ja, einen Versuch war's wert.« Mica hatte nicht einmal den Anstand, zu erröten, sondern widmete sich dem nächsten Stück Brot.

»Wenn du dein Essen weiter so herunterschlingst, wirst du noch genauso dick wie Wil«, bemerkte Cassiel mit einem amüsierten Unterton in seiner Stimme.

Sie hielt einen Moment inne, um ihm einen empörten Blick zu schenken. »*Du* sagst doch die ganze Zeit, ich sei zu dünn – obwohl ich bestimmt schon doppelt so schwer bin wie noch vor zwei Wochen.«

»Nun ja, jetzt übertreib mal nicht. Aber es stimmt, du hast immerhin schon ein wenig zugenommen. Was dir übrigens gut steht, wenn ich das bemerken darf.« Seine Augen verweilten etwas zu lange auf ihrem Gesicht.

»Da deine Frau nicht hier ist, darfst du das.« Sie erwiderte seinen Blick, ohne mit der Wimper zu zucken. »Bist du eigentlich glücklich mit ihr?«, fragte sie übergangslos, während sie sich wieder an den Streit mit Samja erinnerte.

Cassiel rutschte auf der Bank herum, da ihm dieses Thema offensichtlich unangenehm war und seine Miene verschloss sich. »Das geht dich nichts an«, murmelte er und schenkte sich aus dem Krug, der vor ihm auf dem Tisch stand, abermals Bier ein.

»Cass, du solltest endlich aufhören, deine ohnehin imposante Mauer noch höher zu bauen, sobald ich deine Gefühle anrühre.« Mica griff ebenfalls nach dem Krug, hielt ihn fest und drückte ihn mit erstaunlicher Kraft zurück auf den Tisch.

Cassiel hob den Blick und seine grünen Augen starrten sie warnend an. »Treib es nicht zu weit, Mäuschen.« Seine Stimme wurde leiser. »Es geht dich nichts an, ob ich mit Sam glücklich bin oder nicht. Nur, weil du bei uns wohnen darfst, heißt das nicht, dass du dich auch in unser Leben einmischen kannst.«

»Wie du meinst …« Mica zuckte ungerührt mit den Schultern und biss herzhaft in ihre Wurst, von der nur noch ein kleiner Zipfel übrig war. »Aber ich sehe, dass du dich ein ums andere Mal wieder selbst belügst – dafür muss ich keine Gedanken lesen können.«

Der Dieb atmete tief durch und trank einen großen Schluck seines Biers. »Ich bin froh, wenn ich in zwei Tagen nicht mehr dein Kindermädchen spielen muss.« Er ließ ein inbrünstiges Seufzen hören. »Hat Aurel meine Gebete also endlich erhört.«

»Da. Du tust es schon wieder.« Mica lächelte ihn entwaffnend an, ehe sie sich ein weiteres Stück Brot in den Mund stopfte. »Im Grunde bist du gern mit mir zusammen. Du willst es einfach nicht wahrhaben, da du dich sonst verändern müsstest – und das passt dir nicht.«

»An dir ist eine Hellseherin verloren gegangen.« Cassiel hob einen Mundwinkel und warf ihr einen sarkastischen Blick zu. »Vielleicht kannst du *das* tun, falls du die Prüfung nicht bestehen solltest. Du würdest bestimmt mehr Geld mit dem Hellsehen verdienen denn als Diebin … so schlecht, wie du kämpfst.«

»Sieh an, wenn man dem Hund auf den Schwanz tritt, fletscht er die Zähne.« Mica gab sich unbeeindruckt und ihr Lächeln wurde noch breiter.

»Dir wird das Lachen schon noch vergehen, glaub mir.« Cassiels Miene verfinsterte sich, aber seine Augen funkelten wie Smaragde.

Wie recht er hatte, würde Mica noch erfahren.

Den nächsten Tag verbrachte Mica mit den Mediationsübungen, die Aren ihr gezeigt hatte und die dazu dienen sollten, ihre Magie besser unter Kontrolle zu bringen. Sie war jedoch nur mit halbem Herzen dabei. In ihr wurde die Nervosität mit jeder Stunde, die die Aufnahmeprüfung näher rückte, größer. Cassiel und Samja gegenüber ließ sie sich nichts anmerken. Die beiden waren ohnehin kaum in ihrem Quartier, was Mica nur recht war. Seit dem Streit mit Samja war sie der Diebin möglichst aus dem Weg gegangen.

Cassiel hatte sie – entgegen Samjas Einwänden – am Morgen noch einmal in den Hafen begleitet, damit sie nach ihrem Bruder suchen konnte, und war dabei wortkarg und nachdenklich gewesen. Wahrscheinlich hatte auch er sich Gedanken darüber gemacht, was passieren könnte, sollte Mica die Aufnahmeprüfung in die Diebesgilde nicht bewältigen. Auf ihre Nachfrage, was in solch einem Falle geschehen würde, hatte er bloß mit den Schultern gezuckt und sich abgewandt. Aber Mica hatte in seinen Augen gesehen, dass es ihm nicht so gleichgültig war, wie er nach außen vorgab.

Natürlich hatten sie auch an diesem Tag Faím nicht gefunden. Trotz der Tatsache, dass Mica die Hoffnung nicht aufgeben wollte, langsam musste sie sich selbst eingestehen, dass die Wahrscheinlichkeit, ihn jemals wiederzusehen, vernichtend gering war. In diesem Punkt gab sie Samja widerwillig recht: Keiner überlebte so lange in den Tunneln, wenn er auf sich alleine gestellt war.

Der Gedanke, dass ihr Bruder tot sein könnte, ließ ihr Herz langsamer schlagen und eine tiefe Trauer legte sich wie ein Schatten über ihre Seele. Der Kummer überlagerte jegliche anderen Gefühle und drohte, ihr die Luft zum Atmen zu rauben.

Mit einem lauten Seufzen erhob sie sich von ihrer Bettstatt, die aus ein paar zusammengefalteten Decken bestand, welche vor der Matratze von Cassiel und Samja lagen, und ging unruhig in der kleinen Höhle umher. Schließlich blieb sie beim Tisch stehen und stützte sich schwer auf eine Stuhllehne ab.

Wenn doch nur endlich der nächste Tag anbräche. Aber es war erst früher Abend und sie wusste jetzt schon, dass ihr eine schlaflose Nacht bevorstand.

»Na, aufgeregt?« Der Klang von Cassiels Stimme ließ sie zusammenfahren, was sie im selben Moment ärgerte. Sie hasste es, wenn sie die Kontrolle verlor.

»Warum? Sollte ich es sein?« Sie versuchte, eine möglichst gleichgültige Miene aufzusetzen.

Cassiel trat neben sie und sah mit schmalen Augen auf sie herunter. »Ich sehe dir an, dass du dir Sorgen machst.« Seine Stimme klang erstaunlich sanft und sie verwünschte sich, weil sie es mochte, wenn er so mit ihr sprach. Das erinnerte sie daran, wie er damals vor zwei Wochen in der Nähe der Taverne gesungen hatte – etwas, das er seither nicht mehr wiederholt hatte, was sie bedauerte. Er hatte eine solch schöne Stimme … sie zuckte abermals zusammen, als sie bemerkte, dass sie auf die Narbe an seiner Oberlippe gestarrt hatte, und wandte sich hastig ab.

»Seit wann kümmern dich meine Gefühle?«, frage sie stattdessen spitz.

»Mäuschen …« Sie spürte, wie er ihre Schulter, die inzwischen kaum noch schmerzte, berührte und etwas Druck darauf gab, damit sie sich wieder zu ihm umdrehen musste. »Du musst nicht die Starke mimen. Ich weiß noch, wie aufgeregt ich war, bevor ich zur Aufnahmeprüfung gegangen bin.«

Mica hob den Blick und runzelte die Stirn. »*Du* warst aufgeregt? Soll das ein Scherz sein? Du bist doch Arens Sohn – da war es ja vollkommen klar, dass sie dich aufnehmen würden.«

Cassiel schüttelte leicht den Kopf, während seine rechte Hand weiter auf ihrer Schulter ruhte. Mica konnte durch ihr leichtes Leinenhemd die Wärme fühlen, die seine Haut ausstrahlte. »Nur weil ich Arens Sohn bin, hieß das nicht, dass ich automatisch in die Gilde aufgenommen worden wäre. Im Gegenteil. Ich hatte das Gefühl, dass Furin sich eine besonders schwierige Prüfung für mich ausgedacht hatte, um allen zu zeigen, dass die Diebesgilde keine Ausnahmen macht.«

»Dann … hätte dich dein eigener Vater verstoßen, falls du nicht bestanden hättest?« Micas Augen weiteten sich.

»Ich sagte ja, er schert sich einen Dreck um mich.« In Cassiels Stimme schwang ein bitterer Unterton.

»Das glaube ich nicht. Ich kenne ihn nun ja seit zwei Wochen und er hat nur gut von dir gesprochen. Er mag dich, auch wenn er es dir vielleicht nicht zeigen kann.«

Cassiel legte den Kopf schief und ein Lächeln erschien auf seinen Zügen. »Wenn du dich da mal nicht selbst belügst …« Er seufzte und das Lächeln erstarb. »Aber genug von mir und meiner komplizierten Beziehung zu Aren. Ich werde diese Nacht noch mal auf eine Mission gehen, daher wirst du mit Samja alleine sein. Falls ich dich vor der morgigen Prüfung nicht mehr sehe, wollte ich dir schon jetzt viel Glück wünschen.«

Mica fühlte Bedauern in sich aufkeimen. Sie hatte gehofft, dass Cassiel sie zur Prüfung begleiten würde. Ausgerechnet diese Nacht mit Samja alleine zu sein, widerstrebte ihr zutiefst. Was, wenn die Diebin die Gelegenheit nutzte und sich an ihr für die Ohrfeige rächte?

»Wohin gehst du?«, fragte sie, um von ihren Gefühlen abzulenken.

»Ich werde in die Palmenhaine gehen.« Cassiel ließ sie endlich los und fuhr sich stattdessen mit der Hand durch das schwarze Haar. Eine Geste, die Mica schon öfter bei ihm beobachtet hatte, wenn er unsicher war. »Ein reicher Händler hat seine Schwester zu Besuch, die einiges an Schmuck dabei hat. Das wollen wir uns nicht entgehen lassen.«

»Aber, die Palmenhaine sind ... gefährlich.« Micas Stimme war kaum ein Flüstern.

»Keine Sorge, Mäuschen, ich werde heil zurückkommen.« Cassiels Mund lächelte, aber seine Augen sahen sie ernst an. »Du solltest lieber zusehen, dass du die Aufnahmeprüfung bestehst ...«

Dann zog er sie unvermittelt an sich und legte seine Arme um ihre Taille, etwas, das sich Mica schon oft in ihren Träumen vorgestellt hatte. Sie atmete schneller. So nahe war sie ihm noch nie gewesen.

Ihre Hände legten sich wie von selbst auf seinen Rücken, fühlten sein Muskelspiel unter dem ledernen Wams. Er fuhr mit den Fingern ihr Rückgrat entlang nach oben, was einen wohligen Schauer in ihrem Körper auslöste, der sie wie Wellen durchströmte. Sie legte den Kopf an seine Brust und atmete den Geruch seiner Lederkleidung ein, der ihr inzwischen so vertraut war. Seine Hand verharrte auf ihrem Hinterkopf und spielte mit ihren kurzen, schwarzen Locken.

Eine Weile blieben sie so stehen, ohne dass einer der beiden sich regte. Zum ersten Mal in ihrem Leben fühlte sich Mica sicher. Sie wusste, dass ihr hier, bei Cassiel, nichts geschehen konnte. Nicht, wenn er sie so festhielt und seine Wärme sie umfing wie ein Kokon.

Sie schloss die Augen und genoss dieses neue, wunderbare Gefühl. Nie zuvor hatte sie so bewusst jemanden umarmt. Jede Faser ihres Körpers fühlte sich mit Cassiel verbunden, auf ihn abgestimmt und für seine Kraft empfänglich. Sie lauschte seinem Herzen, das ruhig und fest in seiner Brust schlug. Der stete Rhythmus wirkte wie eine Droge auf sie, die sie einlullte.

Ja, er hatte recht: Bei ihm musste sie nicht stark sein, musste nicht kämpfen. Sie durfte sich den Sorgen hingeben, die sie quälten. Den Sorgen um ihren Bruder, um ihre Zukunft, die Aufnahmeprüfung … er war einfach nur da und hielt sie fest, ließ sie seine Umarmung, seine Stärke spüren. Es fühlte sich so sicher und geborgen an, dass Mica alles um sich herum vergessen konnte.

Aus irgendeinem Grund war es das erste Mal in ihrem Leben, dass sie so etwas wie Vertrauen in sich spürte, auch wenn diese Regung äußerst flüchtig und zerbrechlich war.

Der einzige Mensch außer Faím, der bisher überhaupt in ihre Nähe gekommen war, war Nager gewesen und der hatte sie alles andere als zärtlich behandelt. Beim Gedanken an den grausamen Anführer der Kanalratten, der nun dank Cassiel tot war, schmiegte sich Mica noch enger an den Dieb, als würde seine Nähe die Erinnerungen an die Stunden, die sie mit Nager hatte verbringen müssen, hinfortspülen.

Nach einiger Zeit hörte Mica mit ihrem gesunden Ohr, das immer noch an seiner Brust verweilte, ein leises Stöhnen, das tief aus Cassiels Brustkorb drang, ehe er sie etwas von sich wegschob. Mica kam es vor, als habe sie gleichzeitig mit dem Ende der Umarmung alle Wärme verlassen und sie fröstelte unwillkürlich.

»Mäuschen ...« Cassiel räusperte sich und sah fast schon wehmütig auf sie herunter. »Falls ich nicht ... zurückkommen sollte ...«

»Schhh ...« Mica legte einen Zeigefinger auf seinen Mund. »Sowas darfst du nicht einmal denken.«

Sie spürte zu ihrem Erstaunen, wie er ihren Finger sanft küsste, und erschauderte unwillkürlich.

»Cass ...«, flüsterte sie, »tu das nicht ...«

»Warum?« Er sah sie mit einer Intensität an, die sie nicht für möglich gehalten hatte, während seine Lippen federleicht über die Kuppe ihres Fingers strichen, an ihm entlangfuhren, ihn streichelten.

Sie schaffte es nicht, sich ihm zu entziehen. Viel zu schön war seine Berührung. Die Wärme seiner weichen Lippen drang bis tief unter ihre Haut und bahnte sich einen Weg zu ihrem Herzen, welches jetzt so schnell schlug, dass Mica Angst hatte, es könnte zerspringen. Noch nie hatte sie etwas gefühlt, das dem hier nur annähernd gleichkam, und sie spürte, wie sich diese neue Empfindung in ihrem ganzen Körper ausbreitete und ihn mit Leben erfüllte.

Das Gold in Cassiels Augen flammte auf, während er sie mit seinem Blick gefangen hielt. »Mäuschen«, flüsterte er abermals und sie spürte seinen Atem warm auf ihrer Handfläche, was ihr einen weiteren Schauer über den Rücken jagte. »Ich weiß, ich sollte solche Dinge nicht sagen, aber du bist ...« Er fuhr mit einem Mal zurück und starrte über ihren Kopf hinweg zur Öffnung der Höhle.

Mica drehte sich um und konnte gerade noch Samjas schwarzes Haar sehen, bevor sie um die Ecke verschwand.

»Sam, warte!« Cassiel fluchte leise, warf einen bedauernden Blick auf Mica und rannte dann Samja hinterher, während er ihren Namen rief.

Mica ließ sich mit zittrigen Knien auf einen der beiden Stühle sinken und atmete tief durch. »Verdammt«, murmelte sie, während sie ihren Finger an der Stelle rieb, die Cassiel geküsst hatte.

Kapitel 21 - Néthan

»Wie geht es ihm?« Néthan stand breitbeinig neben dem Käfig, den Steinwind in den Felsen gehauen hatte.

Wie immer war es kühler in der Höhle als draußen, wo die Sonne unermüdlich hinabbrannte. Hinter den Gitterstäben war ein Fiepen zu hören wie von einem jungen Küken, doch Néthan wusste es indes besser. Er hatte gesehen, wozu der Greif fähig war, dessen Gestalt der eines großen Hundes glich.

Doch mit jedem Tag, den Steinwind sich um ihn kümmerte, wurde das Tier kräftiger, größer – und auch aufsässiger. Das letzte Mal, als einige von Néthans Männern ihn hatten untersuchen wollen, hatte er einem von ihnen das Auge ausgepickt. Der Greif war eine Bestie und schien die Sandschurken aus tiefstem Herzen zu hassen, was Néthan ihm nicht verübeln konnte. Schließlich hatten sie seine Mutter getötet und ihn hierher gebracht, wo Tag und Nacht kein Licht schien. Für den Bruchteil einer Sekunde spürte er sogar eine überraschende Verbundenheit mit dem Tier, die er jedoch rasch wieder in die dunkelste Ecke seines Herzens verbannte. Er wollte diese bitteren Gefühle nicht abermals durchleben müssen, da sie jedes Mal in kaum auszuhaltenden Kopfschmerzen endeten.

»Ging auch schon besser«, antwortete Steinwind, der gerade Wache hatte. »Hast du schon entschieden, was aus ihm werden soll?«

Néthan bückte sich, um zwischen den Gitterstäben hindurchzuspähen. Dahinter breitete sich jedoch nichts als Schwärze aus. Der Greif hatte sich in den hintersten Winkel seines Käfigs zurückgezogen und schien keinerlei Interesse daran zu haben, Néthan näher als nötig zu kommen. Der Anführer der Sandschurken verspürte einen eigenartigen Stich in seiner Seele.

»Ja, das habe ich.« Er richtete sich wieder auf. »Wir werden ihn in den Zirkel bringen. Alles andere wäre Zeitverschwendung, da wir ihn ohnehin nicht verkaufen können.«

»Du willst tatsächlich zu diesen Halsabschneidern zurück?« Über Steinwinds Gesicht glitt ein ungläubiger Ausdruck, der ihm einen Moment lang das Aussehen eines furzenden Schweins verlieh.

Néthan lächelte grimmig. »Von wollen kann keine Rede sein. Aber da ihr mir diese Sauerei eingebrockt habt, werden du und Belek mich begleiten. Wir werden den Greif dem Sohn des ehemaligen Zirkelleiters übergeben und hoffen, dass er uns in einem Stück lässt und mir hilft.«

»Das ist doch Wahnsinn.« Steinwind baute sich vor dem Magier auf, den er ohnehin schon überragte. »Ich werde nicht zulassen, dass du dein Leben meinetwegen aufs Spiel setzt! Ich habe den Greif hierher gebracht und ich werde ihn auch wieder wegbringen! Ich kann ihn einfach erschlagen, dann haben wir das Problem gelöst!«

Für den Bruchteil eines Herzschlages war so etwas wie Zuneigung auf Néthans charismatischen Zügen zu erkennen. »Du glaubst doch wohl nicht, dass ich einen meiner besten Kämpfer alleine nach Chakas lasse?«, fragte er mit einem schiefen Lächeln. »Nein, wenn schon, werde ich dich begleiten. Der Zirkelrat wird mir nichts antun, da ich ein

Zirkelmagier bin – aber wenn er einen Riesen wie dich mit einem Greif sieht, stehen die Chancen gut, dass er dich als Zielscheibe für seine Zauberkünste benutzt.«

»Du hältst immer noch nichts von der Stadt, oder?« Steinwind verschränkte die Arme.

»Nein, wie könnte ich auch. Wo sie doch mein Leben derart zerstört hat ...« Néthans Augen wurden noch dunkler und er kämpfte gegen den Schwindel an, der ihn bei den Erinnerungen zu ergreifen drohte. »Und trotzdem werde ich diesen Greif dorthin bringen und nicht töten. Ich habe meine Gründe dafür, in die Höhle des Löwen zu gehen.«

»Das bezweifle ich ja auch nicht.« Steinwind sah auf seinen Anführer herunter, als sei er ein schutzbedürftiges Kind. »Doch wenn du dich dorthin begibst, werden sie dich nicht mehr gehen lassen.«

»Mag sein. Aber ich bin es leid, hier in der Wüste vor mich hinzudörren wie ein Aussätziger und mich mit diesem Gesindel abzugeben.« Er deutete in die Richtung der Höhle, wo seine Männer sich die Zeit mit Karten- und Würfelspielen an der Feuerstelle vertrieben. Ein bedauernder Ausdruck glitt über sein Gesicht. »Es ist an der Zeit, dass ich meiner Vergangenheit die Stirn biete und Antworten auf meine Fragen finde.«

»Wenn es das ist, was du willst, dann soll es so sein.«

Einen Moment lang stutzte Néthan. War es wirklich das, was er wollte? Konnte er gegen seine inneren Dämonen ankommen, wenn er seine Vergangenheit erforschte? Würde er seinem eigenen Tod mit ausgebreiteten Armen entgegenschreiten, wenn er es tat?

Die Wahrscheinlichkeit war gegeben, dass er als Sieger aus diesem Vorhaben hervorging, aber es war trotzdem gewagt, diesen Schritt zu tun.

Was, wenn er sich irrte? Wenn man ihn für einen Feind hielt, den es auszulöschen galt, noch ehe Néthan sich hatte offenbaren können?

Und was war mit dem Sohn des ehemaligen Zirkelleiters? Hatte Néthan recht mit seiner Vermutung, was ihn betraf? Oder würde er sich nicht als derjenige entpuppen, den er zu treffen hoffte, den er überzeugen wollte?

Falls Néthan sich irren sollte, würde er sich einer Gewalt gegenübersehen, die ihn binnen eines Herzschlags auslöschen konnte. Néthan wusste, dass der Sohn des ehemaligen Zirkelleiters sich mit einem Greif verbunden hatte und dadurch eine Macht besaß, wie sie nur die allerwenigsten Magier je besitzen würden. Außerdem hatte er mächtige Verbündete. Was würde geschehen, wenn er Néthans Pläne nicht guthieße und ihm seine Unterstützung verweigerte? Würde er ihn töten?

Nun ja, er hatte keine große Wahl, denn es widerstrebte ihm zutiefst, den jungen Greif zu töten. Und ihn aufziehen konnten sie auch nicht. Wer wusste schon, was in solch einem Geschöpf vor sich ging? Was es brauchte, um sich zu entwickeln? Wenn er ihn aussetzte, würde das Tier wahrscheinlich sterben und die Spur unweigerlich zu den Sandschurken führen.

Der Einzige, der sich seit Jahrhunderten mit Greifen beschäftigte, war Cilian, der Rat des Wasserzirkels von Chakas. Der Mann, der gleichzeitig dafür verantwortlich war, dass Néthan aus der Stadt hatte fliehen müssen.

»Wann wollen wir aufbrechen?« Steinwind musterte Néthan aufmerksam und riss ihn damit aus seinen Gedanken.

»Sobald wie möglich. Bis zur Stadt sind es einige Tage Fußmarsch. Wir werden jedoch mit den Pferden reisen, das heißt, wir können schneller dort sein. Sorg dafür, dass der Greif in einer Kiste mit Luftlöchern transportiert werden kann.«

»Du weißt schon, dass wir keinen Schritt in die Stadt machen können, sobald die Soldaten die Kiste entdeckt haben?«

Néthan kniff die Augen zusammen. »Wir werden nicht durch das Haupttor in die Stadt gehen. Sondern durch einen Geheimgang, der südlich des Hafens liegt.«

»Denkst du, den gibt es noch? Es ist viele Jahre her, seit du dort zum letzten Mal warst.«

»Es wird uns nicht viel anderes übrig bleiben.« Néthan runzelte die Stirn. »Wie lange brauchst du, um eine Kiste zu zimmern, in die der Greif passt?«

»Nun ja, wir haben alles da, was ich dafür brauche. In zwei Tagen sollte ich fertig sein – spätestens.« Steinwind krempelte die Ärmel seines Leinenhemds hoch. Hier drinnen verzichtete er auf seinen Burnus und die langen Untergewänder, die ihn außerhalb der Höhle vor der Sonne schützten.

»Gut«, nickte Néthan. »Dann werden wir in zwei Tagen aufbrechen. Ich gebe Belek Bescheid, er soll den Wagen auf Vordermann bringen, auf dem wir die Kiste transportieren werden.«

»Wir sollten noch drei starke Männer mehr mitnehmen«, wandte Steinwind ein. »Wenn wir die Kiste durch die Gänge schleppen wollen, werden wir alle Kräfte benötigen, die wir zur Verfügung haben.«

Néthan legte den Kopf schief und überlegte. »Ich wollte eigentlich so wenige Männer wie möglich dabei haben …«, murmelte er. »Aber ich gebe dir recht: Zu dritt die Kiste zu tragen, wird zu anstrengend. Gut. Such dir drei Männer aus, denen du vertraust, deren Tod jedoch nicht allzu sehr ins Gewicht fällt.« Als Steinwind ihn mit großen Augen ansah, zog Néthan seine dunklen Augenbrauen zusammen und senkte die Stimme. »Nur du und ich werden als Überlebende aus dieser Mission herausgehen. Ich will so wenige Zeugen wie möglich.«

Steinwind nickte, aber in seinen dunklen Augen las Néthan Zweifel, die dieser jedoch nicht äußerte.

Néthan schaute noch einmal auf den Käfig und drehte sich dann um. Er schritt durch die Höhle und ließ den Blick über die Männer schweifen, die ihn in den letzten Jahren begleitet hatten. Manche von ihnen verachtete er, einige hasste er sogar regelrecht. Die wenigsten hatten es geschafft, sich seinen Respekt zu verdienen und nur einem Einzigen vertraute er überhaupt. Und doch waren sie in der Zeit, die er mit ihnen verbracht hatte, zu so etwas wie seiner Familie geworden.

Wenn die Götter ihm gnädig waren, würde er die Sandschurken wiedersehen. Wenn nicht … nun, dann würde er eben sein Schicksal selbst in die Hand nehmen. Er hatte genug davon, ständig auf der Flucht zu sein und sich feige zu verstecken. Es gab Dinge, die endlich geregelt werden mussten. Selbst wenn das seinen Tod bedeuten konnte.

»So in Gedanken vertieft, Anführer?«, erklang eine sanfte, weibliche Stimme zu seiner Rechten.

Néthan schloss für einen Moment die Augen und genoss den Duft nach Rosen und Veilchen, der in seine Nase drang, ehe er sich zu der Sprecherin umdrehte. »Willst du mich ablenken?«, fragte er mit einem Lächeln, von dem er wusste, dass die wenigsten Frauen ihm widerstehen konnten.

Tatsächlich glitt eine sanfte Röte über die Wangen des Mädchens, das ihn angesprochen hatte. Néthan ließ seinen Blick über ihren Körper wandern und fühlte, wie sein Blut in Wallung geriet. Sie hatte eine Unschuld an sich, die ihn schon immer an Frauen fasziniert hatte, aber ihre dunklen Augen glühten mit einem inneren Feuer, an dem man sich wärmen – oder verbrennen konnte. Ihr rötliches Haar trug sie offen, sodass es wie ein Schleier über ihren roten Dir fiel – das Tuch, das die meisten Frauen in dieser Gegend als Kleidungsstück um ihren Körper wickelten. Wie oft hatte er schon Mädchen wie sie von den unnötigen Stofflagen befreit, ihre Körper erkundet und ihnen das gegeben, was sie von ihm wollten. Jedoch nie sein Herz, denn er wusste selbst nicht einmal, ob er überhaupt eins hatte.

Die unzähligen Armringe an ihren Handgelenken klimperten bei jeder Bewegung und die goldene Kette um ihren Hals lag schwer auf ihren wohlgeformten Brüsten.

Ja, sie war eine Schönheit – wie alle Dirnen, die Néthan zu sich geholt hatte und denen er so lange Unterschlupf in seinem Versteck gewährte, bis er ihrer überdrüssig war. Was dann mit ihnen geschah, überließ er meist seinen Männern. Jedoch hatte selten eine von ihnen wieder das Tageslicht erblickt und wenn, dann meist, um ihr eigenes Grab zu schaufeln.

Er wusste, dass es grausam war, was er mit den Mädchen tat, aber als Anführer der berüchtigten Sandschurken blieb ihm keine große Wahl, wenn er ihren Unterschlupf geheim halten wollte. Frauen redeten einfach zu viel und vor allem zu oft mit den falschen Leuten. Wenn die Sandschurken überleben wollten, war äußerste Vorsicht geboten.

Nur drei Frauen hatten es bisher geschafft, dreien seiner Männer den Kopf derart zu verdrehen, dass sie bleiben durften. Sie waren inzwischen zu einem Bestandteil der Räuberbande geworden, sorgten sich um sie und gebaren Kinder. Néthan mochte zwar keine Kinder, aber er duldete es trotzdem. Noch war seine Seele nicht so schwarz, als dass er Kinder töten ließ und zum Glück hatte er immer darauf bestanden, dass seine Bettgespielinnen dafür sorgten, ihm selbst keinen Nachwuchs zu bescheren.

»Würde dir das denn gefallen?«, fragte das Mädchen verführerisch, an dessen Namen Néthan sich im Moment gerade nicht erinnern konnte. Dabei bewegte sie ihre Hüften hin und her, sodass sein Blick unweigerlich auf ihr Becken gelenkt wurde.

»Etwas Ablenkung könnte nicht schaden.« Seine Stimme hatte diesen samtweichen Klang, den er immer einsetzte, um die Frauen dazu zu bringen, ihm jeden Wunsch zu erfüllen. Er trat einen Schritt auf sie zu, was ihr Lächeln bezaubernd werden ließ. »Komm, Kleines.« Er legte einen Arm um ihre Schultern und führte sie zu seinem Zelt. »Ich habe noch ein paar Stunden Zeit, ehe ich mich mit meinen Männern berate. Die wollen genutzt werden.«

Kapitel 22 - Néthan

Zwei Tage später war es an der Zeit, nach Chakas aufzubrechen. Steinwind hatte wie versprochen die Kiste für den Greif fertiggestellt, die genügend groß sein sollte, um das Tier heil bis zur Stadt zu transportieren. Sie war aus solidem Holz gezimmert und hatte vorne eine Art Falltür, die heruntergelassen und mit einem Riegel verschlossen werden konnte.

Jetzt standen Steinwind und Néthan vor dem Käfig in der Höhle und überlegten, wie sie das Tier am besten in die Kiste hinein bekamen. Der Gestank, der von dem Loch in der Höhlenwand ausging, erinnerte an Pferdemist und Vogelkot zugleich. Es war höchste Zeit, dass der Greif da rauskam, sonst würde er sich eine ernsthafte Krankheit in dem Dreck einfangen.

»Wir könnten ihn betäuben«, schlug Steinwind vor.

»Womit? Mit einem Schlafpulver?« Néthan sah zweifelnd in die dunkle Schwärze, die sich hinter dem Gitter auftat. »Ich denke nicht, dass unser Vorrat reicht, um den Greif ausreichend zu betäuben, dass wir ihn da rausbekommen. Er ist ziemlich gewachsen in den paar Tagen.«

»Dann öffne ich eben die Tür und schlage ihm eins über den Kopf, wenn er rausprescht.« Steinwind deutete auf seine Keule, die er am liebsten zum Kämpfen benutzte und jetzt an der Höhlenwand lehnte.

»… und erschlägst ihn womöglich damit? Das ist ein selten dämlicher Vorschlag, mein Freund.« Néthan fuhr sich durch das lange, dunkle Haar und kratzte sich am Kopf.

»Dann mach einen besseren«, murrte Steinwind und lehnte sich mit verschränkten Armen an die Wand neben dem Gitter.

»Wir werden ein Stück Fleisch in der Kiste platzieren und sie mit der Öffnung nach vorne vor den Käfig stellen«, sagte Néthan nach einer Weile. »Dann nimmst du das Gitter weg, und wenn der Greif in der Kiste ist, verschließen wir sie wieder.«

»Und das soll also deine tolle Idee sein?« Steinwind sah seinen Anführer mit schief gelegtem Kopf an. »Na gut, wie du willst. Aber wir werden Verstärkung brauchen, sollte der Greif sich wieder wie eine Bestie benehmen. Ich hänge an meinem Augenlicht …!«

»Gut. Hol die drei Männer, die mit uns reisen werden. Dann können sie sich schon mal an das Tierchen gewöhnen«, nickte Néthan.

Steinwind machte sich auf, um die Schurken zusammenzutrommeln.

Néthan stützte sich indes an der Wand ab und fuhr mit der Hand über sein Gesicht. »Was hast du uns da bloß eingebrockt?«, fragte er den Greif, von dem immer noch nichts zu sehen war.

Steinwind hatte ihm zwar erzählt, dass er den verängstigten Greif damals eigenhändig von der Plattform geworfen hatte, auf der sein Nest gewesen war, aber seither waren einige Tage vergangen. Die Gefangenschaft und die Verzweiflung hatten das Tier wild werden lassen, was ihm eine ungeahnte Stärke verlieh und es zu einer Gefahr für alle machte. Auch wenn der Greif noch klein war, so konnte er doch mit einem einzigen Prankenhieb einen Menschen ernsthaft verletzen, von seinem Schnabel ganz abgesehen.

Aus dem Käfig antwortete ihm ein leises Knurren.

»Ich kann verstehen, dass du wütend bist – wäre ich wohl auch an deiner Stelle«, murmelte Néthan und ging in die Hocke, um durch die Gitterstäbe zu spähen, hinter denen sich etwas bewegte. »Aber wir werden dich nun an einen Ort bringen, wo du in Ruhe groß werden kannst. Ich hoffe, du wirst nicht eines Tages Rache üben an den Sandschurken. Obwohl ... auch das könnte ich dir nicht verübeln ...«, seufzte er.

Jetzt sprach er schon mit einem Greif, als wäre es ein Mensch. Ja, es war tatsächlich an der Zeit, dass er sein Leben veränderte. Und das Tier war die beste Ausrede dafür, nach all den Jahren wieder in die Stadt zu gehen. Ausrede oder Wahnsinn ... wer wusste das schon.

»Da sind wir, Anführer«, erklang in dem Moment Steinwinds Stimme hinter ihm und Néthan fuhr hoch. »Na, so schreckhaft warst du ja noch nie.« Ein breites Grinsen erschien auf dem Gesicht des Hünen.

»Holt den Greif heraus!«, befahl Néthan barsch, wütend darüber, einen Moment der Schwäche gezeigt zu haben.

»Wie Ihr befehlt, mein Herr.« Steinwinds Grinsen wurde noch eine Spur breiter und Néthan verfluchte ihn innerlich dafür, dass er ihn so gut kannte. Immerhin schien der Riese zu merken, dass Néthan nicht in der Stimmung für Scherze war, denn er ließ keine weitere Bemerkung fallen, sondern wandte sich an die drei Männer, die allesamt kräftig gebaut waren und Ähnlichkeit mit einem Stier besaßen. »Ihr zwei, Rim und Maron, werdet euch rechts und links des Käfigs aufstellen. Du, Tep, kniest dich auf die Kiste. Sobald der Greif drin ist, lässt du die Falltür runter«, wies Steinwind die Männer an. »Wir«, er deutete auf Néthan und sich, »werden dafür sorgen, dass der Kleine sich nicht verausgabt, sollte er einen Weg an der Kiste vorbei finden.«

Er holte ein großes Stück Fleisch hervor und schwenkte es vor dem Käfig durch die Luft. »Na, komm, du kleine Adlerkatze«, rief er in die Dunkelheit dahinter. »Hier ist Futter für dich, das du dir bestimmt nicht entgehen lassen willst!« Er warf das Fleisch in die Kiste, dass es laut klatschte.

Néthan wartete angespannt auf eine Reaktion des Greifen. Diese ließ allerdings einige Minuten auf sich warten. Aber Steinwind war klug genug gewesen, den Greif vor dem geplanten Transport nicht zu füttern, sodass ihn der Hunger schließlich nach vorne zur Gittertür trieb.

Der Anführer staunte jedes Mal aufs Neue, wenn er das majestätische Tier erblickte, das selbst jetzt noch, nach einigen Tagen Gefangenschaft, eine Eleganz und Anmut besaß, wie er es bei keinem anderen Wesen bisher gesehen hatte.

Der Greif reckte den Schnabel nach vorne und ließ ein leises Krächzen hören, das so gar nicht zu seinem Aussehen passen wollte. Seine Löwenpranken schabten über den Boden, als er versuchte, das Gitter wegzudrücken, um an das Fleisch zu gelangen.

»Also los«, murmelte Steinwind und rückte die Kiste so nahe wie möglich an den Käfig. Dann nickte er den beiden Männern zu, die sich rechts und links davon postiert hatten.

Diese packten das Eisen mit beiden Händen und begannen, es nach oben zu heben. Die Käfigstangen waren in den Boden gerammt worden und es dauerte eine Weile, bis die schwere Gittertür so weit in der Luft war, dass der Greif unten hindurchpasste.

Abermals erklang ein Krächzen. Er hob den Schnabel witternd in die Luft und scheute zurück, als er bemerkte, was die Männer mit ihm vorhatten.

»Komm schon«, murmelte Néthan angespannt. »Mach es uns nicht schwerer, als es sein muss ...«

Der Greif richtete seine gelben Adleraugen auf den Anführer und legte den Kopf schief, als ob er versuchen würde, ihn zu verstehen. Für einen Moment schien es Néthan, dass pure Intelligenz in seinem Blick zu erkennen war.

Dann, ganz langsam, ging das Tier auf die Kiste zu, in der das Fleisch verführerisch roch. Dabei setzte er wachsam eine Pranke vor die andere und Néthan konnte sehen, wie sein Fell am Rücken vor Anspannung zitterte. Eine falsche Bewegung und der Greif würde sich wieder in sein schwarzes Loch zurückziehen, das er in den vergangenen Tagen gezwungenermaßen hatte bewohnen müssen.

Néthan hatte damit gerechnet, dass sie den Greif mit aller Kraft in die Kiste hineinbefördern müssten, dass er sich wehrte oder zumindest einen der drei Männer biss. Aber das Tier ging so gemütlich hinein, als sei er es immer schon gewohnt gewesen, in Kisten herumgetragen zu werden.

Als er drin war, ließ Tep, der auf der Kiste saß, die Falltür heruntersausen. Auch jetzt war nichts von einer Gegenwehr des Greifen zu hören.

»Komische Tiere sind das ...«, meinte Steinwind, dem diese reibungslose Aktion ebenfalls verdächtig einfach vorkam.

»Na, siehst du jetzt, dass ich recht hatte, als ich sagte, dass wir diesem Greif nicht das geben können, was er braucht?« Néthan stieß erleichtert die Luft aus und steckte den Dolch wieder ein, den er unbewusst gezogen hatte.

»Also dann, lass uns das Tierchen dorthin bringen, wo er hingehört.« Steinwind packte eine der Laschen, die er vorsorglich an den Seiten der Kiste befestigt hatte. »Der Karren steht draußen, wir müssen ihn nur noch hinaustragen.«

Néthan packte ebenfalls mit an und so schleppten sie die Kiste mit dem Greif, der im Inneren schmatzende Geräusche von sich gab, zu fünft vor die Höhle. Die Schurken, an denen sie vorbeikamen, stellten ihr Kartenspiel ein und gafften ihnen hinterher. Da Néthan Steinwind verboten hatte, über ihre Mission zu sprechen, wussten sie nicht, was gerade vor sich ging. Allerdings konnten sie sich zusammenreimen, dass in der Kiste der Greif sein musste. Das leise Krächzen, das er von sich gab, verriet ihn.

Draußen war es immerhin nicht mehr so heiß wie bei Tage. Die Sonne hatte ihren höchsten Stand längst überschritten und begann, sich rasch auf den Horizont zuzubewegen. Es war die beste Zeit, um die Reise nach Chakas anzutreten. Ein kühlerer Abendwind blies Néthan und seinen Männern den Staub in die Gesichter und sie wickelten eilig die Tücher ihrer Kopfbedeckungen um Nase und Mund. Auch Néthan hatte die Kapuze seines Burnus hochgeschlagen wie immer, wenn er draußen unterwegs war. Sein langes Haar trug er darunter zu einem Zopf geflochten.

Steinwind hatte alles für die Abreise vorbereitet. Vor der Höhle stand ein flacher Holzkarren, der von zwei Pferden gezogen werden sollte, die bereits eingespannt worden waren. Weitere sechs Pferde standen etwas abseits bereit und wurden von drei Burschen an den Zügeln gehalten. Ein kleiner Maulesel war mit der nötigsten Verpflegung beladen worden. Da sie nicht lange unterwegs sein würden, brauchten sie auch nicht viel Proviant. Wasser würde es ebenfalls genügend geben, da mehrere kleine Bäche vom Chaka-See in die Stadt verliefen.

Nicht einmal die Männer, die Néthan und Steinwind begleiteten, wussten, wohin die Reise gehen sollte. Néthan war es klüger vorgekommen, so wenig Details wie möglich zu verraten, sollte ihre Mission scheitern. Außerdem wollte er nicht, dass irgendjemand von den Sandschurken etwas über seine Vergangenheit erfuhr. Er hatte selbst genug damit zu tun, sie zu verdrängen, da konnte er keine unnötigen Fragereien gebrauchen. Allein Steinwind kannte die ganze Wahrheit und der würde sich eher vierteilen lassen, als Néthans Geheimnis zu verraten.

Nach wenigen Minuten hatten sie die Kiste auf dem Karren befestigt und waren zum Aufbruch bereit.

»Wo ist Belek?«, fragte Néthan, als er sich umsah.

»Er verabschiedet sich noch von seiner Hure«, antwortete Steinwind grinsend.

»Das hätte er früher tun können! Hol ihn auf der Stelle her, mir ist egal, ob er Hosen trägt oder nicht«, knurrte Néthan wütend.

Belek, der einen aufsässigen Charakter und so wenig Hirn wie ein Kaktus besaß, war ihm immer schon ein Dorn im Auge gewesen. Mit seiner dämlichen Aktion mit dem Greif hatte er es vollends übertrieben. Belek hätte Steinwind verbieten sollen, das Jungtier mitzunehmen – und vor allem hätte er nicht dessen Mutter in einem Anfall von Größenwahn töten dürfen!

Nur gut, dass er ihn nicht mehr lange würde ertragen müssen. Denn dass Belek zu den Sandschurken zurückkehrte, stand für Néthan nicht zur Diskussion.

Steinwind nickte seinem Anführer zu und ging in die Höhle zurück, während Néthan von einem Burschen die Zügel seines Pferdes entgegennahm, das auf den sinnlichen Namen ›Sternenflut‹ hörte. Den verdankte es den winzig weißen Punkten, die quer über sein schwarz glänzendes Fell verteilt waren. Es war ein edles Tier, das er einst einem reichen Kaufmann abgenommen hatte, der es – nun ja – nicht mehr gebrauchen konnte.

Néthan mochte das rassige Pferd und es tat ihm fast schon leid, dass er es in Chakas würde zurücklassen müssen. Doch auch diesen Verlust war er gewillt hinzunehmen, wenn er dafür endlich den Frieden fand, nach dem er sich seit Jahren sehnte.

Aus der Kiste hörte er wieder dieses leise Fiepen und wandte sich zu dem Greif um. Durch eines der Löcher konnte er sein Auge blinzeln sehen. Unwillkürlich überkam Néthan eine Gänsehaut. Die offensichtliche Intelligenz, die aus dem Blick des Tieres sprach, verwirrte ihn und bescherte ihm gleichzeitig Unbehagen. Nein, diese Kreaturen waren ihm wirklich nicht geheuer.

Er war froh, wenn er den Greif wieder los war. Und einen besseren Vorwand, zum Zirkel von Chakas zu gehen, gab es nun wahrlich nicht. Außerdem erhoffte sich Néthan dessen Milde, wenn er ihm ein solch seltenes Tier brachte. Die anderen Eier hatte er ebenfalls mit dabei. Er wollte Cilian, dem Sohn des ehemaligen Zirkelleiters, eine Lügengeschichte auftischen, die besagte, dass seine Männer ein verlassenes Nest gefunden hatten. Da Néthan wusste, dass Cilian selbst kein Luftmagier war, also keine Gedanken würde lesen können, baute er auf seine Geschicklichkeit, was das Lügen anging. Außerdem hatte er gelernt, seine Gedanken vor Luftmagiern abzuschirmen.

Abermals krächzte der kleine Greif und stierte Néthan mit seinen gelben Augen an, als würde er dessen Plan nicht gutheißen. Der Anführer zog die Augenbrauen zusammen und versuchte, den Blick des Greifen zu ignorieren.

Glücklicherweise kam eben in diesem Moment Steinwind mit Belek im Schlepptau zurück. Der Schurke versuchte, mit einer Hand seine

Hose anzuziehen, während er sich mit der anderen gegen den Riesen wehrte, der ihn am Kragen gepackt hatte.

»Verflucht noch mal, was soll das?! Seit wann haben wir solche Eile?!«, schrie er Néthan entgegen.

Dieser sah Belek finster an und nickte Steinwind zu. »Setz ihn auf sein Pferd, damit wir endlich losreiten können!«, befahl er, während er selbst auf Sternenflut aufsaß. »Ich will noch vor Mitternacht so weit wie möglich kommen!«

Es grenzte fast schon an eine Komödie, zuzusehen, wie Steinwind Belek, der wild mit den Armen ruderte und dabei versuchte, seine Hosen nicht zu verlieren, mühelos auf dessen Pferd hievte.

Grimmig lächelnd wandte sich Néthan ab und ritt voran, seiner Zukunft – oder seinem Ende entgegen.

Kapitel 23 - Mica

Mica ging mit einem unguten Gefühl hinter Aren her. Wie vermutet, hatte sie in der Nacht kaum ein Auge zugetan. Das lag nicht nur an der bevorstehenden Aufnahmeprüfung, sondern auch an der Tatsache, dass weder Samja noch Cassiel in die Höhle zurückgekehrt waren. Sie wusste nicht, ob sie darüber erleichtert oder bekümmert sein sollte.

Hinzu kam die Sorge um Cassiel, der sich in eine der gefährlichsten Gegenden der Stadt aufgemacht hatte, um dort irgendwelchen Schmuck zu stehlen. In Mica regte sich zudem das schlechte Gewissen Samja gegenüber. Auch wenn Mica sie seit ihrem Streit mit anderen Augen sah, sie hatte es nicht verdient, dass sie hintergangen wurde – weder von Cassiel noch von ihr.

Wenn Cassiel zurück war – wofür sie zu allen ihr bekannten Göttern betete –, hätten sie einiges miteinander zu klären. Nun ja, sofern sie die Aufnahmeprüfung bestand, ansonsten wollte sie sich lieber nicht ausmalen, was geschehen konnte.

Kurzum, sie war alles andere als ausgeruht, als sie am nächsten Morgen bei Aren vorbeiging, um mit ihm zur Prüfung aufzubrechen.

Ständig musste sie ein Gähnen unterdrücken und hatte das Gefühl, vollkommen neben sich zu stehen.

Aren führte sie aus dem Zentrum der Gilde hinaus, durch ein Gewirr von Gängen und schon bald hatte Mica den Überblick verloren, wohin sie eigentlich unterwegs waren. Fiepende Fellbüschel, die Mica erst auf den zweiten Blick als Mäuse erkannte, rannten vor ihnen davon, als Aren in einem Nebengang endlich anhielt.

Mica sah eine Tür, die in die Wand eingelassen worden war, und seufzte erleichtert. Bald würde sie diese Prüfung hinter sich bringen können. Sie schickte nochmals ein Stoßgebet zu ihrem Feuergott Ignas und drückte den Rücken durch.

»Hinter dieser Tür wird deine Prüfung beginnen.« Aren wandte sich jetzt zu ihr um und sah sie ernst an. »Sie besteht aus vier Teilen, die jeweils deine Fähigkeiten und deine Sinne auf die Probe stellen werden. Was auch immer du hinter diesen Türen erleben wirst, du darfst es niemals jemandem erzählen und musst das Geheimnis der Gilde mit dir ins Grab nehmen.«

Mica spürte mit einem Mal eine Unruhe in sich, die sich rasch in panisches Herzklopfen verwandelte. Warum war Cassiel jetzt nicht hier? Er hätte ihr bestimmt mit einem aufmunternden Lächeln die notwendige Ruhe schenken können.

Sie nickte zustimmend und biss sich auf die Unterlippe.

»Du hast einige Minuten Zeit, um dich auf deine Aufgaben vorzubereiten«, fuhr Aren fort und seine grünen Augen sahen sie eindringlich an. »Sobald Furin das Zeichen gibt, beginnt die Prüfung.«

Erst jetzt fiel Mica auf, dass sich die Gestalt der Gildenältesten neben ihr aus den Schatten löste. Sie fuhr zusammen, denn sie hatte angenommen, sie wären nur zu zweit hier. Es war das erste Mal, dass Furin ihr direkt gegenüberstand und aus der Nähe war sie noch einschüchternder, was nicht allein daran lag, dass sie das Mädchen um mehr als einen Kopf überragte.

Sie hatte wie immer ihre Kapuze tief in ihr wieselähnliches Gesicht gezogen und ihre grauen Augen sahen Mica forschend an, die unter der Musterung unwillkürlich den Blick senkte. »Bist du bereit?«, erklang Furins jugendliche Stimme, die so gar nicht zu ihrem Aussehen passen wollte.

Mica nickte abermals und warf einen raschen Blick zu Aren, der mit verschränkten Armen danebenstand. In seinen Augen konnte sie zumindest ein wenig von der Ruhe erkennen, die sie so dringend benötigte. Er nickte ihr zu, nachdem er ihr Glück gewünscht hatte, und wandte sich dann zum Gehen.

Seine Förmlichkeit verwirrte Mica, doch sie hatte keine Zeit, nach dem Grund zu fragen und vermutete, ihn ohnehin bereits zu kennen. Wahrscheinlich hatte Samja ihm erzählt, dass sie Cassiel und Mica zusammen erwischt hatte, bei … ja, wobei eigentlich? Doch jetzt war nicht der richtige Moment, darüber nachzudenken. Sie war alleine mit Furin und dem Unbehagen, das die Gildenälteste in ihr auslöste.

»Wie lange soll ich noch warten?«, fragte Mica, um das unangenehme Schweigen zu durchbrechen.

»So lange, bis ich dir die Erlaubnis erteile, mir zu folgen und dich deiner Prüfung zu stellen«, antwortete Furin, ohne eine Miene zu verziehen.

Mica sah sie verwirrt an. Aren hatte doch gesagt, die Prüfung beginne hinter der Tür direkt vor ihr?

Furin wartete noch einige Sekunden und bedeutete Mica dann, ihr zu folgen. Sie führte sie ein paar Gänge weiter und blieb vor einer weiteren Tür stehen.

»Hier findet die erste Prüfung statt«, erklärte sie in sachlichem Tonfall.

Mica starrte zu Boden, um ihre Kräfte zu sammeln, und entdeckte eine kleine Maus, die in den Gängen nach Nahrung suchte.

»Viel Glück.« Furin öffnete die Tür, damit Mica eintreten konnte.

Sie tat einen unsicheren Schritt in den Raum, der sich dahinter auftat. Er war nicht groß, hatte in etwa die Ausmaße von Cassiels Quartier, war jedoch bis auf einen einzelnen Tisch in der Mitte unmöbliert. Gegenüber konnte Mica eine weitere Tür entdecken, die wahrscheinlich zu der nächsten Prüfung führte.

»Die erste Prüfung wird deinen Mut und deinen Geruchssinn auf die Probe stellen«, erklang Furins Stimme hinter ihr. »Als Diebin wirst du immer wieder mit Giften konfrontiert werden. Auf dem Tisch siehst du zehn verschiedene Becher, alle mit einer Flüssigkeit gefüllt. Du wirst als Erstes ein Gift trinken, das dich innerhalb von vier Minuten töten kann. In einem der zehn Becher befindet sich das Gegengift. Wenn du es vor Ablauf der Zeit nicht findest, wirst du sterben. Du darfst jedoch nur aus einem einzigen Becher trinken. Also wähle klug.«

Mica sah Furin schockiert an. Von Sterben war bisher nie die Rede gewesen! Aber die Gildenälteste erwiderte ihren Blick mit gleichgültiger Miene. »Hier, trink das.« Sie hielt ihr eine Viole hin, in der sich eine gelbliche Flüssigkeit befand.

Langsam dämmerte Mica, warum Cassiel gesagt hatte, er hätte Angst gehabt vor seiner Prüfung. Hatte er sie warnen wollen? Hatte auch er Gift schlucken müssen? War das der Grund gewesen, warum er ihr nichts hatte verraten dürfen: weil sie sterben könnte?

Sie knirschte mit den Zähnen und sah die Gildenälteste mit schmalen Augen an. »Und wenn ich mich weigere?«

»Dann werde ich dich hier und jetzt töten, denn dann bist du es nicht wert, in die Gilde aufgenommen zu werden«, antwortete Furin immer noch mit derselben Teilnahmslosigkeit.

Mica sah ein, dass ihr wohl keine andere Wahl blieb, als sich darauf einzulassen, denn sie zweifelte keine Sekunde daran, dass sie für Furin bloß eine Zeitverschwendung darstellte. In ihren Augen konnte sie erkennen, dass sie nicht damit rechnete, dass Mica die Prüfung bestehen würde und im Grunde nur darauf wartete, dass sie endlich starb.

Das weckte den Kampfgeist in ihr. Nein, so leicht würde sie es ihr nicht machen!

Mica atmete tief durch und ergriff die Viole. Sie entkorkte sie und schnupperte an dem Inhalt. Er hatte keinerlei Geruch. Ihr kam ein Gedanke und sie sah Furin direkt in deren graue Augen. »Darf ich kurz aus dem Raum gehen?«, fragte sie.

Furin sah sie stirnrunzelnd an. »Wenn du das Gift verschütten oder fliehen willst, wird das deine letzte Handlung sein«, sagte sie und ihre Hand deutete auf den Dolch, den sie an ihrem Hüftgurt befestigt hatte. Da sie das Feuerelement in sich trug, musste sie eine gute Kämpferin sein.

Mica verstand die Warnung. »Ich werde weder das Gift verschütten noch abhauen, keine Sorge.« Sie bemühte sich, ihren Ärger über die gefühllose Art der Gildenältesten unter Kontrolle zu bringen. »Hier, Ihr dürft die Viole gerne so lange halten. Ich bin gleich wieder da.«

Sie drückte Furin das Glasfläschchen in die Hand und eilte in den Gang zurück. Dort sah sie sich hektisch um, ehe sie das entdeckte, was sie gesucht hatte. Rasch bückte sie sich, packte zu und hatte die fiepende Maus in den Händen, die ihr vorhin aufgefallen war und welche sich jetzt nach Leibeskräften wehrte. »Schhh, Kleiner, ich werde dich nicht verletzen … hoffe ich zumindest«, murmelte Mica und kehrte in den Raum zurück, wo Furin immer noch mit der Viole in der Hand stand. »Ich darf zwar nur einmal trinken, aber das gilt nur für mich, nicht für diesen kleinen Kerl hier, oder?«, fragte sie, während sie die Maus hochhielt.

Furin zog die Augenbrauen zusammen, nickte dann aber widerwillig.

»Gut, dann kann's losgehen.« Mica lächelte listig, nahm die Viole und trank einen Schluck daraus, dann hob sie sie der Maus ans Schnäuzchen und flößte dem wild fiependen Tier ebenfalls einen Tropfen des Giftes ein. Die Maus reagierte sofort, indem ihr kleiner Körper in ihren Händen erschlaffte.

Mica war einen Moment überrascht, denn sie war sich bis eben nicht sicher gewesen, ob sich tatsächlich Gift in der Viole befand. Nun hatte sie jedoch den Beweis in Form einer regungslosen Maus in ihrer Hand. Aber noch war das Tierchen nicht tot, das Gift hatte es bloß in einen tiefen Schlaf versetzt. Offenbar war der Inhalt der Viole stärker, als Mica angenommen hatte.

»So, und nun hilf mir mal«, murmelte sie, während sie auf den Tisch zuging.

Noch spürte sie selbst nichts von dem Gift, aber sie war sich sicher, dass Furin nicht gelogen hatte, denn der Atem der Maus ging nur noch stoßweise. Rasch nahm sie den ersten Becher und roch daran. Der Geruch unterschied sich nicht von klarem Wasser. Es blieb jedoch keine Zeit, lange zu zögern.

Die Maus in ihrer Hand hatte die Augen geschlossen, als sie mit dem Finger einen Tropfen der Flüssigkeit herausnahm und ihn ihr ins Maul flößte. Einige Sekunden lang wartete sie, dann ging sie zum nächsten Becher und wiederholte die Prozedur. Endlich, als sie beim sechsten Becher angekommen war, schien eine Veränderung mit der Maus vor sich zu gehen. Die Atemzüge wurden regelmäßiger und ruhiger. Gleichzeitig spürte Mica, wie ihre eigenen Lungen zu brennen began- nen. Es war höchste Zeit für das Gegengift.

»Das muss es sein«, murmelte sie, legte die Maus auf den Tisch, die ihre Beine bereits wieder bewegen konnte, und trank den Becher in einem Zug aus. Danach wandte sie sich an Furin, die die Prüfung stumm verfolgt hatte. »Und, war es die richtige Wahl?«

»In der Tat.« Furin hatte die Arme verschränkt und sah sie nach- denklich an. »Das war eine sehr ... ungewöhnliche Art, die Prüfung zu bestehen, aber du hast sie gemeistert und das Gift besiegt. Im nächsten Raum wartet die zweite Prüfung auf dich.«

Mica atmete erleichtert auf und sah gerade noch, wie die Maus vom Tisch hüpfte und darunter verschwand. Sie hatte wohl für die nächs- ten Wochen genug von Menschen.

Rasch folgte sie Furin, die bereits zur gegenüberliegenden Tür ge- gangen war.

»In diesen Raum wirst du alleine gehen«, sagte sie in ihrer gefühls- kalten Art. »Es handelt sich um eine Prüfung deiner Schleichfähigkei- ten, die du als Diebin haben musst. Der Raum ist voller Fledermäuse, die darauf abgerichtet worden sind, das Blut von Menschen zu trinken. An den Wänden sind fünf Ringe angebracht, die du mir bringen musst. Wenn du es schaffst, sie einzusammeln, ohne dass du eine der Fledermäuse weckst, hast du die Prüfung bestanden. Solltest du es nicht schaffen, rate ich dir, deine Beine in die Hand zu nehmen und um dein Leben zu rennen. Aber bisher ist es keinem gelungen, vor den Fledermäusen zu fliehen, wenn sie einmal wach waren.« Furin bedach- te Mica mit einem vielsagenden Blick. »Außerdem ist dir nicht gestat- tet, dein Messer mitzunehmen. Gib es mir.«

»Ihr habt wohl gerne Prüfungen, die einen das Leben kosten können«, murrte Mica leise, während sie der Gildenältesten ihr Messer aushändigte.

»Auf die Weise müssen nicht wir uns darum kümmern, falls ein Prüfling versagt«, war die nüchterne Antwort der Gildenältesten, was Mica die Nackenhaare aufstellte.

»Ihr legt es also absichtlich darauf an, dass Prüflinge sterben?«, fragte sie mit zusammengebissenen Zähnen.

»Nicht bei allen«, antwortete Furin vage und deutete auf die Tür. »Geh jetzt und zögere die Aufgabe nicht weiter hinaus.«

Zu gerne hätte Mica nachgehakt, ob Furin ihre Prüfung extra schwierig gemacht hatte, weil sie sie loswerden wollte. Vielleicht hatte ja sogar Samja, die wie Furin zu den Planerinnen der Gilde gehörte, ihre Finger im Spiel. So nett sie auch erscheinen mochte, seit dem Streit mit ihr wusste Mica, dass sie in ihr eine Konkurrenz sah.

Schließlich hielt Mica jedoch der Wunsch, endlich diese Aufnahmeprüfung hinter sich zu bringen, um als vollwertiges Mitglied der Diebesgilde zu gelten, davon ab, weitere Fragen zu stellen.

Seufzend öffnete sie die Tür und trat in den Raum dahinter. Es war so dunkel, dass sie kaum die Hand vor Augen zu erkennen vermochte. Doch ehe sie sich umdrehen und Furin fragen konnte, wie sie, bitte sehr, hier drin irgendetwas finden sollte, hatte diese auch schon die Tür hinter ihr geschlossen.

»Na prima«, murmelte Mica und tat einen vorsichtigen Schritt nach rechts, um sich an der Wand abzustützen. Diese war kalt und bestand aus unbearbeitetem Stein. Es war also eine Art Höhle, in der sie sich befand.

Unter ihr knirschte etwas, das sie zusammenfahren ließ. Wenn sie doch nur etwas Licht hätte, um ihre Umgebung zu erkennen. Sie traute sich nicht, einen Zauber zu wirken, dafür beherrschte sie ihre Kräfte nicht gut genug. Außerdem könnte das Feuer die Fledermäuse wecken.

Es stank nach Moder und Verwesung. Nun ja, vielleicht war es doch besser, sie sah nicht, was um sie herum alles auf dem Boden lag.

Behutsam setzte sie einen Fuß vor den anderen und zählte jeden Schritt mit, während sie sich weiter nach rechts bewegte. Wenn sie sich der Wand entlangtastete, käme sie irgendwann wieder bei der Tür an. Und an den Wänden waren ja diese Ringe befestigt, die es zu suchen galt.

So leise sie konnte, schlich sie weiter. Sie spürte instinktiv, dass eine Bedrohung über ihr hing wie eine Falle, die jederzeit zuschnappen konnte. Das leise Rascheln von Flügeln war zu vernehmen, allerdings konnte sie die Richtung nicht genau zuordnen, da sie ja nur noch auf ihrem rechten Ohr etwas hören konnte. Vielleicht hätte sie sich nach links wenden sollen, um das gesunde Ohr Richtung Rauminneres zu haben.

Gerade, als sie sich umdrehen wollte, ertasteten ihre Finger einen harten Gegenstand, der sich kühler als die Wand anfühlte und wahrscheinlich aus Eisen war. Sie fuhr behutsam darüber und ihr Herz tat vor Erleichterung einen Sprung, als sie merkte, dass es sich um einen etwa faustgroßen, schmalen Ring handelte, der an einer Schnur befestigt war.

So rasch wie möglich, löste sie den Knoten und streifte sich den Ring über ihr Handgelenk. Ehe sie es sich versah, spürte sie einen Windhauch und zog gerade rechtzeitig den Kopf ein, um dem sicheren Tod zu entgehen, denn im selben Moment hörte sie eine Klinge, die gegen die Wand fuhr.

Zum Glück war sie so klein, sonst wäre sie davon getroffen worden.

Mica keuchte auf und unterdrückte einen leisen Schrei. Immerhin hatte der Laut die Fledermäuse nicht geweckt – oder sie zumindest noch nicht auf sie aufmerksam gemacht. Es war zwar ein leises Flattern zu hören, das sich jedoch nicht in ihre Richtung bewegte.

Verflucht, was sollte das? War es nicht schon Herausforderung genug, dass irgendwo über ihr wahrscheinlich Dutzende von Fledermäusen hingen, die nach ihrem Blut dürsteten? Mussten die Diebe auch noch schwingende Beile gegen sie einsetzen?!

Sie unterdrückte den Wunsch, ihren Unmut über Furin – oder wer auch immer diese hirnrissige Prüfung geplant hatte – mit einem entrüsteten Fluch kundzutun und tastete sich weiter an der Wand entlang.

Als sie den nächsten Ring fand, duckte sie sich von Anfang an, während sie ihn losknüpfte.

Wieder fuhr eine Klinge herab und ein weiteres Mal erklang der schrille Ton von Stahl, der auf Stein traf. Dieses Mal jedoch flatterten mehrere Flügel in der Dunkelheit und leises Scharren war an der Decke über ihr zu hören.

Mica erstarrte und atmete so flach, dass sie kaum Luft bekam.

Verflixt, wenn die Fledermäuse sie erst bemerkten, würde ihr nichts übrig bleiben, als Furins Rat zu beherzigen und zu fliehen – und damit die Prüfung nicht zu bestehen.

Sie wollte – nein, sie *musste* – in die Diebesgilde aufgenommen werden! Etwas anderes kam nicht infrage, wenn sie nicht zurück zu den Kanalratten gehen wollte. Falls die überhaupt noch lebten, da sie ja aus ihrem Unterschlupf vertrieben worden waren.

Die Verzweiflung über ihre aussichtslose Lage packte sie vollkommen unerwartet und urplötzlich rannen Tränen über ihre Wangen.

Nein! Nicht weinen! Nicht jetzt! Das war der denkbar unpassendste Zeitpunkt dafür … doch vor ihrem inneren Auge tauchten unwillkürlich Bilder von Faím auf. Von dem kleinen, zerbrechlichen Jungen, der stets kränklich und auf ihren Schutz angewiesen gewesen war. Und sie hatte kläglich versagt, ihn Nager überlassen, dem grausamsten Mann, den sie gekannt hatte.

Wie hatte sie nur so dumm sein können? So unendlich naiv, zu glauben, er würde die Situation nicht ausnutzen, ihren Bruder, der ihm schon lange ein Dorn im Auge gewesen war, zu vertreiben?

In ihre Verzweiflung mischte sich Wut – auf Nager, auf sich, auf Furin, die sie in diese Lage gebracht hatte … und ehe sie es sich versah, loderte Feuer in ihrer Hand auf und erhellte die Höhle, in der sie sich befand.

Sie war nicht groß, kaum weitläufiger als der vorherige Raum, aber über ihr wurde die Decke lebendig … Dutzende von Flügeln breiteten sich aus, während rötlich glühende Augen sich auf sie richteten.

»Verfluchte Scheiße!«, war das Letzte, was über ihre Lippen kam, bevor sich die Fledermäuse auf sie stürzten.

Mica riss die Hände hoch, während das Feuer ungebremst auf die Fledermäuse schoss, die sich bemühten, sich auf ihrem Körper niederzulassen und ihre kleinen, spitzen Zähne in ihre Haut zu schlagen. Die Flammen verbrannten die Tiere, noch ehe sie bei Mica angekommen waren, die sich am Boden zusammengekauert hatte, um möglichst wenig Angriffsfläche zu bieten.

Sie spürte, wie die Kälte ihren Körper ergriff, aber sie konnte die Flammen nicht löschen, hatte keine Ahnung, wie sie das tun sollte. So blieb ihr nur, auf ihren eigenen Tod zu warten, der sich in Form von Erfrierung oder den Fledermäusen ihrer bemächtigen würde.

Ihr letzter Gedanke galt nicht ihrem Bruder, sondern Cassiel, ehe sie zitternd den Kopf auf den Boden legte.

Kapitel 24 - Mica

»Au …« Mica richtete sich mühsam auf und starrte in die Dunkelheit, die sie umgab. Ihr ganzer Körper schmerzte und ihr war eiskalt. Aber sie lebte – warum auch immer. Die andere Möglichkeit war, dass sich die Existenz in der Welt der Toten nicht wirklich von derjenigen der Lebenden unterschied – es roch nach verbranntem Fleisch und Fell und ihre Schmerzen waren genauso, wie sie sie auch lebend immer gefühlt hatte. Sie vermeinte, vor sich den Körper einer Fledermaus glühen zu sehen.

Nein, sie musste noch am Leben sein … alles andere ergab keinen Sinn.

Vorsichtig kniete sie sich hin und rieb die Hände aneinander, um wieder zu etwas Wärme zu kommen. Als sie in ihr Haar griff, spürte sie Eiskristalle darin. Sie wäre tatsächlich fast gestorben.

Sie lauschte angestrengt, konnte aber kein einziges Rascheln oder Scharren mehr hören. Die Fledermäuse schienen allesamt den Flammen zum Opfer gefallen zu sein. Erleichterung legte sich wie ein wärmendes Tuch um ihre Seele, während sie aufstand und vorsichtig um sich tastete, damit sie zur Wand zurückfand. Es kostete sie all ihre

Kraft, aber sie würde jetzt nicht aufgeben. Sie musste diese verdammten Ringe finden, und dann nichts wie raus hier.

Wenige Minuten später gelangte sie mit allen fünf Ringen an ihrem zitternden Handgelenk zurück zur Tür, die sich von innen jedoch nicht öffnen ließ. Leise fluchend klopfte sie mit der Faust dagegen – und sah sich Augenblicke später einer verblüfften Furin gegenüber, die sie mit ungläubigem Blick ansah.

»Du lebst?« Die Gildenälteste konnte ihre Verwunderung nicht verbergen, die sogar fast schon an Anerkennung grenzte.

»Erstaunt es Euch?!«, gab Mica gehässig zurück und unterdrückte den Wunsch, ihr ins Gesicht zu spucken. »So leicht kriegt Ihr mich nicht klein! Hier, die verdammten Ringe! Ich hoffe, sie bringen ein wenig Glanz in Euer tristes Leben!«

Ihre Wut über die Gildenälteste entlud sich ungebremst, aber zum Glück hatte sie zu wenig Wärme in sich, um abermals ungewollt eine Feuerkugel zu bilden. Sonst hätte sie für nichts garantieren können. Immerhin gab ihr der Zorn etwas Wärme zurück, sodass sie nicht mehr so heftig zitterte.

Furin erlangte rasch ihre kühle Distanz wieder und nickte, während sie die Eisenringe annahm und Mica ihr Messer zurückgab. »Dann machen wir weiter«, meinte sie in ihrem üblichen Tonfall und verließ den Raum, in dem immer noch der Tisch mit den Bechern stand.

Mica folgte ihr in den Gang dahinter. Dabei versuchte sie, das Zittern ihres Körpers unter Kontrolle zu bringen. Ohne sich umzudrehen, ging Furin voran und führte sie in einen weiteren Prüfungsbereich. Einmal mehr staunte Mica über die Weitläufigkeit des Tunnelsystems. Sie hatte eigentlich geglaubt, sie würde bereits den Großteil davon kennen, aber offenbar gab es Areale, die die Diebe sorgfältig vor den Augen ungebetener Besucher verbargen und die sie in ihrem früheren Leben als Kanalratte nicht hatte auffinden können.

»Du wirst noch zwei Prüfungen zu bewältigen haben.« Furin drehte sich zu Mica um und einen Moment lang meinte sie, fast so etwas wie Bedauern in ihrem wieselartigen Blick zu sehen. »Die nächste wird deine Intelligenz auf die Probe stellen.« Sie öffnete eine Tür in der Wand, die Mica erst jetzt auffiel, und deutete in den kurzen Gang, der sich dahinter ausdehnte und an einer weiteren Tür endete. »Der Boden ist mit Platten belegt, auf denen Buchstaben und Symbole stehen, die einen Satz ergeben«, sagte sie.

Mica rann es eiskalt den Rücken hinunter, während sie auf die Steinplatten starrte, die über den gesamten Boden des Ganges verteilt waren. Sie hatte nie die Schule besucht, da sie bereits mit sechs Jahren auf sich alleine gestellt gewesen war, und konnte demnach weder lesen noch schreiben. Wie um alles in der Welt sollte sie einen Satz zusammenbekommen, wenn sie nicht einmal Buchstaben auseinanderhalten konnte?

»Ich sehe Bedenken in deinem Blick«, meinte Furin noch zu allem Überfluss.

»Was passiert, wenn ich den Sinn nicht errate?«, wollte Mica wissen.

»Dann wird die Platte explodieren«, war die nüchterne Antwort.

»Ich muss also den Gang entlanggehen und auf die richtigen Platten treten, um das Ende zu erreichen?«

Furin nickte. »Genau das.«

»Gut, ich werde es machen.« Mica starrte auf die Platten vor sich, von denen sich jeweils vier nebeneinander befanden. Sie bildeten sieben hintereinanderliegende Reihen. Ihre Chancen, das zu überstehen, wollte sie sich gar nicht ausmalen. Ob Furin wusste, dass sie nicht lesen konnte?

»Dann beginnt die dritte Prüfung.« Die Gildenälteste trat beiseite und ließ Mica in den Gang treten.

Diese musterte stirnrunzelnd die ersten vier nebeneinanderliegenden Kacheln, in die runde und gerade Striche eingeritzt worden waren. Wahrscheinlich handelte es sich um Buchstaben. Für sie ergaben diese Linien keinerlei Sinn und doch glaubte sie, einige davon wiederzuerkennen. Aber woher nur?

Sie sah die zweite Reihe der Platten an, auf denen ebenfalls solche Linien zu finden waren, dann die dritte, die nur Symbole trugen. Da waren ein Pfeil, ein Herz, ein Kreis und ein Wassertropfen.

Irgendetwas in ihr regte sich und sie versuchte krampfhaft, sich daran zu erinnern, wo sie diese Kombination von Linien und Symbolen bereits schon einmal gesehen hatte.

»Du solltest langsam beginnen, meine Zeit ist nicht unbegrenzt«, erklang die Stimme von Furin hinter ihr.

»Jaja, schon gut«, knurrte Mica und heftete ihren Blick abermals auf die Symbole.

Dann fiel es ihr wie Schuppen von den Augen. Genau, das war es: Sie hatte ähnliche Zeichen schon einmal in den Tempeln gesehen, die sie als kleines Mädchen mit ihrer Mutter besucht hatte, und welche den vier Elementen und ihren Göttern geweiht waren.

Aber wie genau war die Anordnung gewesen? Sie versuchte, sich zu erinnern und spürte, wie sich langsam Kopfschmerzen bemerkbar machten. Warum war sie bloß in den vergangenen Jahren nie mehr dort gewesen?

Es nützte nichts, sie war auf die verwaschenen Erinnerungen angewiesen, die sie irgendwo aus ihrem Gedächtnis hervorkramte.

Als sie die Symbole in der dritten Reihe genauer ansah, kam ihr ein weiterer Gedanke. Sollte dies hier auf dem Boden vielleicht der

Schwur sein, den alle Dreizehnjährigen beim Eintritt in eine der Elementgilden ablegen mussten, ehe sie die goldenen Ringe mit den Elementrunen erhielten?

Die Elementschwüre kannte sie auswendig, hatte sie sich doch jedes Jahr gewünscht, ebenfalls einen davon abzulegen. »Ich gelobe hiermit feierlich, bis ans Ende meiner Tage die Geheimnisse der Gilde zu wahren und den Kodex nach meinem besten Wissen und Gewissen zu befolgen«, murmelte sie vor sich hin.

Dann folgte der Schwur, der für jedes der Elemente einzigartig war. ›Das Wasser ist tief, tief wie meine Seele‹ für die Wassergilde, ›Ich bin die Mutter, die Erde und das Leben‹ für die Erdgilde, ›Das Feuer ist rot, im Herzen brenne ich‹ für die Feuergilde und ›Die Luft ist klar, der Pfeil schnell, das Leben kurz‹ für die Luftgilde. Für den Magierzirkel gab es den Schwur ›Wärme und Magie, sie sind eins in mir‹.

Aber welches dieser Gelöbnisse lag hier zu ihren Füßen? Sie warf einen Blick zurück zu Furin, die langsam ungeduldig wurde. Sie und Aren führten die Diebesgilde. Aren trug das Luftelement und Magie in sich. Aber Furin war es, die die Prüfung leitete. Also war es am naheliegendsten, dass es *ihr* Element war, das hier dargestellt wurde: das Feuer. Umso günstiger, da Mica sich gerade an diesen Schwur natürlich am besten erinnern konnte, hatte ihre Mutter doch dasselbe Element in sich getragen und ihr den Schwur immer wieder vorgesagt, als sie noch ein kleines Mädchen gewesen war und noch nicht wusste, welches Element für sie einmal bestimmt sein sollte.

Sie erinnerte sich mit einem Mal so deutlich an die Zeichen, die sie im Tempel des Feuergottes Ignas gesehen hatte, dass sie sich wunderte, warum sie noch nie die Verbindung zwischen ihnen und dem Schwur gezogen hatte. Ja, es musste sich um den Eid handeln, der vor dem Altar in den Marmorboden gemeißelt worden war.

»Das Feuer ist rot, im Herzen brenne ich«, flüsterte Mica und suchte den Boden nach den Symbolen und Zeichen ab, die dazu passten.

Jedoch fand sie den Anfang nicht und zweifelte schon an ihrer Theorie. Dann fiel ihr auf, dass in Reihe drei ein Herz und in Reihe vier eine Flamme zu finden war. Wahrscheinlich handelte es sich nur um den zweiten Teil des Schwurs. »Im Herzen brenne ich.«

Sie kannte den Buchstaben nicht, aber sie wusste aus dem Tempel von Ignas, dass der Satz mit einem senkrechten Strich begann. Mica holte tief Luft, trat auf die Platte, die diesen Strich aufwies, und duckte sich, innerlich vorbereitet auf eine Explosion, die ihrem Leben schlagartig ein Ende bereiten konnte. Die blieb jedoch aus. Entweder war es purer Zufall, oder ihre Vermutung stimmte tatsächlich.

Sie sah auf die weiteren Striche. Als Nächstes suchte sie nach einer Art Berg mit zwei Spitzen. Das musste der zweite Buchstabe sein. Als sie ihn fand und zögernd auf die Kachel trat, blieb auch hier die Explosion aus.

Sie wagte einen Blick zurück, wo Furin ihr stirnrunzelnd zusah. In ihren grauen Augen las sie Zweifel. Ob die Zweifel ihr selbst, der Prüfung oder Mica galten, konnte sie nicht feststellen. Aber das war im Moment auch unerheblich.

Dann war das Herz dran, das sie schon vom Eingang aus gesehen hatte. Danach kam die Flamme ... im Herzen brenne ... immer noch explodierte nichts und Mica wurde etwas ruhiger. Jetzt stand sie vor den letzten drei Reihen, die nur aus Strichen und Kurven bestanden. Noch mehr Buchstaben.

Sie erinnerte sich, dass nun ein weiterer senkrechter Strich kommen musste, suchte ihn und trat todesmutig darauf. Als er nicht explodierte, hielt sie Ausschau nach einem Halbkreis, welcher rechts offen war und der schmalen Sichel des abnehmenden Mondes glich. Auch diese Platte blieb heil.

Sie hätte die Letzte überspringen können, die Tür war nur noch etwas mehr als eine Armlänge entfernt, aber ihr Stolz ließ es nicht zu. Der letzte Buchstabe sah aus wie eine Brücke, die zwei hohe Pfeiler besaß.

Erst als sie darauf getreten war, griff sie nach der Tür vor sich und stieß sie auf.

Ihr gegenüber stand Furin, die sie mit ihren grauen Augen aufmerksam musterte. »Du bist wahrlich nicht auf den Kopf gefallen.« Mica vermeinte, den Anflug eines Lächelns um ihren Mund und gar Achtung in ihrem Blick zu erkennen. »Die letzte Prüfung wird deine Schnelligkeit und Ausdauer testen. Folge mir in den nächsten Raum.«

Mica atmete leise aus. Schnell war sie immerhin, das hatte selbst Cassiel feststellen müssen, als er ihr durch halb Chakas nachgerannt war, nachdem sie ihm den Eisdolch vor der Nase weggeschnappt hatte.

Daher folgte sie mit etwas mehr Selbstvertrauen der Gildenältesten in einen weiteren Raum.

Doch was sie dort sah, ließ das bisschen Mut, das sie eben noch in ihrem Herzen gefühlt hatte, zusammenschrumpfen.

»Was …?« Sie starrte auf die Vorrichtung vor sich.

Der Boden des Raumes bestand aus Erde, die kreisförmig bis auf Kniehöhe ausgehoben worden war. Ein Pfahl stand in der Mitte des Kreises, von dem aus Dutzende von Schwertern abgingen, die in alle Richtungen zeigten und von denen mindestens eines jeweils den Rand des Kreises berührte.

»Du wirst dich in den Kreis stellen, den du drei Minuten lang nicht verlassen darfst«, erklärte Furin.

Irgendetwas in ihrer Stimme passte nicht zu dem, was sie sagte. Als Mica sie forschend ansah, bemerkte sie tatsächlich, dass es der Gildenältesten anscheinend leidtat, sie in diese Prüfung schicken zu müssen.

»Bisher ist diese Prüfung noch keinem gelungen«, kam die Erklärung für die ungewohnte Gefühlsregung. »Der Pfahl wird sich immer schneller drehen, und du musst den Schwertern ausweichen. Ansonsten wirst du von ihnen getötet. Wie gesagt, darfst du für drei Minuten den Kreis nicht verlassen – sonst ist das gleichermaßen dein Todesurteil. Hast du noch Fragen?«

Mica starrte abwechselnd auf den Pfahl und Furin. »Warum wollt Ihr mich unbedingt töten?«, fragte sie leise und mit zusammengekniffenen Augen, während ihre Kiefer mahlten.

»Weil du nicht in die Gilde passt«, kam die nüchterne Antwort. Furin hatte nicht einmal den Anstand, sie zu belügen, was Mica fast noch mehr schockierte.

»Aber … Aren … er würde so etwas nie zulassen …« Sie konnte ihre Stimme nicht daran hindern, zu zittern.

»Aren weiß nicht, dass du in diese Prüfung geschickt worden bist. Er glaubt, ich würde dich der üblichen Aufnahmeprüfung unterziehen.«

»Warum tut Ihr es denn nicht einfach? Warum muss ich diese Prüfung machen, die ein ums andere Mal darauf abzielt, mein Leben auszulöschen? Ich stelle weder eine Gefahr noch sonst etwas für die Gilde dar!« Mica spürte, wie die Wut in ihr abermals hochkochte. »Ich will doch nur endlich ein Zuhause haben, wo ich nicht ständig damit rechnen muss, dass man mir in der Nacht die Kehle aufschlitzt …«

»Ich kann deinen Wunsch verstehen.« Furins graue Augen sahen sie tatsächlich traurig an, während ihr Gesicht ansonsten regungslos blieb. »Doch das sind nun mal die Regeln, um bei uns aufgenommen zu werden.«

»Das stimmt nicht, das habt Ihr gerade selbst gesagt!«, fuhr Mica sie an. »Das hier ist nicht die Prüfung, die für angehende Diebe ist, sondern für jene, die Ihr loswerden wollt!« Sie deutete mit dem Finger auf den Pfahl, der in dem Moment in hellen Flammen aufging.

Furin trat unwillkürlich einen Schritt zurück und starrte auf Micas Hand, aus der der Feuerball geschossen war. »Nun ... damit ist die letzte Prüfung hinfällig«, meinte sie dann in sachlichem Tonfall. »Ich nehme an, ich kann dir zur Aufnahme in die Gilde gratulieren ...«

Mica fühlte, wie die Kälte nach dem ungewollten Zauber in ihr überhandnahm und sie unkontrolliert zu zittern begann. Sie konnte nichts erwidern, ihr Körper wollte ihr kaum mehr gehorchen und sie schwankte.

»Komm, ich werde dich zu Aren bringen, er weiß, was in solch einem Fall zu tun ist.« Die Gildenälteste legte fast schon freundschaftlich einen Arm um Micas bebende Schulter und geleitete sie aus dem Raum hinaus.

Ehe sie die Tür hinter sich ins Schloss fallen ließ, suchte Furin ihren Blick und sah sie eindringlich an. »Vergiss nicht, du darfst keinem hiervon erzählen.«

Mica war zu kraftlos, um etwas zu erwidern und ihr Kopf mochte nicht mehr nachdenken. Daher nickte sie nur knapp, ehe sie Furin durch die Gänge zurück ins Zentrum der Gilde folgte.

»Mica!« Aren kam einige Schritte auf sie zu und sah sie besorgt an. »Was ist mit ihr geschehen?« Er warf einen finsteren Blick zu Furin, als wäre diese verantwortlich für Micas Schwäche. Dass es tatsächlich so war, konnte er ja nicht ahnen.

»Sie hat sich bloß verausgabt«, kam die nüchterne Antwort der Gildenältesten. »Etwas warmer Tee und sie wird wieder auf den Beinen sein.«

Mica ließ sich auf den Stuhl sinken, den Aren ihr anbot, und war froh um die Wolldecke, die er ihr um die Schultern legte.

»Hat sie bestanden?«, fragte der Magier, ohne den Blick von Micas blassem Gesicht zu nehmen. Ihre Zähne klapperten so laut, dass es in der ganzen Gilde zu hören sein musste.

Furin nickte und wandte sich dann ohne ein weiteres Wort zum Gehen.

»Dann gratuliere ich dir.« Arens Stimme wurde weich, während er ihr einen Becher mit dampfendem Wasser reichte, den er von irgendwoher geholt hatte. »Hier, trink. Ich habe grad nichts anderes bereit, aber heißes Wasser wird auch reichen. Nachher setze ich dir eine Kanne Tee auf, die du trinken musst«, murmelte er.

»Danke«, flüsterte Mica und nippte an dem Becher.

»Keine Ursache.« Ein Lächeln erschien auf seinem Gesicht, das sie augenblicklich an Cassiel erinnerte.

»Ist Cass ... ist er ... zurückgekommen?« Mica fiel das Sprechen schwer, da sie immer noch zitterte, aber langsam kehrte die Wärme in ihren Körper zurück.

»Ja, er kam vor etwa einer halben Stunde an, wie ich gehört habe. Ich habe ihn noch nicht gesehen.« Aren sah ihr nicht in die Augen dabei, was Mica in Erinnerung rief, wie kompliziert das Verhältnis zwischen ihm und seinem Sohn sein musste. Auch wenn sie es nicht verstehen konnte, schließlich mochte sie sowohl Aren als auch Cassiel. Beide waren sich ziemlich ähnlich ... vielleicht zu ähnlich.

»Ruh dich eine Weile hier aus, ehe du in sein Quartier zurückkehrst. Du darfst dir ab morgen ein eigenes erkämpfen, da du nun Mitglied der Diebesgilde bist. Morgen Abend werden wir deine Aufnahme im Zentrum feiern, damit dich alle kennenlernen können. Komm morgen Vormittag nochmals zu mir. Bis dahin solltest du dich aber erholen.«

Mica nickte und trank einen weiteren Schluck des Wassers, das sie von innen heraus wärmte.

Es gab so viel, was sie in den letzten Stunden erlebt und noch nicht verdaut hatte. An vorderster Stelle die Tatsache, dass Furin sie im Grunde hatte töten wollen. Warum nur? Was hatte sie der Gildenältesten getan? Warum hatte sie gesagt, sie passte nicht in die Gilde und hatte sie dann doch aufgenommen, obwohl sie sie ebenso gut hätte mit ihrem Dolch töten können?

Aren überließ sie ihren sich überschlagenden Gedanken und störte sie nicht weiter, was ihr mehr als recht war. Ja, sie mochte ihn fast so, wie man einen Vater mochte. Er war tausendmal netter als Furin es je würde sein können …

Sie nahm sich vor, dass sie, sobald sie wieder bei Kräften und für eine Auseinandersetzung mit Furin bereit war, Aren erzählen würde, was es wirklich mit der Prüfung auf sich gehabt hatte und ihn über die Machenschaften der Gildenältesten informieren. Aber im Moment war sie viel zu schwach dazu.

Kapitel 25 - Mica

Ich kann nicht fassen, dass du das getan hast!« Zorn und Ungläubigkeit schwangen in Cassiels Stimme und er musste sich mit aller Macht zusammenreißen, um in seiner Rage Samja nicht an die Gurgel zu springen, die mit gesenktem Kopf vor ihm in ihrem Quartier stand und nicht wagte, in seine Augen zu sehen.

Stattdessen stieß er den Tisch mitsamt den Stühlen um, was sie zusammenzucken ließ. »Verflucht noch mal, wie konntest du nur?!« Er fuhr sich mit beiden Händen durch das Haar und wischte sich dann über sein Gesicht.

»Es … tut mir leid …« Samja hob den Blick, nur um unter dem, was sie in Cassiels Augen las, erneut zu erbeben. »Ich weiß selbst nicht, was mich geritten hat … Ich war bloß so unglaublich wütend auf dich – und auf Mica.« Ihre Stimme wurde energischer. »Glaubst du, es ist schön, mit ansehen zu müssen, wie du dich immer weiter von mir entfernst? Machtlos danebenzustehen, wenn du sie so ansiehst, wie du eigentlich mich ansehen solltest?« Sie war immer lauter geworden und reckte trotzig ihr Kinn vor.

»Das gab dir aber nicht das Recht, sie in ihren sicheren Tod zu schicken!«, brüllte Cassiel ungehalten.

Allein bei dem Gedanken, dass Mica etwas zustoßen könnte, drehte sich ihm der Magen um und panische Raserei ergriff ihn aufs Neue. Er hasste es, wenn er nichts tun konnte, außer hilflos zu warten. Am liebsten wäre er auf der Stelle zu Furin gestürmt und hätte ihr seinen Dolch ins kalte Herz gerammt dafür, dass sie es zugelassen hatte, Samjas hirnverbrannten Plan zu unterstützen, der aus deren Enttäuschung geboren worden war. Bloß, weil sie ihn zusammen mit Mica gesehen hatte. Dabei war im Grunde gar nichts geschehen – nun ja, fast nichts.

Schon bei ihrer ersten Begegnung hatte das Mädchen etwas in ihm angerührt, das er nur schwer in Worte zu fassen vermochte. Als er sie vor über zwei Wochen in der finsteren Gasse überfallen hatte, um ihr den Eisdolch abzunehmen, hätte er nicht damit gerechnet, dass dieses verdreckte, dünne Mädchen ihm in solch kurzer Zeit so viel bedeuten könnte.

Er wusste auch nicht, wann diese besondere Bedeutung sich in Zuneigung gewandelt hatte, konnte sich nicht erklären, was es genau war, das ihn an ihr faszinierte, anzog und über jegliche Vernunft hinweg Dinge tun ließ, die er früher nie getan hätte. Für niemanden.

Abgesehen davon, dass er ohne mit der Wimper zu zucken diesen Nager aufgeschlitzt hatte, erduldete er ein ums andere Mal ihre Provokationen und begleitete sie jeden Tag zum Hafen, damit sie ihren Bruder suchen konnte, dessen Namen sie ihm aus welchen Gründen auch immer nicht verraten wollte. Dass sie ihn nicht finden würde, war ihr wahrscheinlich ebenso klar wie ihm, aber doch klammerte sie sich mit aller Macht an die Hoffnung, ihren Bruder wiederzusehen. Etwas, wofür er sie bewunderte, wie er sich selbst eingestehen musste. Er erkannte viel von sich in ihr wieder und verstand sie besser, als sie wahrscheinlich ahnte.

Aber es waren nicht nur ihr Mut und ihre Geradlinigkeit, mit der sie Dinge anging, sondern auch – und da lag wohl der Hund begraben – ihre Augen, die eine solche Zerbrechlichkeit ausstrahlen konnten, obwohl sie sich nach außen stark zeigen wollte. Etwas in ihrem Blick rührte an sein Innerstes, verwirrte ihn und ließ ihn sein eigenes Leben immer und immer wieder infrage stellen und jene schmerzhaften Gefühle durchleben, die er gemeint hatte, längst überwunden zu haben.

Doch genau das war es wahrscheinlich, was ihn zu ihr hinzog wie ein Narr, der Pein mit Glück verwechselte. Es war ein Spiel mit dem Feuer – im wahrsten Sinn des Wortes – und er war wahnsinnig genug, es immer weiter zu treiben, die Grenzen auszutesten und sich an ihr zu verbrennen, statt sich zurückzuziehen, wie jeder vernünftige Mensch es wohl getan hätte.

Ihre Art, ihn anzusehen, ihm die Stirn zu bieten, ihn mit ihrem für ihr Alter unfassbar klugen Wesen zu durchschauen und immer wieder herauszufordern, faszinierte ihn dermaßen, dass er selbst die Schmerzen aushielt, die er in ihrer Gegenwart erdulden musste. Erinnerte sie ihn doch so stark an seine kleine Schwester, die er auf solch grausame Art verloren hatte …

Doch Mica bedeutete längst mehr für ihn als die Schatten seiner Vergangenheit, die ihn in seinen schlimmsten Albträumen heimsuchten. Sie hatte sich in seine Welt und in sein Herz geschlichen wie ein Dieb in der tiefsten Nacht, ohne dass er es bemerkt hatte, geschweige denn hätte verhindern können. Und selbst wenn es ihm rechtzeitig aufgefallen wäre … er war sich nicht sicher, ob er etwas dagegen unternommen hätte.

Sie war zu einem Teil seines Lebens geworden. Einem Teil, den er um jeden Preis beschützen wollte wie ein kostbares Kleinod – wie eine Beute, die er mit niemandem teilte, mochte das Kredo der Diebe noch so viel Gegenteiliges verlangen. Mica gehörte ihm von dem Moment an, seit er sie zum ersten Mal gesehen hatte und niemand – auch nicht Samja – durfte sie ihm wieder entreißen.

Das war ihm allerdings erst vor ein paar Minuten klar geworden, als Samja ihm die erschütternde Nachricht von Micas unmöglich zu bestehender Prüfung eröffnet hatte. Oder besser, als er es in ihren Gedanken gelesen hatte, denn von sich aus hätte ihm Samja diese Information wohl kaum gegeben.

»Wenn ihr etwas passiert, dann …« Er deutete mit dem Finger auf Samja und seine Stimme glich einem Donnergrollen.

»Was dann? Willst du mich töten?« Sie sah ihn ruhig an.

Viel zu ruhig, was die Wut in ihm zum Schäumen brachte.

»Du wirst mein Quartier noch heute verlassen!«, knurrte er grimmig und kam einen drohenden Schritt auf sie zu. »Was du getan hast, kann ich dir nicht verzeihen! Du hast Micas Leben aufs Spiel gesetzt, nur um deine lächerliche Eifersucht zu befriedigen!«

»Lächerlich nennst du das?!« Samjas Stimme schwoll an wie eine Welle, die über ihm zu brechen drohte. »Gib zu, dass du etwas für diese kleine Kanalratte empfindest, und hör auf, dich selbst zu belügen!«

So etwas Ähnliches hatte Mica ihm ebenfalls schon an den Kopf geworfen, einen Tag, bevor alles aus dem Ruder gelaufen war. Ehe er sich dazu hatte hinreißen lassen, ihr seine Gefühle zu zeigen, die sich in ihren dunklen Augen widergespiegelt hatten.

Wie hatte er es genossen, ihre Haut zu küssen, ihren Finger an seinen Lippen zu fühlen und diese unschuldige Überraschung in ihrem Blick zu lesen, die Zuneigung, die allein ihm gegolten hatte. Hätte Samja diesen Moment nicht unterbrochen, er hätte sich wahrscheinlich nicht beherrschen können und sich – und Mica – ins sichere Verderben gestürzt, welches er jedoch mit offenem Herzen willkommen geheißen hätte.

Die Erinnerung an diesen Moment stachelte Cassiels Zorn und Verzweiflung noch mehr an. »Was ich für wen empfinde, ist allein mein Problem!«, fuhr er sie an. Seine Nasenflügel bebten vor Wut.

»Problem! Genau. Das ist es!«, erwiderte sie nicht minder zornig und ihre schwarzen Augen funkelten ihn an, was sie zu einer unfassbar schönen Erscheinung werden ließ. Aber Cassiel war nicht mehr empfänglich für ihre Anziehungskraft. Dafür hatte sie viel zu viel zerstört. Er würde ihr nicht mehr vertrauen können, nie wieder. Es war dasselbe Gefühl, das er jedes Mal empfand, wenn er Aren sah und die Folge eines Bruchs, den selbst der beste Schmied nicht mehr hätte zusammenschweißen können.

»Du siehst in ihr jemanden, den du längst verloren hast! Und sie wirst du ebenso verlieren wie dich selbst, da du ein kaputter Mann bist, der nicht weiß, was er will und schon gar nicht zu solchen Gefühlen wie Liebe fähig ist!«, fuhr Samja fort und traf ihn mit ihren Worten mitten in sein Herz, was ein heißes Glühen in seiner Brust hinterließ.

Cassiel musste sich mit aller Kraft abwenden, um ihr nicht eine zu scheuern und ballte seine Hände stattdessen zu Fäusten, dass seine Knöchel weiß wurden. »Um deiner selbst willen, ich warne dich: Hör auf damit, bevor ich mich vergesse ...« Seine Stimme war zu einem heiseren Flüstern geworden.

»Keine Angst, ich habe genug von dir und deiner kaputten Seele! Du hattest die ganze Zeit recht: Dir ist wahrlich nicht mehr zu helfen!« Er hörte, wie sie sich abwandte und die kleine Höhle verließ, die ein Jahr lang ihr gemeinsames Zuhause gewesen war.

Als ihre Schritte in der Ferne verklangen, entspannte er sich ein wenig, nur um im nächsten Moment zusammenzufahren. Er spürte *sie,* ehe er ihre Stimme hörte, und wagte kaum sich umzudrehen, aus Angst, dass er nun tatsächlich dem Wahnsinn verfallen war und sich schon einbildete, sie überall zu sehen und zu hören.

»Cass?« Mica trat einen Schritt in das Quartier und sah sich entgeistert um. »Was ist hier geschehen?«

Cassiel stand mit dem Rücken zu ihr, sein Brustkorb hob und senkte sich, darum bemüht, einen normalen Atem zu erlangen. Dann, als könne jede unbedachte Bewegung sie vertreiben, drehte er sich langsam um.

Sein schwarzes Haar war zerzaust und strähnig, seine Kleidung wies etliche Schweiß- und Schmutzflecken auf. Den Umhang, der nicht minder mitgenommen aussah, hatte er achtlos in eine Ecke geworfen, wo einer der Stühle lag. Er schien gerade erst von seiner Mission zurückgekehrt zu sein. Er war also länger unterwegs gewesen, als er anfänglich geglaubt hatte.

Mica hatte sich wieder einigermaßen von ihrer sogenannten Aufnahmeprüfung erholt und fühlte sich einfach nur müde. Aren hatte sich rührend um sie gekümmert, ihr zu essen gegeben und einen ganzen Krug voller Tee gekocht, den sie hatte trinken müssen.

Jetzt wollte sie einfach nur noch ein paar Stunden schlafen, ehe sie sich mit den Machenschaften der Gildenältesten weiter beschäftigen würde. Das war zumindest ihr Plan gewesen, bis sie Cassiel sah, der sich in einem Zustand befand, den sie kaum zu beschreiben vermochte.

»Du siehst … schrecklich aus.« Sie kam zögernd einen Schritt auf ihn zu. »Geht es dir gut?«

In Cassiels grünen Augen las sie grenzenlose Erleichterung und Erstaunen gleichermaßen. »Du hast die Prüfung überlebt?«, flüsterte er, ohne auf ihre Frage einzugehen.

»Nun, es war nicht leicht.« Sie lächelte und legte den Kopf schief.

Ehe sie es sich versah, war er bei ihr und hatte sie an seine Brust gezogen. Seine Arme schlangen sich so fest um ihren Körper, dass sie kaum Luft bekam und er schmiegte seine Wange in ihr Haar. »Mäuschen«, flüsterte er in ihre schwarzen Locken, »ich habe geglaubt, ich hätte dich für immer verloren …«

»Noch nicht, aber das wirst du nachholen, wenn du mich zu Tode drückst«, keuchte sie, was ihn seine Umarmung etwas lockern ließ.

Sie hob den Blick, um ihn anzusehen. Sein Gesicht war nur ein paar Fingerbreit von ihrem entfernt und seine Augen … etwas darin erschütterte sie bis ins Mark.

»Was ist hier geschehen?«, wiederholte sie ihre anfängliche Frage, während ein ungutes Gefühl sie beschlich.

Cassiel holte tief Luft und legte dann die Hände an ihre Wangen. Sein Handschuh streifte dabei kühl über ihre Haut. »Ich weiß nicht, wie ich es dir schonend beibringen kann«, murmelte er, während sein Blick in ihren Augen versank. »Daher sage ich es so, wie es ist: Samja hat dich mit Absicht zur schwierigsten Prüfung geschickt, die es in der Diebesgilde gibt. Die noch keiner bisher überlebt hat und die nur für diejenigen bestimmt ist, die wir loswerden wollen. Wir nennen sie die ›unmögliche Prüfung‹. Sie war wütend, nachdem sie uns zusammen gesehen hatte und in ihrer Enttäuschung ist sie zu Furin gegangen und hat sie um diesen … Gefallen gebeten.« Er atmete tief durch. »Glaub mir, wenn ich hier gewesen wäre … wenn ich es gewusst hätte …« Seine Stimme brach und seine Augen waren dunkel vor Schmerz und Verzweiflung.

Welche Ängste musste er durchgestanden haben?

Samja also … hatte Mica es doch geahnt. Hatte Cassiel vielleicht deswegen in die Palmenhaine gehen müssen? Damit er nicht im Weg war, Mica warnen oder gar die Prüfung stören konnte? Möglich war es, denn Cassiel hatte ihr ja erzählt, dass Samja unter anderem für die Missionen zuständig war. Die Diebin hatte ganze Arbeit geleistet.

Doch das war etwas, worüber sie sich später Gedanken machen würde. Im Moment zählte für Mica nur, dass Cassiel hier vor ihr stand und sie festhielt.

»Nun ja … ich lebe noch.« Mica strich ihm mit einer zärtlichen Geste das Haar zurück.

Er lehnte seine Wange an ihre Handfläche und drückte einen flüchtigen Kuss darauf. »Ich war nie gläubig, aber ich danke den Göttern dafür«, murmelte er. »Ich habe Samja weggeschickt. Ich kann nicht mehr mit ihr unter einem Dach leben, denn was sie dir antun wollte, ist … unentschuldbar.«

»Dann bist du … bist du … frei?« Mica traute ihrer Stimme kaum. Wagte nicht, das auszusprechen, was sie insgeheim gehofft hatte und was sie die Prüfung überstehen ließ.

»Mica …« Seine Stimme war rau und sein Blick glitt suchend über ihr Gesicht. »Ich … wäre dein Verderben, glaub mir. Ich bin kaputt und wohl kaum fähig, dir das zu geben, was du verdient hast.« Die Worte, die Samja ihm eben noch an den Kopf geschleudert hatte, hallten in ihm nach. Sie hatte recht. Er war nicht fähig, Mica das zu geben, was ein Mädchen wie sie brauchte. Er war zu überhaupt keinen Gefühlen fähig, abgesehen von Hass, Schuld, Trauer und Verzweiflung.

»Warum sagst du so etwas?« Sie konnte ihre Augen nicht von der Narbe an seiner Oberlippe abwenden.

»Weil es wahr ist.« Er legte die Hand unter ihr Kinn und fuhr mit dem Daumen sanft darüber. Dabei berührte er ihre Unterlippe und sie öffnete unwillkürlich den Mund, was seinen Blick dorthin lenkte. »Ich möchte nicht, dass du unglücklich wirst – du hast in deinem Leben bereits zu viel durchmachen müssen, um auch mich noch zu ertragen.«

»Ich kann selbst entscheiden, was ich will.« Sie legte ihre Hände um seine Taille und zog ihn näher zu sich. »Und im Moment will ich dich.«

»Glaub mir, es fällt mir schwerer als alles andere, doch ich kann nicht. Noch nicht.«

»Wann? Sag mir, wann und ich werde warten.« Sie musterte ihn mit ihren dunklen Augen, die von den langen, schwarzen Wimpern fast verborgen wurden.

»Ich … weiß es nicht …« In seinem Blick lagen sowohl Zärtlichkeit als auch Bedauern.

»Das war die falsche Antwort.« Sie legte eine Hand in seinen Nacken und zog seinen Kopf zu sich herunter. Einen Moment lang spürte sie, wie er mit sich rang, dann gab er ihrem Druck nach, bis sein Mund dicht vor ihrem war.

Er biss sich auf die Unterlippe. »Du bist kein Mäuschen mehr«, murmelte er mit heiserer Stimme und sie spürte seinen Atem warm über ihre Haut streicheln.

»Ebenso wenig wie du ein Scheißkerl bist.« Ihr Mund verzog sich zu einem sanften Lächeln. »Und jetzt küss mich endlich.«

Als seine Lippen die ihren berührten, spürte sie, wie etwas in ihr explodierte. Er legte seinen Mund mit solcher Zaghaftigkeit und Zurückhaltung auf ihren, dass es kaum ein Hauch war – und doch war es viel, viel mehr.

Micas Herz raste, während sie sich ihm entgegendrängte und ihre Lippen für ihn öffnete. Noch nie hatte ein Mann sie auf diese Weise geküsst, noch nie hatte sie diese Zärtlichkeit erlebt, mit der Cassiel nun sanft begann, ihren Mund zu erkunden.

Wie konnte er nur so von sich sprechen, als sei er es nicht wert, sie zu küssen, sie in seinen Armen zu halten? Er war es mehr wert als jeder andere Mann und seine Art, wie er sie küsste, berührte ihre Seele. Er war so behutsam, als ob sie jeden Moment wie ein aufgescheuchtes Reh davonrennen könnte und gleichzeitig überwältigte sie die sanfte Bestimmtheit seiner weichen Lippen, die die ihren nun fest umschlossen, sie in der Gegenwart hielten, obwohl ihr Geist bereit war, sich von ihm davontragen zu lassen.

Seine Hände fuhren ihren Körper entlang, erforschten jeden Zoll davon und bescherten ihr einen Schauer um den anderen, während sie ihre Hände in seinem Nacken verschränkte und ihn umklammerte, als sei er ihre Rettung, ihr Verderben und ihre Erlösung gleichermaßen. Sie sog seinen Duft in sich auf, aalte sich in der Wärme, die er in ihr hervorrief und wünschte sich, dass dieser Kuss niemals enden würde.

Als er sich langsam von ihr löste, waren sie beide außer Atem, ihre Wangen gerötet und ihre Blicke verschleiert.

»Das habe ich tun wollen, seit du das erste Mal unter mir lagst.« Ein schelmisches Lächeln spielte um Cassiels Mund und er fuhr mit der Fingerspitze ihre Augenbrauen entlang, über ihren Nasenrücken zu ihren Lippen und verharrte dort. Die Bewunderung und Ehrfurcht, mit der er sie betrachtete, ließen Micas Herz vor Freude hüpfen, dass es ihr fast schon Schmerzen bereitete.

Sie mochte es, wenn er so verspielt war, wenn sein Mund sich zu einem Lächeln verzog und seine Augen wie Diamanten funkelten. Es brachte die Schönheit seiner Züge zutage, die sonst hinter seiner kantigen Fassade verborgen lag.

»Du hast mich als Rotznase bezeichnet«, meinte sie schmunzelnd und küsste seinen Finger, wie er es mit ihrem am Tag zuvor getan hatte.

Seine Augen verdunkelten sich, während er wie gebannt auf ihren Mund starrte. »Da dachte ich ja auch noch, du wärst ein Junge und wusste nicht, dass ich gerade das schönste Mädchen der Stadt überwältigt hatte.« Seine Stimme klang tiefer als sonst und erinnerte Mica an den Moment, als sie sie zum ersten Mal bei der Taverne gehört hatte. Als sich die Wärme seines Gesangs in ihr Herz geschlichen hatte, noch ehe sie den Menschen dahinter – Cassiel – kennenlernen durfte.

»Ich habe dich singen hören.« Sie legte ihre Hand an seine Wange und strich mit dem Daumen über die Narbe auf seiner Oberlippe, die seinem Aussehen etwas Verwegenes verlieh. »Wo hast du das gelernt? So zu singen?«

Sein Kopf fuhr zurück und sein Finger, der bis jetzt an ihrem Mund verweilt hatte, erstarrte, während Mica spürte, wie sich sein ganzer Körper anspannte. Dann ließ er seine Arme fallen, als hätten ihn mit einem Mal alle Kräfte verlassen. Er senkte den Blick und sie verfluchte sich innerlich dafür, dass sie schon wieder eine seiner Narben berührt hatte, die viel, viel tiefer lagen als jene an seiner Oberlippe. Damit hatte sie den Zauber des Moments zerstört, ohne es zu wollen.

Vielleicht hatte Cassiel recht und er war tatsächlich kaputt. Aber sie würde alles daran setzen, seine zerbrochene Seele zu heilen, seinem Leben wieder einen Sinn zu geben, außerhalb des Stehlens. Außerhalb der Diebesgilde …

»Tut mir leid«, flüsterte sie und hielt seinen Kopf fest, sodass er sie wieder ansehen musste. Die Trauer, die ihr aus seinen grünen Augen entgegenschlug, drohte ihr Herz zu zerreißen.

»Mica ...« Er klang, als müsse er all seine Kraft aufbringen, um allein ihren Namen auszusprechen.

»Schhh ...« Sie legte abermals einen Finger auf seinen Mund. »Du musst es mir nicht erzählen. Nicht, wenn du es nicht willst.«

»Glaub mir, ich würde dir gerne mehr über mich erzählen, aber ich kann nicht. Du hast es selbst äußerst treffend bezeichnet: Ich bin wie ein Schwert, das vom Rost zerfressen wird. Alles, was du tun kannst, ist, darauf zu achten, dass du dir keine Blutvergiftung einfängst, wenn du dich mit mir abgibst.« Ein gequältes Grinsen erschien auf seinen Zügen. »Ich kann nicht von dir verlangen, dass du bei mir bleibst, aber wenn du es dennoch tust, bin ich der glücklichste Mann, den es in Altra gibt.«

Seine Worte trafen Mica wie Dolchstiche ins Herz und sie spürte, wie es zu bluten begann ob des Schmerzes und der Unsicherheit, die sie in seinen Augen las. Gefühle, die ihn innerlich zerrissen und die er normalerweise so gut hinter seiner Mauer der Selbstsicherheit verbarg, welche ihn die meiste Zeit umgab und alles von ihm fernhielt, was ihn verletzen konnte.

»Ich werde bleiben, das verspreche ich dir«, hörte sie sich sagen, ehe sie über ihre Worte nachdenken konnte.

Zur Antwort küsste er sie mit solch einer leidenschaftlichen Verzweiflung, dass Mica wusste: Sie hatte das einzig Richtige getan.

Kapitel 26 - Mica

»Wir sollten uns schlafen legen«, murmelte Cassiel nach einer Weile und sah sie besorgt an. »Du hast heute mehr durchgestanden, als je ein Dieb in der Gilde wird nachvollziehen können.«

Mica nickte. Obwohl es erst früher Nachmittag war, kroch die Erschöpfung in ihren Körper wie träger Schleim, der sich in ihren Muskeln und ihrem Hirn festsetzte, sodass sie kaum fähig war, klar zu denken, geschweige denn, sich zu bewegen. Hinzu kamen diese verwirrenden, neuen Gefühle, die sie in ihrem Herzen trug, seit Cassiel sie geküsst hatte. Aber um sich auch darüber noch den Kopf zu zerbrechen, hatte sie wirklich keine Energie mehr. Morgen vielleicht, aber heute gewiss nicht mehr.

Ohne sich gegen seine Fürsorglichkeit zu wehren, oder wenigstens eine zynische Bemerkung darüber zu machen – selbst dafür war sie zu müde – ließ sie sich von ihm zu der Matratze ziehen, die ab sofort ihr gehörte. Aren hatte ihr gestattet, ein eigenes Quartier zu erkämpfen und das hatte sie auch getan. Irgendwie zumindest … bei diesem Gedanken musste sie unwillkürlich lächeln.

Cassiel zog nur seine Stiefel aus, wie er es immer tat. Sie hatte ihn überhaupt noch nie ohne seine Kleider gesehen, wie ihr erst jetzt auffiel. Wahrscheinlich lag es daran, dass sein Körper an mehreren Stellen verbrannt war und er sich dafür schämte. Warum auch immer … auch um darüber nachzudenken, hatte sie nun keine Kraft mehr.

Sie genoss es einfach, sich an seine warme Brust zu schmiegen, seinem Herzschlag zu lauschen und seine Hand zu fühlen, die sie zärtlich streichelte. Selbst den Handschuh trug er immer noch. Das war der letzte Gedanke, ehe sie in einen tiefen Schlaf sank.

Mitten in der Nacht wachte Mica auf und sah sich verwirrt um. Cassiel schlief immer noch neben ihr und einen Moment lang stutzte sie, warum er sie in seinen Armen hielt. Dann fiel ihr alles wieder ein. Die Aufnahmeprüfung, die ein reiner Hohn gewesen war, und nur darauf abgezielt hatte, dass sie ihr Leben verlieren sollte, ihre Aufnahme in die Diebesgilde, Cassiels Geständnis, dass er sich von Samja getrennt hatte, sein Kuss …

Auch wenn sie ihm nicht gänzlich vertraute – sie wusste nicht, ob sie überhaupt jemals in ihrem Leben jemandem vertrauen würde – so fühlte sie sich auf eigenartige Weise sicher bei ihm. Das war ein Gefühl, das dem des Vertrauens womöglich schon sehr nahe kam.

In der Höhle brannte nur das fahle Licht einer Laterne, die Cassiel Tag und Nacht brennen ließ, da er es nicht mochte, im Dunkeln zu schlafen. Mica konnte dadurch Cassiels Gesicht erkennen. Im Schlaf wirkten seine Züge entspannter, jünger und verletzlicher, als sie es jemals bei Tage an ihm gesehen hatte.

Sie stützte ihren Kopf mit einer Hand ab und betrachtete ihn liebevoll.

Sein schwarzes Haar umrahmte ihn wie ein Trauerschleier. Wie immer hatte er leichte Bartstoppeln, da er sich nur gelegentlich rasierte. Einen Arm hatte er unter ihren Nacken gelegt, die rechte Hand ruhte auf seiner Brust, welche sich unter regelmäßigen Atemzügen hob und senkte.

Mica lächelte unwillkürlich.

Wer hätte gedacht, dass sie irgendwann die Nacht neben einem Dieb verbringen würde? Ihr erschienen die vergangenen Stunden wie ein Albtraum, aus dem sie eben erst aufgewacht war. Es fühlte sich an, als wäre Cassiel schon immer bei ihr gewesen und nicht so, als würden sie sich erst seit zwei Wochen kennen.

Und doch, falls er ihr jetzt sagen würde, dass er sie liebte, wusste sie, dass sie panische Angst bekäme und am liebsten davonrennen würde. Sie würde weder damit umgehen noch ihm gegenüber dasselbe erwidern können, da sie schlicht und ergreifend nicht wusste, was sie für diesen Mann empfand. Noch nie hatte ein Mann so sehr ihr Herz berührt wie er, aber sie hatte auch Angst davor, sich das einzugestehen, da sie dann verletzbar war.

Doch das stand im Moment ohnehin nicht zur Diskussion. Sie wollte einfach nur jede Sekunde genießen, die sie bei ihm sein und in der Wärme seiner Augen baden konnte.

Behutsam, um ihn nicht aufzuwecken, strich sie mit dem Finger eine der schwarzen Haarsträhnen aus seinem Gesicht. Sie fuhr seine Wangenknochen entlang, zu seinem Mund, über die Narbe, das stoppelige Kinn, weiter zu seinem Halstuch, das er sogar im Schlaf noch trug.

Was mochte ihm bloß zugestoßen sein, dass er von sich behauptete, ein kaputter Mann zu sein, nicht fähig, ihr das zu geben, was sie verdiente? Wo sie doch so wenig von ihm erwartete?

Sanft fuhr sie über den Ansatz seines Halses, über die verbrannte Haut, die sich unter ihren Fingern wie glatter Stoff anfühlte.

Plötzlich packte er ihre Hand mit einer Stärke, die sie leise aufschreien ließ, und warf sie mit einer Kraft auf den Rücken, die sie in diesem

Augenblick nicht erwartet hatte. Im nächsten Moment spürte sie seinen Dolch, den er von wo auch immer herhatte, an ihrem Hals und keuchte, als sie in seine glühenden Augen über sich blickte.

»Cass, ich bin's«, flüsterte sie und versuchte, ihre Hand unter seinem Körper zu befreien. Doch er kniete mit seinen Beinen auf ihren Armen und sie war unfähig, sich zu bewegen.

Die Wildheit in seinem Blick jagte ihr Angst ein. Noch nie hatte er sie so angesehen – nicht einmal, als er sie damals in der Gasse überwältigt hatte. Seine Züge, die eben noch im Schlaf so entspannt gewesen waren, glichen jetzt einer bizarren Fratze, die an Wahnsinn grenzte.

»Cass …« Sie merkte, wie die Klinge seines Dolches die Haut an ihrem Hals ritzte, als ihr Kehlkopf sich bewegte und verstummte, um nicht einen noch tieferen Schnitt zu riskieren.

Nur langsam erlosch das Feuer in seinen Augen und er schüttelte den Kopf, als wollte er eine Fliege loswerden. Dann traf sein Blick auf ihren und er sprang auf, riss die Klinge weg von ihrem Hals.

»Mica!« Es war ein Aufschrei voller Grauen, der ihr einen Blick in seine verletzte Seele gewährte.

So rasch, wie er hochgefahren war, kniete er auch schon wieder neben ihr und packte sie bei den Schultern. Den Dolch hatte er weggeworfen, in seinen Augen las sie pures Entsetzen. »Verdammt … du bist verletzt …« Seine Stimme war kaum ein Flüstern. »Ich … verflucht noch mal … tut es weh?« Er ließ sie los und küsste sie dort, wo er sie mit seinem Dolch geschnitten hatte und wo jetzt eine schmale Blutspur über ihre Haut rann, die aussah, als trage sie eine hauchdünne, rote Kette.

»Was war das?!« Sie stieß ihn von sich und sah ihn mit weit aufgerissenen Augen an. »Cass, was ist mit dir los, dass du derart überreagierst?«

Sein Blick war immer noch wie gebannt auf ihren Hals gerichtet und sein Brustkorb hob und senkte sich, als sei er stundenlang gerannt. Dann sackte er mit einem Mal in sich zusammen und nackte Verzweiflung überkam ihn. »Ich sagte doch, ich bin kaputt und dass du dich an mir schneiden wirst, wenn du durch den Rost dringst. Das hier war eine wahrhaft dumme Idee!« Er machte eine allumfassende Bewegung, die die Matratze, Mica und den gesamten Raum mit einschloss.

»Cass, beruhige dich …« Mica setzte sich auf und legte eine Hand auf seine Brust. »Das war keine dumme Idee, ganz und gar nicht. Du brauchst eine Frau, die dich ebenso braucht. Eine, die dich versteht, weil sie dir ähnlich ist. Jemanden wie mich …«

Er schüttelte abermals den Kopf, dass sein langes Haar flog. Mica hielt sein Gesicht fest, sodass er sie ansehen musste.

»Was … hast du gemacht?«, murmelte er zerknirscht. Die Scham, die aus seinen Augen sprach, bildete einen Kloß in Micas Kehle.

»Ich habe dich hier berührt.« Sie ließ ihn los und deutete auf seinen Hals, ohne jedoch mit dem Finger zu nahe zu kommen. »Cass …« Ihre Stimme war so sanft wie die Wellen des Meeres. »Bitte, sprich mit mir. Erzähl mir, was dir widerfahren ist.«

Cassiels Miene verschloss sich, wurde beinahe undurchdringlich, doch sie sah seinen Augen an, dass es hinter der Maske arbeitete.

Dann schüttelte er langsam den Kopf und seufzte. »Ich … kann nicht. Glaub mir, ich würde nichts lieber tun, als dir alles zu erzählen, aber die Worte wollen nicht über meine Lippen kommen, so sehr ich mich auch darum bemühe.« Er fuhr sich mit beiden Händen durch das Haar und strich es nach hinten. »Es … tut mir leid. Du musst mich für den schrecklichsten Menschen halten, den es gibt.«

»Du bist nicht schrecklich, überhaupt nicht. Wer hat dir das bloß eingeredet?« Sie legte behutsam ihre Hand an seine Wange und spürte, wie er seinen Kopf dagegen lehnte. Seine Bartstoppeln kratzten dabei über ihre Fingerkuppen.

Für einen Lidschlag ließ er nochmals diesen Moment der Schwäche zu, ließ sie seine Ohnmacht fühlen, ehe er sich wieder von ihr zurückzog. Sie konnte förmlich zusehen, wie sein Blick sich veränderte, wie das Leiden daraus verschwand und berechnender Vernunft Platz machte. Es war eine faszinierende und zugleich beängstigende Verwandlung.

»Lass uns schlafen.« Seine Stimme war fast so fest wie üblich. Er hatte seine Mauer wieder um sich erbaut, alle Steine zurück an ihren für sie bestimmten Platz gesetzt und ließ Mica nicht mehr dahinter blicken. Es war seine Art, mit seinem Schmerz umzugehen.

Mica sah ein, dass es keinen Wert hatte, weiter in ihn vordringen zu wollen, wenn er in solch einer Stimmung war. Sie nickte und legte sich wieder hin, während er so weit von ihr wegrutschte, wie es auf der Matratze möglich war. Auch wenn es Mica das Herz zerriss, sie wusste instinktiv, dass er ihre Nähe jetzt nicht ertragen hätte.

»Wie lief es in den Palmenhainen«, fragte sie, um das Thema auf etwas anderes zu lenken, denn dass sie jetzt nicht würde einschlafen können, stand für sie außer Zweifel. »Du kamst spät zurück.«

Cassiel drehte ihr den Kopf zu und sie erkannte die Dankbarkeit und Erleichterung in seinen Augen, dass sie seine Vergangenheit für den Moment ruhen ließ. »Ich war mit zwei anderen Dieben dort.« Seine Stimme hatte erneut jenen warmen Unterton. »Wir haben etwas länger gebraucht als üblich, aber die Mission war ein Erfolg.«

Da war er wieder. Der Cass, der in die gefährlichste Region der Stadt ging, zurückkam und kein Wort darüber verlor, nicht prahlte oder sich in ausschmückenden Erzählungen ausließ. Nein, er erzählte die Tatsachen, so wie sie gewesen waren, ohne Lob zu erwarten. Wenn sie nicht nachgehakt hätte, hätte er ihr wahrscheinlich gar nichts darüber berichtet. Es war seine besondere Art der Bescheidenheit. Das war eines der vielen Dinge, die Mica an ihm mochte.

»Gilt das Lächeln mir?« Cass zog eine Augenbraue nach oben.

»Ja«, antwortete Mica frei heraus. Sie hatte gar nicht bemerkt, dass sie ihn angelächelt hatte.

»Dann ist ja gut.« Er rückte etwas näher, hob eine Hand und hielt nahe vor ihrem Gesicht in der Bewegung inne. »Es tut mir leid, dass ich dich verletzt habe, ich hoffe, du hast meinetwegen keine Schmerzen?«

»Wie ich dir schon einmal sagte, Schmerzen machen mir nichts aus.« Als sie die Bestürzung in seinem Blick erkannte, fügte sie schnell hinzu: »Und nein, es tut nicht weh. Du hast mir höchstens einen Kratzer verpasst, mehr nicht.«

Seine Hand sank auf ihren Kopf und er strich über ihre kurzen Locken. »Du solltest dein Haar nicht abschneiden. Es ist viel zu schön, um eine solche Misshandlung zu erfahren«, murmelte er, während er eine Locke zwischen seinen Fingern zwirbelte.

»Ich trug es einmal länger – früher …« Jetzt war es an ihr, seinem Blick auszuweichen.

Sie konnte sich noch genau an den Moment erinnern, als sie ihr Haar, das ihr einst bis zu den Hüften reichte, abgeschnitten hatte. Es war nach der ersten Nacht mit Nager gewesen. Er hatte sie an den Haaren gezerrt, bis ihre Kopfhaut blutete. Danach hatte sie sich geschworen, ihm nie wieder eine solche Angriffsfläche zu bieten.

Außerdem war es pflegeleichter, wenn man, wie sie, auf den Straßen lebte. Doch das tat sie jetzt nicht mehr …

Vielleicht, ja, vielleicht würde sie ihr Haar wieder wachsen lassen. Für Cass, damit er mit seinen Fingern hindurchfahren, es küssen und streicheln konnte. Der Gedanke allein schien ihr vollkommen unsinnig zu sein, und doch regte sich dabei ein Kribbeln in ihrem Bauch, das sich in Windeseile warm in ihrem Körper ausbreitete.

»Du hast einiges durchmachen müssen.« Cass schien in ihr zu lesen wie in einem offenen Buch. »Ich verspreche dir, ich werde dich mit meinem Leben beschützen, solange du bei mir bleibst.«

Mica rückte näher zu ihm und er ließ es zu, dass sie sich an seine Brust lehnte. »Was werden wir mit Samja und Furin machen?«, flüsterte sie so leise, dass er sie kaum verstehen konnte. »Sollen wir es Aren sagen?«

Sie spürte, wie er sich wieder kaum merklich verkrampfte. »Ich weiß es, ehrlich gesagt, nicht«, antwortete er nach einer Weile, in der sie unbewusst den Atem angehalten hatte. »Wenn es nach mir ginge, würde ich am liebsten beide aus der Gilde verjagen – und das wäre noch das Menschlichste, was mir vorschwebt. Aber ich möchte dir die Entscheidung überlassen. Schließlich hast du dein Leben ihretwegen aufs Spiel setzen müssen.«

»Ich werde es mir bis morgen überlegen«, erwiderte Mica. Sie hob den Blick und suchte den seinen. »Cass ...« Er wandte sich ihr zu und sah sie aufmerksam an. »Ich hoffe, ich dringe nicht zu tief vor, aber ...«

»Sag, was du sagen willst.« Auch wenn seine Stimme ruhig klang, erkannte sie doch die Angst, die für einen Moment in seinen Augen aufflackerte wie der Docht einer Kerze, die nicht entzündet werden wollte.

»Seit ich dich zum ersten Mal habe singen hören, habe ich mir gewünscht, deine Stimme noch einmal zu hören. Damals, in der Taverne ... so etwas Schönes habe ich noch nie zuvor erlebt.«

Zu ihrer Überraschung erhellte ein Lächeln Cassiels Züge, das direkt aus seinem Herzen zu kommen schien. »Du bittest mich allen Ernstes darum, dir mitten in der Nacht etwas vorzusingen?« Ein neckischer Unterton schwang in seiner Stimme mit und Mica entspannte sich unwillkürlich.

»Ja.« Sie nickte mit Nachdruck und fügte hinzu: »Bitte.«

»Also gut.« Cassiel legte einen Arm um ihre Schulter und zog sie noch näher zu sich. »Aber das Trinkgeld wird in Form von Küssen gegeben, klar?« Sein Grinsen wurde breiter.

Nichts war mehr von dem verletzlichen Cassiel übrig, den sie heute Abend kennengelernt hatte. Aber im Moment war ihr das mehr als recht, wenn er dafür den Barden für sie mimte.

Für die Dauer eines Herzschlags überlegte Mica, ob sie jemals schon einen solch vielschichtigen Menschen wie ihn kennengelernt hatte, der seine Gesichter derart rasch wechseln konnte. Wenn es auch nicht unbedingt mit Absicht geschah.

Seine samtweiche Stimme unterbrach ihre Gedanken, als er einen leisen Gesang anstimmte, der durch das zarte Vibrieren seines Brustkorbes begleitet wurde.

Es war dasselbe Lied, das er damals in der Taverne gesungen hatte und das mit einer Trauer getränkt war, die Micas Herz schwer werden ließ. Aber anders als damals konnte sie es jetzt aushalten, denn sie erkannte, woher die Trauer rührte: aus seinem Innersten, das er in dem Lied nach außen kehrte.

Für sie.

Es war seine Art, mit den Gefühlen umzugehen, die er ansonsten nicht zulassen konnte. Das hatte sie in dieser Nacht begriffen.

Kapitel 27 - Faím

Faím stand am Bug des Schiffes, beide Hände auf die Reling gestützt, und blickte dem Land entgegen, das rasch näher kam. Es waren zwei Tage vergangen, seit die Meerjungfrau sich mit ihm verbunden hatte.

Inzwischen kam es ihm wie ein längst vergangener Albtraum vor, da sie nicht mehr Kontakt zu ihm aufgenommen hatte. Allein die blau schimmernden Male an seinen Schläfen erinnerten ihn an dieses ungewöhnliche Zusammentreffen. Doch der Kapitän hatte recht behalten: Auch sie begannen, zu verblassen. Immerhin konnte man sie nun nur noch sehen, wenn man ganz genau hinschaute. Etwas, das Faím sehr erleichterte, denn die Mannschaft hatte ihn seit dem Vorfall ohnehin wie einen Aussätzigen angestarrt.

»Und, Kleiner, aufgeregt?«, erklang Sartons Stimme hinter ihm.

Der Kapitän jagte Faím längst nicht mehr solch einen Schrecken ein wie noch zu Beginn seiner unfreiwilligen Reise. In den letzten Tagen hatte er ihn besser kennengelernt und gemerkt, dass Seb von Anfang an recht hatte: Der Kapitän hatte ein gutes Herz, wenn er es auch oft hinter einer strengen Fassade verbarg.

Jetzt kam er mit einem breiten Lächeln auf Faím zu und ließ spielerisch ein Stück Tau durch seine Hände gleiten, ehe er sich neben den Jungen an die Reling stellte und dem Land entgegensah.

Die Insel war so groß, dass es Faím vorkam, als ob der ganze Horizont daraus bestünde. Grüne, dichte Wälder wuchsen darauf. Die meisten Bäume, die er erkennen konnte, waren Palmen. Er vermeinte, einen goldfarbenen Sandstrand zu erkennen, aber noch waren sie nicht nahe genug, als dass es nicht auch die Spiegelung der See hätte sein können.

»Baltros ist ein Paradies, wie du es nur einmal im Leben zu sehen bekommen wirst«, meinte der Kapitän und beschattete seine schwarzen Augen, um die näher kommende Küste zu beobachten, wo jetzt mehrere Schiffe auftauchten.

»Was werdet Ihr mit mir machen, wenn wir dort sind?«, fragte Faím und sah den dunkelblonden Mann von der Seite an.

Sarton wandte sich ihm zu und runzelte die Stirn. »Du meinst wegen der Meerjungfrau?«

Faím nickte. Auch wenn er es vor dem Kapitän nicht zugeben wollte, aber er hatte panische Angst davor, was passieren könnte, sobald er Land berührte.

Sarton hatte ihm erklärt, dass er, solange er sich an Bord eines Schiffes aufhielt, vor der Tochter des Wassergottes in Sicherheit war. Meerjungfrauen konnten aus irgendeinem Grund auf den Planken nichts ausrichten – zumindest nicht, solange sie nicht von den Seeleuten freiwillig an Bord geholt wurden. Das änderte sich jedoch schlagartig an Land, wo Faím der Magie der Meerjungfrau schutzlos ausgeliefert wäre.

»Du wirst mich begleiten«, sagte Sarton jetzt bestimmt, während er sich über den Kinnbart strich. »Solange du in meiner Nähe bleibst, wird dir nichts geschehen. Aber wage nicht, Alleingänge zu unternehmen. Das könnte deinen frühzeitigen Tod bedeuten – oder den unserer Mannschaft, wenn die Meerjungfrau sich deiner bemächtigt und dich dazu bringt, das Ei zu öffnen.« Er deutete auf seine Weste, in deren Tasche er das goldene Ei mit der Seele der Meerjungfrau aufbewahrte. Er trug es seither Tag und Nacht bei sich.

»Werdet Ihr mich zurück nach Chakas bringen?«, fragte Faím hoffnungsvoll.

»Das werden wir sehen«, wich Sarton aus. »Zunächst habe ich andere Pläne mit dir. Die Macht einer Meerjungfrau kann uns helfen, Beute zu machen, von der du nicht einmal zu träumen wagst.«

»Aber, ich spüre sie nicht mehr. Die Meerjungfrau meine ich.«

»Du wirst lernen, sie zu rufen und ihre Kräfte für dich – für uns – zu nutzen.« Sartons schwarze Augen ruhten auf Faím, während der Wind mit seinem halblangen, dunkelblonden Haar spielte. Auf den breitkrempigen Hut hatte der Kapitän heute verzichtet.

»Wie?«, fragte Faím zweifelnd.

»Ich werde es dir zeigen, sobald wir an Land sind und sich das niedliche Ding dir zeigt.«

Ehe Faím weitere Fragen stellen konnte, fiel sein Blick auf etwas, das ihn auf der Stelle verzauberte. Sein Mund klappte von alleine auf und seine Augen wurden noch größer.

Sarton folgte seinem Blick und knurrte eine Verwünschung. »Ich habe euch dummen Eseln doch gesagt, dass ich sie nicht an Deck haben will!«, brüllte er den zwei Matrosen zu, die das schönste Mädchen flankierten, das Faím je zu Gesicht bekommen hatte.

Sie mochte ungefähr in seinem Alter sein, vielleicht auch ein wenig älter. Ihr Haar glänzte wie Gold im Sonnenlicht, ihre blauen Augen waren starr auf den Kapitän gerichtet, während ein trotziger Ausdruck um ihren sinnlichen Mund spielte. Ihr graziler Körper steckte in einem reich verzierten, orangefarbenen Kleid, das von der Hüfte abwärts etwas abstand und ihre schmale Taille betonte.

Faím wusste auf der Stelle, dass es sich um die Gefangene handelte, die Sarton in Baltros verkaufen wollte. Noch nie zuvor hatte er sie gesehen – überhaupt war ihm nie eine Frau an Deck der Smaragdwind begegnet.

Er versuchte, sich daran zu erinnern, was Kart ihm erzählt hatte. Ihr Vater war ein reicher Kaufmann gewesen, der in der Nähe von Chakas oder Bairout sesshaft war. Aber ihre helle Haut und ihr goldenes Haar ließen vermuten, dass sie ursprünglich aus einer nördlicheren Region von Altra stammen musste.

»Junge, klapp den Mund wieder zu und sabber nicht auf die Planken!«, befahl Sarton mit einem verärgerten Seitenblick zu Faím, der augenblicklich der Aufforderung nachkam. »Und ihr bringt sie auf der Stelle wieder unter Deck!«, fuhr er die beiden Matrosen an, die den Kopf zwischen die Schultern gezogen hatten.

»Das werden sie nicht tun!« Selbst ihre Stimme war die einer Göttin, auch wenn sie vor Wut etwas höher klang, als sie es wahrscheinlich sonst tat. Sie hatte die Hände in die Seiten gestemmt und funkelte den Kapitän böse an.

Faím fiel auf, dass alle Männer ihre Arbeiten eingestellt hatten und sich auf das Schauspiel freuten, das ihnen geboten wurde. Selten wagte jemand, sich öffentlich gegen den Kapitän zu stellen, daher war es umso erfrischender, diese kleine Person, die ihm kaum zur Brust reichte, sich vor ihm aufbauen zu sehen. Das wollte sich keiner entgehen lassen.

Sarton schien das aufzufallen, denn er spielte das Spiel gekonnt mit. Faím war sich sicher, dass er jeden anderen Menschen, der es gewagt hätte, ihn mit solch einem Ton auf seinem Schiff anzusprechen, auf der Stelle über Bord geworfen hätte.

»So?« Der Kapitän war mit drei Schritten bei ihr und hielt ihr Kinn fest.

Seine breitschultrige Gestalt überragte die des Mädchens um einiges und es kam Faím so vor, als ob ein Bär gerade einen Hasen maßregeln wollte. Für einen Lidschlag war nun doch Furcht in ihren schönen Augen zu erkennen, die sie jedoch gekonnt hinter Zorn verbarg. »Und was gibt dir kleinem Gör das Recht, über meine Mannschaft zu bestimmen?!« Die Stimme des Kapitäns war so schneidend, dass selbst Faím zusammenzuckte.

»Ich habe einen Namen!« Das Mädchen dachte gar nicht daran, sich von Sarton einschüchtern zu lassen, was Faíms Bewunderung für sie nur noch anfachte.

»Das ist mir scheißegal«, knurrte der Kapitän.

Faím war es nicht egal. Zu gerne hätte er den Namen dieser entzückenden Erscheinung gehört, ihre Lippen sich weiter bewegen sehen. Doch sie presste sie zu einer geraden Linie zusammen und versuchte, sich aus dem Griff des Kapitäns zu befreien, der bei ihren Bemühungen leise auflachte.

»Mädchen, je eher du lernst, dass du mir mit Haut und Haaren gehörst, umso besser für dich«, sagte er erstaunlich sanft.

Faím spürte ein ungewohntes Gefühl der Eifersucht in sich aufkeimen. Diese Schönheit war nicht dazu bestimmt, in den Armen eines groben Kapitäns zu liegen. Nein, für sie war nur das Beste gerade gut genug. Doch er hütete sich, Sarton dies an den Kopf zu schleudern.

»Ihr seid ein Ekel!«, fuhr das Mädchen ihn an. »Ich bin froh, wenn ich von Eurem Schiff endlich runter komme!«

Der Kapitän legte den Kopf schief und musterte die kleine Furie, die ihn immer noch wütend ansah. Ihre Augen versprühten regelrecht Funken. »Mal sehen, ob ich dir den Gefallen tue, dich tatsächlich zu verkaufen. Vielleicht hebe ich dich auch für mein eigenes Bett auf. Und wenn ich mit dir fertig bin, werde ich dich meinen Männern schenken. Na, wie würde euch das gefallen?« Die letzten Worte waren an die Mannschaft gerichtet, welche die Szene aufmerksam verfolgt hatten.

Zustimmende Jubellaute und manch obszöne Worte waren aus den Wanten und quer über Deck zu hören. Die Wangen des Mädchens verfärbten sich zu einem glühenden Rot, was ihr ein noch unschuldigeres und damit hinreißenderes Aussehen verlieh. Faím konnte den Blick nicht von ihrem Antlitz abwenden.

»Bastard!«, spie sie dem Kapitän entgegen.

»Genug der Komplimente.« Sarton ließ endlich ihren Kopf los und deutete barsch in Richtung Luke. »Bringt sie auf der Stelle runter!«

Faím sah mit Bedauern, wie die beiden Matrosen seinem Befehl Folge leisteten und das Mädchen, das nun nur allzu gerne das Deck und die grölende Mannschaft zu verlassen schien, zur Luke brachten.

»Dieses kleine Miststück.« Sarton schüttelte den Kopf, während er ebenfalls dem Mädchen hinterhersah. »Wäre ich in deinem Alter, hätte ich mir den Spaß nicht nehmen lassen, ihr zu zeigen, was ein Junge mit einem Mädchen wie ihr alles anstellen könnte.« Er zwinkerte Faím zu, der unter dem Grinsen des Kapitäns purpurrot anlief. »Aber ich stehe nicht auf unerfahrene Kinder. Außerdem hat sie zu kleine Brüste.« Er lachte schallend und begab sich auf das Puppdeck, um das Kommando fürs Anlegen in Baltros zu übernehmen.

Faím konnte spüren, wie seine Ohren ebenso brannten wie seine Wangen, als er sich in Erinnerung rief, wie die Brüste des Mädchens ausgesehen hatten. Ihm waren sie alles andere als klein erschienen. Er schalt sich augenblicklich für die Gedanken, die in ihm aufkamen.

Bisher hatte er sich noch nie etwas aus Mädchen gemacht. Natürlich war ihm nicht entgangen, dass Mica und Nager oft beieinanderlagen und auch nicht, was sie taten. Aber für ihn war das normal gewesen, ohne jeglichen Anreiz oder Anstoß. Es hatte ihm nur wehgetan, dass Mica anscheinend oft unter Schmerzen litt, nachdem sie eine Nacht mit Nager verbracht hatte. Doch sie hatten nie darüber gesprochen.

Erst jetzt ertappte er sich dabei, zu überlegen, wie es sich wohl anfühlen mochte, bei diesem Mädchen zu sein, sie in seinen Armen zu halten und ihre vollen Lippen zu küssen. Was für ein wundervolles Gefühl musste es sein, ein Lächeln in dieses reizende Gesicht zu zaubern. Seine Wangen wurden dabei noch eine Spur heißer und er hob sein Gesicht in den Fahrtwind, um es kühlen zu lassen.

Dabei fiel sein Blick wieder auf die Insel, die nun direkt vor ihnen lag. Die Sonne war bereits dabei, unterzugehen und tauchte die See in eine Vielzahl von Rottönen, die sich mit dem Blau des Wassers zu violetten Farben verbanden. Es war ein herrlicher Abend, nicht zu warm, gerade richtig, um an Land zu gehen.

Sartons Kommandostimme hallte über Deck, als er die Befehle zum Anlegen erteilte. Faím wurde bei diesem Manöver verschont, da die Schiffsjungen zu wenig Erfahrung hatten, um die Smaragdwind dabei zu unterstützen, sicher in den Hafen einzufahren.

Laute Rufe waren von rechts und links zu hören, die von den Schiffen, die bereits vor Anker lagen, zu ihnen herüberdrangen.

Faím konnte erkennen, dass der Hafen von Baltros eine richtige kleine Stadt war, wie Kart ihm erzählt hatte. Die Schiffe konnten bis an die Piers fahren, um dort vertäut zu werden.

Mit großen Augen starrte er zu den anderen Decks hinüber, wo die abenteuerlichsten Gestalten standen – ebenso wie im Hafen, der vor Menschen fast überquoll.

Einige Dirnen hatten sich zu dem Pier gedrängt, wo die Smaragdwind soeben anlegte und zeigten der johlenden Mannschaft ihre blanken Busen. Etwas, das Faím abermals die Schamesröte ins Gesicht trieb. Noch nie hatte er so oft an Brüste gedacht wie in den letzten Minuten ...

Kapitel 28 - Faím

»Wir sind an unserem Ziel!«, rief der Kapitän seiner Mannschaft vom Puppdeck aus zu. »Diejenigen, die das Schiff bewachen, werden noch früh genug auf ihre Kosten kommen. Ihr anderen schaut, dass ihr euch nicht zu sehr betrinkt. Ihr solltet jederzeit kampfbereit sein – wir wissen, wie rasch die Stimmung in diesem Kaff umschlagen kann!«

Die Männer schienen es kaum erwarten zu können, die Planken endlich zu verlassen und sich in die Arme der Dirnen zu begeben oder in den Tavernen ihr Geld bei Alkohol und Glücksspielen zu verprassen. So unruhig hatte Faím die Mannschaft der Smaragdwind noch nie erlebt. Aber auch er selbst wurde von ihrer Vorfreude angesteckt und vergaß dabei fast die Tatsache, dass er, sobald er einen Fuß an Land setzte, der Meerjungfrau ausgeliefert sein würde.

»Du, Kleiner, kommst mit mir!« Sarton deutete auf Faím. »Ebenso wie Lenco und unsere süße Prinzessin da.« Sein Finger fuhr weiter zu dem Mädchen, dessen Arme auf dem Rücken gefesselt waren.

Sie starrte den Kapitän wütend an, wagte aber nicht, ihn nach dem vorherigen Wortgefecht abermals herauszufordern. Neben ihr stand der Quartiermeister Lenco, der seine Hände fest auf ihre Schultern gelegt hatte. Wieder einmal war Faím von seinen Muskelmassen beeindruckt. Das fast schwarze, lange Haar hatte er wie immer zu einem Zopf zusammengebunden, der ihm schwer über den Rücken fiel. Seine ebenso dunklen Augen schienen alles und jeden zu bemerken.

Faím hatte ihn von Anfang an nicht gemocht, da er ein kaltes Herz hatte. Aber Lenco war Sarton immerhin bedingungslos ergeben und führte die Mannschaft mit harter, aber gerechter Hand. Sarton hätte wohl keinen besseren Quartiermeister als ihn finden können. Er schien ihm sein Leben anzuvertrauen.

»Ab mit euch!«, rief der Kapitän in dem Moment und lautes Gejohle wurde laut, als die Rampe an den Pier gelegt wurde.

Wie kleine Kinder rannten die kampferprobten Männer über die Holzplanke und ließen sich von den Dirnen, die ebenfalls jubelten, in die Arme nehmen und in die Hafenstadt begleiten.

Kart warf Faím einen bedauernden Blick zu und zuckte mit den Schultern, ehe er sich den anderen anschloss. Er hatte ihm ja eigentlich die Stadt zeigen wollen. Nun aber war Faím dazu verpflichtet, an der Seite des Kapitäns zu bleiben.

»Wir werden ein paar Tage hierbleiben«, sagte Sarton mit einem Blick zu der Mannschaft. Fast schon meinte Faím väterliche Gefühle in seinen Augen zu entdecken, während er seine Männer beobachtete, die lachend und jubelnd an Land gingen.

»Komm, Kleiner, wir werden eine Taverne suchen, in der ich hoffe, einen Mann zu finden, der mir dieses Ding da«, er deutete abermals auf das Mädchen, »abnehmen kann.«

Faím missbilligte zwar, wie Sarton über das Mädchen sprach, aber er nickte bloß und folgte ihm und Lenco über die Rampe an Land.

In dem Moment, in dem sein Fuß den Landungssteg berührte, spürte er sie, als wäre sie nie weg gewesen. Sein Herz begann schneller zu schlagen und sein Kopf hämmerte in einem Rhythmus, der ihm fast den Verstand zu rauben drohte. Ihm wurde für einen Lidschlag schwarz vor Augen und hätte Sarton ihn nicht gestützt, wäre er wohl in das schmutzige Wasser des Hafens gefallen.

»He, Kleiner, pass auf!«, wies ihn der Kapitän zurecht, während er ihn am Oberarm festhielt. Er sah sich suchend um und fluchte vernehmlich, als er unterhalb der Rampe einen Wasserkringel neben dem Schiffsrumpf entdeckte. »Die ist ja äußerst scharf auf dich«, murmelte er, während er Faím rasch über den Pier führte.

»Ich kann sie in mir spüren.« Faím war wie betäubt.

»Besser, wir sorgen dafür, dass du Alkohol bekommst.« Sarton ging auf die erste Häuserreihe des Hafens zu.

Faím bekam kaum mit, wohin sie sich wandten, nur, dass sie irgendwann in eine Taverne eintraten. Das Hämmern in seinem Kopf war schier unerträglich und dauerte so lange, bis Sarton mit Schwung einen Humpen Bier vor ihm auf den Tisch knallte, dessen Schaum bei der Bewegung halb über den Rand schwappte.

Wie er hierhergekommen war, wusste Faím nicht mehr. Auch nicht, wie er sich auf den Stuhl gesetzt hatte. Nur, dass der erste Schluck Bier ihm wohltuende Linderung verschaffte. Die Meerjungfrau zog sich widerwillig aus seinem Körper zurück.

»Trink noch ein paar Schlucke.« Sarton saß ihm gegenüber.

Zu seiner Rechten konnte er das Mädchen erkennen, das ihn mit großen Augen anstarrte. Ihre Hände waren immerhin nicht mehr gefesselt. Lenco hatte sich so platziert, dass sie zwischen ihm und Faím mit dem Rücken zur Wand der Taverne saß und keine Möglichkeit hatte, zu fliehen. Außer, sie wäre über den Tisch gesprungen, doch dort saß Sarton.

»Was ist mit ihm?«, wollte das Mädchen wissen. In ihren Augen las Faím Sorge, die ihm galt. Ein warmes Gefühl breitete sich in seiner Magengegend aus und er trank rasch noch einen Schluck, um sein errötendes Gesicht hinter dem großen Humpen zu verbergen.

»Das soll er dir selbst erklären«, brummte Sarton trocken, während er sich aufmerksam in der Taverne umsah.

Es war inzwischen dunkel geworden und mehrere Kerzen erhellten das Innere des Raumes. Wie immer war viel los gegen Abend, betrunkene Matrosen lallten und fluchten, Frauenstimmen lachten viel zu schrill, die Luft war erfüllt vom Gestank nach Bratfett, Urin und abgestandenem Bier.

Sarton hatte einen Tisch in einer Ecke gewählt, von dem aus man die gesamte Taverne überblicken konnte.

Faím leerte gerade seinen Becher und stellte ihn mit einem zufriedenen Seufzen auf den Tisch.

»Nun?« Das Mädchen hatte sich etwas nach vorne gebeugt und musterte ihn neugierig.

Im ersten Moment wusste Faím nicht, was sie von ihm hören wollte, dann erinnerte er sich an ihre Frage. »Ich ...« Er räusperte sich, da sich mit einem Mal alles in seinem Kopf drehte. Er hatte das Bier viel zu schnell auf nüchternen Magen getrunken und warf nun einen hilfesuchenden Blick zum Kapitän, der diesen jedoch ausdruckslos erwiderte und dann weiter die anderen Männer beobachtete.

»Du ...?« Sie strich sich eine ihrer Strähnen hinters Ohr und Faím ertappte sich dabei, wie er auf ihren goldenen Ring mit der Wasserrune starrte. »Kannst du etwa nicht sprechen?«

»Ich ...« Noch nie war Faím derart verzaubert gewesen. Gleichzeitig kam er sich vor wie der größte Trottel.

Er hätte gerne damit geprahlt, dass er sich mit einer Meerjungfrau verbunden hatte. Hätte ihr gerne Geschichten über Abenteuer erzählt, die er nicht erlebt hatte, nur, um ihre großen Augen leuchten zu sehen. Und doch wollte ihm kein einziges Wort über die Lippen kommen.

Glücklicherweise unterbrach Sarton in dem Moment Faíms unbehagliche Situation, denn er sprang auf, den Blick auf einen hochgewachsenen Mann gerichtet, der soeben die Taverne betrat.

Ein breitkrempiger Hut verbarg einen Teil seines Gesichtes, aber auch so war er eine imposante Erscheinung. Sein langes, dunkelbraunes Haar war vorne zu einigen Zöpfen geflochten, hinten fiel es ihm offen über den Rücken. Er trug schwarze Lederkleidung und einen weiten Umhang, der in dieser Hitze wohl kaum angemessen war. Rechts und links an seinen Hüften, die sich geschmeidig bewegten, blitzten Krummsäbel.

Sein leicht schwankender Matrosengang verriet, dass er sich seiner ziemlich sicher war, denn er trat selbstbewusst an den Tresen und bestellte beim Wirt etwas zu trinken. Dieser beeilte sich, der Bitte seines neuen Gastes nachzukommen.

Der Fremde drehte sich um und stützte seine Unterarme lässig hinter sich auf der Theke ab, während er den Blick durch den Raum schweifen ließ.

Als seine Augen auf den Tisch von Faím trafen, zog dieser scharf die Luft ein. Die Iris des Fremden hatte die Farbe von purem Gold, das durch das Kerzenlicht noch zusätzlich zum Glänzen gebracht wurde. Sein Antlitz war wunderschön, wie Faím es noch nie bei einem Menschen gesehen hatte, und er strahlte eine Autorität aus, die jeden in Ehrfurcht erstarren ließ.

Ein leichtes Lächeln breitete sich um den sinnlichen Mund des Fremden aus, als er mit seinem Bier ein paar Schritte auf Sarton zuging.

»Na, wen sieht man denn da?«, fragte er mit einer rauen Stimme, die nicht wirklich zu seinem Äußeren passen wollte. »Sarton Schwarzauge. Bist du auch wieder mal hier?«

»Das könnte ich dich ebenfalls fragen.« Sarton trat einen Schritt auf den Fremden zu und klopfte ihm dann freundschaftlich auf die Schulter. »Maryo Vadorís, welch Freude, dich wiederzusehen. Ich dachte, du hättest der Schifffahrt abgeschworen?«

Faím erstarrte beim Klang dieses berühmten Namens. Jeder in Altra kannte den Elfenkapitän und seine Geschichten. Um seine Abenteuer rankten sich viele Legenden und Faím hatte sich immer gewünscht, ihn einmal persönlich kennenzulernen. Das war einer der Gründe gewesen, warum er so oft im Hafen von Chakas gewesen war und die Schiffe beobachtet hatte. Er wusste, dass der Kapitän den Sohn des ehemaligen Zirkelleiters kannte, und hatte gehofft, dass er ihn und seine berühmte Cyrona, wie der Elf sein Schiff nannte, irgendwann einmal sehen würde. Und nun begegnete er ihm hier auf Baltros.

»Du weißt doch, wie das ist.« Das Lächeln von Maryo Vadorís wurde breiter. »Selbst Frauen können einen nicht ewig von den Planken eines Schiffs, das sich auf hoher See mit den Elementen misst, abhalten.«

»Komm, setz dich zu uns.« Sarton bot ihm seinen Platz an und winkte dem Wirt, dass er einen weiteren Stuhl bringen sollte. »Erzähl, was dich hierher verschlagen hat.«

Als Maryo seinen Hut abnahm, konnte Faím deutlich die spitzen Elfenohren erkennen, die zwischen den dichten Haarsträhnen hervorstanden. Er musste sich zusammenreißen, um ihn nicht anzustarren. Noch nie hatte er einen Elf aus der Nähe gesehen.

»Seit wann bist du zum Kindermädchen geworden?« Maryo warf einen amüsierten Blick auf Faím und das Mädchen, die beide unter seiner eingehenden Musterung erröteten, was ihn zusätzlich schmunzeln ließ.

»Das Mädchen werde ich hier verkaufen«, antwortete Sarton. »Und der Junge ist eines meiner wertvollsten Mannschaftsmitglieder.«

»Ich sehe, warum.« Maryos goldener Blick blieb an den Schläfen von Faím hängen, die für scharfe Augen immer noch die Male der Meerjungfrau aufwiesen.

»Wie immer entgeht dir nichts.« Sarton grinste und seine schwarzen Augen blitzten vergnügt.

Maryo wandte sich ihm zu und erwiderte sein Lächeln. Trotzdem mutete es eher an, als fletschte ein Wolf gerade seine Zähne. »Und an wen willst du die Kleine verkaufen?«

Sarton zuckte mit den Schultern. »Mal sehen, wer ein anständiges Angebot macht. Ich hatte eigentlich gehofft, Murin Silberzahn hier zu treffen, aber er scheint andere ... Verpflichtungen zu haben.«

»Murin ist tot.« Maryos Augen verdunkelten sich. »Er hat es zu weit getrieben mit seinen Machenschaften.«

»Du kannst doch nicht einfach einen meiner besten Mittelsmänner töten!«, fuhr Sarton ihn an.

»Kann ich und hab ich.« Maryo blieb die Ruhe selbst und lehnte sich in seinem Stuhl zurück. Er fuhr sich mit dem Zeigefinger über die Unterlippe und musterte das Mädchen nachdenklich. »Du könntest sie mir überlassen.«

»Dir? Eher nehme ich sie selbst in mein Bett!«, grinste Sarton.

»Ich will sie nicht für mein Bett.« Für einen Moment blitzte das Gold in Maryos Augen ärgerlich auf. Das Mädchen wurde unter seinem Blick merklich kleiner.

»Sondern? Wofür braucht ein berühmter Elfenkapitän eine kleine Göre an Bord?«

»Das überlass mir.« Maryo wandte den Blick von dem Mädchen ab und sah Sarton ruhig an. »Wie viel verlangst du für sie?«

Sarton fuhr sich mit der Zunge über die Lippen. Seiner Miene war deutlich anzusehen, dass er ein lohnendes Geschäft witterte. »Zweihundert Goldstücke.« Er fuhr sich über den Kinnbart und taxierte den Elf mit zusammengekniffenen Augen.

»Sagen wir hundertfünfzig und ich nehme sie direkt mit. Dann musst du dich nicht um ein Quartier für sie kümmern.«

»Also gut.« Sarton nickte etwas zu eilig und Maryo zog einen Beutel voller Geld hervor, das er in seiner Hand abzählte.

»Was? Ihr verkauft mich einfach so an diesen Elf?!« Das Mädchen fuhr hoch und starrte den Kapitän ungläubig an.

»Tja, jetzt hast *du* sie am Hals!« Sarton grinste Maryo an, während er das Gold entgegennahm.

»Damit werde ich schon fertig, keine Sorge«, lächelte dieser zuversichtlich. »Komm, Kleine, ich stell dich mal meiner Mannschaft vor.«

Er stand auf und Lenco erhob sich ebenfalls, um das Mädchen in Richtung Maryo zu schieben, die sich jedoch heftig gegen den Griff des muskelbepackten Quartiermeisters wehrte. Aber es half nichts, sie wurde direkt vor den Elf gezerrt.

»Hat die Wildkatze auch einen Namen?«, wollte Maryo wissen, während er seinen Hut wieder aufsetzte.

»Sie heißt Sulaika«, antwortete Sarton, der mit verschränkten Armen beobachtete, wie das Mädchen versuchte, sich mit Tritten von Lenco zu befreien.

»Gut. Sulaika, komm, ich finde den Gestank hier drin langsam unerträglich.« Maryo bückte sich und warf sich das aufgebrachte Mädchen mühelos wie einen Sack über die breite Schulter. Er nickte Sarton nochmals zu und wandte sich dann zur Tür.

Ein paar Sekunden lang waren die empörten Rufe des Mädchens noch zu hören, nachdem er die Taverne bereits verlassen hatte.

Faím sah ihr bedauernd nach. Zu gerne hätte er Sulaika besser kennengelernt. Sie mit diesem Elfenkapitän weggehen zu sehen, verpasste ihm einen Stich im Herzen.

»Kleiner, es wird noch genügend schöne Frauen in deinem Leben geben.« Sarton schien seinen Blick bemerkt zu haben, was augenblicklich wieder Schamesröte auf die Wangen des Jungen zauberte. »Essen wir etwas und begeben uns dann zum Strand. Du solltest schnellstmöglich lernen zu verhindern, dass diese Meerjungfrau dir auf der Nase herumtanzt.«

Sarton rief nach dem Wirt, um für sich und die beiden anderen das Beste zu bestellen, was die Küche zu bieten hatte. Schließlich hatte er gerade eine Menge Geld eingenommen.

Kapitel 29 - Faím

»Wie fühlst du dich?« Sarton sah Faím forschend von der Seite an, während er mit der rechten Hand unruhig über seinen Kinnbart fuhr.

»Schwindlig.« Der Junge hockte im Sand und griff sich an die Stirn, die schweißnass war. Das lag nicht an den warmen Temperaturen, sondern vielmehr daran, dass seine Kopfschmerzen kaum noch erträglich waren, seit er keinen Alkohol mehr getrunken hatte, und sein Herz raste.

»Das wird vergehen, sobald du mit ihr gesprochen hast.« Sarton hatte sich neben ihn gekniet und ließ seinen Blick über das Wasser gleiten, das in sanften Wellen über den Sand gespült wurde.

Der Mond stand hoch am Himmel und über ihnen leuchteten Tausende von Sternen. Die Luft war getränkt vom Salzgeruch der See und dem erdigen Duft des Dickichts hinter ihnen. Sarton hatte Faím zu einer Stelle abseits der Hafenstadt geführt, die den Namen Milingue trug. Niemand war in der Nähe, der etwas von ihrem Gespräch oder dem, was sie vorhatten, mitbekommen konnte.

Faím war sich nicht mehr so sicher, ob er das, was der Kapitän ihm vorgeschlagen hatte, auch wirklich tun wollte. Aber jetzt gab es kein

Zurück mehr. Er spürte, dass die Meerjungfrau in der Nähe war, fühlte regelrecht ihre Präsenz.

»Versuch, sie zu rufen. Sie wartet darauf«, murmelte Sarton und ließ die schwarzen Augen nicht von der See, die still und friedlich schlummernd vor ihnen lag. Viel zu friedlich.

»Wie?« Faím versuchte, sich zu konzentrieren, aber jedes Mal, wenn es ihm gelang, waren die Kopfschmerzen fast nicht mehr auszuhalten und sein Brustkorb schnürte sich zu.

»Versuche, dir ihr Gesicht vorzustellen. Sie hat einen Namen, den sie jedoch nur dir preisgeben wird. Der Name liegt in ihrem Antlitz.«

Auch wenn Faím nichts mit den Worten des Kapitäns anzufangen wusste, konzentrierte er sich auf das, woran er sich noch erinnern konnte. Sie hatte blondes, langes Haar gehabt, in das Algen hineingeflochten waren, und meerblaue Augen. Mehr hatte er von ihrem Gesicht nicht erkennen können, da alles viel zu schnell gegangen war.

Wie, bei den Göttern, sollte er anhand von diesen paar Merkmalen einen Namen herausfinden?

Erneut spürte er, wie seine Brust sich zusammenzog, als er die Augen schloss und sich auf ihr Gesicht konzentrieren wollte. Doch er kämpfte dagegen an, versuchte, bei dem Bild zu bleiben, das sich langsam in seinem Geist bildete. Es nahm immer klarere Konturen an und er fragte sich, woher diese Einzelheiten kommen mochten. Er konnte sich nicht daran erinnern, sich diese Details eingeprägt zu haben. Und doch waren sie da, kamen von irgendwoher aus seinem Kopf und setzten sich nach und nach zu einem Bild zusammen.

Und dann, mit einem Mal, sah er sie vor seinem inneren Auge.

Ihre Züge waren sanft wie ein wolkenloser Himmel und ihre Lippen so rosa, dass es ihn an einen Sonnenuntergang erinnerte. Ihre meerblauen Augen schauten ihn neugierig und aufmerksam an. In ihnen lag eine Tiefe und Intelligenz, die ihm den Atem raubte.

Ohne dass er genau benennen konnte, warum, wusste er plötzlich, wie sie hieß. Er fühlte ihren Namen in seinem Herzen und die Gewissheit, dass er von dort nie wieder zu löschen war, bescherte ihm eine Gänsehaut.

»Chandra«, hauchte er und öffnete die Augen.

Im selben Moment bildete sich ein Strudel in den Wellen vor ihm und eine breite Fischflosse erschien. Noch ehe er es sich versah, wurde Faím von oben bis unten nass gespritzt.

»Dieses verfluchte Weibsbild«, knurrte Sarton neben ihm, dessen Kleidung ebenfalls mit Meerwasser durchtränkt worden war. »Zeit, ihr zu verstehen zu geben, wer das Sagen hat. Ruf sie her!«

Faím sah den Kapitän verständnislos an. »Und wie?«

»Du kennst doch ihren Namen! Ruf sie, sie wird auf dich hören!«

Faím zog verblüfft die Mundwinkel nach unten. Warum sollte eine Meerjungfrau auf ihn hören?

Als er Sartons verärgerten Blick sah, nickte er jedoch.

Er erhob sich und merkte erst jetzt, dass die Kopfschmerzen tatsächlich erträglicher geworden waren. Auch der Druck auf seiner Brust war jetzt weniger stark.

Er hob die Hände an den Mund und rief so laut er konnte: »Chandra!«

Einige Sekunden verstrichen, in denen nichts geschah. Dann jedoch zeigten sich wiederum Wirbel im Wasser und mit einem Mal erschien ein blonder Schopf.

»Ihr habt mich gerufen?«, fragte eine glockenklare Stimme, die weithin über die Wellen hallte und doch so nah schien, als säße die Meerjungfrau direkt neben ihnen.

Faím nickte wie betäubt und wunderte sich nicht einmal über die Tatsache, dass er sie verstehen konnte, da sie Temer sprach.

Die Schönheit des Wesens, das nun langsam auf die beiden Männer zugeschwommen kam, war atemberaubend. Er hatte sie zwar an Deck bereits kurz gesehen, aber nun, im Licht des Mondes und der Sterne, war sie eine Augenweide. Ihr langes, blondes Haar war nass und fiel schwer über ihre wohlgeformten, nackten Brüste – schon wieder Brüste! – ihre Augen funkelten mit den Sternen, die sich im Wasser spiegelten, um die Wette. Er konnte nur ihren Oberkörper erkennen, der Rest wurde von den Wellen verborgen, die ihre Gestalt umspielten.

Sie fuhr sich anmutig mit beiden Händen durch das Haar und strich es nach hinten. Faím konnte den Blick nicht von ihrem makellosen, unbekleideten Oberkörper nehmen. Noch nie hatte er eine Frau gesehen, die so schön war. Selbst Sulaikas Anmut verblasste neben derjenigen dieses Geschöpfes. Ja, das hier war tatsächlich die Tochter eines Gottes.

»Genug, hör auf mit dem Theater, Weib!«, riss ihn Sartons Stimme aus seiner Verzauberung.

Die Meerjungfrau fauchte den Kapitän böse an, aber immerhin ließ sie ihr Haar wieder nach vorne fallen, sodass Faím blinzelnd zur Vernunft kam.

»Was wollt Ihr von mir?« Chandra legte sich nun auf den Strand, sodass ihr Fischschwanz noch im Wasser lag, ihr Oberkörper aber den kühlen Sand berührte.

»Du hast diesen Jungen hier mit deinem Mal versehen«, antwortete Sarton etwas ruhiger. »Ich weiß, wozu ihr Töchter des Meeres fähig seid. Sei gewarnt, es wird dir bei ihm nicht gelingen.«

»Wer seid Ihr, Mensch, dass Ihr so mit mir sprecht?« Chandras Augen verdunkelten sich merklich und sie zog die fein geschwungenen Augenbrauen zusammen.

»Wer ich bin, ist unerheblich. Wer er hier ist, sollte dich mehr interessieren.« Sarton deutete mit dem Kinn in Faíms Richtung.

»Und wer bist du?« Neugier lag in ihrem Blick, mit dem sie den Jungen nun ansah.

»Ich ... bin Faím.« Er kam sich komisch vor, mit dieser bildschönen Kreatur zu sprechen, die pure Magie verströmte.

»Das weiß ich.« Ein Lächeln glitt über ihr reizvolles Gesicht, das ihm abermals den Atem raubte. »Du hast das goldene Ei aus dem Tempel in Chakas gestohlen, nicht?«

Faím fing einen warnenden Blick von Sarton auf und nickte vorsichtig. »Ja, das habe ich.«

»Öffne es für mich.« Sie streckte ihre feingliedrige Hand aus. »Bitte.« Das letzte Wort war kaum ein Hauch und doch drang es durch Faíms Haut, in sein Fleisch, durch seine Knochen, in sein Blut und seine Seele.

Er wehrte sich gegen die Magie, mit der sie sprach. Nein, er durfte es nicht für sie öffnen, das wäre sein Ende – und das von Sarton und seiner Mannschaft. Das konnte er nicht verantworten. Selbst wenn dieses Wesen ihn noch so lockte …

»Nein, das werde ich nicht tun.« Jetzt war Faíms Stimme fester.

»Warum nicht? Willst du nicht, dass ich glücklich bin?« Ihr Blick war so unschuldig und rein, dass Faím ins Wanken geriet. Wäre Sarton nicht neben ihm gewesen, er hätte ihr auf der Stelle das goldene Ei und alles andere gegeben, wonach sie verlangte. Er wäre sogar mit Freuden in die Wellen gesprungen – obwohl er nicht schwimmen konnte – nur, um bei ihr zu sein. Bei diesem hinreißenden Mädchen, das ihn in ihren Bann zog.

»Ich werde es nur noch ein einziges Mal sagen: Hör auf mit deinen Spielchen!«, knurrte Sarton wütend, dem Faíms Unsicherheit natürlich nicht entgangen war. Er kannte sich besser mit Meerjungfrauen und deren verführerischem Zauber aus als der Junge, der noch nie eine Frau berührt hatte. Und schon gar keine Nackte, die mit ihren langen Wimpern klimperte und ihn anbettelte, ihr zu helfen.

»Ihr könnt mir nicht drohen.« Chandras Blick wurde kühler als Eis, als sie den Kapitän musterte. Sie schürzte ihre Lippen, was ihr ein noch liebreizenderes Aussehen verlieh.

»Hab ich aber gerade. Wenn du nicht aufhörst, diesen Jungen zu bezirzen, wirst du es bereuen, glaub mir!«, schmetterte Sarton ihr entgegen.

Jeder andere wäre unter seinem Tonfall zusammengezuckt – Faím tat es jedenfalls – aber sie sah ihn einfach nur ruhig an. Sie wusste, dass Sarton ihr nichts anhaben konnte. Das konnte nur Faím, da sie ihn dazu auserwählt hatte.

»Ihr seid ein kleiner, zorniger Mensch«, stellte sie nüchtern fest. »Voller Schmerzen und Schuldgefühle, weil Ihr eine meiner Schwestern auf dem Gewissen habt.«

»Hör auf!« Sartons Stimme war eine einzige Warnung. Sein breiter Brustkorb hob und senkte sich unter der Anstrengung, die er aufbringen musste, um diese kleine Bestie nicht auf der Stelle zu töten. Er brauchte sie noch, also riss er sich zusammen.

»Wie Ihr wollt.« Sie lächelte das verführerischste Lächeln, das Faím je zu Gesicht bekommen hatte, und wandte sich wieder ihm zu. »Du willst mir also meine Seele nicht ohne Gegenleistung zurückgeben. Was verlangst du dafür?«

Faím warf einen zögerlichen Blick zu Sarton, welcher immer noch damit kämpfte, seine Fassung wiederzuerlangen.

»Du wirst ihm so lange gehorchen, bis er dich frei gibt.« Der Kapitän atmete, als habe er Mühe, Luft zu bekommen.

»Ist es das, was du auch willst?«, fragte Chandra und heftete ihren Blick auf Faíms Gesicht.

Nein, er wollte ganz andere Dinge – zum Beispiel wieder ihre Lippen auf seinen spüren, ihren Körper berühren, sein Gesicht zwischen ... genug! Er riss sich zusammen und nickte unter Aufbringung all seiner Selbstbeherrschung.

Ein weiteres Lächeln glitt über ihr schönes Gesicht. »Dann sei es so. Ich werde bei dir sein, wenn du an Land bist und mit dir, wenn du zur See fährst. Deine Augen werden mein sein, meine Kräfte dein. Ich werde dir dienen und gehorchen – so lange, bis du meine Seele freigibst.«

Es hörte sich wie ein Zauberspruch an. Doch Faím überkam ein kalter Schauer, als er zu einer anderen Erkenntnis gelangte.

Nein, es war kein Zauberspruch, sondern ein Schwur. Ein Schwur, der ihn an sie band und sie an ihn. Nur, was passieren würde, wenn dieser Schwur endete, das wollte er sich gar nicht erst vorstellen.

Denn in diesem Moment konnte er ein gefährliches Glitzern tief in ihren Augen erkennen und vermeinte, ihre Eckzähne wachsen zu sehen. Es war nur ein kurzer Augenblick, doch er zeigte ihm, dass diese Kreatur vor ihm nur zwei Dinge begehrte: das goldene Ei und sein Leben. Letzteres würde mit dem Ende des Schwurs ebenso sein Ende finden.

Sarton hatte recht: Meerjungfrauen waren wahrlich zu allem fähig.

Kapitel 30 - Néthan

»Das ist also Chakas ...« Die Ehrfurcht, die aus Steinwinds Miene sprach, während er die Stadt bewunderte, in der sein Anführer aufgewachsen war, entschädigte Néthan fast für die letzten Tage. Es war eine anstrengende Reise durch die Wüstensteppe gewesen und der Anführer war einfach nur froh, dass sie ihr Ziel endlich erreicht hatten.

Es war bereits tiefste Nacht, so wie Néthan es sich erhofft hatte. Sie hatten seit dem Mittag keine Pause mehr eingelegt, und wenn es nach ihm ging, so würden sie auch keine machen, ehe sie nicht in der Stadt waren.

Vor ihnen ragten majestätisch die Stadtmauern in die Höhe, die vom Mond in ein gespenstisch weißes Licht getaucht wurden. So weit man zu blicken vermochte, waren quadratisch gebaute Häuser zu erkennen und die bleichen Fassaden glichen in Néthans Augen einem Todesreigen, der sich bis ans Meer erstreckte. Kleinere Feuer, die auf den flachen Dächern entzündet worden waren und anzeigten, wo Soldaten patrouillierten, durchbrachen mit ihrem warmen Schein diese blasse Schönheit der nächtlichen Stadt Chakas.

Über allem erhaben thronte der Magierzirkel mit seinen weißen Mauern auf einem Hügel. Dorthin wollten sie gehen, das war das Ziel dieser gefährlichen Mission, die im Grunde nur dazu dienen sollte, dass Néthan die schmerzhaften Gefühle seiner Vergangenheit endlich begraben konnte.

Der Anführer der Sandschurken fühlte einen Kloß, der sich seit zwei Tagen in seinem Bauch festgesetzt hatte und mit jedem Schritt, den sie der Stadt entgegengeritten waren, härter geworden war. Inzwischen mutete er wie ein Stück Blei an. Täglich musste Néthan gegen die Kopfschmerzattacken ankämpfen, die immer häufiger auftraten. Etwas in ihm schien sich mit Händen und Füßen dagegen zu wehren, diese Stadt, die sein Verderben sein könnte, zu betreten. Dieses Etwas wollte nur weg und zurück zu den Sandschurken, wo zwar ein hartes Leben auf ihn wartete, aber es war wenigstens eines. Eines, in dem er sich nicht seinen Dämonen stellen musste.

Er unterdrückte diese Regung und atmete tief durch. Dabei stieg ihm die salzige Luft in die Nase, die von einer sanften Brise vom Meer her zu ihnen geweht wurde und die Hitze des Tages vergessen ließ.

»Wenn mich nicht alles täuscht, müsste nahe der südlichen Mauer ein Eingang in den unterirdischen Stollen sein, der zum Hafen führt«, sagte er an seine Männer gewandt. »Durch ihn gelangen wir über die Gänge zum Sternenraum, der unterhalb des Zirkels liegt. Von dort aus können wir den Greif ungesehen zum Zirkelrat bringen.«

Steinwind wandte sich seinem Anführer zu. Zweifel lag in seinem Blick. »Das klingt alles ziemlich einfach – etwas zu einfach, wenn du mich fragst.«

»Wir werden vorsichtig sein müssen, das stimmt«, erwiderte Néthan ruhig. »Aber die Diebe meiden normalerweise diese Pfade in der Nähe des Zirkels. Daher sollten wir dort sicher sein.«

»Und was ist mit den Kanalratten und dem anderen Gesindel?«, fragte Steinwind.

»Mit denen werden wir schon fertig, keine Sorge.« Über Néthans Gesicht glitt ein leichtes Lächeln, das an das mordlüsterne Zähnefletschen eines Gorkas erinnerte. »Los, kommt, bringen wir den Greif in die Stadt!«

Die anderen Männer wagten nicht, ihm zu widersprechen und so machten sie sich auf zu den südlichen Mauern. Ein breiter, mit brackigem Wasser gefüllter Graben, in den man lieber nicht hineinfallen wollte, umgab die Stadt. Aber Néthan wusste, dass der Eingang in das Tunnelsystem unter diesem Graben hindurchging. Alles, was sie befürchten mussten, war, nasse Füße zu bekommen.

Sie hielten sich im Schatten und führten die Pferde an den Zügeln. Der Karren ratterte leise über die Steine und durch den Sand, die das Steppengras unterbrachen.

Nach einer halben Stunde Marsch hielt Néthan an. »Dort, bei der Felsformation und den Bäumen müsste der Eingang sein.« Er deutete auf eine kleine Baumgruppe, die von dichten Felsen umgeben war.

Langsam ging er darauf zu und konnte sich des Gefühls nicht erwehren, dass er soeben einen Abschnitt seines Lebens hinter sich ließ. Abermals hämmerte sein Kopf im gleichen Rhythmus wie sein Herz und er versuchte, sich auf seine Schritte zu konzentrieren, um sich abzulenken.

Als er bei den Felsen ankam, schien es ihm, als wären kaum mehr als zwei Tage vergangen, seit er hier gewesen war. Und doch war es so viele Jahre her, wie er damals, mitten in der Nacht, aus der Stadt geflohen war, durch eben diesen Gang zwischen den Felsen, die wie einsame Wächter seither auf ihn gewartet hatten.

Wieder kamen die Bilder in ihm hoch, die Erinnerungen an die Gefühle, die ihn seither in den dunkelsten Stunden seines Lebens verfolgten und die er nicht zu verstehen vermochte. Er hatte alles hinter sich lassen müssen damals – alles, was er sich so mühsam erarbeitet hatte. Doch wäre er geblieben, hätte ihn der Sohn des Zirkelleiters sicherlich getötet, wenn er ihn entdeckt hätte.

Nun ja, vielleicht holte Néthan dieses Ende gerade selbst nach, indem er so dumm war, den Zirkel von Chakas abermals betreten zu wollen.

»Ist schwierig, an den Ort zurückzukehren, wo alles begonnen hat, oder?« Steinwind war lautlos neben ihn getreten.

Néthan senkte den Kopf und atmete tief die salzige Meeresluft ein, die ihn an seine Kindheit erinnerte. Die Bilder hervorrief, die ihm nichts sagten, da er sich nicht daran erinnern konnte, sie gesehen zu haben. Sie wollten ihm weismachen, dass es einst eine Zeit gegeben haben musste, in der alles noch in Ordnung gewesen war. Als noch nicht ... wieder wurden die Kopfschmerzen fast unerträglich und er konnte sie nur bekämpfen, indem er die lückenhaften Erinnerungen seiner Vergangenheit in den hintersten Winkel seines Verstandes schob.

»Lass es uns hinter uns bringen.« Néthan ging um einen der größeren Felsen herum und begann, das trockene Gras, das hüfthoch dahinter wuchs, mit den Füßen herunterzutreten.

Tatsächlich war er noch da. Der Gang, durch den er damals aus der Stadt geflohen war. Néthan bückte sich, als er etwas im Sand davor glitzern sah. Konnte das tatsächlich sein?

Er wischte sich über den Mund und das glatt rasierte Kinn, ehe er die Hand ausstreckte und nach dem glänzenden Ding griff. Es war ein einfaches Amulett, in Silber gefasst. Ein Schmuckstück, das nicht viel

Wert besaß, und doch bedeutete es für ihn alles, da es das Einzige war, was er aus seinem früheren Leben hatte retten können. Auch wenn er nicht wusste, warum es ihm so viel bedeutete, so fühlte er doch, dass es wichtig war. Als er damals fliehen musste, hatte er geglaubt, dass er das Amulett für immer verloren hatte ... und doch lag es hier, als hätte es auf ihn gewartet.

Abermals tauchte vor ihm das Gesicht der Frau auf, das ihn im Geist all die Jahre verfolgt hatte und das ihn in seinen Albträumen quälte. Er kannte sie nicht, wusste nur, dass sie der Grund sein musste, dass seine Kopfschmerzen schlimmer wurden.

Er schloss so fest die Hand um das Amulett, dass sich seine Fingernägel in die Haut drückten. Verdammt, verdammt, verdammt ... warum mussten die Götter derart grausame Scherze mit ihm treiben? Wollten sie etwa, dass er nicht zurückkam? War das eine Warnung, dass er dem nicht gewachsen war, was auf ihn zukommen würde?

»Was hast du da?«, fragte Steinwind noch zu allem Überfluss.

Néthan schüttelte den Kopf, um die verstörenden Bilder loszuwerden und sah ihn verärgert an. »Nichts, was dich etwas angehen würde!«, knurrte er, steckte das Amulett ein und entzündete mit einer schnellen Handbewegung eine Fackel, die sie mitgenommen hatten. Magie wirken zu können hatte schon seine guten Seiten ...

Bei diesem Gedanken tauchten erneut Fetzen seine Vergangenheit vor seinem inneren Auge auf, als wollten sie ihn verhöhnen und vom Gegenteil überzeugen.

Mit einer unwirschen Bewegung deutete er auf den Eingang des Tunnels, der sich vor ihnen erstreckte. »Los, bringt den Greif her! Wir werden sehen, ob wir ihn mitsamt der Kiste dort hineinbringen können«, befahl er seinen Männern, während er mit der freien Hand in seinem Burnus nach seiner Pfeife suchte, die er, noch während er sie zu seinem Mund führte, mit Magie entzündete. Zum Glück hatte er sie vorhin gerade noch gestopft.

Der Tabak beruhigte ihn etwas, während sich der aufsteigende Qualm wie ein Schleier über seine inneren Dämonen legte und ihm einen Moment der Ruhe gönnte. Doch das Amulett lag schwer in der Tasche, zog sie herunter, als wollte es ihn unter der Erde wissen.

Er beobachtete, wie die fünf Männer die Kiste vom Karren lösten und herunterhoben. Steinwind führte die Pferde zu einem der Bäume, wo er sie festband, während er den Karren so gut tarnte, dass er kaum mehr unter dem Blätterwerk zu erkennen war.

»Lass die Pferde frei!«, rief Néthan ihm zu.

»Bist du sicher ...?« Steinwind blickte ihn besorgt an.

»Ja, verdammt!« Néthan hasste es, dass der Riese in letzter Zeit all seine Befehle infrage stellte. Damit musste er schleunigst wieder aufhören! »Wir werden sie nicht brauchen – und für den Rückweg kaufen wir Neue!«

»Wie du meinst, Anführer.« Steinwind sattelte die Pferde ab, löste ihr Geschirr und gab ihnen dann einen Klaps aufs Hinterteil, worauf sie wiehernd davongaloppierten.

Néthan sah Sternenflut, seinem Hengst, mit einer gewissen Wehmut hinterher, als er mit anmutigen Bewegungen regelrecht über die Steppe flog. Wenigstens das Pferd würde ein freies Leben haben ... für ihn selbst war das nicht ganz so sicher.

Steinwind und die anderen hatten währenddessen begonnen, die Kiste mit dem Greif zu den Felsen zu tragen. Die Männer schnauften unter dem Gewicht und das Tier schien unruhig zu sein. Es kreischte wie ein junges Adlerküken und die Kiste wankte bedrohlich.

»Ich bin froh, wenn wir das Biest los sind!«, brummte Steinwind, als sie keuchend bei Néthan ankamen.

»Sei dir da mal nicht so sicher ...«, antwortete der Anführer mit vielsagendem Blick. »Los, rein mit euch!«

Die Männer hatten einige Mühe, die Kiste durch die schmale Öffnung zu bringen, die den Eingang zu den unterirdischen Tunneln von Chakas darstellte. Als es ihnen gelungen war, ging Néthan voran. Er hielt die Fackel in die Höhe, um möglichst viel von seiner Umgebung zu sehen.

Der Gang war ihm eigenartig vertraut und er merkte erst jetzt, dass er immer wieder davon geträumt hatte. Es waren Träume voller Angst, Entsetzen und Grauen gewesen. Träume, in denen er vor einer wütenden Meute Magier geflohen war, direkt in die Arme von Dieben, die von einem dunklen Schatten angeführt worden waren. Einem Schatten, der seinen Tod wollte. Mehr als alles andere auf der Welt.

Ein eisiger Schauer rann Néthan über den Rücken, als er sich an die Nächte voller Qualen erinnerte, die er bei den Nomaden, die ihn freundlicherweise aufgenommen hatten, durchlebt hatte.

Das war einer der Gründe gewesen, warum er nie eine Nacht alleine bei den Sandschurken verbracht hatte. Immer war mindestens eines der Mädchen bei ihm gewesen, das ihn abgelenkt hatte, ihm mit ihrer Wärme die Geborgenheit gegeben hatte, die er ansonsten nirgendwo finden konnte. Jetzt war jedoch keines dieser Mädchen hier und er fühlte sich mit einem Mal vollkommen alleine, den finsteren Mächten schutzlos ausgeliefert.

Der Gang beschrieb mehrere Windungen. Treppenstufen waren in den Felsen geschlagen worden, die immer weiter hinunterführten. Die Männer mussten all ihre Konzentration aufbringen, um die Kiste unfallfrei die Stufen hinunterzutragen. Ein falscher Tritt und der Greif wäre tot, ehe sie beim Zirkel ankamen. Was das bedeutete, wollte sich

Néthan gar nicht erst ausmalen, denn dann würde er mit leeren Händen vor den Zirkelleiter treten müssen.

Als sie den Abstieg geschafft hatten, eröffnete sich vor ihnen ein gerader Gang, der mit Wasser durchflutet war.

»So eine Scheiße!«, fluchte Steinwind.

»Keine Sorge, es ist höchstens knietief.« Néthan trat hinein und fühlte, wie sich seine leichten Leinenhosen augenblicklich mit dem Wasser vollsogen, das von der Decke tropfte und von dem Graben stammte, der die Stadt vor Angriffen schützen sollte. »Los, weiter! Wenn wir da durch sind, geht es nochmals etwas nach oben, dann können wir uns ausruhen.«

»Das wird auch nötig sein«, murmelte Steinwind hinter ihm, aber Néthan ignorierte den Riesen.

Endlich, als sie das Wasser und die Steigung hinter sich gebracht hatten, waren sie im eigentlichen Tunnelsystem von Chakas angekommen. Es hatte länger gedauert, als Néthan geglaubt hatte und die Sonne würde bestimmt bald aufgehen. Immerhin kehrten damit die Diebe, die auf Missionen ausgeschickt worden waren, auch in ihren Bau zurück, was die unterirdischen Straßen etwas sicherer machte.

Beim Gedanken an die Diebesgilde überströmten abermals schmerzhafte Erinnerungen Néthans Gedanken, die er nur mit Mühe wegdrängen konnte. Er vermeinte, einen leisen Schrei zu hören, aber das war bestimmt eine Täuschung. Trotzdem erinnerte es ihn vage an Stunden seines Lebens, als er noch ein Junge gewesen war. Verschwommene, verwirrende Bilder, die er längst vergessen hatte, entstanden nun so real vor seinem inneren Auge, dass er keuchte.

Auf das Grauen, das ihn dabei ergriff, war er nicht vorbereitet und es überschwemmte ihn wie eine eiskalte Welle. Hinzu kamen die Müdigkeit und Erschöpfung der letzten Tage sowie die andauernde Anspannung, die seine Nerven fast zum Zerreißen gebracht hatte.

Er war jetzt so nahe an seiner Vergangenheit wie nie zuvor. Etwas, das er kaum auszuhalten vermochte. Sein Herz raste, als wollte es aus seiner Brust fliehen, ihm wurde schwarz vor Augen und er taumelte. Sein Kopf hämmerte jetzt so stark, dass er Angst hatte, er würde bersten.

»Anführer, alles in Ordnung mit dir?«, fragte Steinwind besorgt, als Néthan sich an der Wand des Ganges abstützte. Er griff nach der Fackel, die der Anführer immer noch in seinen Händen hielt, damit sie nicht zu Boden fiel.

»Jaja … geht … gleich wieder ...« Néthan keuchte unwillkürlich und versuchte, sein Herz zu beruhigen, das in einem viel zu wilden Rhythmus schlug.

»Wieder einer deiner Anfälle?«

»Ja … gib mir … ein paar Minuten … dann … gehen wir weiter.«

»Wir sollten hier in der Nähe erst mal rasten«, schlug Steinwind vor.

Néthan war zu erschöpft, um ihm zu widersprechen und beobachtete mit halb geschlossenen Augen, wie die Männer die Kiste mit dem Greif in einem Seitengang abstellten, ehe sie sich schwer atmend zu Boden fallen ließen.

Die Fackel in Steinwinds Händen erhellte ihre Umgebung mit ihrem flackernden Licht. Der Riese kam zu Néthan zurück und reichte ihm seinen Wasserschlauch. »Hier, trink, Anführer. Dann wirst du dich gleich besser fühlen.«

Dankbar nahm Néthan den Schlauch in beide Hände und trank einen großen Schluck.

»Wenn du willst, können wir auch ein paar Stunden hier warten«, meinte Steinwind. »Der Tag wird bald anbrechen, aber wir alle hätten etwas Erholung nötig, ehe wir den letzten Schritt wagen.«

Néthan hatte es inzwischen geschafft, sein Herz wieder so weit unter Kontrolle zu bringen, dass er sich als Nächstes auf seinen Atem konzentrieren konnte. »Nein ... wir gehen ... weiter«, presste er hervor.

Dann weiteten sich seine Augen mit einem Mal und er sprang – trotz seiner Schwäche – fluchend nach vorne, den Blick starr auf die Kiste gerichtet. Mit einem Schlag hatte er die Kontrolle über seinen Körper zurückerlangt, denn was er sah, erforderte all seine Aufmerksamkeit und weckte in ihm ungeahnte Energien.

Kapitel 31 - Mica

Mica schlich auf leisen Sohlen durch den Gang, sorgsam darauf bedacht, keinerlei Lärm zu verursachen. Als sie aufgebrochen war, hatte Cassiel noch tief und fest geschlafen. Sie hatte gewartet, bis die Morgendämmerung einsetzte, was sie durch eines der kleinen Löcher erkannte, die in die Höhlendecken geschlagen worden waren und die frische Luft in die unterirdischen Gänge ließen. Sie wusste von Cassiel, dass mit der Morgendämmerung auch die Türen, die die Gilde von der Außenwelt abschotteten, wieder geöffnet wurden, sodass die Diebe, welche in der Nacht auf Missionen gewesen waren, nach Hause kommen konnten.

Es war zwar schwer gewesen, die Gilde ungesehen zu verlassen, doch es war ihr schließlich gelungen, an der Wache vorbeizuschleichen, als diese sich kurz entfernt hatte, um sich zu erleichtern. Den Schlüssel für die zahlreichen Türen, die es zu passieren galt, hatte sie von Cassiel gestohlen, während er noch schlief. Um nicht abermals seinen Hals zu berühren, hatte sie die Schnur, an der er ihn trug, mit ihrem Messer durchtrennt und gehofft, er würde ihr diese Tat verzeihen. Doch sie konnte nicht der Diebesgilde beitreten, ohne dass sie noch ein letztes Mal im Hafen nach Faím gesucht hatte. Und das musste sie alleine tun – ohne die Ablenkung, die Cassiel für sie darstellte.

Jetzt war sie unterwegs durch die unterirdischen Gänge, die sie bisher nur mit verbundenen Augen betreten hatte. Aber da Cassiel sie in den letzten zwei Wochen täglich hindurchgeführt hatte, hätte sie den Weg auch im Schlaf gefunden. Ihr bis zur Prüfung noch die Augen zu verbinden, war lächerlich gewesen, wo Cassiel doch wissen musste, dass sie es hervorragend verstand sich zu orientieren. Das hatte sie gelernt, seit sie ein kleines Kind war und es hatte ihr schon mehr als einmal das Leben gerettet.

Die Sonne würde erst in einer Stunde aufgehen und es war die beste Zeit, um sich im Hafen nochmals umzuhören, ob jemand ihren kleinen Bruder gesehen hatte.

Da sie nun ein Mitglied der Diebesgilde war – oder es zumindest von diesem Abend an sein würde, hegte sie keinerlei Zweifel daran, dass es ihr jetzt auch gestattet war, alleine in den Hafen zu gehen, um nach Faím zu suchen.

Sie hatte sich fest vorgenommen, dass es das letzte Mal sein sollte. Wenn sie heute keinen Hinweis auf ihn finden würde, so wollte sie – wie Aren ihr geraten hatte – versuchen, sich dem Offensichtlichen zu stellen, nämlich der Tatsache, dass Faím tot war. Nur ... das würde ihr schwerer fallen als alles andere, was sie in ihrem bisherigen Leben hatte tun müssen.

Aber noch war sie nicht beim Hafen angelangt, noch hatte sie die Hoffnung, dass die Fischer heute gute Nachrichten für sie haben könnten.

Sie nahm extra einen anderen Weg, der sie in die entlegeneren Gänge führte, die die Diebe normalerweise mieden, damit sie nicht Gefahr lief, einem von ihnen zu begegnen, wenn sie von ihren Missionen zurückkehrten. Das bedeutete zwar einen Umweg, aber es verschaffte ihr auch etwas Zeit, in der sie sich noch nicht der Tatsache stellen musste, dass sie ab heute wahrscheinlich kein einziges Familienmitglied mehr hatte. Zeit, die sie damit verbringen konnte, über alles nachzudenken, was sich in den letzten Stunden ereignet hatte.

Die Prüfung war ein reiner Hohn gewesen. Wenn sie zurück war, würde sie geradewegs zu Aren gehen und ihn über die Intrige, die Samja und Furin gesponnen hatten, unterrichten. Das hatte sie fest beschlossen. Sie wusste zwar nicht, wie der Meisterdieb reagieren würde, aber sie konnte nicht einfach ihren Mund halten, während solche Ungerechtigkeiten geschahen. Selbst wenn sie es überlebt hatte.

Ihre Gedanken schweiften zu dem Moment, in dem sie in Cassiels Quartier zurückgekehrt war. Sie erinnerte sich an die Angst, die sie in seinen Augen gesehen hatte und an die Erleichterung, als er verstand, dass sie die ›unmögliche Prüfung‹ trotz allem überlebt hatte. Wie hatte sie sich danach gesehnt, auf diese Weise von ihm angesehen, in den Arm genommen zu werden ...

Noch immer fühlte sie Cassiels weiche Lippen auf ihrem Mund, seine Zunge, seine Verzweiflung, mit der er sie geküsst und die an Hoffnung gegrenzt hatte. Seine Augen hatten sie mit einem Feuer angesehen, das sie zu verbrennen drohte. Und doch war da auch eine Kälte, tief in ihm, die er vor ihr verbergen wollte, was ihm jedoch nicht gelungen war. Sie hatte in seine zerrissene Seele geblickt – und sich darin wiedergefunden.

Nachdem er für sie gesungen hatte, waren sie eng aneinander geschmiegt eingeschlafen. Er hatte nicht versucht, sie zu verführen oder ihren Körper weiter zu erkunden, was ein kleiner Teil in ihr bedauerte. Aber sie kannten sich ja auch noch nicht so lange. Außerdem schreckte etwas in ihr vor der Nähe, die er ihr als Mann geben konnte, zurück, hatte sie bisher doch nur Gewalt und Schmerzen damit verbunden – wie immer, wenn Nager sie ihre und vor allem Faíms ›Schulden‹ hatte bezahlen lassen.

Und doch war da auch ein Teil in ihr, der sich nach Cassiels Berührung verzehrte, nach seinen Händen, seinen Küssen ... es war alles ziemlich verwirrend und beängstigend zugleich, aber auch wunderschön.

Gleichwohl, trotz all ihrer Sehnsucht, wusste sie, dass sie ihm Zeit geben musste, damit *er* den nächsten Schritt tun konnte. In dieser Hinsicht war er tatsächlich noch kaputter als sie selbst, wie sie in der letzten Nacht gemerkt hatte, als er sie fast aufschlitzte, bloß, weil sie ihn am Hals berührt hatte.

Mica war so gedankenverloren, dass sie die Stimmen erst hörte, als sie schon fast in die Männer hineingelaufen war.

Sie hielt ruckartig an und verwünschte sich, dass sie so unachtsam gewesen war. Immerhin hatte sie darauf geachtet, keine Geräusche zu verursachen, sonst hätten die Männer sie wahrscheinlich schon längst gehört.

Trotzdem grenzte ihr Leichtsinn an Torheit. Niemand ging in der Morgendämmerung alleine und tief in Gedanken versunken durch die dunklen Gänge der Stadt. Das musste eindeutig Cassiels Schuld sein. Er hatte sie dazu gebracht, wie ein verliebtes, kleines Mädchen durch das Tunnelsystem zu schlendern, statt auf Gefahren zu achten. Etwas, das ihr bestimmt kein zweites Mal passieren würde.

Jetzt versteckte sie sich in der Dunkelheit in dem Teil des Ganges, der nicht von der einzelnen Fackel erleuchtet wurde. Mehrere Schatten tanzten an der Decke über dem Ort, wo die Stimmen herkamen. Mica zählte sie. Es waren insgesamt sechs.

Die Männer hatten etwas bei sich – eine Kiste, die offenbar ziemlich schwer war, denn sie trugen sie zu viert durch die schmalen Gänge. Das grenzte schon fast an ein Kunststück.

Wahrscheinlich Schmuggler, überlegte sie, während sie den vordersten Mann beobachtete, der seine Kapuze tief ins Gesicht gezogen hatte und die Fackel hielt. Etwas schien mit ihm nicht zu stimmen, er schwankte immer wieder, sein Gang war unsicher und fast schien ihr, als wollte er eigentlich gar nicht weitergehen und kämpfte gegen einen Widerstand an, den nur er sehen konnte.

Der weite Umhang verhüllte fast gänzlich seine Gestalt, aber Mica sah ihm an, dass er drahtig gebaut sein musste – oder muskulös. Denn er bewegte sich trotz seiner Unsicherheit geschmeidig wie alle Diebe, die sie in der Gilde bisher gesehen hatte.

Vielleicht war er einer von ihnen? Aber was sollte er hier in einem Bereich tun, der von den meisten gemieden wurde? War er auf der Rückkehr von einer Mission?

Dann fiel ihr Blick auf den Mann hinter ihm und ihr stockte der Atem. Solch einen hochgewachsenen Riesen hatte sie noch nie gesehen. Nein, das waren keine Männer der Diebesgilde. Der dort wäre ihr bestimmt schon aufgefallen. Er musste sich bücken, um seinen kahlen Schädel nicht an der Decke des Ganges zu stoßen. Im Gegensatz zu dem, der die Gruppe anführte, hatte er seinen Burnus zurückgeschlagen. Hinter ihm mühten sich die anderen vier Männer mit der schweren Kiste ab.

Das alles erfasste sie innerhalb weniger Lidschläge. Irgendetwas an dem, wie die Männer sich bewegten, störte sie. Es passte nicht zusammen mit dem, was sie ausstrahlten. Doch sie kam nicht darauf, was es war, das sie befremdete.

Mit einem Mal hielt der vorderste Mann an und stützte sich taumelnd an der Wand ab. Sofort war der Riese bei ihm, flüsterte ihm etwas zu, das Mica nicht verstehen konnte.

Was, bei den Göttern, war mit diesem Mann dort los?

Die anderen nutzten die Gelegenheit, die Kiste in einem Seitengang, nur wenige Schritte entfernt von Micas Versteck, abzustellen.

Der Riese nahm dem Mann die Fackel ab und ging zu ihnen hinüber. Dunkle Schatten hüllten jetzt den Mann ein, der heftig atmend an der Wand lehnte und sein Gesicht in seinen Händen vergrub. Sie konnte erkennen, dass der Riese mit einem Wasserschlauch zurückkehrte, den er ihm zum Trinken gab.

Da die beiden Männer weiter weg waren, hielt es Mica für eine günstige Gelegenheit, sich diese Kiste, die sich nur ein paar Schritt von ihr entfernt befand, einmal etwas genauer anzusehen. Sie schlich lautlos wie eine Katze näher heran, bis sie sich direkt daneben in deren Schatten kauern konnte.

Die Kiste war aus massivem Holz gefertigt – kein Wunder hatten die Männer schwer daran zu tragen gehabt. Sie besaß mehrere Löcher, die in die Seitenwände und in den Deckel gebohrt worden waren. Ein durchdringender Geruch von Exkrementen drang in Micas Nase und sie hielt sich die Hand vor den Mund, um nicht zu würgen.

Was war nur in dieser Kiste?

Sie wusste, dass ihre Neugier gleichzeitig ihren Tod bedeuten konnte, doch etwas an der Kiste zog sie magisch an. Sie konnte nicht anders, als einen Finger durch eines der Löcher zu strecken, wurde von einer unbekannten Kraft fast dazu gezwungen.

Wie dumm konnte man nur sein, seinen Finger in eine dunkle Öffnung zu strecken, hinter der es irgendwie nach Vogel roch?! Und dennoch ... sie konnte nicht gegen den Drang ankämpfen, es zu tun.

Was war das bloß?

Mit einem Mal fühlte sie etwas Weiches, Warmes, das sich an ihre Hand drückte, und hätte vor Überraschung fast aufgeschrien.

Was bei den ...

Weiter kam sie nicht mit ihrer Überlegung, denn in dem Moment prasselten Bilder auf sie ein, wie sie sie noch nie gesehen hatte. Sie fühlte Federn unter ihrer Hand, die sich an ihre Haut pressten, spürte warmes Leben darunter.

Und dann sah sie Wolken, Himmel, weite Sandflächen ... alles auf einmal, was ihr beinahe Kopfschmerzen bescherte. Sie fühlte sich, als könne sie fliegen, weit hinauf, der Sonne entgegen. Dann stürzte sie herunter und hätte fast aufgebrüllt, aber ihre mächtigen Flügel trugen sie mit einer Sicherheit weiter, die ihr pure Freude verursachte.

Sie war nicht mehr auf dieser Welt, befand sich weit weg von dem dunklen Gang. Sie war ein Vogel, hoch in den Lüften!

Als sie nach unten blickte, stutzte sie. Statt Krallen sah sie mächtige Pranken, die zu ihrem Körper zu gehören schienen.

Was bei den Göttern war sie? Kein Vogel? Aber was dann?

Die Antwort kam, als sie ein weiteres Bild vor sich sah. Eine Kreatur, die mit weit ausgebreiteten Schwingen auf sie zugeflogen kam. Sie war jetzt wieder auf einem Felsen, in einer Art Nest und die Kreatur kam mit liebevollen Schreien, die an einen Adler erinnerten, zu ihr. In ihrem Schnabel trug sie ein totes Lamm, das sie zum Abendessen mitbrachte. Ihr Körper glich dem eines Löwen, die Pranken waren zur Landung nach vorne gestreckt.

Noch nie hatte Mica solch ein Wesen gesehen. Sie hatte zwar von ihnen gehört, aber nicht gewusst, dass sie tatsächlich existierten.

Die Erkenntnis kam vollkommen unerwartet: Es war ein Greif. *Sie* war ein Greif.

Plötzlich verschwand das Bild, wurde abgelöst von panischer Angst, Grauen und Zorn. Es war ein so abruptes Ende der gerade noch wunderschönen Gefühle, dass Mica übel wurde. Blankes Entsetzen packte sie, als sie sah, wie der Greif, der eben noch bei ihr gewesen war, sich um sie gekümmert hatte, sie liebevoll bei einem Namen gerufen hatte, den sie nicht verstand, wie dieses edle Tier in den Lüften von Feuerbällen und Pfeilen getroffen wurde.

Sie wollte schreien, wollte den Greif warnen, doch aus ihrer Kehle drang bloß ein heiseres Keuchen, als sie mit ansehen musste, wie fremde Männer ihre Mutter töteten – ihren Schutz, ihr Leben, ihre Familie – ihre Heimat!

Tränen rannen ungehindert über Micas Wangen, während sie versuchte, sich von diesen verstörenden Bildern zu lösen.

Dann, mit einem Mal waren sie fort und sie taumelte, als sie sich erhob.

Sie war wieder in dem dunklen Gang, unter Chakas – und starrte direkt in das Gesicht des Mannes, der vorhin noch an der Wand gelehnt hatte und der ihr jetzt eine Klinge an die Kehle hielt.

Kapitel 32 - Néthan

Néthan starrte das Mädchen fassungslos an, das soeben vor ihm aufgetaucht war.

»Wer bist du?«, keuchte er und hielt die Klinge so fest, dass das Weiße an seinen Knöcheln hervortrat.

»Der letzte Mensch, den Ihr sehen werdet, ehe Ihr das Zeitliche segnet!«, fauchte sie und wischte sich die Tränen weg.

Néthan stutzte. Sie hatte eine verstörende Schönheit an sich, doch ihre Anmut vermischte sich in diesem Moment mit Trotz und Zorn. Woher diese Wut in ihren dunklen Augen kam, die wie Feuer glühten, konnte Néthan sich nicht erklären, aber sie würde es ihm schon noch sagen, dafür würde er sorgen.

Etwas in ihm versuchte krampfhaft, sich zu besinnen, an wen sie ihn erinnerte. Diese schwarzen Locken, die ungebändigt über ihr Gesicht fielen, die Art, wie sie ihr Kinn nach vorne streckte ... verflucht ... Ehe er seine Gedanken weiterspinnen konnte, machte sie Anstalten, ihr Messer zu ziehen.

Néthan packte sie, bevor es ihr gelang, und drückte sie gegen die Wand hinter der Kiste, wo sie wie ein Schatten mit einem Mal aufgetaucht war.

Sie versuchte, sich von ihm zu befreien, was jedoch bloß dazu führte, dass er sie fester hielt. Sie war zu klein und zierlich, um eine ernsthafte Gegnerin für ihn zu sein. Er benötigte nicht einmal Magie, um mit ihr fertig zu werden. Das schienen auch seine Männer zu erkennen, die sich im Hintergrund hielten.

Mit der freien Hand zog er das Messer aus ihrem Hüftgurt und warf es hinter sich. Als sie sich dagegen wehren wollte, ergriff er ihre Arme und presste sie mit seiner Hand mühelos über ihrem Kopf fest an die Wand. Jetzt war sie ihm hilflos ausgeliefert. Elegant wich er ihrem Tritt aus, der für eine Region zwischen seinen Beinen angedacht gewesen war.

»Bist du eine Diebin?« Sein Blick wurde eindringlicher und er musterte sie mit neuem Interesse. »Was wolltest du mit der Kiste?«

»Das kann Euch scheißegal sein«, fuhr sie ihn an und versuchte, ihre Hände freizubekommen.

»Na, das glaube ich kaum.« Er lockerte seinen Griff nicht im Mindesten, sondern hielt ihre Hände weiterhin mit seiner Linken über ihrem Kopf gefangen, während er den Dolch an ihre Kehle drückte und mit seinen Beinen dafür sorgte, dass sie ihm nicht in die Weichteile treten konnte. »Du wirst mir jetzt erzählen, wer dich geschickt hat und wer euer Anführer ist, oder ich sorge dafür, dass ich der Letzte bin, den *du* siehst, ehe du wieder gehen lernst!«

Das Mädchen starrte ihn an, als sei er von Sinnen. »Ihr seid entweder strohdumm oder zu sehr von Euren Kampfeskünsten überzeugt«, meinte sie dann herablassend. »Ich werde Euch keinesfalls verraten, wer unser Anführer ist!«

Irgendetwas an dem Mädchen faszinierte ihn. Sie hatte Mut, das musste man ihr lassen. Aber es war auch die Art, wie sie ihn ansah, wie sie ihren Mund bewegte. Es erinnerte ihn an etwas, das er längst hatte vergessen wollen und das nun leibhaftig vor ihm stand. »Wer bist du?«, wiederholte er schwer atmend. Sein Anfall machte ihm trotz allem zu schaffen und seine Kräfte waren noch nicht vollständig wieder zurückgekehrt.

»Das geht Euch nichts an!«, fauchte sie abermals.

Wie sie die eine Hand freibekommen hatte, wusste er nicht, bloß, dass er plötzlich nur noch ihre Linke hielt. Mit der Rechten deutete sie voller Zorn auf ihn, und ehe er es sich versah, schoss ein Feuerball direkt auf ihn zu. Der Greif in der Kiste krächzte wie wild und schlug gegen das Holz, das ihn gefangen hielt.

Néthan konnte gerade noch reflexartig seinen Schutzschild bilden, sonst hätte diese kleine Furie ihn verbrannt. So aber traf das Feuer den Boden hinter ihm, wo es im Sand verrauchte.

Wüst fluchend ließ er sie los, was sie nutzte, um Hals über Kopf zu fliehen.

Er widerstand dem Impuls, ihr hinterherzurennen. Das wäre sinnlos gewesen, sie war zu schnell und mit ihrer geringen Größe würde sie ihm tausendmal durch die Schlupflöcher entwischen, die es hier überall gab.

Außerdem schien sie ihn nicht erkannt zu haben, eine Tatsache, die ihn ein wenig beruhigte. Selbst wenn sie zu den Dieben gehörte und ihnen von ihm erzählen würde, es war zu dunkel gewesen, als dass sie ihn richtig hatte sehen können und er hatte seine Kapuze tief ins Gesicht gezogen. Zudem würden sie längst weg sein, sollte sie mit ihren Kameraden zurückkehren.

Es war wichtiger, dass sie so rasch wie möglich den Greif, der immer noch wild kreischend in seiner Kiste saß, in den Zirkel beförderten und diese Farce damit endlich beendeten.

»Was war *das* denn?« Steinwind kam um die Kiste herum und sah mit großen Augen in die Richtung, in die das Mädchen davongerannt war.

»Keine Ahnung, aber es interessiert uns auch nicht«, antwortete Néthan, der seinen Dolch wieder einsteckte.

»So, tut es nicht?«, fragte Steinwind gedehnt und musterte ihn nachdenklich.

»Was?!«, fuhr Néthan ihn an.

»Ich weiß nicht, aber irgendetwas sagt mir, dass du mir gerade mindestens die Hälfte von dem verschweigst, was du mir eigentlich sagen solltest.«

Néthan ließ eine Tirade von Flüchen hören, die meisten darauf gerichtet, dass er nie einen Luftbegabten in seine Truppe hätte holen sollen, was Steinwind mit einem polternden Lachen quittierte.

»Los, gehen wir weiter!«, fauchte Néthan und deutete mit dem Kopf in die Richtung, in die das Mädchen verschwunden war. »Je eher wir das hinter uns gebracht haben, desto besser!«

Mica rannte mit wild klopfendem Herzen durch die Gänge.

Was, bei den Göttern, hatte sie bloß geritten, diesen Schurken so nahe zu kommen? Von welchem Wahnsinn war sie befallen, dass sie unbedingt in diese Kiste hatte greifen müssen? Und was bedeuteten die Bilder, die sie gesehen, die Gefühle, die sie erlebt hatte?!

Als sie sich sicher sein konnte, dass sie nicht verfolgt wurde, hielt sie an und lehnte sich keuchend an eine der Wände.

Wieder sah sie die Bilder vor ihrem inneren Auge. Sie waren so real gewesen, so echt und so verstörend. Sie hatte sich gefühlt, als wäre sie selbst ein Greif.

Konnte es möglich sein, dass diese Schurken – ja, es musste sich um Schurken handeln, so gewandt, wie sich der Mann bewegt und seinen Dolch gehalten hatte – in der Kiste tatsächlich einen Greif transportieren? Wie kamen sie an dieses Tier? Und warum trugen sie es durch die Gänge? Wollten sie es etwa auf dem Markt verkaufen? Oder war es Teil einer Beute?

Wer waren diese Männer überhaupt?

Sie hatte dem Anführer – zumindest nahm sie an, dass er der Anführer gewesen war – in die Augen gesehen. Darin hatte sie neben dem Zorn, der ihr gegolten hatte, auch etwas anderes gelesen. Unsicherheit? Überraschung? Wärme? Sie wusste es nicht genau. Aber er war nicht durch und durch böse, das hatte sie bemerkt.

Er konnte höchstens Mitte zwanzig sein, obwohl sie sein Gesicht nicht richtig hatte sehen können. Er hatte einen Duft nach Tabak verströmt und seine kantigen Züge hatten etwas Edles besessen.

Edel ... was war das bloß für ein komisches Wort im Zusammenhang mit einem Schurken?

Und doch war es das, was ihrer Meinung nach seine Ausstrahlung am treffendsten bezeichnete. Er hatte etwas Anmutiges, aber auch Gefährliches an sich. Nicht so wie Cassiel, der sich hinter einer Mauer der Selbstsicherheit verbarg. Auch nicht wie Nager, der das pure Böse verkörpert hatte. Nein, dieser Mann war anders gewesen. Wilder und doch ruhiger zugleich. Er war wie ein Vulkan, der nicht ausbrach, in dem jedoch die Lava brodelte. Aber er hatte sie unter Kontrolle, daran ließ er keinen Zweifel.

Fast hatte es ihr leidgetan, ihn töten zu müssen. Und dann hatte er sich mit etwas verteidigt, das sie noch nie aus solcher Nähe gesehen hatte: ein Schutzschild, der sich plötzlich flimmernd um seinen Körper ausbreitete und ihr Feuer abgelenkt, ihn davor geschützt hatte.

War er auch ein Magier?

Sie hatte seinen Gildenring nicht beachtet, da ihre Verwirrung von dem, was sie in der Kiste gesehen hatte, zu groß gewesen war und sie sich zu sehr bemüht hatte, sich aus seinem kräftigen Griff zu befreien.

Dennoch ... wenn er Magie wirken konnte, warum hatte er sie dann nicht gleich getötet? Er war älter als sie und musste demnach seine Kräfte besser beherrschen. Zumindest war es ihm mühelos gelungen, ihrer Feuerkugel auszuweichen.

Und es gab noch etwas, das sie verwirrt hatte. Es war zwar pures Glück gewesen, dass ihr der Zauber auf Anhieb gelungen war, aber etwas ließ sie stutzig werden.

Sie wusste im ersten Moment nicht genau, was es war, dann kam ihr die Erkenntnis: Sie fror nicht. Nicht so, wie sie es sonst immer tat, nachdem sie Magie gewirkt hatte. Auch als sie versuchte, ihre innere Quelle der Wärme zu finden, wie Aren es ihr gezeigt hatte, war diese kaum angetastet.

Was konnte das bedeuten? War sie über Nacht plötzlich stärker geworden? Hatte sie ihre Kräfte besser beherrschen gelernt?

Eine eisige Hand legte sich über ihr Herz und ließ sie aufkeuchen. Hieß das womöglich, dass sie in den Magierzirkel gehen musste?

Nein, das wollte sie auf keinen Fall! Nicht jetzt, wo Cassiel und sie sich näher gekommen waren als jemals zuvor. Sie wollte bei ihm und den Dieben bleiben, mit ihm auf Missionen gehen – an seiner Seite leben.

Es waren ganz neue Wünsche, die sie bisher nie gekannt hatte. Zum ersten Mal in ihrem Leben stand nicht ihr Bruder an erster Stelle, wenn sie an ihre Zukunft dachte, sondern sie selbst ... konnte es sein, dass sie sich bereits mit seinem Tod abgefunden hatte?

»Nein!«, sagte sie entschieden zu sich selbst. »Ich werde nochmals zum Hafen gehen und nach ihm suchen!«

Sie stieß sich von der Wand ab und ging raschen Schrittes in die Richtung davon, die ihrer Meinung nach zum Hafenbecken führte.

Etwa eine Viertelstunde später stand sie inmitten des Hafens, der wie immer morgens überfüllt mit Menschen war. Sie ging geradewegs auf die Fischer zu, die sie inzwischen schon gut kannten.

»Ah, sie an, die Kleine ist wieder da!«, rief ein dicker Mann in Lederschürze ihr entgegen, der gerade dabei war, Fische auszunehmen. Der Geruch nach Innereien umhüllte ihn wie ein ekliges Parfum. »Du kommst, um wieder nach deinem Bruder zu fragen?«

Mica nickte, ohne etwas zu sagen.

»Tut mir leid, Kleine, aber hier ist er nicht aufgetaucht«, meinte der Fischer schulterzuckend. »Zumindest keiner, der deiner Beschreibung geähnelt hätte. Aber geh mal zu den Männern dort drüben, die waren gestern Abend zu später Stunde noch unterwegs und können dir vielleicht weiterhelfen.«

Mica murmelte einen Dank und wandte sich in die Richtung, in die der Fischer mit seinem blutverschmierten Messer gedeutet hatte. Dort stand eine kleinere Gruppe zusammen. Einige davon kannte Mica ebenfalls bereits. Bisher hatte immer Cassiel das Sprechen übernommen, da er der Meinung gewesen war, dass die Männer sonst etwas Falsches von Mica erwarten könnten. Schließlich sprachen nur Hafendirnen sonst mit den Fischern hier.

Als Mica auf das Grüppchen zuging, wandten sie sich ihr mit neugierigen Blicken zu. »Na, wo ist denn dein Beschützer geblieben?«, fragte einer, der kaum noch Zähne im Mund hatte und mindestens vierzig Jahre alt sein musste. »Hat er dich endlich alleine zu uns gelassen?«

»Kleine, wasch ischt dein Preisch? Nen ihn unnd isch veedopple«, lallte ein angetrunkener Matrose, der einen Krug Bier in seiner rechten Hand hielt.

»Habt ihr meinen Bruder gesehen?«, fragte Mica, ohne auf seine Worte einzugehen.

»Isch chan deinn Brusche scheinn«, lallte der Matrose und erntete grölendes Gelächter.

Mica wandte sich zum Gehen. Aus denen würde sie nichts rauskriegen.

»He, wohin so eilig? Wo du dir doch schon die Mühe gemacht hast, zu uns zu kommen?« Einer der Männer packte ihren Oberarm und zerrte sie zu sich.

Der ekelerregende Gestank nach Rauch, Urin, Alkohol und noch einigen anderen Duftnoten, die sie zum Glück nicht benennen konnte, drang in ihre Nase.

»Lass mich los!«, knurrte sie und griff an ihren Hüftgurt. Leider merkte sie erst jetzt, dass sie ihr Messer nicht mehr hatte. Stimmt, dieser Schurke in den Gängen hatte es ihr ja abgenommen.

»Na, wie wär's mit uns zwei«, flüsterte ihr der Mann ins Ohr.

Als sie seinen Mundgeruch wahrnahm, musste Mica unwillkürlich würgen.

»Ich sag's nicht noch einmal!«, fauchte sie.

»Sonst was? Wirst du mich mit deinen kleinen Händen kratzen? Ich steh drauf, wenn ich von Frauen gekratzt werde.« Der ekelhafte Fremde ließ ein kehliges Lachen hören und entblößte seine gelben Zähne.

Mit aller Kraft trat Mica zu. Die Augen des Mannes verdrehten sich, ehe er sie losließ und in die Knie sank, beide Hände gegen seine Männlichkeit gepresst. »Du ... Miststück«, fluchte er keuchend.

Was er ihr sonst noch alles an den Kopf werfen wollte, hörte Mica nicht mehr, denn sie rannte, so schnell sie konnte, quer durch den Hafen, rempelte Leute an und schlängelte sich zwischen Kisten durch.

Ehe sie es sich versah, stand sie vor dem alten Lagerhaus in der Nähe des Armenviertels, das früher einmal der Unterschlupf der Kanalratten gewesen war, von dem nun jedoch nur noch die verkohlten Überreste vor ihr aufragten. Ihr Fluchtinstinkt hatte ihre Füße von alleine hierher kommandiert.

Heftig nach Luft ringend stützte sich Mica vornübergebeugt auf ihren Oberschenkeln ab und versuchte, wieder zu Atem zu kommen. Dann glitt ihr Blick über den zerstörten Unterschlupf, die schwarzen Pfeiler, den verkohlten Boden ... es war zu viel. Es war alles einfach zu viel, was sie in den letzten Stunden erlebt und durchgemacht hatte.

Mit einem Mal überkam sie tiefe Wehmut, wie sie sie noch nie gefühlt hatte. Alles in ihr wünschte sich nur noch, in Cassiels Arme zurückzukehren, von ihm gehalten und getröstet zu werden.

»Tut mir leid«, flüsterte sie. »Tut mir leid, kleiner Bruder, dass ich versagt habe ...«

Dann brach sie in Tränen aus und sank in die Knie. Ihr Herz verkrampfte sich und zerriss ob der Tatsache, der sie nun endlich ins Auge sah: Faím war tot. Nie wieder würde sie ihn lächeln sehen, nie wieder in seine großen Augen blicken, über seine wilden Locken streicheln.

Mit ihm war auch ein Teil von ihr gestorben. Der Teil, den sie Vergangenheit nannte. Ihr Leben, wie sie es bisher gekannt hatte.

Noch lange saß sie weinend da, ihr Gesicht in den Händen vergraben. Es tat so gut, endlich wieder weinen zu können und gleichzeitig erdrückte sie der Schmerz in ihrer Brust, der ihre Seele wie eine Zitrone ausquetschen wollte.

Sie wusste nicht, wie viel Zeit vergangen war, als sie sich erhob, sie spürte nur, dass ihre Beine eingeschlafen waren. Sie brauchte einige Minuten, um die Durchblutung wieder anzuregen.

Die Sonne war bereits dabei, sich ihren Platz am Himmel zu erkämpfen, als sie ins Tunnelsystem und die Diebesgilde zurückkehrte – in ihr neues Zuhause.

Kapitel 33 - Mica

»Wo verflucht noch mal warst du?!« Cassiel war außer sich und bemühte sich nicht, seinen Zorn zu verbergen. Er hatte sich vor Mica zur vollen Größe aufgebaut und überragte sie um über einen Kopf. »Du kannst nicht einfach mitten in der Nacht abhauen und plötzlich wieder auftauchen! So geht das nicht!«

»Erstens habe ich gerade gezeigt, dass es geht und zweitens hast du mir nichts vorzuschreiben! Ich bin nicht deine Frau und kann tun und lassen, was ich will!«

»Du bist ...« Cassiel holte tief Luft, trat nahe vor sie und seine Augen glühten, während seine Stimme gefährlich leise wurde. »Du bist nicht meine Frau, da hast du vollkommen recht. Wenn du es wärst, würde ich dich in Ketten an die Wand fesseln, damit du nicht auf solch hirnverbrannte Ideen kommst!«

»Gut, dann weiß ich ja, wie ich mich davor bewahren kann!«, fauchte Mica ungehalten. Sie mochte es nicht, wenn ihr jemand Vorschriften machen wollte, selbst oder gerade wenn es sich bei dem Jemand um Cassiel handelte.

Über sein Gesicht glitt ein Schmerz, der Micas Zorn auf der Stelle etwas verblassen ließ. Sie erinnerte sich an den Moment, als er ihr gesagt hatte, er sei nicht der Richtige für sie. Er hatte solch starke Selbstzweifel, obwohl sie unbegründet waren. Aber statt ihm diese zu nehmen, nährte sie sie mit genau solchen Worten, verletzte ihn mehr, als wenn sie ihm den Dolch ins Herz gerammt hätte. Denn sie bestätigte damit seine Befürchtung, dass sie ihn früher oder später verlassen würde, weil er nicht gut genug für sie war.

Mica atmete tief durch und hielt ihm den Schlüssel hin, den sie von seinem Hals gestohlen hatte. »Hier, das ist deiner«, sagte sie etwas friedfertiger.

Cassiel nahm ihn wortlos entgegen und wandte sich ab.

Mica war hin und hergerissen. Es war für sie schlimmer, wenn er sie nicht anschrie, sondern einfach still vor sich hinlitt. Sie hätte ihn am liebsten in die Arme nehmen und ihm sagen wollen, wie leid ihr alles tat. Im Grunde hatte er sich ja bloß Sorgen um sie gemacht ... doch etwas in ihr hielt sie davon zurück, über ihren Schatten zu springen.

»Cass ...«, sagte sie noch eine Spur sanfter.

Er wandte sich wieder zu ihr um und der Schmerz in seinen Augen brachte ihren Atem zum Stocken. Er hatte tatsächlich die Geste, als sie ihm den Schlüssel in die Hand gedrückt hatte, als Zeichen gedeutet, dass sie nicht mehr mit ihm zusammen sein wollte.

Das war zu viel. Ihr letztes Fünkchen Wut auf ihn verpuffte.

Mit einem Schritt war sie bei ihm und hatte ihre Arme um seine Taille geschlungen, während sie den Kopf an seine Brust schmiegte. Cassiel stand einen Moment vollkommen versteift da, ehe er behutsam seine Hände auf ihren Körper legte, als könne er nicht begreifen, dass sie immer noch bei ihm war.

»Es tut mir leid, lass uns nicht mehr streiten«, murmelte Mica in sein leichtes Leinenhemd, das er gegen seine üblichen Lederkleider getauscht hatte. »Ich hätte es dir sagen sollen ... aber ich wollte dich nicht wecken. Dieses Mal musste ich alleine zum Hafen gehen ... um mich zu verabschieden. Kannst du das verstehen?«

Seine Brust hob sich unter einem tiefen Seufzer. »Ach, Mica«, flüsterte er. »Mir tut es auch leid, ich hätte dich nicht anschreien dürfen ...« Er legte einen Finger unter ihr Kinn und hob es sanft an, sodass sie ihn ansehen musste. Sein Blick war eindringlich und ließ keinen Widerspruch zu. »Versprich mir, dass du sowas nie wieder tust. Ich war fast krank vor Sorge. Keiner wusste, wo du warst ...«

Mica nickte leicht. Er beugte sich zu ihr herunter und fuhr mit seinen Lippen sanft über ihre, ehe er sie zärtlich küsste. »Mica ...« Er klang, als wolle er ihren Namen singen. »Du weißt nicht, wie viel du mir bereits bedeutest. Dabei kennen wir uns erst so kurze Zeit. Und doch ... es fühlt sich einfach ... richtig an.«

»Ich weiß, was du meinst.« Mica verzog ihren Mund zu einem Lächeln. »Trotzdem, oder genau deswegen, braucht jeder von uns seine Freiheit. Du kannst mich nicht in Fesseln legen, nur damit du dir keine Sorgen mehr um mich zu machen brauchst.«

Zu ihrer Überraschung erhellte ein schalkhaftes Grinsen seine Züge, das ihn um Jahre jünger wirken ließ. »Es ist zwar eine verführerische Vorstellung, dich wehrlos und mir ausgeliefert hier in meinem Quartier zu wissen, aber ich gebe dir recht: Wir sollten uns nicht unnötig einengen. Zumal du ab heute Abend ein vollwertiges Gildenmitglied sein wirst. Das bedeutet gleichzeitig, dass wir nicht immer zusammen sein werden, vor allem nicht, wenn wir auf Missionen gehen.«

Mica spürte Enttäuschung in sich hochsteigen. »Ich hatte gehofft, dass wir zusammen auf Missionen geschickt werden.« Sie konnte es nicht verhindern, dass ihre Stimme leicht bedrückt klang.

»Oh, irgendwann wird das bestimmt der Fall sein«, antwortete Cassiel lächelnd. »Aber du musst noch so viel lernen, dass du mich eher behindern als unterstützen würdest.«

Die Worte trafen Mica wie eine Ohrfeige, selbst wenn sie ihm ansah, dass er sie nicht in böswilliger Absicht gesprochen hatte. Auch er schien ihre Kränkung zu spüren, denn er gab ihr einen sanften Kuss auf die Wange. »Nicht so traurig schauen, Mäuschen«, flüsterte er ihr ins Ohr. »Ich werde dafür sorgen, dass du in Windeseile eine hervorragende Diebin wirst und mit mir mitkommen kannst. Das Zeug dazu hast du allemal.«

Seine Worte stimmten sie etwas zuversichtlicher, auch wenn ein Rest der trüben Stimmung blieb.

»Du weißt schon, dass du seit gestern etwas Besonderes bist?«, fuhr Cassiel mit einem schiefen Lächeln fort.

Mica sah ihn verwirrt an. Worauf wollte er hinaus? Etwa, weil sie Samja aus dem Quartier vertrieben hatte?

Cassiel lachte laut auf, als er ihre Gedanken erriet.

Wie sie es mochte, wenn er derart gelöst war ...

»Ach Mica.« Er drückte sie fester an sich und gab ihr einen Kuss auf die schwarzen Locken. »Ich meinte, weil du als bisher Einzige die unlösbare Prüfung überlebt hast. Und dann noch so meisterhaft, dass Furin heute mit säuerlicher Miene herumgerannt ist.« Sein Lächeln wurde so rasch zu Eis, dass Mica ihn fasziniert beobachtete. »Wenn sie nicht dabei deinen Tod in Kauf genommen hätte ... Ich habe Aren noch nichts davon erzählt, da ich es dir überlassen wollte. Hast du dir überlegt, was du tun willst?«

Mica löste sich etwas aus seiner Umarmung, um ihn besser ansehen zu können. »Wo ist Samja?« Das war das Erste gewesen, das sie beschäftigt hatte, als sie am Morgen zurückgekehrt war. Eigentlich hatte sie angenommen, dass Cassiels ehemalige Gefährtin zurückkommen würde, um mit ihm über alles zu sprechen, oder zumindest, um ihr Hab und Gut zu holen. Aber alles war noch am selben Platz wie gestern Abend. Außer, dass Cassiel die Stühle und den Tisch wieder aufgestellt hatte.

Bei Micas Worten verdunkelte sich seine Miene merklich. »Ich hab sie seit gestern nicht mehr gesehen und ich würde ihr raten, sich weder in deiner noch in meiner Nähe blicken zu lassen«, grollte er. »Sie hat sich eindeutig zu viel herausgenommen und es wäre besser für ihre eigene Gesundheit, wenn sie sich ein Quartier weit weg von unserem suchen würde.«

Er hatte ›unseres‹ gesagt, ein Wort, das ungeahnte Gefühle in Mica entfachte. Noch nie hatte sich ein Wort so richtig angefühlt, aber auch noch nie so beängstigend.

»Ich werde Aren alles erzählen«, lenkte sie ihre eigene Aufmerksamkeit wieder auf das eigentliche Thema. »Er soll entscheiden, was mit Samja und Furin geschehen soll.«

»Was Furin anbelangt, wird er wohl nicht viel bewirken können. Sie ist seit vielen Jahren die Gildenälteste, wird von allen Dieben geachtet, und selbst er wird sie nicht von ihrem Posten stoßen können. Auch wenn es noch so verwerflich ist, was sie getan hat, sie tat es nicht aus Boshaftigkeit, sondern, weil Samja sie dazu gebracht hatte. *Sie* ist die eigentliche Übeltäterin, der das Handwerk gelegt werden sollte.«

Die Art, wie Cassiel über seine ehemalige Gefährtin sprach, ließ Mica das Blut in den Adern gefrieren. Für einen Moment überlegte sie, ob er wohl jemals auch so über sie selbst sprechen würde, sollte sie ihn derart enttäuschen. Dann rief sie sich in Erinnerung, dass sie das niemals in ihrem Leben tun würde. Dafür mochte sie den Dieb einfach zu sehr.

Dieser Gedanke befremdete sie noch mehr.

Mochte sie ihn wirklich? Oder war es Dankbarkeit, was sie für ihn empfand? Was genau unterschied Zuneigung überhaupt von Dankbarkeit? Cassiel hatte selbst einmal gemeint, dass sie die beiden Gefühle verwechselte ... Wieder einmal ließ er sie ihre Welt, wie sie sie bis anhin gekannt hatte, infrage stellen. Und trotzdem schlug ihr Herz höher, wenn sie ihn ansah, wenn er sie küsste oder sie in seinen Armen hielt wie jetzt. Nein, es musste Zuneigung sein, was sie für ihn empfand.

»Woran denkst du?«, fragte der Dieb in dem Moment.

Sie hob den Blick und sah ihm in seine grünen Augen. »*Du* bist doch derjenige, der Gedanken lesen kann«, meinte sie lächelnd.

Sein Mund lächelte ebenfalls und er zog eine Augenbraue hoch. »Mica, glaub mir, so sehr ich mich auch bemühe, aber ich denke, du bist noch um einiges besser darin, Menschen zu durchschauen. Mehr, als ich es je könnte.«

Die Offenheit, mit der er sprach, ließ sie stutzen. Seit wann redete er so bereitwillig über seine Gefühle? Außerdem ... so oft wie in den letzten Minuten hatte er sie noch nie bei ihrem richtigen Namen genannt ... schon wieder solch unsinnige Gedanken. Das musste schleunigst aufhören!

»Wenn ich bloß besser in dein hübsches Köpfchen hineinsehen könnte.« Cassiels Augen strahlten wieder mit dieser Wärme, die sie von Anfang an an ihm gemocht hatte. Er hob eine Hand und fuhr damit zärtlich über ihre Wange, sodass sie unwillkürlich ihren Kopf daran schmiegte und ein wohliges Gefühl in ihrem Bauch entstand.

»Wie ist sie?«, fragte sie, ehe sie ihre Gedanken geordnet hatte.

»Wer?« Er schien einen Moment verwirrt zu sein.

»Die Aufnahme in die Diebesgilde heute Abend?« Sie suchte in seinen Augen nach Antworten.

Er schnaubte leise, was an ein unterdrücktes Lachen erinnerte, und seine Augen funkelten fröhlich. »Das wirst du schon sehen«, meinte er geheimnisvoll.

»Du liebst es, mich in Ungewissheit zu lassen, wie?«

»Wie gesagt, ich mag es, wenn du hilflos bist.« Er zwinkerte ihr zu. »Dann kann ich dich beschützen.«

»Oder verführen.« Sie merkte, dass sie etwas Falsches gesagt hatte, ehe sie es fertig ausgesprochen hatte.

Seine Stimmung schlug so rasch um, als sei er gerade mit eiskaltem Wasser übergossen worden. In seinen Augen sah sie einen Kampf, den er mit sich selbst und irgendetwas Höherem ausfocht. Seine Arme, die er immer noch um sie gelegt hatte, wurden hart wie Stein und er trat einen Schritt von ihr zurück. Sein ganzer Körper glich einer gespannten Sehne, die jeden Augenblick zerreißen konnte.

»Cass, entschuldige«, ruderte Mica zurück. »Hab ich etwas Falsches gesagt?«

Er ließ seinen Blick unruhig über ihr Gesicht streifen, als könne er sich nicht entscheiden, wo er hinsehen sollte. »Schon gut, es liegt nicht an dir ...« Er senkte den Kopf wie ein geschlagener Hund. »Ich ... ich habe dir ja gesagt, dass ich nicht dazu fähig bin, dir all das zu geben, was du verdienst. Dazu gehört auch ... körperliche Nähe. Wenn du weißt, was ich meine ...« Er wagte nicht, ihr in die Augen zu sehen dabei.

Mica hatte so etwas ja schon geahnt, trotzdem traf es sie, ihn die Worte aussprechen zu hören. »Was heißt: Du *kannst* nicht?«, fragte sie und war selbst erstaunt, dass ihre Stimme so ruhig und sanft klang.

»Ich bin zwar durchaus in der Lage dazu, mit einem Mädchen ... mit dir ... zu ...« Er brach ab und atmete tief durch. »Es ist ... mein Körper ist zur Hälfte verbrannt, Mica.« Wieder mied er ihren Blick. »Es war ein ... Unfall. Seither ... ich kann ... ich will mich niemandem zeigen ... nicht so.« Er beschrieb mit der Hand einen Kreis, der seinen gesamten Körper mit einschloss.

Micas Herz wurde schwer und ihr Blick glitt unweigerlich zu seinem Halstuch und dem Handschuh, mit dem er die offensichtlichsten Brandnarben verdeckte.

»Du brauchst dich vor mir nicht zu schämen«, flüsterte sie und trat wieder näher zu ihm. »Für mich bist du schön, so wie du bist. Ich habe noch nie nach Vollkommenheit gestrebt. Die ist vergänglich und viel zu zerbrechlich.«

Staunen und Ungläubigkeit lagen in Cassiels Blick, als er den ihren suchte. »Du bist ... ich glaube ›überwältigend‹ trifft es nicht mal annähernd.« Er ließ es zu, dass sie wieder ihre Arme um seine Taille legte und sich an ihn schmiegte.

»Du machst mir heute viele Komplimente«, lächelte sie an seiner Brust. »Das gefällt mir irgendwie, pass auf, dass es mir nicht zu Kopf steigt.«

Ein verhaltenes Lachen, das seinen Brustkorb zum Vibrieren brachte, war die Folge.

»Dann haben du und Samja ...« Sie wusste, dass die Frage unangemessen war, trotzdem ließ sie ihr keine Ruhe. »Ihr habt also nie ...«

»Wir haben nur miteinander die Schlafstatt geteilt«, murmelte Cassiel. »Aber zu mehr ist es nie gekommen ... ich konnte nicht. Doch es gibt auch andere Wege, eine Frau zu ... beglücken, wenn du verstehst.« Er lächelte und streichelte über ihr Haar.

Langsam, Zoll für Zoll auskostend, ließ er seine Hand weiter hinunter über ihren Rücken wandern, sodass ein angenehmes Kribbeln in ihrem Körper entstand. Seine Fingerkuppen hinterließen eine brennende Spur voller Wohlbehagen.

Schließlich hielt er bei ihrem Hintern an, den er ebenso zärtlich streichelte. Dabei drängte er sanft, aber bestimmt, ihre Beine immer weiter auseinander, bis seine Finger dazwischen gleiten konnten. Sie konnte die Wärme und Zärtlichkeit durch das Leder ihrer Hosen fühlen.

Durch Micas Körper fuhr ein unwillkürlicher Schauer und seine Liebkosung entlockte ihr ein Stöhnen. Noch nie hatte jemand sie auf diese Weise berührt. Ihr Herz zog sich zusammen, aber nicht vor Schmerzen, sondern vor ungeahnter Lust, die sein sanftes Streicheln in ihr auslöste. Vergessen waren all die schlechten Erinnerungen, die sie an Nager hatte.

Nein, Cassiel würde ihr niemals wehtun und sie war sich sicher, dass es wunderschön sein musste, sich ihm hinzugeben. Dieses Kribbeln ... es war so neu und einzigartig, dass sie sich darin verlieren konnte. Ein ihr bis dahin unbekanntes Gefühl wurde in ihr geweckt und sie merkte, dass es Lust war. Lust auf mehr.

»Ich sehe, wir verstehen uns.« Cassiels Lächeln wurde noch etwas heller und seine Hand glitt wieder nach oben, was Mica augenblicklich bedauerte. Gerne hätte sie noch mehr von seiner Zärtlichkeit gekostet. »Wenn die Zeit gekommen ist, werde ich dir zeigen, was meine Hände noch so alles können, ganz abgesehen davon, was mein Mund zu bieten hat.« Abermals blitzte der Schalk in seinen Augen auf, der Mica unwillkürlich Entspannung bescherte.

Der verletzliche Cassiel hatte sich wieder zurückgezogen und dem selbstsicheren Mann Platz gemacht.

»Ich freue mich darauf«, hörte sie sich sagen und bemerkte erst jetzt, dass sie sich an seine Schultern gekrallt hatte.

Rasch löste sie sich von ihm, was er mit einem breiten Lächeln zur Kenntnis nahm. »Du bist wahrhaft etwas Besonderes«, flüsterte er und küsste sie abermals auf den Mund. »Komm, lass uns zu Aren gehen und ihm von den Intrigen erzählen. Und dann gehen wir zum dicken Wil und stoßen auf die bevorstehende Aufnahmezeremonie an!«

Kapitel 34 - Mica

Und du bist dir ganz sicher, dass es Samja war, die veranlasst hat, dass Mica zu dieser ... Prüfung geschickt wurde?«

»Verdammt, ja!«, fuhr Cassiel seinen Vater an. Es schien ihm nicht zu passen, dass dieser seine Behauptung infrage stellte. »Ich habe es in ihren Gedanken gelesen. Glaub mir, ich irre mich nicht! Außerdem hat sie es selbst zugegeben!«

Arens Gesicht glich einer Maske, hinter der Mica jedoch tiefe Schuldgefühle – und vor allem Wut – erkennen konnte. Er trat einen Schritt auf sie zu und legte eine Hand auf ihre Schulter, während seine grünen Augen sie ansahen, als wollte er in ihren Kopf sehen – was sie wahrscheinlich auch taten, da er ja Luftmagier war. »Und du sagst, Furin wusste von alldem?«

»Ja.« Mica nickte knapp. »Sie hat mich, nachdem Ihr weg wart, in einen anderen Gang zu einer anderen Tür geführt. Dann begann die Prüfung, wie ich sie Euch vorhin erzählt habe.«

Aren ließ sie los, wandte sich ab und atmete tief durch. Seine breite Brust hob und senkte sich dabei wie ein Blasebalg. Er trug heute wieder seine schwarzen Kleider, die aus feinem Leder gefertigt waren.

Den dunklen Umhang konnte Mica nirgendwo entdecken. Aber auch so war er eine beeindruckende Erscheinung.

Er fuhr sich mit beiden Händen durch das schwarze Haar, eine Geste, die er mit seinem Sohn gemeinsam hatte, wie Mica feststellte.

»Ich werde mir überlegen, was ich mit Samja mache«, meinte er seufzend und drehte sich zu ihnen um. Mica bemerkte, dass sein Gesicht in den letzten Sekunden um Jahre gealtert sein musste. Seine sonst so leuchtenden Augen waren matt und müde. »Es tut mir leid, Mica, dass ich von alledem nichts geahnt habe. Ich hätte es Furin ansehen müssen, aber ich habe es nicht erkannt ...« Seine Stimme klang ebenso erschöpft, wie er aussah.

»Schon gut, Ihr könnt ja nichts dafür«, murmelte Mica und widerstand dem Drang, auf ihn zuzugehen und ihn zu umarmen. Er flößte ihr immer noch gehörigen Respekt ein und eine solche Geste wäre in diesem Moment unangemessen gewesen.

Arens Augen glitten zu seinem Sohn, der die Arme vor der Brust verschränkt hatte und seinen Vater herausfordernd ansah. »Cassiel, auch für dich tut es mir leid. Ich hatte gedacht, dass du und Samja ... glücklich werden könntet.«

»Konnten wir aber nicht«, antwortete Cassiel knapp. Das Eis in seiner Stimme war noch härter als sein Blick.

Aren nickte und wandte sich wieder an Mica. »Du wirst heute Abend in die Diebesgilde aufgenommen. Dazu gehört auch, dass du deinen Namen ablegst und dein Leben der Gilde verschreibst.«

»Wie ist das gemeint, dass ich meinen Namen ablegen soll? Ihr heißt ja auch alle noch so, wie vor eurer Aufnahme, oder?«, wollte Mica wissen.

Aren nickte und ein leichtes Lächeln war tief in seinen Augen zu erkennen. »Das stimmt. Es ist nur eine Zeremonie, die du machen musst, um den Dieben zu zeigen, dass du bereit bist, alles – sogar deinen Namen – für die Gilde zu opfern. Dafür musst du dir einen Ort aussuchen, wo du ein Grab ausheben wirst. Du wirst dort etwas Persönliches vergraben. Einen Gegenstand, den du bereits dein ganzes Leben besitzt. Das soll als Symbol für dein altes Leben stehen.«

Mica legte den Kopf schief und runzelte die Stirn. »Und es ist gleichgültig, welchen Ort ich dafür wähle?«

»Ja. Es sollte jedoch ein Ort innerhalb der Stadt sein.«

»Nun gut, ich denke, ich kenne da bereits einen.« Sie verschränkte die Arme vor der Brust.

»Gut, dann geh mit Cassiel dorthin und führe das Ritual durch. Normalerweise würde ich dich begleiten, aber da ich mich so rasch wie möglich um Samja kümmern und mit Furin sprechen muss, wird mein Sohn diese Aufgabe übernehmen.«

Cassiel nickte stumm und legte dann eine Hand um Micas Schultern. »Komm, lassen wir Aren das mit Samja erledigen«, murmelte er und wandte sich zum Gehen.

»Mica.« Aren sprach ihren Namen mit einer Mischung aus Schuld und Schwermut aus.

Mica wandte sich nochmals zu ihm um und sah ihn an. Seine Augen ruhten auf ihr und wirkten wie ein tiefer See. »Ich bin froh, dass du überlebt hast.« Es war ein einfacher Satz, aber Mica verstand, dass er ihr damit seine Zuneigung ausdrücken wollte. Sie las es in seinem warmen Blick.

Einen Moment lang zögerte sie, dann schüttelte sie Cassiels Hand ab und ging einen Schritt auf den Meisterdieb zu. »Ihr solltet Euch nicht die Schuld an alldem geben«, sprach sie leise. »Ihr wart stets gut zu mir.«

Ehe Aren es sich versah, hatte sie, trotz ihres großen Respekts vor ihm, ihre Arme um ihn geschlungen. Sein Duft nach Leder und Erde drang in ihre Nase und gab ihr etwas, nach dem sie sich so lange gesehnt hatte: das Gefühl der Geborgenheit.

Sie spürte, wie auch er zögerlich seine Arme um sie legte, fühlte seine großen Hände auf ihren Schulterblättern, seine Stärke, die von ihm ausströmte und sie gleichermaßen umgab.

Ja, hier bei ihm war sie in der Tat in Geborgenheit. Er konnte ihr die Sicherheit geben, die sie brauchte, um ein neues Leben zu beginnen. Ein Leben ohne ihren Bruder ... bei dem Gedanken traten Tränen in ihre Augen, doch sie unterdrückte sie nicht und wischte sie auch nicht weg. Sie wusste, dass sie nicht mehr stark sein musste.

Als sie sich von ihm löste, sah er sie mit einer Spur von Erstaunen an. »Mein Angebot steht immer noch.« Seine Stimme war tief und samtweich.

Mica wusste, was er meinte und ein angenehmer Schauer rann über ihren Rücken. »Ich würde mich freuen, zu Eurer Familie zu gehören.« In ihrem Hals bildete sich ein Kloß.

»Dann fühl dich jederzeit bei mir willkommen. Und sprich mich bitte nicht mehr mit dieser Förmlichkeit an.« Ein Lächeln glitt über seine Züge, das seine grünen Augen wieder zum Strahlen brachte. »Das führt mir nur vor Augen, wie alt ich geworden bin.«

»Ihr ... du bist nicht alt!«, widersprach sie und umarmte ihn abermals.

Es war ein so gutes Gefühl, dass sie wahrscheinlich den ganzen Tag so hätte dastehen können. Hätte in dem Moment nicht jemand ihre Schulter gepackt und sie von Aren weggezogen.

»Genug!«, knurrte Cassiel hinter ihr verärgert. »Komm jetzt, Mica!«

Mit einem letzten Blick auf Aren, der diesen voller Zuneigung erwiderte und ihr leicht zunickte, verließ sie sein Quartier.

Als sie über die Plattform zur Treppe gingen, die in die Höhle hinunterführte, beobachtete Mica Cassiel mit zusammengekniffenen Augen. Die dunklen Augenbrauen hatte er fest zusammengezogen, seine Kiefermuskeln waren angespannt, seine Lippen glichen einer geraden Linie und sein Schritt war ausladender als sonst. Er schien über irgendetwas wütend zu sein und sie konnte nicht genau verstehen, über was.

»Was ist los?«, fragte sie ihn geradeheraus und blieb am Rande der Plattform stehen.

»Was los ist?!« Er fuhr zu ihr herum und seine Augen loderten. »Du schmeißt dich Aren an den Hals, als sei er dein Liebhaber!« Er hatte Mühe, seine Stimme zu kontrollieren. Seine Nasenflügel bebten und hätte er Feuermagie besessen, wäre Mica wohl augenblicklich in Flammen aufgegangen. Aber sein Zorn galt im Grunde nicht ihr, so gut kannte sie ihn inzwischen.

»Du bist ... eifersüchtig«, stellte sie nüchtern fest.

»Ich bin nicht eifersüchtig!«, schrie er erbost.

»Doch. Bist du.« Ein Lächeln legte sich um ihren Mund. »Und es steht dir ausnehmend gut.« Ihr Lächeln wurde breiter.

Es stimmte. Die Mischung aus Ärger, Verzweiflung, Unsicherheit und Sorge ließ Cassiels Miene zu einem Meer von Gefühlen werden, auf dessen Grund sie seine Zuneigung für sie deutlich erkennen konnte. Ein warmes Gefühl breitete sich in ihrer Magengegend aus, das sich in einem Kribbeln quer durch ihren Körper fortsetzte.

Cassiel fuhr sich durch das schwarze Haar und schnaubte. »Hör auf, mich so verdammt süß anzulächeln!«, knurrte er.

»Sonst was?« Sie konnte es sich nicht verkneifen, ihm einen unschuldigen Augenaufschlag zu schenken, der sogar das Herz eines Eisdämons erwärmt hätte.

Ihr Blick verfehlte seine Wirkung nicht. Cassiel trat dicht vor sie und packte ihr Gesicht mit beiden Händen, ehe er ihr einen fordernden Kuss auf den Mund drückte.

Wie sie es liebte, ihn derart zu verwirren ... Mica öffnete ihre Lippen, drängte sich noch etwas näher an ihn und spürte, dass sie ihm alles andere als gleichgültig war. Eine auffällige Wölbung zwischen seinen Beinen konnte sein Verlangen kaum verbergen. Und auch sie nahm abermals diese Lust in sich wahr, die Cassiel erst vor so kurzer Zeit in ihr geweckt hatte. Sie drängte sich noch stärker an ihn, wollte seinen Körper fühlen.

»Du kleines Luder.« Seine Stimme nahm einen heiseren Klang an, als sie sich an ihn presste, genau da, wo sein Verlangen saß. »Du stürzt dich gerade in dein Verderben.«

»Wenn mein Verderben sich *so* anfühlt, dann heiße ich es gerne willkommen.« Ihr Lächeln wurde zu einem Grinsen. Oh ja, sie wollte ihn. Und wie sie ihn wollte! Nie im Leben hätte sie geglaubt, dass all die schlimmen Erinnerungen an Nager durch einen einzigen Mann weggewischt werden könnten. Es fühlte sich einfach großartig an.

Es schien ihn alle Kraft zu kosten, sich von ihr zu lösen und einen Schritt zurückzutreten. »Nicht jetzt«, murmelte er. »Wir haben noch einiges zu tun und keine Zeit für solche ... Dinge.«

Mica sah ihn vielsagend an. »Solche ... Dinge?«, äffte sie ihn nach und erntete dafür einen vernichtenden Blick. »Tut mir leid, ich weiß nicht genau, was du meinst, Cass.« Sie klimperte verspielt mit den Wimpern, aber das Grinsen wollte einfach nicht mehr aus ihrem Gesicht weichen.

»Komm jetzt!« Er packte ihre Hand und zog sie hinter sich her, die Treppe hinunter.

Mica kicherte dabei wie ein verliebtes Mädchen, aber das war ihr egal. Sie hatte etwas in Cassiels Augen gesehen, das sie noch nie bei einem Mann gesehen hatte und das ein ungeahntes Hochgefühl in ihr hervorrief. Es war nicht nur das Verlangen nach ihrem Körper gewesen, sondern etwas viel, viel Tiefergehendes, das er sich wohl niemals eingestanden hätte und das Mica selbst nicht so genau verstand: Konnte es sich dabei tatsächlich um Liebe handeln?

Cassiel drehte sich kein einziges Mal um, ließ ihre Hand aber auch nicht los, während er mit ihr im Schlepptau durch die Gänge außerhalb des Zentrums stürmte.

»Wohin gehen wir?«, fragte Mica, als sie merkte, dass er nicht in ihr Quartier zurück wollte.

»Raus«, war die knappe Antwort.

»Aber, ich muss doch noch dieses ... Ritual machen«, wandte sie ein und blieb stehen, nur um im nächsten Augenblick von Cassiel weitergezogen zu werden. Der Dieb hatte wahrlich Kraft in seinen Armen.

»Das kann warten!«, brummte er.

Mica runzelte die Stirn, entgegnete jedoch nichts mehr.

Sie passierten zahlreiche Türen und Cassiel zog sie durch Stollen, durch die sie noch nie gegangen waren. Bald hatte Mica die Orientierung verloren – etwas, das ihr bisher noch nie passiert war. Trotzdem sagte ihr ihr Instinkt, dass sie sich in Richtung Südwesten bewegten. Zum Meer also. Aber es war ein anderer Weg, als der, der in den Hafen führte.

Irgendwann stieg der Pfad an und Cassiel wurde etwas langsamer. Mica spürte die Feuchtigkeit, die durch den Stein drang. Ihre Stiefel waren rasch vom Wasser, das über den Boden rann, durchnässt.

Endlich konnte sie Tageslicht erkennen.

Als sie aus dem Tunnel traten, stockte ihr der Atem. Vor ihr breitete sich das Meer aus. Die Sonne stand kurz davor, ihren höchsten Punkt am Himmel zu erreichen und schien warm auf sie herunter. Die Wellen rauschten so laut, dass sie kaum ihre eigene Stimme hören konnte und ein paar Möwen versuchten, das Tosen mit ihren Schreien zu übertönen. Der Salzgeschmack in der Luft war überwältigend.

Aber noch schöner war die Klippe, auf die Cassiel sie nun führte. Sie reichte bis weit ins Meer hinaus und wurde von drei Seiten von den Wellen umspielt. Gischt ließ Micas Locken noch krauser werden und durchnässte ihre Kleider. Aber die Wärme, die die Sonne vom Himmel schickte, ließ Mica kaum frieren.

»Wo sind wir?«, fragte sie, als Cassiel endlich anhielt.

»An einem Ort, den ich noch nie jemandem gezeigt habe«, antwortete er und setzte sich auf den feuchten Felsen.

Mica nahm unaufgefordert neben ihm Platz und ließ ihren Blick über das Meer wandern. Zu ihrer Rechten konnte sie die Mauern von Chakas und den Hafen erkennen. Sie waren etwas außerhalb der Stadt. Weit und breit war kein Mensch zu sehen.

»Hier komme ich manchmal hin, um alles zu vergessen«, murmelte Cassiel und lenkte damit ihre Aufmerksamkeit wieder auf sich.

»Was möchtest du vergessen?«, fragte Mica, durch Cassiels ungewohnte Redseligkeit ermutigt.

»Meine Kindheit.« Er hob den Kopf und sah sie an. Das Gold in seiner Iris funkelte mit den Wellen um die Wette. Mica bemerkte fasziniert, wie das Sonnenlicht in seinen Augen tanzte und neue Grüntöne hervorrief, die ihr bisher nicht aufgefallen waren. Sein schwarzes Haar klebte feucht an seinem Gesicht und fiel schwer auf seine Schultern.

Mica hob die Hand und strich ihm eine Strähne aus der Stirn. »Wenn du darüber sprechen willst, ich bin hier bei dir«, sagte sie und musste sich Mühe geben, die Wellen zu übertönen.

»Danke.« Er hielt ihre Hand fest und zog sie näher zu sich. »Du bist der erste Mensch, dem ich das hier zeige. Ich weiß selbst nicht, warum ich das überhaupt tue«, murmelte er nahe an ihrem gesunden Ohr.

»Es ist wunderschön hier.« Sie legte ihren Kopf in seine Halsbeuge und genoss es einfach, ihm so nahe zu sein. Seine Hand strich über ihren Arm, spielte mit ihren Fingern.

Eine Weile sahen sie zusammen auf das Meer hinaus.

»Cass.« Mica hob den Kopf, um ihm in die Augen zu sehen. »Was ist mit deiner Schwester passiert?«

Er wich ihrem Blick aus und kniff die Augen zusammen, während er auf das Meer starrte. Als sie schon glaubte, dass sie keine Antwort auf ihre Frage erhalten würde, atmete er tief durch. »Sie ist ... verbrannt ...«

Die Worte trafen sie so unerwartet, dass ihr Herz einen Schlag aussetzte. »Das ist … grausam ...«, flüsterte sie betroffen.

Seine Mundwinkel zogen sich spöttisch nach unten und ein bitteres Lachen drang aus seiner Kehle. »Findest du? Wenn du das schon grausam nennst, dann findest du es wahrscheinlich kaum erträglich, dass *ich* derjenige war, der Schuld an ihrem Tod hatte ...«

»Schuld daran?« Mica verstand nicht recht. Dann kam ihr die Erkenntnis. »Deswegen die Brandnarben ...«

Cassiel wandte ihr sein Gesicht zu und sein Blick war leer. Einfach nur leer, wie seine Stimme, als er weitersprach. »Ja. Ich wollte sie retten, aber es ist mir nicht gelungen. Ich habe versagt.«

Micas Hals schnürte sich zusammen. Cassiel gab sich tatsächlich die Schuld am Tod seiner Schwester. Kein Wunder, dass er ein schlechtes Verhältnis zu Aren, seinem Vater hatte. Er konnte es nicht ertragen, allein durch dessen Anwesenheit daran erinnert zu werden, dass er einst eine Schwester hatte. Die Schuldgefühle mussten ihn über die Jahre zerfressen und ihn dazu gezwungen haben, diese dicke Mauer um sich aufzubauen, damit sie ihn nicht vollends zerstörten.

»Cass, ich kann mir nicht vorstellen, dass du daran Schuld trägst«, sagte sie und legte eine Hand an seine Wange.

»Das dachte ich mir schon ...«, meinte er resigniert. Sein Blick glitt wieder zu den Wellen, die die Felsen umspülten, und er entzog sich ihr. »Du willst nur das Gute in mir sehen, die schwarzen Seiten übersiehst du dabei großzügig.«

»Das stimmt nicht.« Sie richtete sich auf. »Ich sehe sehr wohl die dunklen Seiten an Menschen. Aber an dir sehe ich nur, dass du dir die Schuld für etwas gibst, wofür du nichts konntest.«

»Ich hätte es verhindern können. Ich hätte dort sein können und ihn daran hindern, dass er ...«

»Wer ist er?«

»Mein Bruder.« Er spuckte das Wort aus, als ekelte es ihn davor.

»Du hast einen Bruder?!« Sie weitete die Augen vor Verblüffung.

»Hatte. Er ist tot. Ebenso wie meine Schwester und meine Mutter.«

Mica verstand nicht ganz, aber sie merkte, dass er nicht weiter darüber sprechen wollte. Seine Miene erstarrte und verschloss sich. Die Mauer hatte ihn zurück.

Warum hatte ihr Aren bisher nichts davon erzählt, dass er zwei Söhne gehabt hatte? Er hatte nur seine Frau und seine Tochter erwähnt ... halt, sie hatte ihn ja auch nie gefragt, ob er noch mehr Kinder hatte.

Was musste der Meisterdieb durchgemacht haben? Seine Frau und zwei seiner Kinder waren tot, sein einzig überlebender Sohn gab sich dafür die Schuld – oder zumindest für den Tod seiner Schwester – und hatte sich aus Scham und vor Selbstvorwürfen von ihm abgewandt.

»Cass ...«

»Nicht, Mica! Sieh mich nicht mit diesem Mitleid an! Das ertrage ich jetzt wirklich nicht!«, fuhr er sie so gereizt an, dass sie zusammenzuckte.

Mica schlug die Augen nieder und sah auf ihre Hände, die sie im Schoss gefaltet hatte, als wollte sie beten. »Ich wollte dir eigentlich nur sagen, dass ich dich trotzdem mag. Mehr, als ich einen fremden Menschen je gemocht habe.«

Als sie den Blick wieder hob, schlug ihr Ungläubigkeit aus Cassiels grünen Augen entgegen. »Entweder bist du vollkommen wahnsinnig, oder du hast einen Hang zur Selbstzerstörung!«, sagte er in einem Ton, der sie eigentlich hätte verletzen sollen, aber das tat er nicht.

»Hör auf, Menschen, die dir wichtig sind, von dir wegzustoßen, bloß weil du es nicht aushältst, dass man dich lieben könnte«, erwiderte sie ruhig und stutzte im selben Moment. Hatte sie gerade ›lieben‹ gesagt?

Auch Cassiel kniff verdutzt die Augen zusammen. »War das etwa eine Liebeserklärung?«, fragte er misstrauisch.

Mica atmete tief durch. »Ich ... weiß es nicht. Aber das lässt sich bestimmt herausfinden«, sagte sie dann und wunderte sich selbst, wie sicher sie dabei klang. Noch nie war sie einem Menschen so nahe gewesen – so wirklich nahe, nicht nur körperlich.

Cassiel legte eine Hand an ihre Wange und musterte sie einige Augenblicke stumm. Dann beugte er sich zu ihr vor und küsste sie. Er küsste sie so lange, bis sie kaum noch Luft bekam und doch wäre sie lieber gestorben, als den Kuss von sich aus zu beenden.

Als er sich von ihr löste, war sein Blick wieder selbstsicher und ruhig. »Komm, lass uns das Ritual hinter uns bringen.« Er stand auf und bot ihr seine Hand, um ihr auf die Beine zu helfen.

Mica verzichtete darauf, ihn auf den Umstand aufmerksam zu machen, dass er schon wieder vor etwas davonlief, und folgte ihm zurück ins Tunnelsystem unter Chakas.

Kapitel 35 - Mica

Es muss hier irgendwo sein …« Mica sah sich suchend um, während Cassiel an einer Wand lehnte und sie mit verschränkten Armen beobachtete. Seine Gesichtszüge, seine Körperhaltung – sein ganzes Wesen wirkte wie eine einzige Anklage.

»Hilf mir lieber, statt mich so vorwurfsvoll anzusehen!«, rief sie ihm genervt zu.

Er machte keine Anstalten, sich zu ihr zu gesellen. Seit sie ihm erzählt hatte, dass sie hier, in der Nähe unter der südlichen Stadtmauer, heute Morgen auf ein paar Schurken gestoßen war, hatte er keinen Hehl daraus gemacht, wie sehr er es missbilligte, dass sie erstens alleine in den Stollen unterwegs gewesen war und zweitens, sich in solche Gefahr gebracht hatte. Er hatte wie wild geflucht, sie angeschrien und verwünscht, bis er schließlich dazu übergegangen war, sie gekonnt und stumm mit seinen tadelnden Blicken zu bestrafen.

Zum Glück hatte sie nichts von dem Greif erwähnt – oder was auch immer in der Kiste gewesen war. Das hätte ihn wohl vollkommen durchdrehen lassen.

Aber sie musste hierher zurückkommen, denn Aren hatte ihr gesagt, dass sie etwas, das sie bereits ihr ganzes Leben lang besaß, vergraben müsse. Da sie nichts mehr hatte außer dem Messer, das ihr als Kind von ihrem Vater geschenkt worden war, musste sie danach suchen. Der Schurke, der sie heute Morgen hier im Gang überrascht hatte, hatte es ihr ja weggenommen und irgendwo hingeworfen.

Sie leuchtete mit der Fackel, die sie von einer der Wände entfernt und mit ihrer Magie entzündet hatte, in alle möglichen Winkel. Es war ihr erstaunlich einfach gefallen, diesen Zauber zu wirken, was sie auf die tagelangen Übungen mit Aren zurückführte. Ihr war nicht einmal kalt geworden. Wenn sie noch länger mit ihm übte, würde sie wahrscheinlich bald ohne große Anstrengung ihre Magie wirken können.

»Da, ich hab's«, rief sie aus, als sie etwas Metallisches zwischen ein paar Steinen erkannte.

Tatsächlich lag dort ihr Messer, das sie schon so oft aus misslichen Lagen befreit hatte. Sie hob es auf und begutachtete es von allen Seiten. Der Griff und die Klinge wiesen Rußspuren auf, ebenso wie die Steine am Boden. Die mussten vom Feuerball stammen, den sie auf den Schurken geschossen hatte. Sie wischte es notdürftig sauber, konnte aber nicht verhindern, dass einige Brandflecken blieben. Aber was sollte es, sie würde die Klinge ohnehin gleich vergraben.

»Dann können wir ja weitergehen.« Cassiel stieß sich von der Wand ab und kam auf sie zu.

»Nur, wenn du endlich aufhörst, zu schmollen!« Sie blickte ihm gereizt entgegen.

»Ich schmolle nicht, ich bin enttäuscht von dir«, antwortete er ebenso verärgert.

»Du wirst dich wohl daran gewöhnen müssen, dass ich nicht immer deinen Vorstellungen entsprechend handle, wenn du mit mir zusammen sein willst«, sagte sie schnippisch.

»Von *wollen* kann nicht wirklich die Rede sein.« Er stand nun vor ihr und sah auf sie herunter.

»Ach nein?« Sie hielt seinem bohrenden Blick mühelos stand. »Dann sag mir, dass du mich nicht magst und ich werde dich ein für alle Mal in Ruhe lassen.«

Er hob sogar an, etwas zu sagen, doch dann sackten seine Schultern nach unten und er ging an ihr vorbei, während er ihr die Fackel aus der Hand riss. »Komm!«, sagte er barsch.

»Ich glaube, an dem Tag, an dem du ein positives Gefühl für länger als einen Lidschlag an dich heranlässt, werde ich in alle vier Tempel gehen und den Göttern ein gewaltiges Opfer darbringen«, murmelte Mica bockig, während sie ihm folgte.

Cassiel erwiderte nichts, sondern beschleunigte seine Schritte.

Sie gingen stumm hintereinander durch die Stollen und Gänge, bis sie im Hafen ankamen. Die Sonne brannte jetzt so heiß auf die Stadt herunter, dass sich hier nur noch die Menschen aufhielten, die es nicht vermeiden konnten, da sie entweder für die Schiffe zuständig waren oder anderweitige Verpflichtungen hatten. Alle anderen hatten sich in die kühleren Häuser zurückgezogen und warteten, bis die heißesten Stunden des Tages vorbei waren.

Micas Magen ließ ein vernehmliches Grummeln hören. Sie hatte seit gestern nichts mehr gegessen und sich bereits an die regelmäßigen Mahlzeiten in der Diebesgilde gewöhnt. Cassiel hatte ihr zwar eigentlich versprochen, mit ihr beim dicken Wil anzustoßen, aber Arens Aufgabe, das Ritual durchzuführen, hatte ihnen einen Strich durch die Rechnung gemacht.

Cassiel ging schweigend neben Mica her, während sie sich so gut es ging im Schatten hielten. Trotzdem waren sie beide schon nach wenigen Minuten schweißüberströmt.

Mica wusste, wo sie ihr Grab errichten würde. Es gab dafür überhaupt nur eine Stelle, die für sie infrage kam. Nur einen Ort, wo es sich richtig anfühlte, mit ihrer Vergangenheit abzuschließen.

Als sie bei der niedergebrannten Ruine der Lagerhalle ankamen, suchten sie nach einer Schaufel in einem Werkzeugschuppen, der sich in der Nähe befand und den Cassiel ohne große Mühe aufbrach. Der Besitzer des Schuppens war ebenfalls vor den heißen Sonnenstrahlen geflohen, sodass sie das Werkzeug unbehelligt entwenden konnten.

»Du wirst das Grab alleine ausheben«, sagte Cassiel, als Mica ihm ebenfalls eine Schaufel hinhielt.

»Na gut, wie du willst.« Sie stellte sie zurück und wandte sich zum Gehen.

»Mica.« Er hielt sie am Arm zurück, sodass sie sich zu ihm umdrehen musste. Sie studierte fragend sein Gesicht. »Es ... tut mir leid. Ich hab dir ja gesagt, ich bin ...«

»... kaputt, jaja, ich weiß«, ihre Stimme klang schneidender, als sie eigentlich beabsichtigt hatte. Sie atmete tief durch, um sich zusammenzureißen. »Cass, du kannst nicht deiner Vergangenheit ständig die Schuld für alles geben, was in der Gegenwart schiefläuft. Du solltest langsam dein Leben selbst wieder in die Hand nehmen, statt davor wegzulaufen.«

Einen Moment lang glaubte sie, dass er sie wieder anschreien würde – das Potenzial dazu hätten seine feurigen Augen allemal gehabt –, aber dann wurde sein Blick sanft und hüllte sie in die ihr inzwischen so vertraute Wärme. »Du bist ein kluges Mädchen, Mica«, sagte er leise und gab ihr einen leichten Kuss auf die Wange. »Komm, lass uns dein Messer vergraben. Vielleicht kann ich ja einen Funken von meinem Selbsthass ebenfalls in dein Grab werfen.«

Mica hob beide Augenbrauen in die Höhe ob so viel Einsicht, sagte aber nichts weiter, sondern folgte ihm aus dem Schuppen zur niedergebrannten Lagerhalle.

»Wo willst du das Grab errichten?«, fragte Cassiel, als sie sich zwischen den verkohlten Balken hindurch einen Weg gebahnt hatten.

»Dort drüben.« Micas Seele zitterte, als sie auf die Stelle deutete, wo Faím und sie immer nebeneinander geschlafen hatten.

»Gut.« Cassiel setzte sich auf den Boden.

»Warum kannst du mir nicht dabei helfen?« Mica musterte ihn leicht verärgert.

»Weil alle Anwärter für die Diebesgilde das alleine tun müssen«, antwortete Cassiel. »Auch der ach so fürsorgliche Aren hätte dir nicht geholfen. Da musst du deine sanften Händchen selbst schmutzig machen.« Ein schiefes Grinsen erschien auf seinem Gesicht.

Murrend begann Mica, die Schaufel in den festgetretenen Boden zu rammen. Es dauerte fast eine Stunde, bis ihr Cassiel mit einem wohlwollenden Nicken zu verstehen gab, dass das Grab nun tief genug war und sie ihr Messer hineinwerfen konnte. Danach musste sie das Loch wieder zuschaufeln und einige faustgroße Steine sammeln, um sie in der lockeren Erde zu einem Stern anzuordnen. Dann musste alles nochmals mit der Schaufel festgeklopft werden.

Mica folgte Cassiels Anweisungen, obwohl sich an ihren Händen Blasen gebildet hatten, die teilweise bereits aufgesprungen waren und ein schmerzendes Pochen hinterließen. Sie war es nicht gewohnt, mit ihren Händen solch harte Arbeit zu verrichten – bisher hatte es genügt, flinke Finger zu haben, um etwas stehlen zu können.

Als sie endlich fertig war, stand Cassiel auf, kam auf sie zu und nahm ihr die Schaufel weg, welche er achtlos zur Seite warf. Er drehte ihre Handflächen nach oben und pfiff leise durch die Zähne, als er ihre

Wunden sah, die zum Teil bluteten. Sanft küsste er jede einzelne von ihnen. »Das wird verheilen«, murmelte er. »Du wirst lernen müssen, deine Hände öfters zu gebrauchen.«

»Ich bin kein Bauer!«, stellte Mica klar und entzog ihm ihre Hände. »Du hättest mir zum Beispiel deinen Handschuh geben können, dann hätte ich jetzt keine Blasen.«

Cassiel runzelte die Stirn und für einen Augenblick sah er aus, als wolle er sie maßregeln. Dann atmete er tief durch. »Du hast recht«, sagte er in erstaunlich versöhnlichem Ton. »Aber du weißt, warum ich das nicht tun kann ...«

»Äh, eigentlich nicht.« Sie sah ihn herausfordernd an.

Cassiel verdrehte genervt die Augen. Nun wurde er doch noch wütend. »Ich werde meinen Handschuh vor dir nicht ausziehen! Ebenso wenig wie mein Halstuch, mein Hemd oder meine Hose!«, knurrte er.

»Lieber siehst du zu, wie ich mich verletze.« Mica hatte keine Ahnung, was sie gerade ritt, aber Cassiels Sturheit ärgerte sie. Immerhin war sie gerade dabei, mit ihrem alten Leben abzuschließen. Da konnte er ihr doch ausnahmsweise ein Stück entgegenkommen und auch einen Teil *seiner* Vergangenheit hinter sich lassen.

»Mica!«, jetzt brüllte er. »Hör auf damit! Auf der Stelle!«

Sie verschränkte die Arme vor der Brust und zuckte zusammen, als ihre verletzten Handflächen über den Stoff ihres Hemdes schabten. Trotzdem hielt sie Cassiels Blick stand. »Du hältst lieber an deiner Schuld fest, und suhlst dich in Selbstmitleid, als nach vorne zu blicken«, bemerkte sie kühl. »Ich frage mich, wovor du solche Angst hast.«

»Das reicht!« Cassiel packte sie bei beiden Schultern und schüttelte sie wie ein begriffsstutziges Kind. Seine Augen sahen sie wild an und er schnaubte durch die Nüstern wie ein Stier.

Eigentlich hätte Mica spätestens jetzt um ihr Leben fürchten müssen, aber sie war ja gerade dabei, ein Neues zu beginnen. Seltsamerweise jagte Cassiels Ausbruch ihr keinerlei Angst ein, da sie wusste, dass er ihr nie im Leben etwas antun würde.

Das schien auch er zu merken, denn er ließ frustriert von ihr ab und fuhr sich stattdessen durch das schwarze Haar. Es folgte eine Tirade von Flüchen, von denen Mica die Hälfte noch nie gehört hatte.

Doch noch immer verzog sie keine Miene und sah ihm einfach nur ruhig zu, wie er sich verausgabte.

Schließlich stand Cassiel heftig atmend vor ihr, die Arme hingen seitlich an seinem Körper herunter, die Hände waren zu Fäusten geballt und nun hatte er tatsächlich Ähnlichkeit mit einem wütenden Stier. Einem sehr wütenden, schwarzhaarigen Stier.

»Bist du endlich fertig?« Ihr gelang sogar ein gelangweilter Ton, worauf sie fast ein wenig stolz war.

»Du bringst mich noch ins Grab«, knurrte er, zitternd vor Wut, die er zu beherrschen versuchte.

»Das war doch Sinn der Sache, oder?« Sie lächelte. »Dass du dein altes ›Ich‹ ebenfalls hinter dir lassen kannst.«

Cassiels zorniger Gesichtsausdruck wich so rasch seiner Verblüffung, dass Mica leise auflachte. »Nun komm schon, hör auf mit diesem Theater und zeig mir, was du mit aller Macht vor mir verstecken willst.« Sie trat einen Schritt auf ihn zu und ergriff seine linke Hand, die in dem schwarzen Handschuh steckte.

»Mica, nicht ...« Seine Stimme war heiser, sein Blick jetzt voller Furcht und er trat einen Schritt von ihr zurück.

»Ich möchte es mir nur mal ansehen. Ich kann mir nicht vorstellen, dass du so schlimm verbrannt bist, dass ich dich nicht mehr anziehend finde.« Sie lächelte ihn liebevoll an.

Obwohl Cassiel versuchte, ihr seine Hand zu entziehen, hielt sie sie fest und strich über das weiche Leder. Dabei begannen ihre offenen Blasen zu brennen, doch das war ihr gleichgültig.

Er schloss einen Moment die Augen und atmete tief durch.

Sie wusste, dass sie gerade sehr viel von ihm verlangte, aber wenn sie eine gemeinsame Zukunft haben wollten, musste er auf ihre Forderung eingehen und dieses Opfer bringen. Für sie beide.

Cassiel schien ähnliche Schlüsse gezogen zu haben, denn als er seine Augen wieder öffnete, war sein Blick klar und fest. »Gut«, meinte er mit rauer Stimme, in der immer noch Angst mitschwang. »Ich werde es zulassen. Aber du wirst nur meine Hand zu sehen bekommen und nur für drei Sekunden. Es wird eine einmalige Sache bleiben.«

»Jetzt mach nicht so ein Drama.« Sie stellte sich auf die Zehenspitzen und verschloss seinen Mund mit ihren Lippen, damit er endlich verstummte.

Gleichzeitig streifte sie den Handschuh langsam ab und warf ihn zu Boden. Sie unterbrach den Kuss nicht, sondern hielt seine Lippen mit ihren gefangen, die Augen geschlossen, während sie langsam seine Hand befühlte. Seine Haut war seltsam glatt, an manchen Stellen etwas wulstiger. Ihre Finger wanderten behutsam über jede einzelne Narbe.

Ein leises Stöhnen drang aus Cassiels Kehle und sie vermeinte, zu fühlen, wie er unter ihrer Berührung erzitterte.

Langsam öffnete sie die Lider, beendete den Kuss und sah direkt in seine Augen. Nackte Panik lag darin. Er war kurz davor, vor ihr zu fliehen. Hinter seine Mauer, wo er sicher war.

Micas Stimme war samtweich, als sie weitersprach. »Darf ich sie mir ansehen?« Sie hatte bisher noch nicht nach unten gesehen.

In seinen Augen erkannte sie den schlimmen Kampf, den er mit sich selbst führte. Schließlich gelang ihm ein knappes Nicken. Sein Atem ging stoßweise, als würde er im nächsten Augenblick zusammenbrechen.

Mica nickte ebenfalls und hob seine Hand auf Augenhöhe. Was sie sah, brachte einen Moment lang ihren Atem ebenfalls ins Stocken, aber sie ließ sich nichts anmerken.

Alles an seiner Hand war verbrannt und mit wulstigen Narben überzogen. Die Haut war von einem unnatürlichen Rot und so dünn, dass seine Finger zerbrechlich wirkten. Und doch gehörte sie zu ihm, wie sein Herz ... wie die Wärme seiner Augen. Im Grunde spiegelte die verbrannte Haut seine zerstörte Seele wider.

Ehe sie es sich versah, führte sie seine Hand an ihren Mund und küsste jede einzelne Fingerkuppe. Wieder drang ein Stöhnen über Cassiels Lippen.

»Das reicht«, murmelte er, entzog ihr seine Hand und bückte sich, um den Handschuh, den sie zu Boden geworfen hatte, wieder überzustreifen. Er mied dabei ihren Blick.

»Siehst du überall so aus?«, fragte Mica, während sie ihn dabei beobachtete.

»So und schlimmer.« Er sah ihr immer noch nicht in die Augen, auch nicht, als er den Handschuh wieder angelegt und sich aufgerichtet hatte.

»Und trotzdem haben sich meine Gefühle für dich nicht verändert.« Sie trat nahe zu ihm und umschlang seinen Körper mit ihren Armen, während sie den Kopf hob, um ihm ins Gesicht zu sehen. »Hm, wenn ich so recht überlege ... doch, vielleicht schon ...«

Er zuckte merklich zusammen und sah sie erschrocken an.

Mica biss sich auf die Lippe, um nicht über seine Unsicherheit zu lachen. »Ich glaube, ich mag dich jetzt noch sehr, sehr viel mehr als vor ein paar Augenblicken.« Sie lächelte und gab dem verdutzten Dieb einen Kuss auf sein stoppeliges Kinn.

Den ganzen Weg zurück sprach Cassiel kein Wort. Er war tief in Gedanken versunken und Mica ließ ihm die Zeit, die er brauchte, um zu verarbeiten, dass er sich ihr gegenüber gerade mehr geöffnet hatte als je einem Menschen zuvor.

In ihr hinterließ das, was sie gemeinsam im niedergebrannten Lagerhaus erlebt hatten, einfach nur ein Glücksgefühl. Jetzt wusste sie, dass sie ihr altes Leben nicht mehr brauchte. Denn ihr neues hatte soeben begonnen. Zusammen mit Cassiel.

Kapitel 36 - Faím

Faím saß am Strand von Milingue, wie er es in letzter Zeit so oft tat und starrte auf das blaue Meer hinaus, das sich in der untergehenden Sonne blutrot verfärbte. Er liebte die Sonnenuntergänge, denn keiner war wie der andere. Jeder hatte seine einzigartige Schönheit und seine eigenen Farben, die nur in jenem Moment genau diese Mischung ergaben. Nur in dem Augenblick, in dem man gerade hinsah. Einen Lidschlag später war alles wieder anders.

Er hätte stundenlang der untergehenden Sonne zusehen können, hätte sie sich denn die Zeit dazu genommen.

Neben ihm erklang ein leises Plätschern, das ihm verriet, dass die Meerjungfrau nicht weit weg war. Seit jenem Abend, an dem sie ihm ihre Treue geschworen hatte, hatte er sie bloß ein einziges Mal gesehen. Meist verbarg sie sich unter den Wellen, im Schilf oder zwischen Steinen, die aus dem Meer ragten. Sie schien ein scheues Wesen zu besitzen, obwohl sie bei ihrer Unterhaltung Kapitän Sarton so forsch die Stirn geboten hatte.

Doch das konnte auch täuschen – wer wusste schon so genau, was in Meerjungfrauen vorging?

Sarton hatte ihn gewarnt, sie nicht zu unterschätzen und das würde Faím ganz gewiss nicht tun. Nicht, solange er wusste, dass der einzige Grund, warum sie sich so friedfertig und hilfsbereit gab, der war, dass sie unbedingt das goldene Ei haben wollte – das er ihr natürlich nicht geben würde, zumindest nicht, solange er bei Verstand war.

Der Kapitän hatte ihm erzählt, dass Meerjungfrauen viele hundert Jahre alt werden konnten. Sie hatte also Zeit – Faím hingegen nicht, denn er würde in hundert Jahren nur noch ein Skelett sein. Spätestens, wenn er ein alter Greis wäre, könnte sie ihn überlisten und ihm das Ei abnehmen, da war er sich sicher – und sie sich offenbar auch.

»Ach Mica«, murmelte Faím. »Wenn du hier wärst, könntest du mir bestimmt sagen, was das Richtige ist.« Sein Blick glitt über die Wellen, die sanft über den noch warmen Sand gespült wurden. Das Wasser trug kleine Muscheln heran, die vor seinen Füßen liegen blieben. Er griff nach einer und musterte sie. Solche Farben hatte es in Chakas nicht gegeben. Dort waren die meisten schwarz oder weiß gewesen. Diese Muscheln hier waren bunter, die Formen vielfältiger.

Er beschloss, eine mitzunehmen, um sie Mica zu zeigen, wenn er wieder zurück in Chakas war. Denn irgendwann würde er wieder dort sein, das hatte er sich fest vorgenommen. Irgendwann musste Sarton zurück nach Norden fahren. Und dann könnte er Mica all die Abenteuer erzählen, die er auf der Smaragdwind erlebt hatte – was bis jetzt schon einige waren. Sie würde große Augen machen und ihm nichts glauben, aber das wäre ihm egal, solange er sie wiedersehen könnte.

Lächelnd steckte er die Muschel in seine Hosentasche – und schrak zusammen, als er aufblickte und sich meerblauen Augen gegenübersah.

»Wer ist Mica?« Chandra legte den Kopf schief und musterte ihn mit ihrem verträumten Blick, der ihn einlud, all seine Sorgen wegzuspülen.

Er räusperte sich und wich ihren Augen aus. Unauffällig sah er sich um. Sarton war weit und breit nicht zu sehen, auch kein anderes Mannschaftsmitglied. Sie waren wahrscheinlich alle noch in der Taverne, die er vorhin verlassen hatte, um frische Luft zu schnappen.

Faím verwünschte sich für seine Dummheit, entgegen dem Rat des Kapitäns alleine unterwegs zu sein. Er hatte sich in den letzten Tagen so sicher gefühlt hier auf Baltros, dass er leichtsinnig geworden war. Zumal die Meerjungfrau ihn seit ihrem Gespräch in Ruhe gelassen und sich nur durch kleine Wellen oder Strudel bemerkbar gemacht hatte.

»Du scheinst nervös zu sein ...«

Faím zuckte abermals zusammen, als er ihre Hand an seiner Wange spürte. Sie war eiskalt wie die Haut eines Fisches. Ihre Finger fuhren über seine Schläfen, dort, wo sie ihn damals berührt hatte. Die blauschwarzen Tätowierungen waren kaum mehr zu sehen, aber als sie sie nun nachzeichnete, brannte seine Haut, flammte auf und er riss sich von ihr los.

»Lass mich!«, fuhr er sie etwas zu grob an.

Sie schien ihm den Tonfall nicht übel zu nehmen, im Gegenteil. Sie lächelte ihn entwaffnend an und hob die Augenbrauen. »Du hast viel Temperament für einen kleinen Jungen.«

Die Art, wie sie ihn sanft darauf hinwies, dass er viel jünger war als sie, ließ seine Wangen vor Scham erglühen.

»Ich bin kein Junge, ich bin schon fast ein Mann!« Er wusste, dass er sich gerade lächerlich machte, aber das war ihm egal.

»Das sehe ich und es gefällt mir.« Wieder war da dieses Lächeln, dem er sich nicht entziehen konnte, das ihm das Herz erwärmte, seiner

Seele schmeichelte und ungeahntes Verlangen in seinem Körper hervorrief.

»Hör auf, deinen Zauber zu wirken.« Seine Stimme klang fast flehend, was ihn umso verlegener machte. Er wollte nicht schwach sein, aber dieses Geschöpf war ihm in jeder Hinsicht überlegen.

»Ich wirke keine Zauber.« Ihr Lächeln wurde verführerischer, intimer. »Das ist allein deine Fantasie ... ist sie nicht schön? Sie lässt dich Dinge fühlen und sehen, die dir ansonsten verborgen bleiben würden.«

»Ich will das aber nicht.« Er stand auf und sah von oben auf sie herab.

Erst jetzt sah er, wie sich ihr silberner Fischschwanz sanft in den Wellen wiegte. Ihr nackter Oberkörper wurde vom Wasser umflossen wie die Muscheln, die an den Strand gespült wurden. Die Sonne hatte sich längst hinter den Horizont zurückgezogen, als wollte sie ihre Zweisamkeit nicht stören. Zurückgeblieben war eine atemberaubende Mischung aus Violett-Tönen, die rasch dunkler wurden.

»Du belügst dich selbst.« Ihr Lächeln blieb warm, als sei es in ihr schönes Gesicht eingemeißelt. »Aber das macht nichts. Du wirst irgendwann deinen Gefühlen nachgeben und auf diesen Tag freue ich mich jetzt schon.«

Faím rann ein eisiger Schauer über den Rücken. Obwohl sie ihn immer noch verführerisch ansah, so spürte er in ihren Worten auch eine Drohung. Ja, irgendwann würde er ihr nicht mehr widerstehen können, das wusste er so sicher, wie er wusste, dass die Sonne jeden Abend unterging.

Und dann ... dann müsste er sie töten, bevor sie ihn tötete.

Abermals fühlte er eine Gänsehaut. Würde er es zustande bringen, dieses wundervolle Geschöpf zu töten? Diese atemberaubende Frau, die ihn so liebevoll anlächelte? Aus welchem Holz musste ein Herz geschnitzt sein, das das fertigbrachte? Welche Kälte musste ihr Tod in seiner Seele hinterlassen?

War es das, worauf sie angespielt hatte, als sie Sarton vorwarf, von Schuld und Schmerzen geplagt zu werden? Hatte der Tod der Meerjungfrau, die ihn damals an sich gebunden hatte, diesen Mann aus ihm gemacht? Einen Kapitän, der seine Mannschaft mit harter Hand befehligte und keinen einzigen Matrosen von sich aus rekrutierte, weil er dem Meeresgott gegenüber Schuld empfand?

»Woher wusstest du, dass Sarton eine deiner Schwestern getötet hat?«, fragte er unwillkürlich.

Das Lächeln der Meerjungfrau erstarb und ihr Gesicht wurde von solch einer Wehmut ergriffen, dass Faíms Herz sich verkrampfte. Er wollte sie wieder lächeln sehen, hätte alles dafür getan, die Tränen, die jetzt über ihre Wangen liefen, aufzuhalten. Und doch konnte er sich nicht bewegen und stand regungslos neben dem Wesen, das in dem Moment vollkommene Zerbrechlichkeit ausstrahlte.

»Ich habe ihr Blut an ihm gerochen und ihr Gesicht in seiner Seele gesehen«, flüsterte sie. Ihre Stimme war kaum ein Hauch, ihre Augen auf das Meer gerichtet. »Du musst wissen, dass wir Töchter des Meeres zwar keine Seele haben, dafür können wir umso besser in die eure blicken.« Sie wandte ihm ihr Gesicht zu, das feucht von Tränen war.

»Was siehst du in meiner Seele?«, wollte Faím wissen, ehe er sich seine Worte richtig überlegt hatte.

Zu seiner Freude erhellte wieder ein Lächeln ihre Züge. »Deine Seele ist stark und rein. Ich mag sie. Sie strömt eine Willenskraft aus, wie sie nur die wenigsten Menschen besitzen. Und eine Wärme, die mich anzieht. Du bist ein starker Junge, Faím, und wenn du erst ein Mann bist, wird keiner deine Stärke mehr infrage stellen.«

Ihre Worte wirkten wie eine Droge auf ihn. Er hätte ihr stundenlang zuhören können, auch wenn sie ihn angelogen hätte. Noch nie hatte ihn jemand als ›stark‹ bezeichnet. Er war immer derjenige gewesen, der schwach war, der kränklich war, der eine Last war. Und nun saß die schönste Frau, die er je gesehen hatte, hier und schmeichelte ihm derart, dass er abermals rot wurde.

»Sagst du das, damit ich das goldene Ei für dich öffne?«, fragte er und musterte sie aufmerksam. Etwas in ihm hoffte, sie würde verneinen, sie würde ihn anlächeln und ihm sagen, dass sie das Ei nicht mehr haben wollte. Dass alles, was sie sich wünschte, *er* war. Und gleichzeitig schalt er sich, wie kindisch diese Gedanken waren. Wie unreif und unangemessen.

»Ja und nein.« Ihr Lächeln war wieder so strahlend wie zuvor, die Tränen fast getrocknet. »Ich will, dass du das Ei öffnest, das stimmt. Du kannst dir nicht vorstellen, wie es ist, ohne eine Seele zu leben. Es ist ... grausam, kalt, trostlos. Ich brauche das Ei mehr, als du dir vorstellen kannst. Und dennoch ist es auch die Wahrheit. Du bist stark, Faím aus Chakas. Und es wird der Tag kommen, an dem du das selbst begreifst ... vor diesem Tag fürchte ich mich.« Ihre Stimme wurde immer leiser und wehmütiger.

»Warum fürchtest du dich davor?« Er kniete sich hin, um sie besser ansehen zu können.

»Weil der Tag, an dem du begreifst, wie stark du bist, der Tag sein wird, an dem ich dich töten muss.« Sie blickte ihm mit solcher Direktheit in die Augen, dass sein Herz erstarrte.

Kapitel 37 - Néthan

»Wartet hier!«, befahl Néthan, als sie in einen hohen Raum kamen, in dessen Decke mehrere hundert Löcher eingemeißelt worden waren. Die Sonne streckte ihre Strahlen wie Finger hindurch, und es schien, als wollte sie damit die Decke anheben. Der gesamte Boden, der mit feinen Mosaiksteinen belegt war, war mit kleinen Lichtpunkten übersät. Gegenüber führte eine breite Treppe zu einer Tür hinauf, die verschlossen war.

»Das ist also der Sternenraum?«, fragte Steinwind überflüssigerweise.

»Ja«, antwortete Néthan und sah sich suchend um. »Ab hier werden Steinwind und ich alleine gehen. Ihr«, er deutete auf Belek und die anderen drei Schurken, die sie begleitet hatten, »werdet euch in Richtung Norden wenden.«

Er hielt es nicht für notwendig, ihnen zu sagen, warum, obwohl er wusste, dass er sie damit ins sichere Verderben schickte. Im Norden waren die meisten Diebe und Kanalratten zu Hause, die Fremden gegenüber alles andere als aufgeschlossen waren. Außerdem gab es dort Schlägerbanden und andere zwielichtige Gestalten, die sich nicht scheuten, vier fremde Schurken zu töten. Sie würden keine Stunde in den ihnen unbekannten Tunneln überleben, schon gar nicht, wenn die Nacht hereinbrach. Doch das mussten sie ja nicht wissen.

»Und was machen wir mit dem Greif?«, fragte Steinwind an Néthan gewandt.

»Den holen wir aus der Kiste und binden ihm den Schnabel zu«, antwortete der Anführer ruhig. »Dabei werdet ihr uns noch helfen.« Er sah die Männer einen nach dem anderen an. »Los! Worauf wartet ihr?!«

Die Schurken beeilten sich, die Kiste abzustellen.

Nachdem sie beratschlagt hatten, wie sie es am besten anstellen sollten, einigten sie sich darauf, dass Steinwind, falls der Greif sie attackierte, ihm mit seiner Keule eins überziehen sollte. Jedoch nur so fest, dass er benommen wäre – wie Néthan dem Riesen einbläute.

Als alle bereit waren, hob Belek die Falltür an.

Der Greif trat unsicher aus seinem Käfig hervor, den er die letzten Tage hatte bewohnen müssen. Sein Fell war stumpf und voller Kot. Das Tier stank grässlich und blinzelte gegen die hellen Lichtstrahlen, die durch die Decke in den unterirdischen Raum fielen und es blendeten.

Fast tat Néthan der Greif leid. Aber sie hatten ihn nicht herauslassen können, solange sie unterwegs waren. Sonst hätte er wahrscheinlich auf der Stelle eine Möglichkeit zur Flucht gesucht.

»Komm«, flüsterte Néthan ihm zu. »Wir bringen dich an einen besseren Ort.«

Wieder schien es, als verstünde der Greif, was er sagte. Er legte die spitzen Ohren an, die an eine Katze erinnerten, und hob den Schnabel witternd in die Luft.

Steinwind ergriff die Möglichkeit, um ihm einen Strick um den Hals zu werfen. Der Greif schrie erbost auf, konnte sich jedoch nicht dagegen wehren. Steinwind packte ihn am Kopf und rang ihn zu Boden. Der Riese hatte zwar Kraft, aber man konnte ihm ansehen, wie schwer es ihm fiel, den Greif zu bändigen. Als das Tier schwer atmend am Boden lag, legte Néthan ihm eine Schlinge um den Schnabel und zog sie sanft zu.

»Das hätten wir«, meinte er zufrieden. »Also, weg mit euch!« Er sah die vier Männer an. »Ihr werdet im Norden vor den Tunneln auf uns warten. Wenn wir in zwei Tagen nicht zurück sind, wendet euch nach Osten und verlasst die Stadt.«

Dass dort die Palmenhaine, die gefährlichste Region für Schurken lag, verheimlichte er ihnen ebenfalls.

Steinwind und er warteten, bis Belek und die anderen davongegangen waren. Der Greif versuchte, sich von seinen Fesseln zu befreien, aber schließlich gab er auf. Er war in den letzten Tagen schwächer geworden, da Steinwind ihm in weiser Voraussicht weniger zu essen gegeben hatte, damit er seine Kräfte schonen musste.

»War das eine kluge Idee?«, fragte Steinwind mit zweifelndem Blick.

»Was?«

»Sie einfach ziehen zu lassen, statt sie umzubringen?«

»Wenn sie überleben, werden sie genug Manns sein, die Sandschurken weiter anzuführen«, meinte Néthan ruhig. »Und wenn nicht ... dann eben nicht.«

»Du jagst selbst mir manchmal einen Schauer über den Rücken.« Steinwind machte sich daran, die Treppe nach oben zu steigen, während er den Greif am Strick hinter sich herzog.

»Dann ist ja gut.« Néthan folgte ihm zufrieden lächelnd auf die Tür zu.

Er kannte den Schließmechanismus, mit dem sie verriegelt war. Das hatte ihm der ehemalige Zirkelleiter damals gezeigt, damit er jederzeit den Zirkel ungesehen verlassen konnte. Auch Steinwind wusste Bescheid darüber, dass Néthan mehrere Jahre im Zirkel verbracht hatte und diesen wie seine Hosentasche kannte. Er war der einzige Mann, dem der Anführer dieses Geheimnis anvertraut hatte.

Nachdem sie die Tür passiert und wieder verschlossen hatten, ging Néthan voran und führte Steinwind und den Greif mit sicheren Schritten durch die Gänge, die sie geradewegs in den Zirkel brachten.

Als sie bei der letzten Tür ankamen, hielt Néthan inne und atmete tief durch. Seine Kopfschmerzen machten sich wieder bemerkbar, als er daran dachte, dass sein altes Leben nun unweigerlich enden würde.

»Lass es uns hinter uns bringen«, murmelte er, ehe er das Schloss mit einem Zauber öffnete.

Der Greif gurrte nervös hinter ihnen, als sie in ein kleines Zimmer traten. Es hatte nur wenige Schritt Durchmesser und war karg eingerichtet.

Néthan fröstelte, als er sich daran erinnerte, wie er damals bei Nacht und Nebel die Stadt verlassen hatte. Er hatte um sein Leben gefürchtet und nichts, außer dem, was er am Leib trug, mitgenommen.

Wie lange war das jetzt her ... er blieb einen Moment stehen und sah sich um. Es sah alles noch genauso aus wie damals. Als wäre der Sohn des Zirkelleiters seit dem Tod seines Vaters nie wieder hier gewesen. Womöglich war dem auch so.

»Und jetzt?«, riss ihn Steinwind aus seinen Gedanken.

»Jetzt werden wir denjenigen aufsuchen, der hier das Sagen hat«, antwortete Néthan und verbannte gekonnt jegliche Unsicherheit aus seiner Stimme.

»Und wer soll das bitte sehr sein? Seit den Neuerungen im Zirkel gibt es keinen Zirkelleiter mehr.«

»Nein, aber die Menschen gewöhnen sich nur sehr langsam an neue Strukturen. Der Sohn des ehemaligen Zirkelleiters ist der Einzige, der uns weiterhelfen kann. Ich nehme an, er bewohnt die Gemächer seines Vaters.«

Néthan ging voran, über mehrere Treppen und weitere Gänge. Keine einzige Person kreuzte ihren Weg, da sie sich in einem Bereich aufhielten, der von niemandem außer den Zirkelräten betreten werden durfte. Auch Diener hielten sich nur selten hier auf, das hatte sich seit der Zeit, in der Néthan dies sein Zuhause genannt hatte, nicht geändert.

Sie hatten Glück, denn wäre ihnen jemand über den Weg gelaufen, hätten sie nur schwerlich erklären können, warum sie einen jungen Greif im Schlepptau hatten.

Durch einen weiteren Geheimgang traten sie in ein weitläufiges Zimmer, in dem ein prunkvoller Schreibtisch stand. Mehrere Bücherregale befanden sich an den Wänden und Stapel von Schriften waren quer über den kostbaren Teppichboden verteilt. Die schweren Vorhänge vor den hohen Fenstern waren zugezogen, um die Hitze des frühen Nachmittags draußen zu halten, daher herrschte dämmeriges Licht in dem Raum.

Doch Néthans geschulte Augen konnten trotzdem die Silhouette ausmachen, die bei einem der Vorhänge stand und um die ein Schutzschild bläulich flimmerte. Einen Lidschlag später schoss ein Eispfeil direkt neben Néthans Kopf vorbei und in die Mauer hinter ihm.

»Halt! Wir sind in guten Absichten hier!«, rief der Schurke und duckte sich, ehe auch er einen Schutzschild bildete. Steinwind und der Greif waren noch hinter ihm im Geheimgang verborgen.

»Wer seid Ihr?«, erklang eine männliche Stimme.

Eine hochgewachsene Gestalt, die jedoch etwas kleiner war als Néthan, löste sich aus dem Schatten und kam mit selbstsicheren Schritten auf ihn zu. Als das Licht zwischen zwei Vorhängen hindurch auf ihn fiel, erkannte Néthan als Erstes die braunblonden Locken, die das ebenmäßige Gesicht des Mannes umrahmten, ehe sein Blick an den azurblauen Augen hängen blieb, die ihn aufmerksam betrachteten.

Der Mann, der gesprochen hatte, war jung, seinem Aussehen nach zu urteilen, höchstens fünfundzwanzig. Aber das täuschte, das wusste Néthan nur zu gut. Denn vor ihm stand einer der mächtigsten Magier in Altra: Cilian, der Sohn des ehemaligen Zirkelleiters, der so viel Magie in sich trug, dass er sein Aussehen jederzeit verjüngen konnte.

»Wer seid Ihr?«, wiederholte er seine Frage mit ruhiger Stimme, die an das Plätschern von Wellen erinnerte.

Sein ganzes Wesen glich einem ruhenden See, aber auch da wusste Néthan es besser. Cilian war zwar Wassermagier, doch ebenso wie die Kräfte des Meeres waren auch seine unberechenbar und konnten gewaltige Ausmaße annehmen, wenn er erst einmal Magie wirkte. Vor allem, wenn sein Greif ihn dabei unterstützte, mit dem er sich verbunden hatte und der seine Kräfte um ein Vielfaches verstärkte.

Dass Cilian ihn nicht erkannte, beruhigte Néthan etwas. Er selbst hatte ihn nur einige Male gesehen, da er vom ehemaligen Zirkelleiter stets vor fremden Augen abgeschirmt worden war. Néthan war nur immer verkleidet im Zirkel unterwegs gewesen, damit möglichst niemand von seiner Anwesenheit erfuhr. Warum der Zirkelleiter das so gewollt hatte, hatte er nie ganz verstanden.

»Mein Name ist Néthan«, antwortete er und versuchte, ebenso ruhig zu klingen. »Ich bin hier, um Euch etwas zu überreichen, mit dem Ihr wohl mehr anfangen könnt als ich.« Er trat einen Schritt zur Seite und ließ Steinwind hinein, der an einem Strick den wild flatternden Greif hinter sich herzerrte.

Cilians Augen wurden so rasch zu Eis, dass Néthan unwillkürlich einen Schritt zurücktrat. »Wie könnt Ihr es wagen!«, donnerte der dunkelblonde Mann, als er den Greif sah, dessen Schnabel immer noch zusammengebunden war.

Mit einem raschen Schritt war er bei dem Tier, während Néthan sah, dass auch weiterhin ein Schutzschild um ihn flimmerte. Der Zirkelrat traute den zwei Fremden nicht, die sich wie Diebe in sein Quartier geschlichen hatten. Das war ihm nicht zu verdenken.

Cilian kniete sich hin, breitete den Schild auch über den Greif aus und machte sich daran, dessen Schnabel zu befreien, während er beruhigende Worte murmelte.

»Das ist keine gute Idee«, meinte Néthan mit schief gelegtem Kopf.

Der Wassermagier fuhr herum und der Zorn in seinem Blick ließ Néthan abermals zurückweichen. »Natürlich ist es keine gute Idee, einen Königsgreif zu fesseln!«, fuhr er den Schurken an. »Wie könnt Ihr bloß auf einen solch dummen Einfall kommen?!«

»Er hätte uns sonst angegriffen«, verteidigte sich Steinwind.

Cilians Blick glitt zu ihm und seine Augen wurden schmal. »Was habt Ihr mit ihm angestellt?« Er untersuchte den Greif mit geübten Fingern. Dieser ließ es zu, ohne sich zu regen. Den Adlerkopf hatte er gesenkt, aber seine katzenartigen Ohren zuckten hin und her.

»Nichts, wir haben bloß dafür gesorgt, dass er sicher zu Euch gelangt«, antwortete Néthan rasch an Steinwinds Stelle.

Der Wassermagier erhob sich. Erstaunlicherweise war der Greif jetzt mit einem Mal handzahm, obwohl er keinen Strick mehr um den Schnabel hatte. Néthan musste sich eingestehen, dass dieser Mann tatsächlich etwas von diesen Kreaturen zu verstehen schien.

»Ich werde Euch für diesen Frevel bezahlen lassen!« Cilians Stimme war immer noch eisig, jedoch hatte er die Ruhe wieder zurückgewonnen. »Wache!«

Ehe Néthan es sich versah, wurde er von einem magischen Stoß an die Wand geschleudert. Steinwind klebte neben ihm und keuchte. Im selben Moment traten mehrere Soldaten mit gezückten Schwertern durch die Flügeltür ein, die wohl auf den Gang hinausführte. Der junge Greif krächzte leise und zog sich hinter Cilian zurück, als ob dieser ihn beschützen könnte.

Néthan sah mit zunehmendem Unbehagen, dass Steinwind und er dieser Übermacht unterlegen waren – zumal einige der Soldaten Magierringe trugen.

»Ihr habt gerufen?«, fragte der vorderste Kämpfer und blickte von Cilian zu den zwei Schurken.

»Lies seine Gedanken!«, wies dieser ihn an, während er auf Néthan deutete.

Der Kämpfer nickte und wollte sich daran machen, auf den Schurken zuzugehen.

»Das wird nicht viel nützen«, hörte Néthan sich sagen. Er fühlte, dass es an der Zeit war, reinen Tisch zu machen und setzte alles auf eine Karte. »Mich wurde von Eurem Vater gelehrt, wie ich meine Gedanken abschirmen kann.«

Über Cilians ebenmäßige Züge glitt eine Unzahl von Gefühlen. Néthan vermeinte, Hass, Wut und Ungläubigkeit darin zu entdecken. Und irgendwo auch Schmerz. Aber vor allem Verblüffung. »Ihr kanntet meinen Vater?«, fragte er. Seine Stimme hätte nicht leerer klingen können.

Néthan wusste nicht genau, was er mit Cilians Reaktion anfangen sollte, daher nickte er vorsichtig. »Ja. Ich war eine Zeit lang sein ... Schützling.«

Cilian gab dem Kämpfer ein Zeichen, dass dieser sich bereithalten sollte, und machte selbst einen Schritt auf den Schurken zu. »Ich kann zwar keine Gedanken lesen, aber ich sehe in Euren Augen, dass Ihr zumindest einen Teil der Wahrheit sagt.«

»Es *ist* die Wahrheit!«, ereiferte sich Steinwind, verstummte aber unter dem glühenden Blick von Cilian.

»Ihr seid dumm oder lebensmüde, dass Ihr Euch trotzdem wieder hierher wagt!«, stellte der dunkelblonde Magier an Néthan gewandt fest.

Der Schurke entspannte sich etwas und verlagerte sein Gewicht. »Wahrscheinlich bin ich beides.« Er hielt dem forschenden Blick von Cilian stand. »Der Grund, warum ich hier bin, ist vor allem, dass ich nicht mehr weglaufen will. Es gibt Dinge, die geklärt werden müssen.«

»Was für Dinge?«

Néthan verzog seinen Mund zu einem schiefen Lächeln. »Verratet mir zunächst nur eines: Seid Ihr es?«

»Was?« Cilians Blick wurde misstrauisch.

»Na, wenn Ihr es unbedingt hören wollt: Seid Ihr der König der Ratten?«

-ENDE-

GLOSSAR

Altra – Reich, das aus den folgenden sechs Regionen besteht: Lormir, Fayl, Arganta, Chakas, Oshema und Merita.

Arganta – Region südöstlich von Lormir mit der gleichnamigen Hauptstadt Arganta

Aufnahmezeremonie in die Elementgilden und Zirkel – Die Aufnahmezeremonie findet jedes Jahr zur Sonnenwende statt. Dabei dürfen alle dreizehnjährigen Menschen, die eines der vier Elemente oder gar Magie in sich tragen, für eine der vier Gilden und den magischen Zirkel kandidieren. Für die magischen Zirkel gilt, dass nur jene, deren magisches Potenzial erheblich ist, beitreten müssen. Den anderen ist es freigestellt, sich in einer der Elementgilden in ihren magischen Kräften unterrichten zu lassen.

Baltros – Insel südlich von Altra.

Chakas – Region südwestlich von Lormir mit der gleichnamigen Hauptstadt Chakas

Diebesgilde – Diebesgilden gibt es seit Menschengedenken in allen größeren Städten. Sie sind gut organisiert und unterstehen meist einem obersten Dieb, der dafür sorgt, dass die Verbindung nicht auffliegt. Um als vollwertiges Mitglied in dieser Gilde aufgenommen zu werden, ist es unabdingbar, dass man einer Elementgilde angehört.

Element Feuer – Menschen mit der Begabung Feuer sind gute Schmiede und Kämpfer. In Verbindung mit Magie kann das Feuer beherrscht werden. Zudem sind diese Magier besonders geschickt in der Kampfmagie. Beispiele für Kampfmagie–Elemente: Inferno, Meteorregen, Feuerpfeil, Feuerball, Feuerwelle, Feuer–Dämon beschwören. Angehörige dieses Elements verehren den Gott Ignas.

Element Wasser – Menschen mit der Begabung Wasser sind gute Fischer, Seefahrer und können tagelang ohne Trinkwasser auskommen. In Verbindung mit Magie kann das Wasser beherrscht werden, diese Magier sind in der Lage, Wasser zu finden und können zudem Regen entstehen lassen. Beispiele für Kampfmagie–Elemente: Wasserwelle, Eispfeil, Eisregen, Eis–Dämon beschwören. Angehörige dieses Elements verehren den Gott Aquor.

Element Luft – Menschen mit der Begabung Luft sind gute Jäger und können Gedanken von anderen erahnen. In Verbindung mit Magie können das Wetter sowie die Gedanken anderer beeinflusst werden. Beispiele für Kampfmagie–Elemente: Sturm, Illusionen, Panik hervorrufen, Luft–Dämon beschwören. Angehörige dieses Elements verehren den Gott Aurel.

Element Erde – Menschen mit der Begabung Erde sind gute Bauern und können sich sowohl um Menschen als auch Tiere gleichermaßen kümmern. Sie können daher sowohl versorgende als auch heilende Berufe erlernen. In Verbindung mit Magie können Erdbeben erzeugt, aber auch Lebewesen vollständig geheilt werden. Beispiele für Kampfmagie–Elemente: Erdbeben, Giftpfeil, Giftwolke, Golem beschwören. Angehörige dieses Elements verehren den Gott Tellos.

Elfen – Ihr Körperbau ist athletisch und ihre Schönheit legendär. Angehörige dieses Volkes können Tausende von Jahren alt werden und sind damit beinahe unsterblich. Elfen sind hervorragende Jäger, beherrschen Magie und haben noch viele andere verborgene Talente, die jedoch den wenigsten Menschen bekannt sind. Denn sie hüten ihre Geheimnisse und bleiben meist unter sich in den Wäldern.

Fayl – Region im Osten von Altra mit der gleichnamigen Hauptstadt Fayl

Furrina – Schutzheilige der Diebe

Gorkas – Volk das nach eigenen Aussagen mit dem Volk der Elfen verwandt ist. Ihr Körperbau gleicht dem des Menschen, sie sind jedoch größer und muskulöser. Wenn überhaupt, würde man sie wohl am ehesten dem Element Feuer zuordnen, da sie sehr gute Kämpfer sind und tödliche Waffen herstellen können. Sie leben zurückgezogen in den Wäldern.

Greif – Diese Wesen können sehr alt (meist über 100 Jahre) werden. Ihr Körper ähnelt dem eines Löwen, ihr Kopf sowie die Flügel denen eines Adlers. Sie sind sehr groß, ihre Länge kann bis zu vier Schritt betragen und ihre Flügelspannweite gar acht bis zehn Schritt. Sie sind eher scheu, misstrauisch und leben in den Bergen. Falls sie sich bedroht fühlen, greifen sie auch Menschen an, leben sonst aber friedlich außerhalb von menschlichen Siedlungen.

Karinth – Kontinent westlich von Altra

Kelmen – Tiere, die vor allem in der Wüste anzutreffen sind. Sie können tagelang ohne Wasser auskommen, da sie in ihren vier Höckern, zwischen denen man gemütlich sitzen kann, massenweise Wasser speichern können. Sie gleichen in ihrem Aussehen – abgesehen von den vier Höckern und den Klauen – weißen Pferden.

Lormir – nördlichstes Gebiet von Altra mit der gleichnamigen Hauptstadt Lormir

Magierzirkel – Es existieren sechs Magierzirkel in Altra, die jeweils von einem Zirkelrat geführt werden.

Maße – In Altra herrscht ein eigenes Maßsystem, das sich wie folgt aufbaut: 1 Fingerbreit = Breite eines Fingers; 1 Handbreit = 4 Fingerbreit; 1 Fuß = 16 Fingerbreit; 1 Elle = 1.5 Fuß; 1 Schritt = 2.5 Fuß; 1 Yard = 1000 Schritt

Menschen – Die Lebenserwartung der Menschen in Altra beträgt etwa sechzig Jahre. Die meisten Menschen haben bis zum dreizehnten Lebensjahr eine Begabung in einem der vier Elemente entwickelt. Einige davon haben sogar eine Magie–Begabung und können für die Aufnahme in einen der Magierzirkel in Altra kandidieren. Menschen leben in Dörfern und Städten. Nur die mächtigsten Magier können älter als siebzig Jahre werden, wenn sie ihre Jugend erneuern können.

Oshema – Region im Südosten von Altra mit der gleichnamigen Hauptstadt Oshema

Warft – Diese Tiere sind nachtaktiv und gehen auf zwei Beinen wie Menschen. Ihr Körper gleicht dem eines Wolfes und sie haben gelbe Augen, die sehr gut im Dunkeln sehen können. Durch die tödlichen Krallen und ihre Gewandtheit sind sie gefährliche Gegner, denen man besser aus dem Weg geht.

Zwerge – Dieses Volk, deren Lebenserwartung etwa 200 bis 300 Jahre beträgt, lebt vorwiegend in den Bergen. Ihr Körperbau ist stämmig und sie sind etwa eineinhalb Schritt groß und sehr kräftig. Sie beherrschen Zwergenmagie und sind hervorragende Schmiede. Zwerge verstehen es wie keine andere Rasse, Waffen zu schmieden.

DANK

Danke an alle, die an der Entstehung dieses Werkes beteiligt waren. In erster Linie meinem Mann, der mich täglich nach Altra begleitet, mich beraten und unterstützt hat. Auch möchte ich meinen Eltern dafür danken, dass sie unbeirrt an mich glauben.

Den Testleserinnen und -lesern Andi, Claudia, Jenny und Marlene ebenfalls ein herzliches Danke! Eure Verbesserungsvorschläge haben mir sehr weitergeholfen und Eure lobenden Worte haben mich darin bestärkt, die Geschichte zu Ende zu schreiben.

Und natürlich Euch Lesern ein großes Dankeschön! Ohne Euch gäbe es diese Geschichte nicht. Ihr seid es, die mich unentwegt motivieren, weiterzumachen und meine Fantasie auf Papier festzuhalten.

DANKE dafür!

Eure Corinne

C. M. Spoerri wurde 1983 geboren und lebt in der Schweiz. Schon früh entdeckte sie die Liebe zum Schreiben. Sie studierte Psychologie und promovierte im Frühling 2013. Ehe sie von der Wissenschaft zur Arbeit als Psychotherapeutin wechselte, entschied sie sich, ihr früheres Hobby wieder aufzunehmen und begann im April 2013 die Fantasy-Saga ›Alia‹ zu schreiben.

Über das Schreiben sagt sie: »Beim Schreiben kann ich vom Alltag abschalten, ich genieße es, in fremde Welten einzutauchen und meiner Fantasie freien Lauf zu lassen. Ich schreibe in erster Linie für mich selbst – das Überarbeiten des Textes mache ich dann für meine Leser.«

›Die Ratten von Chakas‹ ist der erste Band der Greifen-Saga, von der drei Bücher geplant sind. Band 2 wird im Spätherbst folgen, Band 3 im Frühjahr 2016. Weitere Fantasy–Projekte, die in Altra spielen, sind ebenfalls dabei, Gestalt anzunehmen. Über ihre Homepage **www.cmspoerri.ch** werdet Ihr über alle Neuigkeiten informiert.

C. M. Spoerri freut sich über jegliche Art von Post. Kontaktiert sie über ihre Homepage oder schreibt ihr direkt eine E–Mail: **info@cmspoerri.ch**

Fan werden:

- Facebook: https://www.facebook.com/C.M.Spoerri
- Twitter: https://twitter.com/CMSpoerri
- Youtube: https://www.youtube.com/user/CMSpoerri

13232144R00226

Printed in Poland
by Amazon Fulfillment
Poland Sp. z o.o., Wrocław